KB034541

한국문학사와
동인지문학

한국문학사와 동인지문학

초판인쇄 2022년 12월 15일 **초판발행** 2022년 12월 25일
지은이 김웅기 · 조창규 · 박성준 · 허의진 · 안승범 · 박주택 · 김태형 · 고봉준 · 장문석 · 장은영
펴낸이 박성모 **펴낸곳** 소명출판 **출판등록** 제1998-000017호
주소 서울시 서초구 사임당로14길 15 서광빌딩 2층
전화 02-585-7840 **팩스** 02-585-7848
전자우편 somyungbooks@daum.net **홈페이지** www.somyong.co.kr

값 28,000원
ISBN 979-11-5905-694-9 93810

KOREAN LITERARY HISTORY
AND LITERARY COTERIE
MAGAZINE

한국문학사와 동인지문학

박주택 외 지음

책머리에

근대문학의 태동기를 맞이하던 식민지 조선 시기 동인지·잡지의 문학적 기여는 실로 뛰어난 수준이었다. 이 책은 프락시스 연구회가 '동인지문학'이라는 공통 논제 아래 1920년대 동인지 시기부터 한국전쟁 전후까지의 동인지·잡지 연구를 종합·정돈하는 것을 목표로 기획한 결과물이다. 최근 프락시스 연구회 소속 연구원들이 게재하였던 근대 동인지문학 관련 논고를 수정한 원고와 근대 동인지·잡지 담론 선행 연구 등으로 이 책을 엮었다.

근대 동인지 연구는 그들이 구축한 근대 조선문학에서의 담론적 헤게모니와 개별 작품 분석에 기저를 두고 있다. 나아가 최근 연구에서는 문화적·경제적·젠더적 방면으로의 확장되는 양상도 나타남이 확인된다. 이와 같은 연구의 다양성은 동인지라는 문학장을 형성·견인하였던 인물들이 근대 조선에서 계몽·문화·정치 등 사회의 첨단을 점유하였던 "근대 지식인", "지식인 교양층"이었음이 그 원인이라 할 것이다. 주제 선택이 자유롭다는 동인지·잡지의 특징 또한 최근 동인지 연구의 범위 확장에 영향을 미치고 있다. 더하여, 동인지와 근대 조선 사회 전반 사이의 긴밀한 관계성은 사회적·문화적 측면에서의 동인지 연구 가능성을 제시하고 있다.

역사적 관점에서 볼 때, 20세기 초기 조선의 잡지형 간행물은 친목회지·영문 잡지·근대 계몽 잡지 등으로, 일부 지면을 문학에 할애한 사례가 있으나 문예 분야에 대한 전문성을 기대하기는 어려웠다. 그러나 1914년 『청춘青春』에서 그 징후를 나타냈고 1919년 『창조創造』 발간으로 촉발되었던 1920년대 동인지 시대는 한국 근대문학의 격렬한 근대적 사조 분화를 이끌었다. 당시 두각을 드러낸 문인들은 근대 계몽기와 해외 담론 유입 등의 수혜를 입었던 지식인 계층이었다. 이들은 활동 영역이 다양했음에도 불구하고 일종의 시대적 연대감으로 결연되어 있었다는 특징을 갖는다. 이들의 문학적 · 문화적 모색은 1910년대 조선문학에서 희소한 영역이었던 구체적 · 실천적 장 구축의 계기가 되었다. 이러한 작업은 과소했던 문학 실현의 장의 점진적 확대로 이어졌으나, 데카당적 성향의 동인지 문인 집단과 민족적 성향의 전통주의 문인 집단의 충돌을 야기하기도 했다. 이는 향후 한국 근대문학사의 경향이 이항 대립적 구조로 나아가는 원인이 되었다.

1920년대의 동인지 문학 집단이 일종의 문학적 사명감을 바탕으로 연대하여 문학장 생성을 추동하였다면, 1930년대의 동인지 문학 집단은 문학이 질적 · 양적 양면으로 급성장했던 시대적 상황에 발맞추어 다양한 시도를 거듭하였다. 1920년대 『창조』, 『백조白潮』1922 등의 전문 문예지가 문학장 형성을 위한 숙고를 거듭하였다면 1930년대 『시詩와소설小說』1936, 『삼사문학三四文學』1934 등의 문예 잡지는 선행 논자들이 마련한 문예적 저변을 확장하는 작업을 진행하였다고 볼 수 있었다. 즉, 1920년대 『창조』가 1910년대 『청춘』과 차별화되었던 지점은 "순수하게 문학 예술만을 다루고 있는가"라는 의문에 의한 것이었다. 그러나 1930년대 『삼사문학』이 기성문단과 차별화를 꾀했던 수단은 "우리의 문학은 어떠한 특징을 갖는가"라는 의문에 의한 것이었다.

한편 1930년대 후반 제기된 일본(동양) = 보통 ↔ 조선 = 특수의 도식은 서구 = 보통 ↔ 동양 = 특수 담론의 변모였다. '조선적인 것'이라는 정의가 논의되었던 것 역시 이러한 도식을 통해 독자적인 문화적 차이를 인정받고자 하는 시도였다. 급변하는 시대적 상황으로 인해 당대에는 가시적인 성과를 찾아보기 어려웠으나 동인지 문학에 대한 이해가 발달하고 해당 시기에 대한 다방면적 논의가 적층되면서 차차 논의의 대상으로 언급되고 있다.

개화기 조선에 있어 근대란 갑작스럽고 당황스러운 우발 상황이었을 것이다. 이러한 인식은 경술국치 이후에도 크게 변하지 않았으며, 전근대적인 가치관과 식민지 국민으로서의 우울·무기력이 근대 조선을 지배하였다. 그러나 조선 근대의 첨단에 서 있던 "근대 지식인"들은 동인지 공간을 발판삼아 담론을 구성하고, 계몽·영역화·이론 발전·정체성 확립 등 근대에 대한 저마다의 해법을 내놓았다.

이런 관점에서, 동인지 문학이란 단순한 문학의 집합이 아니라 근대 조선 탐독에 있어 훌륭한 자료로 기능한다. 이 책에서 엮은 논고들 역시 동인지를 단순한 '문인 집단', '작품 모음집'으로 논의하는 데에서 벗어나 시대적·상업적·젠더적·융복합적·철학적·문학적·담론적·문화적인 측면에서 논자 각각의 개성적인 시선을 통해 동인지 문학에 접근한 결과물이다.

필자 김웅기의 연구는 1920년대 동인지 시대에 출간되었던 『백조』를 주제로 삼아 전개된 공간 연구이다. 『백조』 동인은 사회주의의 조류에 참여해야만 한다는 공통적 시대 정신을 공유하고, 조선 낭만주의의 대표라는 정체성을 가진 집단이었다. 필자는 『백조』가 "모든 공간에 대한 이의제기"라는 헤테로토피아적 성질이 있음을 증명하기 위해 전근대적 의식(유교 의식)과도, 전위적 의식(신경향)과도 불화하는 중층결정적 이의제기의 공간임을 확인하고, 이를 '백조 시대'로 칭한다. 해당 논고는 『백조』의 활동 기간이 길지 않음에도 식민지 근대 현실에서 인간 본원의 가치를 회복할 수 있는 헤테로토피아를 형성하고, 이것이 조선 낭만주의의 정신적 본토로 볼 수 있음을 분명히 밝히는 연구이다.

필자 조창규의 연구는 광고와 지·분사 시스템 등 생생한 자료를 활용하여 『조선문단朝鮮文壇』의 상업성을 분석한다. 20세기 초 식민지로 편입된 조선은 무단 통치 시기를 거쳐 1920년대 문화 통치 시기에 접어들었다. 문화 통치 시기 수많은 조선어 잡지가 창간되는데, 『조선문단』 역시 이 시기 창간된다. 논자는 12년 동안 간행된 조선문단이 통권 26호에 불과함을 지적하며, 그 원인이 된 여러 차례의 휴간이 민간 잡지로서 상업성에 민감했기 때문임을 전제한다. 또 상업 광고와 지·분소의 현황을 수량적으로 분석하여 『조선문단』의 상업성과 한계를 확인한다. 이 작업은 『조선문단』의 상업적 면모를 분석하는 것에 그치지 않고 향후 근대 조선 민간 잡지의 상업성 연구에 대한 기저 연구로 용됨이 기대되는 연구이다.

필자 박성준의 연구는 여성잡지 『만국부인萬國婦人』1932의 폐간 원인, 그리고 젠더성에 대해 논의한다. 『삼천리三千里』1929의 자매지 성격으로 창간되었던 『만국부인』은 "녀성을 위하여", "여학생과 가정의 신부인들의 조흔 동무가 되려고 하옵니다" 등의 설명으로 여성을 주 소비층으로 삼고 있음을 드러낸다. 그러나 『만국부인』은 창간호를 마지막으로 더 이상 발간되지 않았는데, 『삼천리』 편집진에 따르면 이는 자금 부족에 따른 문제로 확인된다. 그러나 해당 논고에서는 『만국부인』의 직접적인 종간 원인으로 주 고객층인 여성, 특히 도시 노동자 여성의 반발을 제시한다. 이러한 반발은 『만국부인』의 논조가 주 독자층인 '신여성'을 사치·허영스러운 존재로 치부하는 반면 시대를 역행하는 순종적·전통적 여성상을 이상적인 것으로 제시하는 등 다분히 근대 지식인 남성의 시선에 바탕하였던 것에서 비롯한다. 즉 여성을 대상으로 기획하였음에도 여성에게 외면당한 『만국부인』은 창간호를 끝으로 종간을 결정한다.

필자 허의진 · 안숭범의 연구는 『영화조선映畫朝鮮』을 바탕으로 영화인의 시선에서 바라본 '조선적인 것'을 심층적으로 논의한다. 1930년대 영화인 집단은 저마다의 방법으로 '조선적인 것'을 작품의 단위에서 조망한다. 이들의 향토 영화 추구는 "불완전한 대타족 욕망의 산물"로 보이는데, 이는 그들이 세계 영화 단위로의 편입을 꿈꾸는 동시에 피식민 현실의 열악한 제작 환경에 비관하는 모습에서 확인된다. 그들의 작품 · 논설에서 드러나는 희망과 절망의 혼재는 문제적인 '혼성성'의 성질을 갖는다.

필자 박주택의 연구는 『삼사문학』을 주요 논지로 삼아 일본 · 한국에서의 아방가르드 문학 수용 · 발전 양상을 정리하는 작업이다. 논의에 따르면 한국문학의 아방가르드 수용은 프랑스 다다 선언에서 시작해 일본의 아방가르드 수용, 그리고 한국 근대문학의 일본 아방가르드 도입이라는 선형적 순서를 갖는다. 한편, 1930년대 다수의 잡지가 발간되는 가운데 창간한 『삼사문학』이 처음부터 초현실주의 동인의 성질을 지녔던 것은 아니다. 그들은 제도로서의 예술을 부정하지만 이를 초현실주의에 대한 옹호로 이해하기는 어렵다. 그들이 동인으로서의 편제를 갖추고 아방가르드 문학에 대한 애호를 보인 것은 3집 이후였기 때문이다. 이들은 집단성이 모자라다는 단점을 보이나 동시대 문단과 문학의 저항권에 속한 입장에서 고투하고, 미적 감각을 제시해 정신의 문제에 새롭게 접근했다는 의의를 갖는다.

필자 김태형의 연구는 이시우의 시론에서 제시된 '오리지날리티' 개념이 『삼사문학』의 작시 경향에 제시되는지를 확인한다. "유물주의적 태도는 사고의 어떤 향상과 양립 불가능한 것"이라는 브르통의 주장은 "새로운 니레"가 될 것을 주장한 『삼사문학』의 태도와 상통하며, 이러한 태도를 바탕으로 「절연하는 논리」-「SURREALISME」이라는 일련의 시작 방법론을 확립한 것은 동인으로서의 『삼사문학』을 이상의 단순 '아류'로 치부하려는 시선이 다분히 과소함을 나타낸다.

필자 고봉준의 연구는 일제 후반기 조선문학의 담론 지형을 분석하고, 이를 『문장』의 사례로 심층적인 논의를 진행한다. 민족주의자들의 '조선적 고유성'에 대한 호명은 총독부 주도의 '조선학'에 맞섰다는 의의가 있으나 이는 서구적 방법론에 의해서만 증명된다는 한계를 가진다. 이러한 '조선적인 것'의 관점에서 "동양론 안에서 조선적인 것의 주체적 심미성을 구성"하려는 『문장』의 시도는 기존 서구=보편 / 동양=특수의 도식을 동양(일본)=보편 / 조선=특수의 도식으로 전유하는 노력의 일환이다. 그러나 이는 일본을 세계사에서 보편의 층위로 올라선 존재로 추인한다는 친일 논리로 전락할 위험을 갖는다. 이는 조선=특수라는 도식이 인정받지 못할 때 붕괴하거나 친일로 귀결될 수 있다는 가능성을 내포한 것에서 비롯된 한계였다.

필자 장문석의 연구는 김남천의 장편소설 인식이 조선적 특수성 인식과 관련되고 있음을 확인한다. 더하여, 그의 알바이트와 장편소설의 (불)가능성을 나타내는 장으로서 『인문평론人文評論』을 제시한다. 아카데미즘에 바탕한 김남천의 연구 과정(알바이트)는 발자크 연구 등의 방법론으로 표명되고, 이는 김남천 자신의 창작적 변모를 추동한다. 중층적 성질을 지닌 김남천의 장편소설은 일본의 연구성과와 김남천의 "알바이트"·창작방법론 연구에 바탕한 결과물이다. 「사랑의 수족관」에서의 분석을 통해 논자는 김남천이 타진한 "구조화된 복합적 통일체"로서의 현실 인식 가능성을 제시한다. 그러나 식민지 조선 말기 김남천이 발견한 것은 파시즘의 그림자에서 조선의 아카데미즘이 몰락하는 광경이며, 이는 "어떤 불가능의 자리"로 표상된다.

필자 장은영의 연구는 한국전쟁기 잡지에 실린 논설을 중심으로 하여 '문화국가'에 대해 논의한다. 논고에서 개인의 자율성을 승인하는 동시에 문화의 자율성 보호를 위한 국가의 개입 또한 정당화하는 '문화 국가' 개념은 해방 이후 국가적 단위로 민족주의적 문화를 소양화한 한국의 현실에 대입된다. 이러한 접점은 한국전쟁기에 더 긴밀해지며, 문화는 "전시이념"으로 승화된다. 잡지 등에서 문화인에 의해 재조립된 '문화'는 전쟁의 정당성을 주장하고, 전쟁을 문화 발전의 기회로서 조명하는 등의 모습을 보인다. 전쟁 이후에 '문화인'들은 도리어 국가의 정책과 생존 경쟁을 벌이게 되며, 논자는 이러한 정황을 개인의 문화권이 "국가 안에서 통제되는 동시에 보호되는 길항"으로 바라본다. 그러나 이들 문화인을 단순히 국가라는 거대 권력 앞에서 통제당하는 무력한 존재라고 평가하기는 어렵다. 논자는 그들이 "강력한 자의식"을 가진 주체임을 강조한다.

동인지 문학이 한국 근대문학사에 많은 기여를 하였음은 부정할 수 없는 사실이다. 그러나 한국사적 측면에서의 동인지 문학의 비중을 고려한다면 이를 단지 문학 작품의 집합으로만 이해할 수는 없을 것이다. 동인지 연구는 이들이 가졌던 사회 다방면으로의 촘촘한 관계성으로 확장될 필요성이 있다. 이를 통해 동인지 연구는 사회 전체의 발전을 추동하였던 '힘'에 대해 유의미한 분석으로 나아가게 될 것이다. 이 책에 엮은 논문들 역시 상술한 사회·문화 다방면에서 동인지·잡지의 영향과 의의를 정리한 귀중한 작업이었다.

또한, 프락시스 연구회의 동인지 문학 연구 논저를 엮는 작업이 공간 연구 논저를 모았던 두 권의 책 이후 또 하나의 공동 작업이라는 점은 앞으로의 공동 논제 설정에 대한 기대감을 갖게 한다. 다만 이 책에 프락시스 연구회의 모든 회원이 참여치 못한 것에 대해서는 아쉬움을 감출 길이 없다. 그러나 이 아쉬움을 앞으로도 계속 발표될 프락시스 연구회 공동 연구를 통해 해소할 수 있으리라 기대하며, 이번 공동 저서 작업에 참여한 연구원들에게 고맙다는 인사를 전한다. 특히 편집 작업 전반을 총괄한 박성준 연구원의 고생에 거듭 고마움을 표한다. 더불어 프락시스 연구회의 동인지 문학 연구를 이끌어주신 박주택 교수님께 깊은 감사의 인사를 드리고 『한국문학사와 동인지문학』에 흔쾌히 옥고를 내어주신 고봉준, 안숭범, 장문석, 장은영 선생님께 허리 숙여 감사드린다.

2022년 12월

프락시스 연구회 일동

차례

조선의 헤테로토피아로서 '백조시대' 연구

『백조』 동인의 회고록과 상징주의시의 공간을 바탕으로

김웅기

1. 들어가며 – 신경향파 문학의 타자

『백조白潮』1922는 『창조創造』1919, 『폐허廢墟』1920, 『장미촌薔薇村』1921 등과 함께 1920년대 동인지기의 한 축을 담당하면서 한국문학의 대표적인 낭만주의 수용 양상의 일례[1]로 논의되어 왔다. 『백조』가 1920년을 전후하여 유행처럼 번진 낭만주의의 자장 속에서 3호를 종간으로 약 1년 8개월 정도의 생명력을 보여줄 수밖에 없었음에도 불구하고 '백조시대'로서 그 위치를 뚜렷하게 점유하고 있었던 까닭은 3·1운동이 실패로 돌아간 뒤

1 "당시의 시인들은 자신의 內面에 깊이 천착하게 되었고, 自我의 발견과 강조, 에로스적 충동, 과거에의 회귀 같은 낭만적 형식으로 그것을 표출하게 되었다. 이에는 서구의 세기말적 사조의 영향이 컸"다. 특히 "「白潮」에는 영국의 심미주의·퇴폐주의 작가인 오스카 와일드의 「살로메」가 번역·소개되고 투르게네프의 산문시와 러시아 민요가 소개"(양애경, 「20년대의 퇴폐적 낭만주의시 연구–폐허와 백조를 중심으로」, 『어문연구』 16, 어문연구학회, 1987, 275~276면)되었다.

허무와 애상을 부르짖는 아마추어 집단의 단순한 현상이 아니라 『문우文友』1920, 『신청년新青年』1919, 『장미촌』을 거쳐 예술로서의 문학을 집대성해 보겠다는 강렬한 의지에서 『백조』가 탄생한 것이기 때문이다. 또한 그들은 사상잡지로 『흑조黑潮』도 기획했다. 『흑조』의 창간은 무산되기는 했지만 예술과 현실이라는 양 축의 균형을 잡아보려는 시도라는 점에서 의미가 있다. 이 같은 사실이 뜻하는 바는 '백조시대'의 생성이 결코 충동적인 것이 아니라 숙고의 과정이었음을 뒷받침하기 때문이다.[2]

그러나 『백조』를 비롯하여 1920년대를 전후한 동인지를 '신경향파 문학'의 타자로 인식하는 문제는 여전히 남아 있다. 식민지기라는 뒤틀린 역사의 시간을 관통해 오면서 문학은 끊임없이 정치적으로 해석되어왔다. 그 과정에서 순수문학과 민족문학의 대립이 우리 문학사의 근간이 되어온 사실은 부정할 수 없다. 이러한 관점에서 1920년대 동인지가 후일 카프로 대변되는 프로문학이 등장하기 전까지의 과도기적 존재였다는 오명을 피하기란 쉽지 않다. 당시 조선 문단의 분위기는 이미 낭만주의에서 현실인식을 중요시하는 '신경향'으로 옮겨가고 있었다. 이 같은 문단의 변화는 『백조』를 흔드는 촉발제가 되었다. 본지 3호부터 동인으로 참여한 김기진이 박영희와 함께 『백조』의 변화를 촉구했던 것도 문단의 분위기를 가늠하게 해주는 직접적 근거이다. 신경향파 문학이 대두하게 된 계기에는 일본의 영향이 적지 않다. 1910년대 중반부터 1920년을 전후하여

2 정우택은 한국근대문학사에서 "『창조』·『폐허』·『백조』라는 세 개의 동인지와 동인들에 의해 문단이 형성됨"(정우택, 「『문우』에서 『백조』까지 – 매체와 인적 네트워크를 중심으로」, 『국제어문』 47, 국제어문학회, 2009, 60면)이라는 기술을 지적하면서 이 외의 동인지들은 평가절하 되고 또 반대로 『백조』 등은 '미성숙'한 최초로서 문학사적 부담을 떠안게 되었음을 지적한 바 있다. 이처럼 『문우』부터 『백조』까지의 인적교류 양상을 고찰하여 『백조』의 창간에 '숙고의 시간'을 투영시킨 것은 주목할 만하다.

조선의 문인들이 계몽주의 문학을 탈각하고 새로운 근대성을 검토하는 시점에 일본에서는 이미 "오가와 미메이小川未明의 「문예의 사회화」, 무샤노코지 사네아쓰武者小路実篤의 「문학의 사회주의적 경향」, 히라바야시 하쓰노스케平林初之輔의 「제4계급 문학」"[3] 등의 작품이 꾸준히 발표되고 있었다. 이 당시 유학을 통해 일본사회를 목도했던 지식인들은 적극적으로 계급문제를 식민지 조선의 사회 내부로 이양시킨다. 이러한 사상조류는 천도교 청년회의 안정적인 재정[4]을 지원받고 있던 『개벽開闢』1920~1926이 신경향파 문학의 근원지가 되면서부터 조선 문단의 주류 경향이 된다.[5] 『개벽』이 신경향파 문학의 근원지가 될 수 있었던 까닭은 독자의 구분을 두지 않는 '대중잡지'였기 때문이다. 이 당시 '대중'은 일반 독자를 의미하는 것이었을 수도 있으나 정치적으로는 무산자층을 뜻하는 것이기도 했다.[6] 비슷한 시기에 일본에서는 아방가르드전위운동이 일어나는데, 그 구도는 전위에

3 김효순·엄인경, 『재조일본인과 식민지 조선의 문화』 1, 역락, 2014, 175~176면.

4 "『창조』를 비롯한 동인지들의 주체들은 잡지를 출간함으로써 자신들의 담론을 사회화하려면 몇 가지 어려움을 감내해야 했다. 우선적인 문제는 돈이었다. 1920년대 초반 우후죽순격으로 생겨난 수많은 잡지들이 대부분 단명하거나 창간호로 끝난 가장 큰 이유가 바로 잡지출간에 따른 재정상의 곤란 때문이었고, 이 점은 『창조』를 비롯한 동인들도 예외가 아니었다."(최수일, 「1920년대 동인지문학의 심리적 기초-『창조』, 『폐허』, 『백조』를 중심으로」, 『대동문화연구』 36, 대동문화연구원, 2000, 91면)

5 『개벽』을 구성한 내용들에 관하여 조남현은 '현실파악론, 이상론, 자생론, 외래사상'이라는 네 가지 사상분류항을 제시한다. 그중 주가 된 현실파악론은 "계급투쟁 중심의 과격의 자/사회제도부분 실지개정의 온건의 자, 일선융화파/문화파/독립파/사회주의파(사설), 경파/연파, 조선민족주의의 대두(사설), 개조실패요인과 조선민족 쇠퇴원인 제시, 개조주의 항목제시(이광수) 등을 들 수 있다."(조남현, 『한국문학잡지사상사』, 서울대 출판문화원, 2012, 227면)

6 "1923년경부터 사회주의 사상의 국내 수용과 더불어 '무산대중'이라는 어휘의 용례가 급증하고 '대중'이라는 관념이 조선에 활발하게 보급되었다고 한다."(김지영, 「1920년대 대중문학 개념 연구-카프 대중화론과 '통속', '민중', '대중'의 의미투쟁을 중심으로」, 『우리문학연구』 48, 우리문학회, 2015, 231면)

위치한 지식인이 본대무산자층를 어떻게 이끌 것인지에 대한 전략적 설정으로써 정치 담론으로 이해된다.[7] 이 같은 흐름 속에서 조선 지식인들에게 조선은 "서울은 더이상 그들을 보듬어주는 장소가 아니라, 궁핍한 하층민과 병약한 예술가들이나 기승을 부리는 '도깨비의 세상'으로 변모"했으며, "경제적 불평등 속에서 이미 '문학' 본래의 가치는 훼손되었으며 구체적 현실을 방기한 채로 성립된 예술은 관념의 '껍데기'로 전락한 지 오래"[8]된 공간으로 인식되었다. 다시 말해 일본사회를 경험한 지식인들에게 조선은 생활[9]에 대한 인식이 없는 문제제기의 장소가 될 수밖에 없었다. 김기진 역시 그 문제의식을 공유하고 있었으며 문제제기의 장소를 『백조』로 삼았다.[10]

---

7 "이 말은 부르주아라는 적을 앞두고 전투적인 의미를 전면에 내세우는 것이 가능하고 또 전위/본대라는 당파적 연대의 위치 관계를 단적으로 나타낼 수 있다는 점에서, 상당히 중요하게 된다. (…중략…) 부르주아 계급을 비판하는 집필자들의 자세는 항상 전투적이며 몸을 내던져 '상처 입어 쓰러질지도 모른다'와 같은 치열함을 지니고 있다."(波形剛, 최호영 외역, 『월경의 아방가르드』, 서울대 출판문화원, 2013, 52~53면)

8 이철호, 「신경향파 비평의 낭만주의적 기원 – 김기진과 박영희를 중심으로」, 『민족문학사연구』 38, 민족문학사학회, 2008, 235~236면.

9 "일본공산당의 철학은 대국적(大局的) 유물론이었다. 큰 의미에서는 유물론적 골격을 계승하였으나 세부적인 면에서는 유물론적 견해가 결핍되어 있었다. 세계사 전체에 대한 시각은 유물론적이었으나 당원 개개인이 현대 일본의 직접적인 현실과 맞부딪치는 경우 즉시로 도움을 받을 수 있는 유물론적 파악 태도는 결여되어 있었다. 그렇기 때문에 생활 속에서 창의적 요소를 서서히 끌어냄으로써만 존재할 수 있는 섬세한 수많은 버팀목들을 이 사상체계 속에 주입하는 것이 불가능하였다."(久野収 외, 심원섭 역, 『일본근대사상사』, 문학과지성사, 1994, 38면) 이러한 이유로 '생활'은 1920년대 신경향 문학의 핵심 테제로 등장했던 용어다. 그것은 동시대적 관점에서 조선사회 내부에 유입되고 있었던, 다이쇼(大正) 시대 도래 이후 일본에서 유행했던 생명주의 사상의 영향을 조선 내 지식인들이 어떻게 받아들이고 있는가 하는 관점에서 재구된 1920년대 문학상(象)을 대변하기도 한다.

10 김기진은 이미 김복진, 박승희, 이서구 등과 신극운동단체인 '사월회(土月會)'를 결성하고 이듬해 귀국 공연을 위해 조선으로 돌아왔다. 이때 희곡을 쓰기도 했던 홍사용과 인연이 닿아 『백조』 3호에 참여하고 홍사용은 그 다음 해인 1924년 토월회의 문예부장직을 맡았다. 이러한 사실들을 미루어 짐작해 볼 때, 김기진에게 있어 『백조』는 비동시대적인 잡지라는 감각이 우선했을 것으로 보인다.

그러나 우리들은 총중에서 용감勇敢한 이와 가튼 부르지즘을 들은 일이 업다. (…중략…) 오랫동안 논쟁論爭에 피곤疲困한 청년靑年들이 이가티 모여 안젓스나, 마치 오십 년 전五十年前의 노서아露西亞의 청년靑年들과 다름이 업스되, 그 중中에서, 니를 깨물고, 주먹을 쥐고서, 책상冊床을 치면서, 힘잇는 소리로, 「우 나로~드!V NAROD!」라고 부르짓는 사람이 하나도 업다! (…중략…) 십 년 전十年前의 일본日本의 시인詩人은 이와 가튼 시詩를 썻섯다. 그 후後 십 년十年이 지난 지금 조선朝鮮은 「우 나로~드!」라고 부르지즐만콤이나 된 계단階段 우에 섯느냐?! 아– 서잇지 못하다. 육십 년 전六十年前의 노서아 청년露西亞靑年들이 두 팔을 거더 붓치면서 힘잇게 부르짓든, 「우 나로~드!」는 지금의 조선朝鮮에는 아즉것일는 모양이다.[11]

같은 호에 수록되어 있는 작품들을 살펴보면 홍사용의 「나는 왕王이로소이다」나 이상화의 「나의 침실寢室로」는 현실적 고통이 완전히 내면화된 상태에서 감상시·몽상시로 나아가고 있는 낭만주의적 시풍을 띠고 있고, 현진건의 소설 「할머니의 죽음」, 나도향의 콩트 「여리발시女理髮師」는 일상적 소재를 통해 현실을 환기하면서도 식민지 조선인의 우울과 애상을 가진 인간 개인을 전면화함으로써 자연주의를 성취하고 있다. 그러나 김기진만은 러시아 브나로드운동과 같은 혁명 정신이 『백조』에도 필요하다고 주장했다. "아아, 불상한나의자식아 / 어느때까지가엽슨네가 / 따뜻한빗을보지못하고 / 이세상에서간단말이냐"[12]라거나 "오오, 너는얼마나 큰이약이를하고잇느냐"[13]와 같이 폭압적 현실에 비판적 태도를 갖지 못하는

11 김기진, 「썰어지는조각조각」, 『白潮』(영인본), 白潮文化社, 2008, 463~464면.
12 김기진, 「한갈래의길」, 위의 책, 381면.

것에 대한 탄식의 어조로 시를 노래하거나, 「썰어지는 조각조각」을 통해서 사회주의와 계급문제에 동참할 것을 요청하였다. 이 같은 김기진의 내부 논쟁에 대한 동인의 호응은 박영희가 거의 유일했다. 그는 "동인同人들은 김 군金君과 나 두사람의 예술론藝術論에 그다지 반대反對는 안이햇스나 내면內面으로는 증악憎惡가 생기기 시작하여섯스며 그럼으로 김 군金君과 나는 『개벽開闢』지誌로 필단筆端을 옴기고 말엇다. 여기서부터 신경향파문학新傾向派文學이라는 한 매개적계단媒介的階段이 시작되엿섯다"[14]라고 당시 상황을 회고하고 있다. 이에 따르면 새로운 사상조류는 『백조』를 해체시킨 원인이기도 했지만, 『백조』의 정체성 확보의 의지 표명을 반증하는 것이기도 했다.[15]

> 신소설이 만일 반봉건적 내지는 시민화하고 있는 상층의 문학이라면 춘원은 시민이 사회의 전면에 등장한 시대 문학이며, 자연주의는 소시민이 사회사의 무대에서 일정한 역할을 연하던 시대의 문학이고, 다시 『백조白潮』의 문학은 소시민이 사회적 고독 가운데 들어선 시대의 문학이다. (…중략…) 『백조白潮』의 문학은 일면 재래 시민문학의 위기의 표현이면서 동시에 다른 새 문학의 탄생의 전조이었고 혹은 그것의 매개자이었다.[16]

13 김기진, 「한개의불빗」, 위의 책, 383면.
14 박영희, 「文壇의 그 시절을 回想한다－退色해가는 象牙塔 下」, 『조선일보』, 1933.9.15.
15 "『백조』를 발행한 문화사는 사상잡지 『흑조』도 기획했는데, 이는 『피는 꽃』과 『서광』, 『문우』를 함께 만들어 왔던 정백을 고려한 것이었다. 그러나 정백은 홍사용과 견해 차이를 보이고, 한국 최초의 좌익잡지라는 『신생활』(1922.3)을 담당하게 되었다. 이는 과거에 '문화'라는 범주에 함께 묶였던 문학과 사상이 분화되는 것을 뜻했다"(정우택, 앞의 글, 61면)라는 사실을 통해 알 수 있는 것은 『백조』의 사상이 사회주의는 아니었다는 점이다.
16 임화, 임화문학예술전집편찬위원회 편, 『임화문학예술전집』 3, 소명출판, 2009, 481면.

『백조』에 대한 재평가는 다름 아닌 카프의 서기장이었던 임화로부터 제시된다. 「『백조』의 문학사적 의의」에서 그는 조선의 문예사조사를 고전주의-낭만주의-사실주의-자연주의-세기말적 경향이라는 도식으로 이해한 뒤, 낭만주의의 자리에 『백조』를 집어넣는다. 그가 퇴폐적 경향이 짙은 백조파의 문학을 1930년대 중후반 다시 재구하는 데는 다음의 이유가 있다. 그에 따르면 『백조』는 시민문학의 위기의 표현인 동시에 새로운 문학 탄생의 전조로서 그 전형을 보여준다. 『백조』는 낭만주의를 분명하게 견지하고 있지만, 그들의 낭만주의는 다른 맹목적 문학주의의 특권의식에서 비롯된 부르주아의 성격을 띠는 것은 아니었다. 그들은 오히려 지식인의 과장된 허위를 포장하는 차원의 낭만주의가 아니라 현실에 대한 위기의식을 문학적으로 형상화했다는 측면에서 임화의 혁명적 로맨티시즘을 부연함에 있어 적절한 사례였던 것이다.[17] 이 같은 임화의 논리는 『백조』의 낭만주의를 적극적으로 읽어냈다는 점에서 주목할 만하다. 특히 시에 나타나는 퇴폐적·몽상적 경향은 "현실現實에의 절망絶望과 거부拒否로 시작하여 현실現實을 도피逃避한 곧에 자기정신왕국自己精神王國을 세우랴한 것"[18]이라는 『백조』를 회고하는 1930년대 문단의 비판적 인식에 한 가지 시사점을 던져주는 것이었다.

17 이철호에 따르면 임화가 발표한 「『白潮』의 문학사적 의의」에서 낭만성의 기원으로서 『백조』를 호명한 이유는 현실 담론의 반성적 계기로서 '생활'을 재구함에 있어 낭만주의적 사유가 필요했기 때문이었다. 다시 말해, 백조파의 문학사적 의의가 어떤 것이었든 간에 임화에게 필요한 것은 문학의 볼셰비키화가 실패로 돌아간 이후 정치적 입지가 난처해진 상황에서 카프문학의 핵심인 '현실' 개념을 어떻게 정립할지에 대한 문제였으며, 이를 위해 "'생활'이라는 용어를 재전유하는 방식"(이철호, 「카프 문학비평의 낭만주의적 기원-임화와 김남천 비평에 대한 소고」, 『한국문학연구』 47, 동국대 한국문학연구소, 2014, 198면)으로서 『백조』의 낭만주의를 활용했던 것이다.

18 김광균, 「三十年代의 詩運動」, 『경향신문』, 1948.2.29.

1920년대에 다양한 동인지 및 잡지가 성행했던 까닭은 문학이 더 이상 선구자의 전유물이 아니라 개인의 예술로서 수용되는 양상을 보여준다는 측면에서 주목을 요한다. 즉 문학이 어느 특권층의 향유물이나 사상집단의 기획물이 아니라 개인의 층위에서 진정한 예술로서 이해되어야 한다는 의식이 촉발된 것이다. 이는 낭만주의의 핵심원리이기도 하며 1920년대 일본의 아방가르드 수용에 대한 반동의 의미로 작용할 수도 있는 지점이다. 이 같은 관점을 주지할 때, 임화의 『백조』에 대한 재조명은 그들의 문학사적 위치를 근대문학의 새로운 지향으로서 선구자적 문학의 탈피와 신경향 문학의 도래 사이에 '낀' 주체로서 '낭만주의의 확보'를 고민해야 하는 매개자로서 파악하게끔 한다. 근대문학에 대한 뚜렷한 정체성이 없었던 시기에 문학을 미학적으로 인식하려던 적극적 시도가 바로 낭만주의였으며, 이것이 온전하게 조선의 낭만주의로 자리 잡기에는 물리적인 시간이 매우 부족했다는 측면을 고려할 때, 계몽주의 문학과 신경향파 문학 사이의 낭만주의는 조선의 근대문학의 예술성을 담보할 수 있는 하나의 대표 형식으로서 필요했던 것이다. 따라서 신경향파 문학의 등장으로 『백조』는 공중분해 되었지만, 역설적으로 '전향'되지 않은 이유를 통해 전근대문학과 신경향파 문학 사이에 '낀 주체'로서 이의제기의 공간으로 상정될 수 있다.

2. 이의제기의 공간–'백조시대白潮時代'

회고록[19]은 개인의 주관적 진술이자 증언이라는 점에서 '역사적 의미'를 충분히 담보할 수 있는가 하는 문제에는 의문의 여지가 있다. 그럼에도 불구하고 '백조시대'에 대한 동인들의 기억, 그리고 동인 바깥의 문인들, 출판인들의 회고가 비교적 공통적이라는 점에서 회고록은 하나의 집단기억이 될 수 있고, 이는 '경험의 장소'[20]로서 『백조』의 의미를 확장시키는 방증이 된다. 앞서 살폈듯 『백조』의 "사춘기적思春期的 페이소스가 살벌한 현실의 문학에 부닥칠 때 쉽사리 동요하리라는 것은 당연한 일"이었으며, "사회주의문학론社會主義文學論을 제창하는 데서부터 '백조'의 꿈은 무너지기 시작했다"[21]는 김병익의 언급에서도 알 수 있듯, 『백조』가 폐간에 이르게 된 주요 원인은 신경향파 문학의 대두였다. 그럼에도 불구하고 백조파는 자신들의 문단 행적을 수정하지 않고 오히려 『백조』를 '백조시대'로 격상시켜 놓는다. 이는 역설적으로 한국 근대문학의 과도기적 공간이었던

19 이 절에서 살필 회고록은 1933년 박영희가 『조선일보』에 9월 13일부터 10월 15일까지 연재한 『文壇의 그 시절을 回想한다』의 「白潮」편과 1968년 『동아일보』에서 기획한 『側面으로 본 新文學 60年』 8회에 수록된 박종화의 「白潮時代」 편, 홍사용의 평론 「白潮時代에 남긴 餘話」(홍사용, 노작문학기념사업회 편, 『홍사용 전집』, 타라북스, 2000, 321~347면)이다. 박영희와 박종화의 회고는 당시 신문자료를 원용하였으며, 홍사용의 평론은 『홍사용 전집』의 원문을 인용했음을 밝힌다.

20 "기억, 개인적이거나 자전적인 구성요소들을 갖는 기억은 전형적으로 구체적인 공간과 장소에 맞춰진다."(Jeff Malpas, 김지혜 역, 『장소와 경험』, 에코리브르, 2014, 228면) 홍사용이나 박종화의 『백조』에 대한 회고에서도 역시 동인의 이름을 하나하나 열거하면서 회고를 시작하는 방식이나, "낙원동"에 위치한 "'토지조사 화인이 찍힌 장사척여 광삼척의 두터운 송판 책상 하나가 자리를 제일 많이 잡고 놓여 있었"던 합숙시절의 "단간흑방"(홍사용, 앞의 책, 321~322면) 등의 구체적인 묘사를 살펴보면 그것은 그것대로 하나의 실제적인 증언으로서 의미를 갖는다 할 것이다.

21 김병익, 「文壇 半世紀(13) 白潮의 浪漫」, 『동아일보』, 1973.5.2.

1920년대 초반의 동인지들이 갖는 의미를 단순한 이행기가 아니라 전근대문학과 신경향파 문학 사이에 위치한 이의제기의 공간으로 도출시키는 논리로 작용한다. 다음을 살펴보자.

> 뒤떠러진 조선청년朝鮮靑年들은 급격急激히 수입輸入되는 자본주의사회資本主義社會의 의식意識에 '스피드폴'로서 침윤浸潤되며 반향反響하려고 노력努力하엿든 것이다. 그러나 이것은 물론勿論 자본주의의식資本主義意識의 초기初期이엿든 것이다. 봉건적의식封建的意識과 그 생활生活에서 자유주의自由主義의 길로 개인주의個人主義의 길로서의 과도기過渡期의 한 계단階段을 형성形成하엿섯스니 그것은 백조사동인白潮社同人뿐만이 아니라 그 시대時代의 예술가藝術家의 주조主潮사상思想이 다 그러히엿든 것이다. (…중략…) 이러한 중中에 백조사白潮社의 동인同人은 초기初期 자본주의資本主義 의식적意識的 반향反響인 젊은 끗업는 심원心願의 꿈을 누구보다도 만히 가슴에 품엇섯스니 이것은 말하자면 낭만주의浪漫主義 문예운동文藝運動의 부대部隊이엿섯다고 생각할 수 잇다. **선진先進한 다른 자주국自主國의 찬란燦爛한 문화文化와 갓치 문화사상운동文化思想運動의 한 계단階段이 장구長久한 시간時間을 요구要求치는 못하엿다 하드라도 조선朝鮮에서는 삼사 년三四年 동안에 한 계단階段을 넘어스게 된 문화운동文化運動의 질적성장質的成長은 여차如此하엿돈 것이다.**[22] (강조는 인용자)

박영희의 언급처럼 근대사회의 자본주의사상의 급격한 유입으로 인해 『백조』가 창간된 전후의 지식인 사회는 전근대적 사상으로서의 유교적인

22 박영희, 「文壇의 그 시절을 回想한다 『白潮』 華麗하던 時代 上」, 『조선일보』, 1933.9.13.

인식보다는 개인주의의 방향으로 나아가고 있었음을 알 수 있다. 이 같은 사회적 인식은 문학에서도 그대로 드러나 개인의 감상, 현실로부터의 도피 등 낭만주의적 경향으로 이행되었다. 이러한 경향을 보이는 것은 『백조』뿐만이 아니었다. 다만 그 무리 중에서도 『백조』는 자본주의에 대한 의식적 반향에 가장 크게 반응하였던 "낭만주의문예운동의 부대"로서 존재했다는 술회에 주목해야 한다. 또 한 가지, 서구의 낭만주의운동이나 가까운 예로 일본의 낭만주의와 달리 조선의 낭만주의운동 내지는 문화사상운동은 숙고의 기간을 거치지 못했다는 고백은 시사하는 바가 크다. 다시 말해서 『백조』를 비롯하여 1920년대 초반 근대문학의 과도기 양상의 주체가 되었던 동인지의 "삼사 년"은 근대문학 형성에 있어 필수불가결의 존재라는 사실을 입증하는 것이며, 이 중에서도 『백조』가 그 "꿈"을 어떤 동인보다도 적극적으로 성취하고자 했다[23]는 의욕적 표현은 '백조시대'에 대한 박영희의 우호적 표현이기도 하겠지만, 『백조』에 시대성을 부여하는 하나의 중요한 증언이라 할 수 있을 것이다. 이 같은 증언은 박종화의 회고를 통해서도 드러난다.

> 빈약한 『문우文友』나 『신청년新青年』, 『장미촌薔薇村』 등으로 우리는 만족할 수 없었다. 그러나 백면서생白面書生인 우리로서 거액巨額의 출판비出版費를 감당할 수 없었다. 몇 번인지 회합會合을 거듭한 나머지 수원水原이 고향故鄕이었

23 "『와일드』의 華奢 『베르레느』의 頹廢 『포－』의 奇性 『뽀드레르』의 放縱… 等의 綜合的氣質의 別型을 白潮時代가 그의 特色으로서 所有하엿섯다"(박영희, 「눈물의 勇士－文壇의 그시절을 回想한다 젊은 『씸볼리즘』 部隊 中」, 『조선일보』, 1933.9.14)는 언급에서도 알 수 있듯, 『백조』는 서구 낭만주의 문학을 폭넓게 수용함으로써, 낭만주의에 대한 종합적 이해를 보여주었다.

던 홍사용洪思容의 종형從兄 홍사중洪思中을 움직여서 비로소 『백조白潮』 창간호創刊號를 내기로 하고 동인同人을 다시 조직하여 홍사용洪思容, 현진건玄鎭建, 이상화李相和, 박영희朴英熙, 나빈羅彬, 노자영盧子泳, 안석영安夕影, 원우전元雨田, 이광수李光洙, 오천석吳天錫으로 호화로운 한국초유韓國初有의 『백조白潮』 창간호創刊號를 편집하고 곧 인쇄印刷에 붙여서 1922년一九二二年 1월一月 1일一日 자로 발간發刊했던 것이다. 이때 발행인發行人은 귀찮고 까다로운 일인日人의 검열제도를 피하기 위해 미국인美國人인 배재학당교장培材學堂校長 '아편설라亞扁薛羅' 씨의 이름으로 했던 것이다. 그러나 배재교장培栽校長에게 일인日人의 압력壓力이 심해 '아펜설라' 씨는 사퇴하고 2二호와 3三호는 발행인發行人에 미국선교사美國宣敎師 '보이스' 부인夫人의 이름을 빌어 한국韓國 랑만문학浸文學의 선구先驅인 『백조白潮』 시대時代를 이루었던 것이다.[24]

박영희가 자본주의 유입의 거시적 흐름 속에서 『백조』의 낭만주의 문예운동을 강조했다면, 박종화는 그보다 더욱 적극적인 태도로 『백조』의 위상을 언급하고 있다. 그는 『백조』 창간 당시를 회고하면서, 그 이전에 있었던 동인지에 대한 불만을 드러냄으로써 『백조』 탄생의 당위성을 강조한다. 그는 당시 백조파로 결성된 필진에 대해 "호화로운"이라는 수식어를 붙이고, "한국 낭만문학의 선구"라는 타이틀을 내세움으로써 당대 동인지 문학의 대표성을 부여한다. 이 두 가지의 회고록을 미루어봤을 때, 『백조』는 분명 문학의 낭만주의운동[25]의 일환으로 이해될 수 있다. 그리

24 박종화, 「側面으로 본 新文學 60年(8) 白潮時代」, 『동아일보』, 1968.3.23.

25 낭만주의운동의 핵심은 과거 담론과 질서로부터 탈피하려는 적극적 시도이자, 미래 담론과 질서로부터 도태되는 폐쇄적 태도로서의 양면성에 있다(Carl Schmitt, 조효원 역, 『정치적 낭만주의』, 에디투스, 2020, 20~23면 참조).

고 이것은 『백조』를 이의제기의 공간, 즉 헤테로토피아로 볼 수 있는 중요한 단초로 작용한다. 백조 동인들이 후일 문단회고에서 『백조』를 하나의 시대로 인식하는 태도가 시사하는 바는 백조파가 조선 문단에서 갖는 상징성을 '시대'라는 단어로 폐쇄시켜버림으로써, 조선적 낭만주의의 확보와 그 연장선상에서 신경향파 문학의 타자로 도태될 수밖에 없는 숙명을 강조함에 더욱 방점이 찍혀 있기 때문이다.

결국 『백조』는 『백조』로 남음으로써, 조선의 '낭만주의 확보'라는 문제와 결부되어 자신들의 문학적 에콜을 사수한 셈이 된 것이다. 이 같이 『백조』가 낭만주의를 고집한 정황은 홍사용의 「육호잡기六號雜記」[26]를 통해서도 드러난다. 가령 "어떤 심한 것은 무엇을 흉내낸다고 민족적 리듬까지 죽여버리고 아무 뜻도 없는 안조옥贋造玉을 만들어 버림을 매우 유감"[27]이라며 기고된 시에 대해 동인 추천을 고사한 홍사용의 태도는 단순히 그들이 추구하는 문학적 경향이 낭만주의라는 것보다 조금 더 포괄적인 의미를 갖고 있었음을 말해준다. 홍사용은 '민족적 리듬'을 말살하고 단순히 맹목적인 낭만주의풍의 문학 작품은 거부하고 있다. 다시 말해 서구 낭만주의 무분별한 수용은 백조파의 스타일이 아니며, 조선적인 근대문학의 예술적 성취라는 관점이 전제된 상태에서 낭만주의를 추수할 때 진정한 문예운동으로서의 의미가 있음을 공표한 것이다. 이는 그의 평론인 「백조시대에 남긴 여화餘話 – 젊은 문학도의 꿈」에서 더욱 구체적으로 확인된다.

그들은 미의 정령을 자유라고 일컬었었다. 전제나 혹은 유덕한 인사에게는

26 『백조』지 말미에 덧붙인 편집후기 형식의 글로 모두 홍사용이 작성했다.
27 홍사용, 「六號雜記」, 『白潮』, 152면.

명령도 복종도 없는 바와 같이 이른바 이 세상의 모든 권위라는 것은 모름지기 그의 덕소를 그 미가 이르는 길목에서 지키고 서서 일부러 집어치워버린 까닭이며 또 미의 정령은 모든 것을 사랑에 의지하여 인도하니니 곧 사랑은 사상이나 모든 물건에 있는 그 미를 지각하고 있는 어련무던한 주인공이니까……. 그래서 영혼으로서 사상과 동작으로…… 영혼을 표현하고 있는 것은 사랑 그것이였었다. 미의 정령은 그들을 시키여 '일체만유 모든 물건에게 그들의 내심으로 경험하고 있는 것과 동일한 그러한 물건을 불러 일깨우도록' 만들어서 사랑에 의지하여 명령하고 있던 것이리라.[28]

예이츠의 술회와 괴테의 작품을 인용하며 그들이 강조하였던 문학정신과 『백조』의 문학정신을 동위적 관점에서 상술하고 있는 이 대목에서 눈여겨보아야 할 것은 바로 '자유'와 '사랑'[29]이라는 관념일 것이다. 홍사용은 괴테의 『파우스트』와 『젊은 베르테르의 슬픔』을 서구문학의 상아탑이라 평가하면서, 그 작품들이 갖는 미덕은 '자유'와 '사랑'을 미학적 가치로의 전유시키고 있기 때문이라 파악했다. 그리고 이는 곧 동인 내에서도 자주 어울렸다는 우전, 노작, 도향, 석영[30]의 방탕하고도 예민한 생활을

28 홍사용, 『홍사용 전집』, 326면.

29 "1920년대에 자기를 표현하는 글쓰기를 내세우며 등장한 문예 동인지는 전 시대와 다른 새로운 글쓰기를 요구하게 된다. 이 요구는 민족과 인류애를 앞세웠던 글쓰기와 차별화되는 자기를 표현해야 한다는 것"(이은주, 「문학 텍스트에 나타난 자기 구성 방식에 대한 시론–「창조」, 「폐허」, 「백조」의 사랑의 담론을 중심으로」, 『상허학보』 6, 상허학회, 2000, 175면)에 대한 고민이었다. 또한 "예술이야말로 그들을 억압하지 않고 자유롭게 하며, 그 점에서 예술은 기존의 도덕보다 더 도덕적인 것"(오문석, 「1920년대 초반 '동인지(同人誌)'에 나타난 예술이론 연구」, 『상허학보』 6, 상허학회, 2000, 91면)이 된다는 인식 하에서 '자유'와 '사랑'은 미학적 가치로서 인식되는 것이다.

30 "우전, 석영, 도향, 노작 이 네 사람은 동인이요 또는 한 방에서 기와를 같이 하는 이만큼 여러 동무들 중에서도 제일 뜻도 맞고 교분도 더욱 두터웠었다."(홍사용, 『홍사용 전집』, 334면)

예술가의 삶으로 치환해주는 정당한 가치로 이해하는 데 근거로 작용한다.[31] 이는 조선사회에 깊이 침윤해 있는 봉건적 관습과 유교사상의 관성에 대한 항의로 호출될 수 있는 '자유'와 '사랑'을 기치로 『백조』의 낭만주의운동은 개인의 우울과 피폐한 현실을 공동체로서 타파하는 것이 아니라 '개인'적으로 접근함으로써 타자의 정동을 이끌어내는 문학의 한 시도라는 점을 시사한다. 이러한 관점은 "백조白潮라는 잡지雜誌는 어떤 주의사상主義思想이 통일統一되어가지고 있는 하나의 집단체集團體가 아니라 다만 문학청년文學靑年의 연구기관研究機關이랄가 발표기관發表機關이랄가"[32]와 같이 양주동과의 대담에서 김기진의 다소 불만 섞인 회고로 표출된 것이기도 하다. 김기진의 언급에도 드러나 있듯, 『백조』는 결사체의 형태가 아니라 일종의 자유주의를 추구하는 데카당적 영혼들의 집합체였던 것이다. 그러나 "위대한 스타일을 배출하지 못한 시대, 대표의 형식을 더 이상 감당하지 못하게 된 시대의 표현"[33]이 되어버린 조선 낭만주의의 결사체는 홍사용의 표현처럼 '낙조'가 되어버린 것이지만, 방점은 '백조시대'의 실패에 있는 것이 아니다. 그것은 오히려 조선의 전근대적인 관습과 새롭게 대

31 "그때 한창 유행하던 퇴폐주의…… '데카당'…… '데카당적'……. 회색 세계로 돌아다니며 유연황망히 돌아설 줄을 모르던 그들의 생활……. 그래서 기생방 경대 앞에서 낮잠에 생코를 골며 창작을 꿈꾸던 그러한 생활 그러한 방자한 생활……. 그러나 그것도 그들은 숭배하던 당시 소위 문학소년들의 눈으로 본다면은 결코 그리 싫고 몹쓸 짓도 아니였으리라. 차라리 그 '데카당' 일파를 가리키어 불운의 천재들의 불기의 용감으로 인습이나 도덕에나 거리끼지 않는 어디까지든지 예술가다운 태도나 생활이라고 찬미의 게송을 드리였을는지도 모르지……."(위의 책, 328면)

32 양주동 외, 「秋夜放談 7」, 『경향신문』, 1958.11.6. 이어서 김기진은 같은 지면에서 "나는 거기에 대단히 不滿을 느껴 될 수 있으면 이것을 하나의 事會革新에 이바지하는 理念을 가진 文學者들의 集團으로 만들고 싶다 이런 생각을 가지고서 맨먼저 朴英熙와 날마다 토론해가지고 『白潮』 雜誌를 어떻게 그런 面으로 思想轉換을 시켜보려고" 노력했음을 밝히고 있다.

33 Carl Schmitt, 앞의 책, 23면.

두된 사회주의 양상 그 어디에도 속하지 않는 낭만주의적 태도를 견지함으로써 '자유'와 '사랑'이라는 가치를 추구한 문예운동의 한 '시대'로 표상하고자 했던 의지에서 발견된다. 이처럼 『백조』가 조선의 낭만주의를 확보했다는 가설은 그들의 이원화된 낭만주의적 태도로써 가능한 사실이 된다. 전근대적 문학적 인식에 대한, 혹은 계몽주의문학에 대한 반동으로서, 그리고 서구문학의 적극적인 수용으로서 전위적인 위치에서의 낭만주의로 시작한 『백조』는 사회주의와 함께 변화하는 것이 아니라 오히려 자신들의 예술적 지향을 고수함으로써 '전통적인 것'이 되어버린다. 이 같은 특징으로 말미암아 『백조』는 현실세계의 모든 질서를 본능적으로 거부하는 이의제기의 장이라는 정체성을 생성하며 낭만주의 관점에서 전위와 전통의 중층을 이루는 헤테로토피아가 된 것이다.

3. 근대 공간 체현과 실존의 문제

『백조』의 정체성은 작품을 통해 더욱 선명하게 나타난다. 근대공간을 체현함에 있어 일본과 달리 조선은 근대 이입의 강제라는 외연적 환경과 근대적 개인이라는 내면적 욕망의 이중구도하에 있었다.[34] 『백조』가 체현

34 이 과정에서 '경성'을 근대 공간으로서 체현할 때 그것은 근대 문명에 대한 생경한 경험을 문학화하는 소스가 된다. 이와 관련하여 이재봉, 「근대 사적 공간과 문학의 내면 공간」, 『한국문학론총』, 한국문학회, 2008; 장일구, 「한국 근대문학과 장소의 사회학-공간의 인문적 의미망-실존적 해석학을 단서로 한 시론」, 『현대문학이론연구』 38, 현대문학이론학회, 2009; 박주택, 「김기림 시의 근대와 근대 공간 체현」, 『비교한국학』 27-2, 국제비교한국학회, 2019; 임영봉, 「일제 강점기 한국 근대문학에 나타나는 다방공간의 재현 양상-소설 장르를 중심으로」, 『우리문학연구』 70, 우리문학회, 2021 등을 참조.

한 근대공간은 우상의 근거지가 되거나 생경한 체험에 따른 묘사라기보다는 그 이면에 있는 인간의 불안과 죽음에로의 도정을 보여준다는 점에서 실존적인 측면이 돋보인다. 『백조』의 시와 1910년대를 전후한 일본 상징시의 공간을 비교[35]하는 까닭이 여기에 있다. 조선과 일본의 문인들이 체현한 근대적 장소[36]의 차이를 바탕으로 주체 양상을 고찰하는 과정에서 그들이 근대로의 급진적인 이행에 반동의식을 감각하는 것에는 접점을 보여주면서도, 반동주체의 의식이 뻗어나가는 방향은 상이하다는 특징에 초점을 맞추면 『백조』의 시에 나타난 공간은 실존적 사유에서 도출된 헤테로토피아임을 확인할 수 있다.

이에 앞서 『백조』의 시와 일본 상징주의시의 연결고리를 먼저 짚고 넘어가고자 한다. 조선의 상징주의 수용 양상은 1910년대 중후반 근대시의 이론과 체제를 정립하기 위해 김억, 주요한, 황석우 등이 수용하였던 서구 문예사조의 영향관계에서 자유롭지 못한 측면이 있다. 그 중에서도 특히 황석우가 주재했던 『장미촌』이 『백조』의 전신격인 시 전문 동인지라는 점에서 그의 상징주의론을 주목하지 않을 수 없다.[37] 황석우는 『폐허』 창간

35 일본과 조선의 낭만주의를 비교함에 있어 『백조』의 시가 꼭지가 된 논의는 고영자, 「한일초기낭만주의시의 비교구명 – 등촌(藤村)의 시와 『백조(白潮)』 동인의 시를 중심으로」, 『일어일문학연구』 7, 한국일어일문학회, 1985, 78~79면을 참조. 이 글에서도 서구 문예사조의 영향으로부터 일본과 조선이 자유로울 수 없다는 지적을 하고 있다. 다만 본 글에서는 전근대적 사상에 대한 반동의식으로 추동된 낭만주의의 표출로서 일본과 조선의 시가 갖는 "人間感情의 自然스런 표출을 억압하는 데 대한 一種의 反抗을 意味"한다는 관점을 수용하면서도 그 방점을 '공간'에 두고 있음을 밝힌다.

36 장소성이란 주체의 욕망이 투영된 특정 공간으로서 장소의 역사적 발생을 의미한다. 다시 말해 "로컬의 구체적 장소에 밀착된 역사의 다양한 주름들을 확인하고 그 장소가 갖는 역동성과 가능성을 타진하여 확보된"(문재원, 「요산 소설에 나타난 장소성」, 『현대문학이론연구』 36, 현대문학이론학회, 2009, 122면) 것이 바로 장소성이다.

37 "朝鮮에 當時 所爲 新體詩가 언케 누구의 손으로부터 濫觴되엿는지 나는 그것을 仔細히 몰으나 六堂이 "靑春"에 실녓든 唱歌體의 "노래" 갓흔 것은 新體詩의 發祥으로 보아 大差가 업슴

호를 통해 「일본시단日本詩壇의 이대경향二大傾向(一)－부상징주의附象徵主義」라는 글에서 일본 상징주의를 다루었다.[38] 그는 "일본시단日本詩壇의 주조主潮는 일언一言으로 말하면 물론勿論 구어시口語詩의 자유시운동自由詩運動이라 하겟다. 그러나 이 주조主潮만에는 미키 로후三木露風, 히나츠 코노스케日夏耿之介를 비롯하여 (…중략…) 여러 청년시인靑年詩人의 손에 의依하여" 일어난 일본의 "상징주의운동象徵主義運動"에 대해 언급하면서 미키 로후三木露風와 기타하라 하쿠슈北原白秋, 히나츠 코노스케日夏耿之介 등 일본 상징주의 시인을 소개하고 특히 그 중에서도 미키 로후의 "「폐원廢園」, 「고적한 새벽」, 「흰 손의 엽인獵人」, 「환幻의 전도田圖」" 등을 일본 상징주의의 대표 작품으로 판단하였다.[39] 이처럼 1920년대 상징주의는 프랑스나 독일 등 서구의 영향을

즉하다. 만일 그때부터 始作이 되엿다 假定하면 이미 十餘年의 歲月이 經過하엿다. 그 뒤에 記憶에 依하건대 (…중략…) 黃錫禹氏의 象徵詩에 對한 理論과 그 作이 盛히 發表되든 때도 그 즈음이라 생각한다. 朝鮮의 詩誌로 처음 나온 "薔薇村"에는 黃錫禹氏等의 努力이 잇섯고 나는 그 中에 朴懷月氏의 作이 잇섯든 것을 記憶한다."(양주동, 「詩壇의 回顧 二 詩人選集을 읽고」, 『동아일보』, 1926.11.30)

38 일본의 낭만주의는 1893년 창간된 종합문예지 『문학계(文學界)』에서부터 시작되었다. 『문학계』를 창간하고 낭만주의문학을 사상적으로 대변하였던 기타무라 도코쿠(北村透谷)는 당시 장편서사시나 드라마 형식의 극시를 발표함으로써, 모리 오오가이(森鷗外)나 오치아이 나오부미(落合直文) 등 서양시 번역을 통해 신체시의 골격을 갖추어가던 근대시 초기의 행보와는 다른 국면을 제시했다. 이후 시마자키 도손과 도이 반스이 등 낭만시의 대표시인이 등장하여 당대 봉건적 관습에 저항하는 연애주의 시편과 서구의 사고방식에 따른 감정적 해방의 욕망을 시에 가감 없이 드러냈다. 시마자키 도손이 일본 낭만주의문학의 개화를 담당했다면, 1900년 창간된 『明星』을 통해 요사노 뎃칸(与謝野鉄幹), 마에다 린가이(前田林外), 소마 교후(相馬御風), 이시카와 다쿠보쿠(石川啄木) 등이 문예지 시대를 열면서 근대문학으로서 낭만주의문학을 정립시켰다. 이후 말라르메나 보들레르, 베를렌 등 프랑스 상징주의 시를 우에다 빈(上田敏)이 번역한 『해조음(海潮音)』을 통해 일본 낭만주의는 본격적인 상징시의 국면을 맞이하며 대정기에 이르러 미키 로후와 기타하라 하쿠슈가 상징시의 제 2기를 개괄한다(萩原朔太郎 외, 임용택 역, 「일본현대시의 발자취」, 『일본현대대표시선』, 창비, 2018, 287~291면 참조).

39 『廢墟』 創刊號, 1920, 76~77면. 이와 관련하여 황석우의 「日本詩壇의二大傾向(一)－附象徵主義」가 "오카자키 요시에(岡崎義恵)의 「현시단의 조망(現詩の瞰望)」(1918.7)을 참조한 것"으로 일본의 현대문학사와 견주어도 타당한 논리를 획득한 글이었음을 밝힌 논의에

받기도 했으나 일본의 영향도 간과할 수 없음은 주지의 사실이다.[40]

그러나 상징주의에 대한 문인들의 관심은 빠르게 소멸되고 말았다. 그 이유에는 상징주의가 일본에서는 이미 옛것이 되어버렸다는 사정도 없잖아 존재했을 것이지만, 앞서 살핀 것처럼 신경향파 문학의 대두라는 거대한 맥락과 함께 유행처럼 사라져버렸다는 것이 더욱 큰 요인으로 분석된다. 다시 말해 여기에는 서구의 상징주의 작품을 번역하고 개념을 소개함에 있어서 적극적이었던 주요한, 황석우는 물론이고 시의 근대적 포에지보다는 형식적 리듬의 근대성에 대해 고민하고 있었던 김억처럼 문예사조에 대한 정치적 접근이 이뤄지지 않았다는 점에서 그 동력을 상실한 원인이 컸다. 그러나 『장미촌』은 최초의 시 전문 동인지라는 점에서 문예사조적 의의가 있고 백조파의 박종화가 언급하였듯, 『문우』, 『신청년』 등과 함께 『백조』를 예비하는 차원으로서의 동인지로 평가받았다는 사실도 중요하다. 이 같은 사정으로 말미암아 『장미촌』은 조선 낭만주의의 과도기적 성격을 규명함에 있어 한 사례로 상정되어 왔다. 이 과정에서 일본 상징시인들과 황석우의 교류, 그리고 상징주의 경향이 백조파 시인들에 의해 채택되었다는 꼭지를 통해 중요한 연결고리를 얻을 수 있다.[41] 물론

대해서는 구인모, 「한국의 일본 상징주의 문학 번역과 그 수용–주요한과 황석우를 중심으로」, 『국제어문』 45, 국제어문학회, 2009, 13~17면 참조.

40 이와 관련하여 "일본의 상징주의 시의 번역 또한 그러한 장(근대적인 의미의 포에지 혹은 문학성을 체현하는 장)으로서의 역할을 했을 것으로 미루어 짐작할 수 있을 터이나, 그러한 사정을 규명하기란 좀처럼 쉽지 않은 것이 사실이다. 그럼에도 불구하고 주요한과 황석우의 일본 상징주의 문학 번역과 소개가, 저마다 서로 다른 문학적 취향과 입장에서 이루어졌으나, 특히 기타하라 하쿠슈의 「미친 거리」를 번역한 점에서는 일치한다는 사정을 보다 적극적으로 읽을 필요가 있다"(위의 글, 125면. 괄호 부기는 인용자)고 강조한 논의 또한 존재한다.

41 "南大門 밖 紫岩洞(巡廳洞 옆)을 중심으로 해서 같은 학교에 다니던 나와 鄭栢, 露雀 洪思容은 「曙光社」에서 發行하는 文藝誌 「文友」를 創刊했고 같은 동네에서 자라난 懷月 朴英熙와 稻香羅彬, 崔承一은 「新青年」이라는 文藝誌를 同人誌로 刊行했다. 한해를 지나서 一九二一

"당시 유행주의의 문제이었던 상징 낭만 퇴폐 회색 다다 등 그 따위의 이야기로 실증도 없이 열심히…… 밤이나 낮이나 잘도 떠들었었다. 그리고 또 그 문단에 나타난 신작의 비평 도색桃色 문예작가에 대한 평판…… 또 외국작가로는 '괴테'니 '하이네'니 '괠렌'이니 '모파상'이니 '로망롤랑'이나 '브라우닝'이니 하는 이의 이름이 그들의 논중인論中人이요 의중인意中人으로 영원 유구한 몽상 탑 그림자이었었다"[42]라는 홍사용의 술회를 통해서도 알 수 있듯『백조』는 그들의 시세계 형성에 있어 일본의 상징주의를 핵심으로 사유한 것은 아니다. 다만『백조』의 상징주의시와 일본의 상징시의 본원이 '프랑스 상징주의'에 있음에도 불구하고 공간 표상의 상이함이 존재한다는 사실은 시사하는 바가 크다.

> 나는 생각한다, 말세의 사교 크리스천 제우스의 마법.
> 흑선의 까삐딴을, 홍모의 신비스런 나라를,
> 빠알간 비이도로를, 향기 예리한 안쟈베이이루
> 남만의 산토메 비단을, 또한 아라키, 진따의 미주를.
>
> 눈이 파란 도미니카 사람은 다라니 경전을 읊으며 꿈에서 말한다,
> 금문의 신을, 혹은 피로 물든 크루스,
> 겨자씨를 사과처럼 들여본다는 눈속임 장치,
> 빠라이소 하늘까지 늘려 줄여 보이는 기이한 안경을[43]

年에는 黃錫禹, 卞榮魯, 吳相淳, 朴英熙와 함께 한국 최초의 詩專門誌 「薔薇村」을 刊行했다" (박종화, 앞의 글, 1968.3.23)라는 박종화의 회고를 통해 1920년대 동인지를 둘러싼 이들의 인적 교류를 확인할 수 있다.

42 홍사용, 앞의 글, 323면.

기타하라 하쿠슈의 「사종문비곡邪宗門祕曲」은 공간을 구체적으로 제시하고 있지는 않지만 서구 기독교 사상을 유추할 수 있는 정황이 다수 발견된다.[44] 「사종문비곡邪宗門祕曲」은 일본의 초창기 근대시가 보여주었던 7·5조의 정형적 음률에서 벗어나 난해한 기표를 통해 전통적인 서정성을 탈각한 근대적 풍경을 소묘하고 있다. 다시 말해 시적 의미의 맥락을 파악할 수 없는 서구적 기표를 나열함으로써 동양적 풍경을 의도적으로 삭제하고 있는 것이다. 이 시어들을 자세히 살펴보자면, "흑선의 까삐딴"은 큐슈 나가사키 현에 있었던 네덜란드 상점의 책임자를 의미하며 이 외에도 포르투갈어인 "비이도로vidro", 네덜란드 술 "아라키arak", 스페인어로 십자가를 뜻하는 "크루스cruz" 등 일본의 근대가 도래했음을 유추할 수 있는 서구의 상징적인 도상이미지를 사용하고 있다. 이를 통해 주조한 근대의 생경한 풍경은 일본의 봉건적 문화로부터 기독교를 수반한 서구의 근대적 정신으로의 이행을 지켜보는 시적 주체의 모습을 형상화한다. 따라서 「사종문비곡邪宗門祕曲」에는 "겨자씨를 사과처럼 들여다보는 눈속임 장치"처럼 기표를 통해 본질을 감추면서도 이 같은 상상적 기표가 상징계로의 진입을 욕망하는 테제가 되어 근대시의 새로운 형식을 시도하려는 시인의 의도가 담겨 있다. 그리고 이 같은 포에지의 재현을 나타내는 장소는 바로 "빠라이소"이다. 포르투갈어로 'paraiso' 즉 천국을 뜻하는 이 시어를 통해 시의 근대성 체현을 위한 유토피아를 표현하고 있는 것이다.

43 北原白秋, 「邪宗門祕曲」, 『邪宗門』, 易風社, 1909(萩原朔太郎 외, 앞의 책, 45면. 이하 본 논의에서 인용된 일본시의 경우 원전의 출전을 밝히되, 번역본의 번역문을 인용했음을 밝힌다).

44 "초기 상징시의 다음 세대로 처음 포문을 연 것은 1909년에 『사종문(邪宗門)』을 발표한 기타하라 하쿠슈이다."(왕신영, 「일본의 초기상징주의의 형성과정」, 『비교문학』 66, 한국비교문학회, 2015, 120면)

저녁의 피무든 동굴洞窟속으로
아-밋업는, 그동굴洞窟속으로
굿도모르고
굿도모르고
나는 걱구러지련다
나는 파뭇치이련다.

가을의 병든 微風의품에다
아! 꿈꾸는 미풍의품에다
낫도모르고
밤도모르고
나는 술취한집을 세우련다
나는 속압흔우슴을 비즈련다.[45]

반면 이상화의 「말세末世의희탄唏嘆」에서는 끝없는 절망의 징후가 형상화된 공간인 "동굴" 속으로 파고드는 화자가 보인다. 이 시에서는 기타하라 하쿠슈가 보여준 것처럼 근대 공간에 대한 이상적인 시선은 드러나지 않는다. 다만 "저녁의 피"가 묻어 있는 "동굴" 속에 어떤 위험이 도사리고 있는지, 그것이 죽음의 공간은 아닌지에 대한 '불안'으로 점철되어 있을 뿐이다. 중요한 사실은 보편적으로 종국에는 탈출의 희망을 상징하는 '동굴'을 두고 화자는 탈출이 아닌 잠입을 감행한다. 화자는 "걱구러"지고 "파뭇

45 이상화, 「末世의唏嘆」, 『白潮』, 69면(이하 이 글에서 인용된 『백조』의 시는 영인본을 원전으로 함을 밝힌다).

치”면서 “낫도모르고 / 밤도모르고” 어둠뿐인 동굴 속에 “술취한집”을 세우겠다고 말한다. 그리고 그 술취한 집에서 “속압흔우슴”을 빚겠다는 의지를 드러낸다. 동굴이라는 특정 공간 표상을 통해 현실 세계를 우울한 어둠의 세계로 인식한 시인의 내적 갈등을 상징하고 있는 이 시는 ‘속 아픈 웃음’이라는 역설적 표현으로 더욱 추상화되고 낭만적 사유로 점철되고 있음을 알 수 있다. 또한 이 시의 상징 공간이라 할 수 있는 ‘동굴’은 화자가 타의가 아닌 자의로 선택한 공간이라는 점에서 중요하다. 이를 두고 현실도피의 공간으로 평가할 여지가 없는 것도 아니나, 애상적 주체로 전락해버린 현실의 지식인이 근대 허상을 체현한 공간으로 해석할 수도 있다. 이 같은 관점을 견지하면서 일본의 상징시와 비교해볼 때, 『백조』의 상징주의시가 갖는 공간의 양상은 특징적이다.

4. 폐쇄된 이상, 인간 회복의 공간

이상화의 「나의 침실寢室로」, 박영희의 「월광月光으로 짠 병실病室」, 박종화의 「밀실密室로 도라가다」에서 보여주는 퇴폐적이면서도 상징주의적인 시풍은 일본의 상징시들이 갖는 관념적인 공간과 그 색채가 상이하다. 앞서 살폈듯 두 상징주의의 기원은 모두 프랑스 상징주의문학의 세기말적 퇴폐성이라 할 수 있겠으나 여기에는 시대정신이 반영되어 미묘한 뉘앙스의 차이가 존재한다. 이는 앞서 살펴본 이상화의 「말세末世의 희탄唏嘆」과 기타하라 하쿠슈의 「사종문비곡邪宗門祕曲」에서도 유추할 수 있었듯, 근대국가와 동아시아 패권에의 야욕을 갖고 있던 일본의 정치적 공간과 식민지

문학의 민족성과 근대성 사이를 길항하던 조선의 정치적 공간의 차이에 연원한다. 일본의 경우는 문학의 근대성을 확보하는 차원이 전통적 형식과 제도로부터의 탈피에 국한되어 있었다. 와타나베 가즈야스渡邊和靖가 근세에도막부와 근대메이지의 연속성을 성립시킬 수 없는 사정 가운데 '서양'의 사상이 존재한다고 주장했던 것처럼, 일본의 근대는 서구에서 촉발된 것이며 근세의 자생적인 발전으로서의 의미는 미약하였다.[46] 그렇기 때문에 근대문학을 성립함에 있어서도 근세 시대의 봉건적 관점을 극복하면서도 어떻게 일본 고유의 정신을 계승할 수 있을까에 대한 고민으로부터 일본의 낭만주의문학은 수립되었던 것이다. 이에 반해 조선의 낭만주의문학은 민족문학의 계몽주의적 태도를 탈피함과 동시에 전통적인 시공간을 근대적인 것으로 끌어올려야 하는 이중구속의 처지에 놓여 있었다. 이 같은 관점에서 바라보았을 때, 조선과 일본의 상징주의시가 보여주는 차이는 퇴폐성에서 대별되는 것이 아니라 시의 상징적인 공간에서 궁극적인 차이를 가진다.

①

七

낙엽송 숲 내리는 비는
쓸쓸하니 더욱 고요하여라.
뻐꾸기 울고 있을 뿐이어라.
낙엽송 젖고 있을 뿐이어라.

46 佐藤弘夫, 성해준 외역, 『일본사상사』, 논형, 2009 참조.

八

세상이여, 애틋하여라.

덧없으나 기쁘기도 하여라.

산과 강에 산과 강소리,

낙엽송에 낙엽송 바람소리.[47]

②

『마돈나』밤이주는꿈, 우리가얽는꿈, 사람이안고궁그는목숨의꿈이다르지 안흐니,

아, 어린애가슴처럼세월모르는나의침실寢室로가자, 아름답고오랜거긔로.

『마돈나』별들의웃음도흐려지려하고, 어둔밤물결도자자지려는도다,

아, 안개가살아지기전으로, 네가와야지, 나의아씨여, 너를부른다.[48]

인용한 ①은 기타하라 하쿠슈의 「낙엽송落葉松」이며, ②는 이상화의 「나의 침실寢室로」이다. 이 두 작품에는 모두 이상적 공간이 등장한다.[49] 주지하다시피 유토피아는 주체의 욕망이 형상화되어 있는 이상적인 공간이자 실제로 존재하지 않는 공간으로서 일종의 관념 공간이라는 특징을 가지며, 이를 현실에 존재하는 공간이자 이의제기의 공간 개념으로 확장시킨

47 北原白秋, 「落葉松」, 『水墨集』, アルス, 1923(萩原朔太郎 외, 앞의 책, 52면).

48 이상화, 「나의寢室로」, 『白潮』, 13면.

49 유토피아 개념을 최초로 제시한 것은 토마스 모어이며, 이 글에서 굳이 유토피아를 경유하여 푸코의 헤테로토피아 개념을 차용하는 이유는, 유토피아의 개념이 '이상 공간+없는 공간'의 도식에서 출발한 추상적이고 관념적인 공간이라는 사실이 헤테로토피아에도 그대로 적용하고 있으며, 단지 그 차이가 실제성에 기초한다는 것을 강조하기 위함이다.

것이 바로 헤테로토피아이다. 헤테로토피아에는 다양한 유형이 있는데, 그것은 묘지, 정원, 다락방, 매음굴, 식민지 등이다. 이 헤테로토피아의 핵심원리는 '일탈'과 '중층결정'에 있다. 그것은 현실에서 실제로 존재하는 '반동의식'이 허용된 공간이자, 규제규율과 접맥해 있는 공간이다. 그렇기 때문에 "헤테로토피아들은 다른 모든 공간에 대한 이의제기이다".[50] 다시 말해 주체의 욕망을 일시적으로 해소할 수 있는 공간이면서, 현실세계에 실제로 존재함으로써 존재 자체로서 정치성을 갖는 상징적 표상을 통해 전유된 공간이 바로 헤테로토피아인 것이다. 이 같은 관점에서 볼 때 ①의 특징은 다음과 같다. ①에 등장하는 "낙엽송 숲"은 "1922년 아마사산기슭의 낙엽송림을 찾아 시간을 보내곤"[51] 했던 그때의 실제 장소이며 시인의 안식처였다는 사실을 유추해볼 수 있다. 화자는 숲속의 정취를 만끽하면서도, 숲의 전경을 통해 자신의 애상을 현실의 것으로 전유시킨다. 개인의 정서를 세계와 합일시킴으로써, 낙엽송 숲이라는 특정 장소를 상징 공간으로 형상화하고 있는 것이다. 중요한 점은 이 같은 세계와 개인의 정합성이 자연에 대한 탐미의식으로 점철되어 있다는 것이다. 즉 시인은 내면의 심리적 치유를 가능케 하는 이상적 공간으로서 '낙엽송 숲'을 체험함으로써 자연을 욕망하고 있음을 알 수 있다. 이는 「사종문비곡邪宗門秘曲」이 보여주었던 근대 문화의 핵심인 '종교'에 대한 강력한 체험과는 대비되는 태도로서, 급속도로 변화하는 근대사회에서 개인의 안식을 추구하는 안식의 장소로서 '낙엽송 숲'이라는 공간 표상을 제시하는 것으로 이해할 수 있다.

50 Michel Foucault, 이상길 역, 『헤테로토피아』, 문학과지성사, 2014, 24면.
51 萩原朔太郎 외, 앞의 책, 52면.

반면 ②는 "침실寢室"이라는 구체적 공간을 제시하는데, 그 의미는 다중적이다. 이 침실은 '죽음'의 공간을 상징하는지 '에로스'를 충족하는 공간을 상징하는지 잘 드러나 있지 않기 때문이다. 그럼에도 불구하고 ①과 비교해 봤을 때 공통적인 점은 "세월모르는" 화자의 순수한 내면이 충족될 수 있는 이상적 공간이자, 시적 화자의 불안한 상태를 즉각적으로 회복할 수 있다고 믿어지는 헤테로토피아라는 것이다. 이 같은 관점에서 봤을 때, '낙엽송 숲'과 '침실'은 '근대'가 도래한 현실 공간에 대한 반동이라는 점에서 맞닿아 있다. 그러나 '침실'은 '낙엽송 숲'과 달리 '이차적 자연'으로서 나타난 공간이다. 이차적 자연이란 인간 주체의 상징 질서 이전에 이미 존재하였던 자연으로서의 일차적 자연이 아니라, 인간 존재의 본능적 주체를 인식함으로써 근대성을 담보하지 않는 공간으로 설계된 상징 질서를 의미[52]하는데, 이상화의 '침실'은 바로 이 같은 특징을 갖고 있다. 작품에서도 드러나듯 화자는 "마돈나"를 반복하여 호명하면서, "나의침실로가자, 아름답고오랜거긔로"라고 권유한다. 여기서 '마돈나'는 근대적 산물로서 '성모 마리아'를 달리 부르는 것이다. "안개가살아지기전에" 돌아가야 한다는 촉박한 내면 심리는 현실 세계에서는 견딜 수 없는 압박이 존재한다는 사실을 유추하게끔 만들며, 침실이 곧 죽음의 공간인지 에로스의 공간인지 단정하기란 쉽지 않지만 '마돈나'를 통해 근대를 경험한 화자가 그곳에서 벗어나 존재의 본원적 근거지인 '이차적 자연으로서의 공간'으로 회귀하려는 사유를 보여준다는 점에서 중요하다.

52 Henri Lefebvre, 양영란 역, 『공간의 생산』, 에코리브르, 2011 참조.

③

나는 본다.
폐원 깊숙한 곳,
때마침 소리없이 꽃잎 흩날리고.
바람의 발자국,
고요한 오후 햇살 아래,
사라져가는 다정한 5월의 뒷모습을.

하늘 은은하게 푸르름을 펼치고
꿈 깊은 나무에서 지저귀는, 허무한 새.

아 지금, 정원 속
'추억'은 고개를 떨구고,
다시금 호젓이 눈물 짓지만
그 '시간'만은
서글픈 향기의 흔적을 지나
달콤한 내 마음을 흔들고 또 흔들며
일찌감치 즐거운 안식처인
집을 나선다.[53]

④

53 三木露風, 「去りゆく五月の詩」, 『廢園』, 光華書房, 1909(萩原朔太郎 외, 앞의 책, 41면).

달비치가장, 거리찜업시흐르는

넓은바다까, 모래우에다

나는, 내압흔, 마음을, 쉬게하려고

족으마한, 병실病室을맨들려하야

달비츠로, 쉬지안코, 짜고잇도다.

가장어린애가티 비인나의마음은

이때에처음으로, 무셔움을 알엇다.[54]

기타하라 하쿠슈와 비슷한 시기에 활동했던 미키 로후의 「사라져가는 5월月의 시詩」(이하 ③)에는 "폐원"이라는 공간이 제시되어 있다. 시집의 제목 역시 『폐원廢園』인 것을 살폈을 때, 그 의미는 '허물어진 정원'[55] 정도로 해석할 수 있다. 이곳에서 화자는 "사라져가는 다정한 5월의 뒷모습"을 지켜보며 "허무한 새. // 아 지금, 정원 속 / '추억'"에 대한 자신의 애상을 드러낸다. "5월"은 "서글픈 향기의 흔적을 지나"간 청춘에 대한 시적 화자의 회고가 담겨 있는 시간이다. 이는 앞서 살핀 ②의 '침실'이 보여준 인간 본원의 실존적 주체를 회복할 수 있는 가능성의 장소로서 작용했던 것처럼 '폐원' 또한 동일한 역할을 할 수 있다는 사실을 추정해볼 수 있는 대목이다. 화자는 '폐원'을 "일찌감치 즐거운 안식처인 / 집"으로 긍정함으로써 헤테로토피아적 공간 표상[56]으로서 그 인식을 드러내고 있기 때문이

54 박영희, 「月光으로짠病室」, 『白潮』, 47면.

55 ""폐원"은 시인이 시를 쓸 당시 거주하던 도쿄 외곽의 작은 집에 딸린 황폐한 정원이다."(萩原朔太郎 외, 앞의 책, 44면)

56 주지하다시피, '정원', '다락방', '묘지' 등은 대표적인 헤테로토피아 표상으로서 바깥의

다. 다시 말해 '폐원'의 바깥—근대적 공간—으로 탈주하는 "5월"을 바라보며 사라져가는 청춘에 대해 관조적인 태도를 취하고 있는 이 작품은 그 구도 자체만으로도 근대에 대한 이의제기인 것이다.

한편 ③이 보여주는 관조적인 태도에 비해 박영희의 「월광月光으로 짠 병실病室」(이하 ④)은 회복에의 의지 또한 보여준다. "달비치가장, 거리낌업시 흐르는 / 넓은바다까, 모래우에다 / 나는, 내압흔, 마음을, 쉬게하려고 / 족으마한, 병실病室을맨들려" 한다고 고백하는 화자는 현실 세계에 '병실'이라는 폐쇄적 공간을 상정해둔 채 내부와 외부를 전복시킨다. "달빛으로" 병실을 짠다는 명랑한 사유는 시가 가진 미학적 순수성을 염두에 둘 때도 주목할 만하지만, 비현실적 공간 주조에 구체적인 공간 기표를 삽입함으로써 헤테로토피아로서의 자격을 충분히 성취하고 있다는 점에서 더욱 중요하다. ④가 보여주는 내용 자체는 해안에서 달빛이 내려앉은 전경을 관조하다가 떠오른 내면의 애상을 기술한 것이 전부일 수도 있겠으나, "가장어린애가티 비인나의마음은 / 이때에처음으로, 무셔움을 알엇다"는 자각은 곱씹어볼 필요가 있겠다. ②에서 이상화가 보여준 '침실'이 알 수 없는 어둠을 직감한 불안감과 슬픔으로부터 도피할 수 있는 안식처로서 드러난 것이라면, 박영희의 '병실'은 스스로 가진 슬픔을 회복하기 위해 만들어지는 과정에서 '무서움'을 깨닫는 공간으로 변모한다. 이것이 의미하는 바는 식민지 현실 속에서 자신이 형상화 한 이상적 공간을 체험함으로써 얻게 되는 내면적 자위自衛가 '허상'에 불과하다는 의식을 분명하게

공간이다(Michel Foucault, 앞의 책, 45면). 현실 세계의 반동 공간으로서 주체의 이상적 욕망이 한데 내재되어 있는 공간이기 때문이다. ③에 나타난 "폐원"은 폐허가 된 정원이기는 하지만 여전히 주체의 안식처로서 작용하고 있다.

보여준 것이라 할 수 있다. 이것은 지식인으로서 현실을 도피한 것이 아니라 박영희 스스로 생성한 이상적 공간에서 도리어 비참한 현실을 자각하고 인간 실존의 두려움을 자각했다는 사실을 예증할 수 있는 대목이다.

⑤

여기에 도로가 생겨났음은
곧장 시가지로 통하기 위함이리라.
나 이 새길의 교차로에 섰건만
쓸쓸한 사방은 지평을 가늠하지 못하니
암울한 날이로고
태양은 집집 처마 끝에 나직하고
수풀 속 잡목들 듬성듬성 잘려나갔어라.
아니 되지 안될 말 어찌 사유를 바꾸리
내 등 돌릴 줄 모르고 가는 길에
새로운 수목들 죄다 잘려나갔어라.[57]

⑥

달먹는거리에 피리소래갓흔
저 젊은이들의
질거운우슴소리가,
그것이 참삶의노래릿가,

57 萩原朔太郎, 「小出新道」, 『純情小曲集』, 新潮社, 1925(萩原朔太郎 외, 앞의 책, 90면).

퍼런 곰팡내나는 낡은무덤속에
썩은 해골과갓흔
거리거리마다 즐비하게 느러슨 그것이,
삶의질검이 흐르는곳이럿가
아-나는 도라가다, 캄캄한 내밀실密室로도라가다.

째는 요계堯悸의말세末世
해의죽음의시절인가[58]

한편 일본 상징시와 『백조』의 상징주의시에서 자주 드러나는 공간 표상 중 또 하나는 바로 '거리'이다. 이는 근대의 산물이라 할 수 있는 '시가지'에 대한 시인들의 체험이 작품 속에 어떻게 투영되고 있는가를 비교해볼 수 있는 중요한 단서가 된다. 하기와라 사쿠타로萩原朔太郎의 「코이데 신작로新作路」(이하 ⑤)와 박종화의 「밀실密室로 도라가다」(이하 ⑥) 역시 근대 공간 내부에서 그 인식의 첨예한 차이를 보여준다는 점에서 더욱 주목할 필요가 있다. 우선 "'향토망경시鄕土望景詩'의 일환으로 『순정소곡집純情小曲集』에 수록된"[59] ⑤의 경우 "여기에 도로가 생겨났음은 / 곧장 시가지로 통하기 위함이리라"라는 구체적인 언급을 통해 코이데숲에 생겨난 신작로는 근대 공간으로 진입할 수 있는 하나의 수단이라는 사실을 알 수 있다. 그러나 시적 화자는 이 같은 새로운 길 위에 서 있음에도 불구하고 "쓸쓸한 사방"을 둘러보니 "암울"한 기분을 지울 수가 없음을 고백한다. "수풀 속 잡

58 박종화, 「密室로도라가다」, 『白潮』, 11면.
59 萩原朔太郎 외, 앞의 책, 95면.

목들이 듬성듬성 잘려"나간 상황 속에서 근대적 사회로의 이행에 따른 자연의 불가피한 훼손에 대한 시적 화자의 태도가 "아니 되지 안 될 말 어찌 사유를 바꾸리"라는 언급을 통해 드러나고 있다. 그러나 "내 등 돌릴 줄 모르고" "새로운 수목들 죄다 잘려 나갔"다는 사실을 알면서도 시는 다소 무기력하게 마무리되고 있다. ⑤는 앞선 작품들과 달리 근대적 공간으로 변모하는 과정에 대해 문제의식을 체득하지만 사라져 가는 자연을 역시 관조적 태도와 영탄적 화법으로 풀어내고 있다는 점에서 일본 상징시 특유의 서정성을 획득한다. 여기서 중요한 점은 ①, ③, ⑤에 나타나는 공간들 모두 근대에 대한 문제의식을 자각하는 헤테로토피아이지만, 그 문제의식이라는 것은 개인의 실존에 대한 문제가 아니라 근대문명의 급진적인 발전에 반동의식을 갖는 전통회귀적 태도와 자연지향적 정서를 노래하고 있다는 사실이다.

반면 ⑥의 "달먹는거리"는 "피리소래갓흔 / 저 젊은이들의 / 질거운우숨소리가" 참된 삶의 노래인지 반문하고 있다. 근대 공간을 체험한 청년들의 현실은 민족성을 수탈당한 식민지 주체라는 점에서 비극적일 수밖에 없고, 이 같은 사정을 알고 있는 화자는 '거리'에서 그 모습을 목도하고 있다. 화자가 인식한 근대의 거리는 "퍼런 곰팡내"가 물씬 풍기고, "무덤" 속 "썩은 해골"처럼 죽음이 도사리고 있는 비극의 공간이다. 이러한 인식은 화자가 '식민지'가 된 조선 자체를 헤테로토피아로 이해하고 있다고 유추하게끔 만든다.[60] 화자는 "삶의 질검"이라고는 찾아볼 수 없는 거리에서

60 푸코는 식민지 형성 과정에서 지배국가가 피지배국가를 완벽하게 규제하고 통치함으로써 자신들의 목적—경제적 · 사회적 · 교육적 실험실을 완성하기 위한 "순진한 헤테로토피아"라고 비꼬았다. 그것은 자신들의 이상을 위해 인간에 대한 구속과 폭력의 군상을 선진화라는 명분으로 포장하려 했던 행위 자체가 그들에 대한 이의제기의 명분으로 전유되는 식민정

자신의 "밀실密室"로 돌아가기를 염원한다. "째는 요계堯悸의말세末世 / 해의 죽음의시절"이었으므로 '밀실'은 '죽음'으로부터 탈피할 수 있는 공간, 자기 내면의 어둠을 직시함으로써 '말세'의 징후를 회복할 수 있는 공간이라 하겠다. 때문에 ⑥의 화자는 ⑤에서 나타난 거리와는 달리 인간의 생명을 위협하는 식민지 공간에서의 근대 거리를 생생히 목격한 주체로서 그곳을 떠나 자신의 인간성을 회복할 수 있는 공간인 '밀실'로 돌아가려는 의지적 존재로 비춰지고 있다.

지금까지 살펴본 『백조』의 시편은 각각 '침실', '병실', '밀실'이라는 공간을 상정한다. 이들이 갖는 장소성이란 인간 실존을 위협하는 근대 공간 내부에 주조된 헤테로토피아로 표상되고 있다는 것이며, 그것은 일본 상징시가 보여준 근대 문명에 대한 반동의식으로서의 전통회귀와 자연탐미의 사유와는 대조적인 것이었다. 또한 각각의 폐쇄된 공간에서 화자는 관조적인 태도가 아니라 일종의 '당위성'으로 구현된 의지의 태도를 보여준다. 가령 ②에서는 '근대의 산물'인 '마돈나'와 함께 '침실'로 가겠다는 의지가 드러나고 ④에서는 달빛으로 '병실'을 만들어 상실된 실존적 주체를 회복하겠다는 표명, ⑥에서는 죽음이 도사리고 있는 '거리'로부터 탈주하여 자기 회복의 가능성을 발견하기 위해 '밀실'로 돌아가는 행위가 그것이다. 이를 통해 『백조』의 시는 참혹한 현실 앞에서 인간 개인의 존재에 대한 첨예한 문제의식을 바탕으로 근대 내부의 회복의 공간을 사유한다. 그것은 자연에 대한 탐미의식으로서 발현된 일본 상징시의 공간과는 다른 헤테로토피아의 구축이다. 그리고 이것은 곧 '백조시대'가 단순히 현

책에 대한 본질적인 비판이기도 하기 때문이다(Michel Foucault, 앞의 책, 27면).

실도피와 퇴폐적이고 우발적인 정취를 보여주는 공간이 아니라 식민지 현실 속에서 자행된 기형적인 근대로의 이행에 대한 이의제기의 공간으로서 자리매김하고자 했던 나름의 미학적 접근이라는 의의를 도출해내고 있음을 파악할 수 있는 증좌이다.

5. 조선 낭만주의의 정신적 본토

본 논문은 지금까지 『백조』에 투영된 문학사적 위상을 헤테로토피아의 관점에서 적극적으로 해석하여 '백조시대'가 갖는 이의제기적 공간에 대해 『백조』 동인의 회고록과 상징시를 통해 고찰하였다. 헤테로토피아의 핵심원리는 모든 공간에 대한 이의제기라는 전제가 성립되어야 한다는 것이다. 이 같은 관점에 주안하여 논의를 진척시키기 위해 해소해야 할 문제 하나는 그 동안 『백조』가 신경향파 문학의 타자로서 복무해왔다는 문학사적 정황을 어떻게 『백조』 자체의 논의로 끌어들일 수 있는가 하는 것이었다. 이를 위해 우선하여 살폈던 지점은 바로 1920년대를 전후하여 조선 문단의 내외부 상황을 살핌으로써, 낭만주의의 종식이 불과 3~4년 만에 이뤄지게 된 원인을 규명하는 것이었다. 마르크스주의 및 계급문제에 대한 문단의 참전은 일본 대정기에 이미 수행되고 있었고, 일본 유학을 통해 이를 경험한 지식인들은 사회주의의 조류에 조선 또한 동참해야 한다는 문제의식을 공유하고 있었다. 이 지식인 가운데 『백조』의 동인이었던 김기진도 있었다. 그는 『백조』의 방향성이 전위적이지 않다는 것에 불만을 갖고 박영희 등을 회유하여 『백조』의 사상전환을 시도하였다. 그러나 그것은 끝내 실패하였고, 『백조』는 분열되고 만다. 여기까지가 '백조시대'의 역사이자 한계였다.

『백조』가 자신들을 조선 낭만주의의 대표적인 운동태로서 그 정체성을 확정해버린 데 있어 그 존재 자체를 헤테로토피아로 이해할 수 있다. 1930년대 프로문학의 정치적 열세를 극복하기 위한 일환으로 임화는 '백조시대'를 호명하며, 혁명적 낭만주의의 가능성을 제기했다. 이를 바탕으로 살펴볼 때, 『백조』는 문학의 전근대적 의식과 전위적 의식 사이에 '낀 주체'가 된다. 다시 말해서 『백조』는 봉건적 윤리와 유교의식에 항명하는 자유주의의 공간이었고, 동시에 전위적인 신경향파 문학의 타자로서 실패한 대표 형식의 공간이었다. 이를 통해 『백조』의 문학사적 위상이 조선의 '낭만주의문예운동'의 한 일환이 아니라 '낭만주의 확보'의 문제라는 관점을 통해 도출됨을 알 수 있다. 그들의 근대문학에 대한 젊고 치열한 고민은 조선의 윤리적 관성에 대한 반동이었으며, 근대문학의 과도기가 아니라 또 하나의 방점으로 '낭만주의'를 인식한 주체로서 각인시키고자 했던 시였다는 점에서 중층결정적 이의제기의 공간으로 표상될 수 있었던 것이다.

이에 대한 논거로 『백조』 사후 동인들의 회고록과 이상화, 박영희, 박종화의 상징시를 제시했다. 회고록이란 개인의 주관된 기억이라는 측면에서는 실증적 가치가 떨어질 수 있으나, 그것이 동인들의 공통된 증언으로 기능할 때, 하나의 역사적 사실로서 도출될 수 있다. 이에 김기진, 박영희, 박종화, 홍사용의 회고록을 각각 살핌으로써 『백조』가 '백조시대'로 확장되는 기억의 편람 속에서, 1920년대 문학에 대한 그들의 구체적인 욕망과 갈등, 당위성을 발견할 수 있었다. 그것은 바로 자본주의사회의 도래에 맞추어 전근대적 사상을 탈각한 개인의 자유에 대한 희망이었다. 이 문예운동은 작품을 통해 헤테로토피아의 공간으로 드러난다. 『백조』의 「나의 침실寢室로」, 「월광月光으로 짠 병실病室」, 「밀실密室로 도라가다」에 나타난 공간표상은 식민지 근대의 현실 상황 속에서 인간의 본원적 가치를 회복할 수 있는 근대 공간 내부의 헤테로토피아를 형성하고 있다는 공통된 특징이 있다. 그것은 미키 로후, 기타하라 하쿠슈, 하기와라 사쿠타로의 시에 나타난 자연탐미와 전통회귀적 성질과는 다른 것이었다. 『백조』는 창간 후 1년 동안 단 세 권을 남긴 후 폐간되었다. 그러나 이 짧은 역사에 '시대'를 부여할 수 있었던 까닭은 개인의 '자유'와 '사랑'을 '미의 정령'으로 삼았던 그들의 가치인식이 여전히 조선 낭만주의의 정신적 본토가 되기 때문일 터이다.

참고문헌

자료

『白潮』, 『廢墟』, 『廢墟以後』 제3권(영인본), 白潮文化社, 2008.

萩原朔太郎 외, 임용택 역, 『일본현대대표시선』, 창비, 2018.

홍사용, 노작문학기념사업회 편, 『홍사용 전집』, 타라북스, 2000.

논저

고영자, 「한일초기낭만주의시의 비교구명－등촌(藤村)의 시와 『백조(白潮)』 동인의 시를 중심으로」, 『일어일문학연구』 7, 한국일어일문학회, 1985.

구인모, 「한국의 일본 상징주의 문학 번역과 그 수용－주요한과 황석우를 중심으로」, 『국제어문』 45, 국제어문학회, 2009.

김효순·엄인경, 『재조일본인과 식민지 조선의 문화』 1, 역락, 2014.

문재원, 「요산 소설에 나타난 장소성」, 『현대문학이론연구』 36, 현대문학이론학회, 2009.

박주택, 「김기림 시의 근대와 근대 공간 체현」, 『비교한국학』 27-2, 국제비교한국학회, 2019.

양애경, 「20년대의 퇴폐적 낭만주의시 연구－폐허와 백조를 중심으로」, 『어문연구』 16, 어문연구학회, 1987.

오문석, 「1920년대 초반 '동인지(同人誌)'에 나타난 예술이론 연구」, 『상허학보』 6, 상허학회, 2000.

왕신영, 「일본의 초기상징주의의 형성과정」, 『비교문학』 66, 한국비교문학회, 2015.

이은주, 「문학 텍스트에 나타난 자기 구성 방식에 대한 시론－「창조」, 「폐허」, 「백조」의 사랑의 담론을 중심으로」, 『상허학보』 6, 상허학회, 2000.

이재봉, 「근대 사적 공간과 문학의 내면 공간」, 『한국문학론총』, 한국문학회, 2008.

이철호, 「신경향파 비평의 낭만주의적 기원－김기진과 박영희를 중심으로」, 『민족문학사연구』 38, 민족문학사학회, 2008.

______, 「카프 문학비평의 낭만주의적 기원－임화와 김남천 비평에 대한 소고」, 『한국문학연구』 47, 동국대 한국문학연구소, 2014.

임영봉, 「일제 강점기 한국 근대문학에 나타나는 다방공간의 재현 양상－소설 장르를 중심으로」, 『우리문학연구』 70, 우리문학회, 2021.

임　화, 임화문학예술전집편찬위원회 편, 『임화문학예술전집』 3, 소명출판, 2009.
장일구, 「한국 근대문학과 장소의 사회학: 공간의 인문적 의미망-실존적 해석학을 단서로 한 시론」, 『현대문학이론연구』 38, 현대문학이론학회, 2009.
정우택, 「『문우』에서 『백조』까지-매체와 인적 네트워크를 중심으로」, 『국제어문』 47, 국제어문학회, 2009.
조남현, 『한국문학잡지사상사』, 서울대 출판문화원, 2012.
최수일, 「1920년대 동인지문학의 심리적 기초-『창조』, 『폐허』, 『백조』를 중심으로」, 『대동문화연구』 36, 대동문화연구원, 2000.
Carl Schmitt, 조효원 역, 『정치적 낭만주의』, 에디투스, 2020.
Henri Lefebvre, 양영란 역, 『공간의 생산』, 에코리브르, 2011.
Jeff Malpas, 김지혜 역, 『장소와 경험』, 에코리브르, 2014.
Michel Foucault, 이상길 역, 『헤테로토피아』, 문학과지성사, 2014.
久野収 외, 심원섭 역, 『일본근대사상사』, 문학과지성사, 1994.
佐藤弘夫, 성해준 외역, 『일본사상사』, 논형, 2009.
波形剛, 최호영 외역, 『월경의 아방가르드』, 서울대 출판문화원, 2013.

기타

김광균, 「三十年代의 詩運動」, 『경향신문』, 1948.2.29.
김병익, 「문단 반세기(13) 백조의 낭만」, 『동아일보』, 1973.5.2.
박영희, 「文壇의 그시절을 回想한다 『白潮』 華麗하던 時代 上」, 『조선일보』, 1933.9.13.
______, 「눈물의 용사-문단의 그시절을 회상한다 젊은 『씸볼리즘』 부대」, 『조선일보』, 1933.9.14.
______, 「文壇의 그 시절을 回想한다-退色해가는 象牙塔 下」, 『조선일보』, 1933.9.15.
박종화, 「측면으로 본 신문학 60년(8) 백조시대」, 『동아일보』, 1968.3.23.
양주동, 「시단의 회고 二 시인선집을 읽고」, 『동아일보』, 1926.11.30.
______ 외, 「秋夜放談 7」, 『경향신문』, 1958.11.6.

『조선문단』의 상업성 연구

잡지 광고 측면과 지 · 분사 시스템 측면을 중심으로

조창규

1. 순문예지 조선문단의 상업성 이면 배경

일본은 1910년 8월 29일 대한제국을 강제 합병한 이후 강력한 군사력으로 조선을 무단 통치하였다. 일본은 조선총독부를 설치하고, 헌병경찰제도를 공포하여 폭력적인 방식으로 조선인들을 감시, 감독하였다. 또한 일제는 1910년 3월부터 1918년 11월까지 약 8년간 토지조사사업을 실시하여 많은 민간 농경지를 국유지로 강제 편입시켰다. 그 과정에서 많은 조선 농민들이 자기 토지를 빼앗기고 소작농이 될 수밖에 없었으며, 소작지에서조차 쫓겨나 만주나 연해주로 이주할 수밖에 없었다.

일본의 이러한 무단 통치로 육체적, 정신적 억압과 폭력적 경제 수탈을 당한 조선인들은 국내외 각지에서 항일투쟁운동을 벌였으며 1919년 3월 1일 전 민족적으로 일본에 항거하는 운동을 일으킨다. 일본은 3 · 1운동이 일어난 원인을 무단통치 방식 때문이라고 보고, 이후 통치 방식을 전환하여 문화통치를 실시한다. 문화통치시기에는 언론·출판의 자유가 무단통치시기에 비해 상대적으로 많이 허용된 분위기였다. 이러한 시대 역사적 분위기는 『조선문단』을 비롯한 많은 조선어로 된 잡지들이 우후죽순으로 창간될 수 있는 배경이 되었다.

『조선문단』은 1924년 10월에 창간하여 1936년 1월에 종간된 잡지였다. 하지만 12년 동안 통권 26호밖에 발간할 수 없었던 이유는 3차례에 걸친 휴간과 8년간1927.4~1935.1의 장기 휴간 때문이었다. 1920년대 당시 조선은 1,900만 명의 인구 중에서 400만 명만이 겨우 글을 읽고 쓸 수 있었다.[1] 또한 조선 잡지뿐만 아니라 조선 출판 시장에서 대중 보편화된 일본 잡지들[2]과도 경쟁해야 했던 『조선문단』이 순문예지 정체성만을 고집한다면 철저히 상업 논리에 따라 시장에서 도태될 수밖에 없었다. 따라서 『조선문단』은 필연적으로 대중성을 확보하려고 노력할 수밖에 없었는데 이는 『조선문단』이 정부 기관지가 아닌 민간 잡지였기 때문에 상업성에 더 민감하게 반응할 수밖에 없었음을 보여준다.

그간 연구는 『조선문단』의 문학사적 위치를 규명하는 것에서부터 순문예지인 잡지 성격에 맞추어 1920년대 문학의 생산과 담론 장으로서의 역할, 「현상추천제」, 「조선문단 합평회」 등 내용 콘텐츠를 분석하여 대중성과 전문성을 밝히려는 논고 등으로 다양하게 변모되어 왔다.[3] 하지만 『조

1 조선총독부 편, 『국세조사보고서』, 1930; 김종수, 「일제 강점기 경성의 출판문화 동향과 문학서적의 근대적 위상-漢城圖書株式會社의 활동을 중심으로」, 『서울학연구』 35, 서울시립대 서울학연구소, 2009, 253면 재인용.

2 한기형, 「법역(法域)과 문역(文域)-제국 내부의 표현력 차이와 출판시장」, 『민족문학사연구』 44, 민족문학사학회·민족문학사연구소, 2010, 330면.

3 김경미, 「1920년대 전반기 이광수 문학에 나타난 문화담론 연구-『개벽』과 『조선문단』을

선문단』의 대중성을 연구한 논문에서도 상업성을 문학의 제도화에 기여한 공로로 치부함으로써 『조선문단』의 상업성에 대한 순수한 연구는 미진하다고 할 수 있다.[4]

본고는 그간 『조선문단』 연구에서 비중 있게 다루어지지 않았던 상업성에 대한 논의를 전개하고자 『조선문단』에 실린 광고의 비중과 경향을 살펴보고자 한다. 특히, 상업 광고는 어느 잡지의 대중성을 바로 알 수 있는 바로미터라는 점에서 광고량과 광고주, 매호 상업 광고의 급감 현황을 통계적으로 분석하였다. 또한 출판 유통망 측면에서는 『조선문단』이 국내외적으로 설립한 지사·분사의 성격과 유형을 각 지방 서점과 상회, 지방 의원과 연계하여 살펴보고, 또 개인이 독자적으로 설립한 배경도 살펴봄으로써 출판 유통망 구축에 어떤 상업적 배경이 있었는지 살펴보고자 한다.

중심으로」, 『한국문학언어학회』 51, 어문론총, 2009; 김경연, 「1920년대 『조선문단』과 여성문학 섹션의 탄생」, 『우리文學硏究』 33, 우리문학회, 2011; 김도경, 「자유주제 -1920년대 전반 비평에 나타난 소설 개념의 재정립-『개벽』과 『조선문단』을 중심으로」, 『한국문예비평연구』 33, 한국현대문예비평학회, 2010; 이경돈, 「『조선문단』에 대한 재인식-1920년대 중반 문학의 변화 양상과 관련하여」, 『상허학보』 7, 상허학회, 2001; 이봉범, 「1920년대 부르주아문학의 제도적 정착과 『조선문단』」, 『민족문학사연구』 29, 민족문학사학회, 2005; 이원동, 「조선문단 합평회와 근대소설의 개념-사실과 재현의 문제」, 『語文學』 151, 한국어문학회, 2021; 차혜영, 「『조선문단』 연구-'조선문학'의 창안과 문학 장 생산의 기제에 대하여」, 『한국문학이론과 비평』 32, 한국문학이론과비평학회, 2006.

4 필자는 이미 이러한 문제점을 인식한 바, 「『조선문단』의 매체적 상업성 연구-기획 콘텐츠 측면과 출판 유통망 측면을 중심으로」(조창규, 『우리文學硏究』 66, 우리문학회, 2020)라는 논문을 발표한 바 있다. 본고는 그 논문의 경향과 연장선에 놓여 있지만, 『조선문단』에 실린 광고의 분석은 이번에 새롭게 연구 분석한 분야이며, 출판 유통망의 측면에서도 위의 논문과는 다르게 지방 서점, 지방 상회, 지방 의원과의 연관성을 다룸으로써 『조선문단』의 상업적 전력과 성과를 더 깊게 탐구하였다. 필자가 이렇게 『조선문단』의 상업성을 계속 연구하는 이유는 이미 『개벽』이나 『창조』, 『백조』 같은 잡지의 상업성을 분석한 연구들이 존재하고 있기도 하고, 이제껏 『조선문단』의 상업성을 서지적으로 분석한 논문이 별로 없다는 데에서 의의를 찾고자 했기 때문이다.

2. 잡지 광고 측면-광고의 비중과 경향, 광고주들의 반향

동서양을 막론하고 광고의 효시는 간판이다.[5] 고대나 중세는 주로 가게나 상점에 간판을 내건 것이 광고물이었는데, 인쇄술의 발달과 함께 신문, 잡지 매체를 이용한 근대 광고가 서양에서 처음 출현하였다.[6] 서양의 근대 잡지는 원래, 산업화 과정에서 발생한 사회 이슈들을 고발하는 저널리즘 매체였다. 일간지인 신문에 비해 장기적이고 심층적으로 사회 문제들을 다룰 수 있었던 잡지는 당시 사회적 물의를 일으켰던 기업들의 광고를 거절하였다. 그러나 잡지의 종류와 양이 대거 늘어남으로써 구독자 유치 경쟁도 치열해짐에 따라 구독료만으로는 자체 발간이 어려워진 서양의 잡지사들은 적극적으로 유료광고를 싣기 시작했다.[7]

그러나 서양의 잡지에 비해 1910년대 후반에서 1920년대 초반까지의 몇몇 동인지를 제외한, 일제 식민지하 조선에서 발간된 많은 잡지들은 상업적으로 성공하기 위해 유료 광고를 적극적으로 게재하였다. 이는 당시에 발간된 잡지들의 성격이 반대기업 고발적이 아니라 주로 문학과 예술, 계몽, 종교 등의 성격을 지닌 저널리즘 매체였기 때문이고, 미국이나 일본에 비해 현저하게 적은 독자 구독자수 때문에 구독료만으로는 적자를 면

5 "가장 오래된 광고는 B.C. 196년의 로제타석(Rosetta stone)이다. 이집트 나일강변에서 발견된 것으로 이집트왕 프톨레미를 숭앙하는 내용을 광고한 것이다. 중국에는 일찍이 간판광고가 발달했으며, 청명상하도(淸明上河圖)에는 북송(北宋)시대의 수도 카이평(開封)의 생활상이 나오고 시가의 상점에는 수많은 간판이 있다."(양영종 · 한상필, 『광고의 이해』, e경영연구원, 2017, 32면)

6 "수송수단의 발달로, 미국에서는 잡지의 전국 배포가 가능해지고, 1830년경에는 800종의 신문 · 잡지가 발행되었다. 1867년 약 6천만 달러이던 미국 광고비는 1890년에는 3억 6천만 달러로 늘었다. 20세기 초에는 전 세계 광고비가 약 10억 달러에 이르렀다."(위의 책, 33면)

7 양정혜, 『광고의 역사-산업혁명에서 정보화사회까지』, 한울, 2009, 45면.

하기 어려웠기 때문이다. 또한, 우후죽순으로 생겨난 동종업계 잡지사들과의 전체 구독자 수를 나누어 먹는 제 살 깎아 먹기 경쟁에서 살아남기 위해서였다.[8]

이렇게 광고는 구독료와 함께 잡지의 상업적 성패를 가르는 중요한 요소로 인식돼 왔다. 그렇다면 「매호남녀투고모집」, 「표지장화현상모집」, 「문사들의 동정 소개」, 「조선문사의 연애관」, 「문사들의 얼골」 등과 같은 대중적 콘텐츠로 구독 독자층의 저변을 확대하고자 했던 『조선문단』이 상업광고에 대해서는 얼마큼의 비중과 주의를 기울였는지 살펴보기로 하자.

『조선문단』은 26호까지 총 면수 3,782면[9] 중에서 광고면이 384면을 차

8 조선 최초의 근대 광고는 1886년 2월 22일자 한성주보(漢城周報)에 실린 '덕상세창양행고백(德商世昌洋行告白)이다. 이는 간판이 아닌 신문이나 잡지 같은 인쇄 매체에 의해 처음으로 게재된 광고다. 이후, 『독립신문』, 『황성신문』, 『대한매일신보』 등 점차 많은 신문들과 『개벽』, 『조선문단』 등의 잡지에까지 게재된 수많은 광고는 신문과 잡지의 상업화와 대중화에 크게 기여했다. 다만 "1920년대 동인들은 문학을 통한 자본축적에 대해 매우 소극적"이어서 대체로 동인지들은 단명할 수밖에 없었는데, 그들은 "동인들의 상징자본을 확보"하는 것만으로 만족했다. 그들이 "문학의 출판비용을 스스로 부담하고 자본의 재생산이나 이윤산출에 대해서 소극적일 수 있었던 것은 물론 동인지 문인들이 대부분 일본유학생 출신으로 중산층 이상 계층에 속한다는 점과 관련된다. 그들에게 생계해결이란 그다지 절실한 과제가 아니었으며, 문학활동에 지불되는 약간의 지출이란 상징자본의 획득을 위해서는 부담할 만한 가치가 있는 것으로 인식되었다. (…중략…) 그러나 자본주의의 흐름은 문학을 예외의 영역으로 남겨두지 않았다. 더구나 정치적 담론에 대한 식민지 특유의 억제 때문에 문학은 담론장의 핵심적 장르로 자리 잡게 되었으며 문화자본의 핵심적인 시장 중 하나가 되었다. (…중략…) 1924년 『동아일보』와 『조선일보』에 문예면이 신설되면서 동인지문단 시기는 끝나고, 인쇄비용은 자본의 속성이 강한 신문자본"과 잡지 자본이 담당하게 된다(한만수, 「문학이 자본을 만났을 때, 한국 문인들은? – 1930년대 문예면 증면과 문필가협회 결성을 중심으로」, 『한국문학연구』 43, 동국대 한국문학연구소, 2012, 265~266면).

9 엄밀하게 따지자면 총 면수가 3,782면은 아니다. 그 이유는 원문 파손, 낙장 등의 이유로 현재 자료로는 정확한 페이지 수를 계산하기 어려웠기 때문이다. 따라서 본고는 정확하게 페이지를 계산할 수 있었던 면을 합산하여 3,782면이라는 수치를 얻었다. 그러나 실제로 『조선문단』의 전체 페이지 수는 본고가 계산한 것에서 최대 30매 이내로 증가될 수는 있을 것으로 보인다. 그러나 그렇다고 하더라도 전체 면수 대비 광고 면수 퍼센트는 10%로 동일하다.

〈표 1〉『조선문단』 호수별 전체 광고 쪽수와 상업 광고 쪽수 현황[10]

호수	광고	상업	호수	광고	상업
1호	24쪽	2쪽	14호	7쪽	1쪽
2호	10쪽	2쪽	15호	10쪽	3쪽
3호	20쪽	3쪽	16호	17쪽	2쪽
4호	31쪽	7쪽	17호	14쪽	2쪽
5호	11쪽	2쪽	18호	12쪽	3쪽
6호	15쪽	3쪽	19호	6쪽	0쪽
7호	20쪽	5쪽	20호	6쪽	0쪽
8호	20쪽	2쪽	21호	25쪽	9쪽
9호	12쪽	1쪽	22호	17쪽	3쪽
10호	16쪽	1쪽	23호	20쪽	5쪽
11호	14쪽	3쪽	24호	11쪽	2쪽
12호	26쪽	1쪽	25호	6쪽	1쪽
13호	14쪽	1쪽	26호	10쪽	3쪽

지하고 있다. 이는 전체 면수에서 광고가 차지하는 비율이 10%로, 가장 많은 광고를 실은 호는 4호로 총 31쪽을 광고에 할애하였다. 1925년 1월에 발행된 4호는 『조선문단』에서 발간한 책 광고와 다른 출판사들의 책

10 "광고는 영어의 'advertising'으로 번역되고, 라틴어 'advertere'가 어원이다. 이 단어의 뜻은 "주의를 돌리다", "마음을 어디로 향하게 한다"이다. 독일어로 광고는 'Die Reklame', 프랑스어로는 'Réclame'이라 부르기도 하는데, 이 뜻은 "부르짖다"라는 의미로 라틴어의 'Clamo', 즉 "반복하여 부르짖다"이다. 이렇게 광고의 어원적 의미들을 종합해 보면 광고의 의미는 "반복하여 부르짖어 주의를 끌어 마음을 향하게 하는 것"이라고 말할 수 있다."(현택수·홍장선, 『광고의 이해와 실제』, 東文選, 2007, 17~18면) 표준국어대사전엔 광고를 "1. 세상에 널리 알림. 2. 상품이나 서비스에 대한 정보를 여러 가지 매체를 통하여 소비자에게 널리 알리는 의도적인 활동"이라고 정의하고 있는데, 〈표 1〉에서 광고 쪽수는 전체 광고를 통틀어서 합한 쪽수이다. 즉, 광고의 의미를 "반복하여 부르짖어 주의를 끌어 마음을 향하게 하는 것"과 표준국어대사전에서 정의내린 "1. 세상에 널리 알림"이라는 뜻에서 "新刊紹介", "特告", "社告", "군소리廣告", "豫告", "謹告" 등과 같이 구독자에게 알리기 위한 모든 광고물을 포함하여 쪽수를 계산하였다. 다만, 본고는 광고의 범위를 포괄적이기 적용했기 때문에 전체 광고 쪽수 계산에 있어서 다른 연구자와 다소간의 차이는 있을 수 있다. 반면 상업 광고 쪽수는 표준국어대사전에서 정의내린 "2. 상품이나 서비스에 대한 정보를 여러 가지 매체를 통하여 소비자에게 널리 알리는 의도적인 활동"에 초점을 맞추어서 확실

광고, 신년특대호라는 성격상 근하신년 축하 광고가 많았고 상업 광고도 7페이지에 달한다.[11] 이는 21호9쪽에 이어 가장 많은 상업 광고가 실린 호이다. 실제로 4호 같은 경우는 창간호 3,000부 이상, 2호 2,000부 이상을 판매한 결과로 볼 때 광고주 입장에서는 분명 『조선문단』이 광고 매체로써 매력적으로 다가와 광고를 많이 발주했던 것이다.[12]

또한, 상업 광고가 9쪽21호, 7쪽4호, 5쪽7호, 23호이 실린 호가 4호밖에 발간되지 않은 희소한 상황임을 감안할 때, 상업 광고가 3쪽3·6·11·15·18·22·26호이나 되는 경우는 평균 이상으로 많이 실린 경우라 할 수 있다.[13]

히 가게와 상품을 상업 광고한 '양화점', '안경점', '약방', '시계포', '병원', '레코드사', '요리집' 등의 광고물들의 쪽수를 계산했다. 또한 상업 광고 쪽수에는 조선문단사와 서로 광고를 품앗이로 주고받았을 출판 동종업계인 책 광고, 발행소 광고, 인쇄소 광고, 서점과 책방 광고 등과 근하신년 축하 광고는 제외하고 집계하였다. 근하신년 축하 광고를 상업 광고에서 제외한 것은 근하신년 축하 광고가 상품이나 기업에 대한 설명 없이 단순히 '謹賀新年' 문구와 회사명만 표기하였기 때문이었다. 그러나 회사명과 함께 상품 광고 문구 또는 사진을 실은 근하신년 광고는 상업 광고 쪽수에 포함하여 계산하였다. 이경돈도 역시 『조선문단』의 몇몇 호의 상업 광고를 집계한 적이 있었는데, 그는 "창간호 3편, 2호 1편, 3호 2편, 신년특대호인 4호의 경우에도 4편에 불과했으며 10호의 경우에는 특대호인데도 상업 광고는 한 편도 실리지 않는다"라고 말하고 있다(이경돈, 『문학 이후』, 소명출판, 2012, 267면). 본고와 약간의 차이가 나는 이유는 『문학 이후』에서는 편수를, 본고는 쪽수로 계산했으며, 위에서 언급한 상업 광고의 정의에 따라 약간 차이가 있을 수 있다.

11 예를 들어 책 광고의 경우, 朝鮮文壇社에서 발행한 주요한의 시집 『아름다운 새벽』, 彰文社에서 발행한 『오버듸힐』, 『한송이百合』, 朝鮮通信中學館에서 발행한 月刊學術雜誌 『新知識』, 生長社에서 발행한 月刊雜誌 『生長』 등이 있다. 또한 근하신년 광고로는 『東亞日報社』, 『時代日報』 등과 같은 신문사와 株式會社 '東萊銀行', 사찰 '通道寺', '梵魚寺', 雜貨商 '白玉燦' 등이 있다. 상업 광고로는 '朝鮮催眠術協會'가 최면술을 배울 사람을 모집하는 광고, '洋靴'와 '運動具'를 광고한 '大昌洋靴店', 세탁을 용이하게 하는 신제품 분말을 광고한'東海星소다', '蹴毬靴' 등을 광고한 '서울쯧볼製造所', '洋服', '洋品'을 취급한 Ⓚ 鐘路洋行 등이 있다.

12 춘원 이광수가 그때의 3,000부는 지금의(1935년－인용자) 10,000부 격이라고 말한 것으로 볼 때, 『조선문단』의 창간호 3,000부 이상, 2호 2,000부 이상 판매량은 꽤나 많은 판매량이었고 이는 광고주들에게 충분히 『조선문단』의 매력을 어필했을 것이다(『朝鮮文壇 四』 懸賞文藝號, 太學士, 1981, 761면). 창간호와 2호의 판매량은 필자의 「『조선문단』의 매체적 상업성 연구－기획 콘텐츠 측면과 출판 유통망 측면을 중심으로」(『우리文學研究』, 우리문학회, 2020) 424~425면을 참조하면 된다.

『조선문단』은 13호까지 발행하고 재정의 어려움으로 1차 휴간1925.12~1926.2을 하는데, 1차 휴간 전까지 가장 많은 상업 광고가 실린 4호에 이어, 두 번째로 많은 상업 광고가 실린 호는 7호로 5쪽이 실렸다. 7호의 상업 광고로는 '양화洋靴'와 '운동구運動具'를 광고한 '대창양화점大昌洋靴店',[14] "신용존중信用尊重은 본점本店의 성의誠意"라는 광고 문구와 가게 앞에서 찍은 사진을 함께 게재한 '동창양화점東彰洋靴店', "품질교묘品質巧妙와 가격저렴價格低廉은 우리의 본의本意"라는 광고 문구를 내세운 '풍미공사豊美工舍', "구미歐米의 유명有名한 회사會社"의 시계를 "판매販賣"하는 '신종당시계포信鍾堂時計舖', "춘기특별렴가판매春期特別廉價販賣"를 내세운 '광제약업상회廣濟藥業商會' 등이 있다.

그러나 『조선문단』은 1차 휴간 다섯 달 전인 8호부터 상업 광고 쪽수가 대부분 1, 2쪽을 넘기지 못했다. 이런 상황으로 볼 때, 평균 3쪽 이상으로 상업 광고가 실려야 구독료와 함께 『조선문단』을 발행하는 데 있어서 적자를 면할 것으로 보인다. 즉, 『조선문단』은 창간 특수로 인한 잡지 판매량이 후속 호를 발행할수록 계속 떨어지는 상황에서 상업 광고량까지 줄어드는 이중고로 인해 1925년 11월에 13호까지 발행하고 1차 휴간을 할 수밖에 없었다.[15]

---

13 상업 광고가 한 쪽도 실리지 않은 경우가 2개 호(19호, 20호), 1쪽만 실린 경우가 6개 호(9호, 10호, 12호, 13호, 14호, 25호), 2쪽만 실린 경우가 7개호(1호, 2호, 5호, 8호, 16호, 17호, 24호)이다.

14 현 종로구 2가에 위치했던 '大昌洋靴店'은 『조선문단』 통권 26호 가운데, 총 16번(1호, 3호, 4호, 5호, 6호, 7호, 8호, 9호, 10호, 11호, 12호, 13호, 14호, 15호, 16호, 17호) 광고를 발주해 『조선문단』의 최다 광고주가 되었다.

15 『조선문단』의 발행인인 방인근은 이미 12호에서 재정난으로 인한 잡지 발행의 어려움을 호소하며 독자들에게 잡지 구매를 부탁한 기고문을 쓴 바 있다(『朝鮮文壇 二』 第十二號, 太學士, 1981, 179~180면). 잡지 구독 판매량과 상업 광고 수주량은 비례적인 관계에 있는데, 잡지의 구독 판매량이 많으면 많을수록 상업 광고를 수주하는 데 더 유리한 것은 당연한 이치였다.

1차 휴간 후 넉 달 만인 1926년 3월에 14호를 속간한 『조선문단』은 이후 최종 종간된 26호까지[16] 전체 광고 161쪽 중에서 상업 광고 면이 34쪽을 차지하여 상업 광고가 차지하는 비율은 21%이다. 하지만 〈표 1〉에서 보는 바와 같이 상업 광고가 하나도 안 실린 호가 2개[19·20호]나 되는 반면, 상업 광고가 9쪽[21호], 5쪽[23호]이 실린 호가 각각 하나씩 있다는 점에서 1기

16 1926년 3월에 14호를 속간한 『조선문단』은 이후에도 휴간과 속간을 반복하면서 1936년 1월호로 최종 종간된다. 발행인을 기준으로 하여 『조선문단』의 시기(時期)를 나눈다면 다음 표와 같이 3기로 나눌 수 있다.

기수	년도	월	호수	발행인
1기	1924	10	1호(창간호)	방인근
		11	2호	
		12	3호	
	1925	1	4호(신년특대호)	
		2	5호	
		3	6호	
		4	7호	
		5	8호	
		6	9호	
		7	10호(특대호)	
		8	×	
		9	11호	
		10	12호(창간일주년기념호)	
		11	13호	
		12	×	
	1926	1	×	
		2	×	
		3	14호	
		4	15호	
		5	16호	
		6	17호	
2기	1927	1	18호(신년호)	남진우
		2	19호	
		3	20호	
3기	1935	2	21호(신간호)	이성로
		4	22호(창작특집호)	
		6	23호(시가특대호)	
		8	24호(현상문예호)	
		12	25호	
	1936	1	26호(신년호)	

때보다는 상업 광고의 수주량이 들쑥날쑥했음을 알 수 있다. 또한, 1차 휴간 후 종간까지 가장 많은 상업 광고가 실린 호는 21호로 9쪽이 실렸다. 이는 『조선문단』 통권 26호 중에서도 가장 많이 실린 것이다. 21호 같은 경우는 제3기의 신간호이면서, 또 신년 특대호이고, 2기 휴간 후 약 8년 만에 다시 복간된다는 점에서 『조선문단』에 대해 향수를 가지고 있는 기존의 독자들을 염두에 둘 때, 광고주 입장에서는 매력적인 호였다. 이는 광고주들이 일제히 "속간축하續刊祝賀" 성명을 내며 최다 광고량을 실어준 점에서 알 수 있다.

21호 상업 광고는 광고주도 다양한데 "갈사록 더 잘팔리는"이라는 광고 문구를 내세운 '서울타령打鈴 레코드', "영화映畫 「바다여 말할라」 주제가主題歌"와 "유행가流行歌 남포南浦의추억追憶, 바다의 청춘靑春"을 광고한 "포리도-루 레코-드", "울음은 한이 없네", "시들은 청춘靑春", "갑싸고도 듯기조흔 노래"라는 광고 문구를 내세운 '콜럼비아', "조선朝鮮에서 제일第一 큰 약방藥房"으로 광고한 '천일약방본점天一藥房本店', "조선요리계원로朝鮮料理界元老"를 강조한 "명월관明月館", "통신판매通信販賣"를 강조하며 "오층五層의 위관偉觀"을 자랑한 평양 종로에 위치한 '평안백화점平安百貨店', "영업종목營業種目"으로 "광산용품鑛山用品", "광유鑛油", "기계금물機械金物", "목재木材" 등을 광고한 신의주에 위치한 '국경상사주식회사國境商事株式會社', "조선朝鮮에서 영화극장映畫劇場으로써 오직 한아인" '단성사團城社' 등이 있다. 『조선문단』 3기21~26호는 통권 6호 중에서 24호2쪽, 25호1쪽를 제외하고는 21호 9쪽, 22호 3쪽, 23호 5쪽, 26호 3쪽으로 평균 3쪽 이상이 실렸다.

"근대 광고는 주로 의약품, 화장품, 도서, 식료품 등을 대상으로 하였"는데[17] 『조선문단』의 상업 광고도 "약"이나 "약방" 광고가 많았다. 예를 들어 "윤택한 피부"와 "장건한 근육"을 위해 "대력환大力丸"을 광고한 "홍제당약방洪濟堂藥房"2·3호, "자궁염", "월경전후복통"에 효능이 있는 약 "부인백병지령약 양혈도경원"을 광고한 "대화약업상회"6호, "보허탕補虛湯", "귀비탕歸脾湯" 약 등을 광고한 "광제약업상회廣濟藥業商會"7호, 개업광고를 낸 "한성의원漢城醫院"8호, "내과화류병과內科花柳病科", "이비급기타명과耳鼻及其他名科"를 강조한 "제중원濟衆院"18호, "늑막병肋膜病", "폐병肺病", "호흡기병呼吸器病" 그리고 기타 일반 내과를 강조한 "이성용의원李星鎔醫院"18호, "조선朝鮮에서 제일第一 큰 藥房"으로 광고한 "천일약방본점天一藥房本店"21호, "원기허약元氣虛弱", "빈혈증貧血症", "림질", "매독"에 효과가 있다고 광고한 "가미신기탕加味神氣湯"24호, "전치의원全治醫院"25호 등이 있다.

〈그림 1〉 "催眠術"(『조선문단』 제4호, 한 면 전면 광고)

그런데 『조선문단』의 상업 광고 중에 독특하게 '조선최면술협회朝鮮催眠術協會'의 "최면술催眠術" 광고가 있다. 하지만 그 최면술 광고는 허위로 과장된 내용이 많다. 예를 들어 최면술을 배우면 "무통분만", "건강장수", "예언", "광산발견", "병벽치료", "신발명 및 발견", "종교, 철학 일체의 불가사의한 현상의 해결", "사업 직업의 번영"을 할 수 있다는 것이다. 이처럼 허무맹

17 허연실, 「근대 잡지 광고 서사의 모티프 연구」, 『인문사회21』 35, 아시아문화학술원, 2019, 1544~1545면.

랑한 "최면술催眠術" 광고는 1920년대 초부터 1930년대 말까지 『조선일보』를 비롯한 신문과 잡지에 꾸준히 실렸는데, 『조선문단』에 실린 것은 특별한 의의가 있다.

근대에 들어 지성은 과학의 발달과 이성적 사고, 그리고 인쇄 매체를 통한 정보의 학습으로 깨우쳐졌다. 『조선일보』를 비롯한 상업 신문, 상업 잡지 등은 광고료를 받을 수만 있다면 그 광고 내용이 비과학적이어도 충분히 "최면술催眠術" 광고를 실을 수 있다. 그러나 문학적 지성을 표방한 순문예지 『조선문단』이 이 비근대적인 미신적 행위를 과장한 "최면술催眠術" 광고를 싣는 것은 적어도 외양적으로는 잡지의 순수성을 버리고 상업성을 꾀할 때 가능한 것이라고 할 수 있다.

『조선문단』은 일반적으로 문예지들이 광고하는 서적 광고나 출판사·인쇄소 광고 외에, "약"이나[18] "약방" 광고가 많았으며, 이는 당대의 다른 잡지들과 비슷한 광고 경향이었다.[19] 그러나 "최면술" 광고 같이 문학적 지성과는 전혀 거리가 먼 비근대적, 비과학적 상업 광고도 실었다는 점은 적어도 『조선문단』의 발행인이나 편집진이 외양적으로는 문학적 태도만을 고집하지 않고 적극적으로 대중적이며 상업적인 태도를 추구했다고 볼 수 있다.

반면, 1차 휴간을 야기했던 한두 건의 상업 광고량보다 더 심각하게 『조선문단』이 상업 광고를 한 건도 수주하지 못함으로써 장기 휴간을 할 수밖에 없었던 시기가 있다. 『조선문단』은 1927년 4월부터 1935년 1월까

18 최수일, 『『개벽』 연구』, 소명출판, 2008, 312면.
19 "약" 광고의 경우는 "『신여성』(1923~1934)』, 『별건곤』(1926~1934), 『삼천리』(1929~1942), 『신가정』(1933~1936)" 등 『조선문단』 1, 2, 3기 발간 시기에 다른 잡지에서도 많이 실렸다(허연실, 앞의 글, 1545~1546면).

지 7년 9개월 동안 장기 휴간을 하게 되는데, 휴간 직전에 발행된 통상 『조선문단』 2기로 간주되는 19, 20호의 상업 광고 쪽수는 0쪽이다. 이때는 1기 발행인이었던 방인근이 물러나고, 남진우南進祐가 새로 발행인을 맡은 시기로 2기 때 『조선문단』은 통권 3호밖에 발행할 수 없었다. 이는 상업 광고 없이 잡지사의 재정을 바탕으로 발행할 수 있는 잡지 호수의 한계를 2개호2기 2·3호까지 보여준 사례로 상업 광고가 잡지 발간에 미치는 영향을 가장 잘 보여주었다.

이처럼 잡지를 발행하는 데 있어서 구독료와 함께 상업 광고는 매우 중요한 자본이었는데 『조선문단』과 동시대에 발간되어 경쟁한 『개벽』 역시 상업 광고 쪽수가 0쪽인 경우가 있었다.

〈표 2〉에서 보면 개벽은 최대 상업 광고 쪽수가 47쪽16호까지 기록한 적이 있었고 이는 『조선문단』의 최대 상업 광고 쪽수인 9쪽21호 보다 무려 38쪽이 많다. 그러나 『개벽』 역시 『조선문단』과 마찬가지로 상업 광고 쪽수가 한 쪽도 없는 호19·26호가 있다. 특히, 26호에 상업 광고가 한 쪽도 실리지 않은 것은 『개벽』이 23호에 이광수의 「민족개조론」을 실어 사회적 비난과 파장을 일으킨 여파로 본다.[20] 즉, 민족성을 건드린 내용 콘텐츠로 인해 『개벽』이 대중들로부터 거센 비난과 항의를 받고 있는 상황에

20 "『개벽』 23호에 발표된 이광수의 「민족개조론」이 전 사회에 물의를 일으키고, 청년들에 의해 개벽사가 발칵 뒤집혔던 것은 이미 알려진 사실인바, (…중략…) 「민족개조론」의 여파는 창간 2주년 기념호인 25호부터 나타나기 시작해서 26호에는 상황을 최악으로 몰고 간다. (…중략…) 21호와 22호에는 각각 26개와 22개이던 '상업 광고'가 사태의 직후인 24호와 25호엔 13개와 11개로 줄고 26호에 이르러서는 단 하나도 실리지 않는다. 광고라는 것이 얼마나 시세에 민감한지를 보여주는 대목이다."(최수일, 앞의 책, 309면) 광고주 입장에서는 이광수의 「민족개조론」으로 인하여 개벽사 사무실이 분노한 청년들로부터 습격을 받고, 사회 각계 계층으로부터 『개벽』이 엄청난 비난을 받는 상황에서 『개벽』에 또다시 광고를 싣는다는 것은 대중들로부터 자사 상품의 불매운동까지 당할 수 있는 위험성이 있었다.

〈표 2〉『개벽』 호수별 상업 광고 증감 현황[21]

호수	광고	상업	호수	광고	상업
1호	18쪽	8쪽	17호	34쪽	24쪽
2호	3쪽	2쪽	18호	24쪽	20쪽
3호	4쪽	4쪽	19호	3쪽	없음
4호	8쪽	4쪽	20호	28쪽	15쪽
5호	13쪽	7쪽	21호	30쪽	26쪽
6호	16쪽	12쪽	22호	31쪽	22쪽
7호	2쪽	1쪽	23호	21쪽	17쪽
8호	10쪽	7쪽	24호	25쪽	13쪽
9호	13쪽	10쪽	25호	75쪽	11쪽
10호	20쪽	16쪽	26호	6쪽	없음
11호	21쪽	16쪽	27호	9쪽	6쪽
12호	7쪽	5쪽	28호	11쪽	8쪽
13호	91쪽	42쪽	29호	9쪽	4쪽
14호	14쪽	12쪽	30호	3쪽	2쪽
15호	15쪽	13쪽	31호	44쪽	24쪽
16호	52쪽	47쪽	32호	7쪽	2쪽

서 광고주는 광고를 꺼려할 수밖에 없었다.

『조선문단』은 "대조선문학大朝鮮文學의 건설建設－그 백년대업百年大業"[22]을 추진하기 위해 발간한 제2기 18호에서 사회적 비난과 물의를 일으킬만한 콘텐츠를 실지 않았다. 따라서 『조선문단』 19호, 20호가 어떤 사회적으로 비난받을 기사나 콘텐츠를 통해 그 후속 여파로 상업 광고가 한 개도 실리

21 최수일은 『개벽』의 상업 광고를 집계할 때, 『태서문예신보사』 등 당시의 잡지사들 간에 서로 주고받은 광고나 『한성출판주식회사』 등 출판사들끼리 이루어지는 재정보조 차원의 광고는 제외하였다. 그는 『개벽』의 상업 광고를 '옷', '신발', '모자', '안경', '화장품', '수입 주단', '맥주', '금은세공품', '만년필', '원고지', '약품', '치료술', '약방', '극장', '장의사', '요리점', '철공소', '목재소', '부인상회', '은행', '주식회사' 등으로 정하여 집계하였다. 따라서 본고도 비교 분석을 위해 그와 동일한 기준을 가지고 『조선문단』의 상업 광고를 집계하였다.

22 『朝鮮文壇 三』 新年號, 太學士, 1981, 1면.

지 않은 것은 아니라는 것을 유추할 수 있다.

그렇다면 조선문학의 건설이라는 백년대업을 위해 1927년 1월 신년호로 다시 야심차게 발간된 『조선문단』이 분명 상업 광고료가 잡지 발행의 중요한 밑천임을 알고 있었음에도 불구하고 왜 19호, 20호에 상업 광고가 한쪽도 실리지 않았고 그로 인해 또다시 휴간을 할 수밖에 없었던 것일까? 그 원인은 18호 신년호에 실린 "문단침체文壇沈滯의 원인原因과 그 대책對策"에서 실마리를 찾을 수 있다. "문단침체文壇沈滯의 원인原因과 그 대책對策"은 문인들 20명에게 문단침체의 원인과 대책을 물은 기획콘텐츠 기사이다. 이 기사 중에서 "최상덕崔象德"이 문단침체의 원인과 대책을 말한 부분을 옮겨본다.

> 최상덕崔象德
>
> 一, 원인原因
>
> 1. 일반민중一般民衆이 문예文藝에 몰이해沒理解한 것은 물론勿論이요 문단文壇과 거리距離가 가까운 학생우學生又는 지식계급智識階級까지도 문예서적文藝書籍이나 잡지구독雜誌購讀하기보다 활동사진活動寫眞 구경하기를 조와하고 설사문예서設使文藝書나 잡지雜誌를 구독購讀한다하드래도 그네들이 '갓흔 갑시면 일본日本 것 사보지 그까짓 조선朝鮮 것'하는 생각을 만히 가진 것.[23]

최상덕은 조선문단의 침체 원인을 일반민중이 문예에 대해 몰이해한 것, 또한 문단과 거리가 가까운 학생들이 문예서적이나 잡지를 구독하기

23 『朝鮮文壇 三』, 27면.

보다는 활동사진 즉 영화映畫 구경하는 것을 더 좋아한다고 말하고 있다. 또한, 설사 문예서나 잡지를 구독한다고 하더라도 조선 잡지보다는 일본 잡지를 더 구독하기를 희망한다고 밝히고 있다.[24] 최상덕이 말한 당시 상황으로 볼 때, 『조선문단』은 남진우가 발행인이었던 2기 시기에도 『조선문단』 1기 후반기와 마찬가지로 잡지 구독 판매량이 그리 많지 않았음을 알 수 있다. 또 전반적인 조선문단의 상황이 이러하다면 『조선문단』과 비슷한 당대의 다른 민간 잡지들도 비슷한 상황이었을 것이다.

당시 신문과 잡지에 광고를 주는 광고주 입장에서는 자사의 상품을 한 명이라도 많은 독자들이 보는 잡지에 광고하고 싶었을 것이다. 광고주들은 창간호 3,000부 이상, 2호 2,000부 이상 등 몇몇 호에서 높은 판매량을 보여준 『조선문단』에 일시적으로 광고 효과를 기대하고 상업 광고를 발주하기도 했지만 그 외 1,000부 내외를 판매했던 『조선문단』에 광고를 싣는 경우는 드물었다.[25]

이처럼 『조선문단』의 발간과 휴간은 잡지 구독 판매량에 따라 상업 광고 수주량에 의해 결정된 것임을 알 수 있다. 판매가 호조를 보였을 때는

24 이는 『조선문단』 1기 발행인이었던 방인근이 1차 휴간을 하기 2달 전인 12호(1925년 10월호) 〈朝鮮文壇一週年感想〉에서 밝힌 "朝鮮人으로는 內容豐富한 日本 西洋 雜誌 보는 것보다 貧弱한 朝鮮雜誌라도 우리의 것이니 보아줄 責任이 잇슬 줄 암니다 그 안보는 것이 안보는 그 사람의게 害가되고 雜誌社에 害가되고 온 社會에 害가되여 다가치 亡하고야 말게되는 現狀임니다"와 똑같은 원인 진단이다(『朝鮮文壇 二』 第十二號, 太學士, 1981, 179면). 물론, 구독 판매량이 적은 것은 비단 『조선문단』뿐만 아니라 다른 조선 잡지들도 해당되었을 것이고, 다만 『개벽』과 같이 종교적인 세력과 전국적 유통망을 갖춘 몇몇 잡지의 경우는 조선 잡지라고 하더라도 이보다 형편이 나았다.

25 "그때는 고작해야 四五千部이오 그러찮으면 二三千部에 不過하였다."(『朝光』(1935~1944) 影印本 全110號, 1938年 3回分(通卷第27號~第38號) 6卷, 『朝光』 第四券六號 32 六月號, 學硏社, 1982, 64면) 그러나 잡지사나 신문사가 발행 부수를 과장해서 말하는 것까지 감안하여 본고에서는 『조선문단』의 편집 후기에 적혀 있는 것을 토대로 최대 4,000부 내외, 최저 1,000부 내외로 산정했다.

그 여파로 당연히 광고가 많이 붙었지만, 판매가 저조할 시기는 광고가 줄어들었다. 그러나 『조선문단』의 판매량은 내용 콘텐츠 측면의 부실로 인한 잡지 자체의 문제라기보다는 문예지에 대해 몰이해한 일반대중들의 풍토와 지식층에서조차도 기왕이면 일본 잡지를 선호하는 경향이 결정지었다고 할 수 있다.

이제까지 『조선문단』의 상업성을 연구하기 위해 상업 광고의 증감과 내용을 분석하였다. 『조선문단』의 총 상업 광고 비율은 『개벽』의 1/10에 불과하다. 그러나 순문예지라는 태생적 한계에도 '양화점', '레코드', '시계점', '약방' 등 일반 상업 광고뿐만 아니라 '임질 · 매독약' 등 "약" 광고, "약방", "의원" 광고도 못지않게 실었으며 특히, 봉건적 미신 행위를 근대적 기술로 눈가림한 "최면술"과 같은 상업 광고까지 실었다는 사실은 『조선문단』으로 하여금 동인지들이 고집했던 고귀한 문학(문예지) 지성과 순수성을 더욱더 탈피하게 만들었다. 그리고 이를 감수하게 한 것은 광고로 인해 얻게 될, 당장 다음달 호 발간에 필요한 재정 수입이었다. 이제껏 『조선문단』의 상업성을 배재하고 대중성만을 논의했던 연구는 결과론적으로 『조선문단』의 상업적 실패에 의미를 부여해 타당성을 획득하였으나 창간부터 종간까지 끊임없이 전략적인 상업적 시도와 노력을 기울였던 『조선문단』의 잡지 매체적 속성은 상업 광고 분석으로 여실히 드러났다.

잡지에 실린 광고의 비중과 경향을 통계적으로 분석하는 것은 잡지의 상업성을 밝힐 수 있는 가장 효과적인 연구 방법이다. 본고는 『조선문단』의 상업 광고를 통계적으로 분석하여 구독판매량과의 연관성까지 도출해냄으로써 광고가 잡지 발행에 끼친 영향을 살펴보았다. 또 상업 광고가 『조선문단』의 문학 순수성을 파괴하는 결과를 초래하였음을 밝혔다.

다음 절에서는 『조선문단』이 대내외적으로 설립한 각 지사, 분사가 어떠한 성격과 유형을 지녔는지 서지적으로 분석함으로써 『조선문단』의 상업성을 더 살펴보고자 한다.

3. 지·분사 시스템 측면–지·분사의 성격과 유형, 설립 주체, 배경

서적을 구해 읽을 수 있는 계층이 일부 지식층 양반들에게만 있었던 조선시대 전기에 비해 조선 중후기에 이르러서는 자전류, 유학서, 역사서, 의례집, 실용서, 소설류 등 다양한 방각본이 민간의 요구에 의해 출판되었고 이를 시중에 유통하기 위하여 책거간이나 서사書肆가 등장하였다. 개화기에 이르러서는 대중을 계몽하고 국가를 부강하기 위한 도구로써 근대지식과 사상을 담은 서적들의 출판이 활발하게 이루어졌다.

또한, 문호 개방으로 인한 서구문물의 유입으로 외국 도서를 번역한 국내 도서의 출판들도 활발하게 이루어졌다. 그리고 신문과 잡지를 읽을 수 있는 독서 인구의 확대로 인해 상업적인 수입까지도 기대할 수 있어 출판업은 호황기를 맞이하는데, 이에 따라 서적을 효과적으로 유통 판매하기 위한 서포들도 기하급수적으로 증가하였다.

이러한 사회 시대적 배경 속에서 일제 식민지하 몇몇 조선의 잡지사들은 전국적인 유통망을 구축하기 위해 지방 서점과 상회를 끼고 지·분사를 설립하기 위해 노력하였다. 이는 지·분사만을 독립적으로 설립하면 임대료와 인건비, 유통비, 운영비 등이 이중으로 들기 때문이다. 또한 단독 지·분사는 각 지·분사장의 재력에 따라 지·분사의 존폐가 좌지우지

될 수 있어서 자립도에 대한 위험 부담이 컸다. 하지만 기존에 각 지방 거점에 설립되어 있는 서점과 상회가 잡지사와 제휴하여 지·분사를 겸임할 수만 있다면, 단독적으로 지·분사를 설립했을 때 소요되는 임대료와 인건비, 유통비, 운영비 등을 절감할 수 있었다.

그리고 어느 잡지사만의 단독 지·분사는 해당 잡지사와 연루된 잡지와 책만을 팔 수 있어 매상 수익에 한계가 있는 반면, 서점, 상회는 책, 잡지, 학생용품, 운동구, 약 등 다양한 상품들에 본지本誌를 함께 팔 수 있어서 매장 주인 입장으로서도 매출 효과를 극대화할 수 있었다.[26] 따라서 당시 잡지사들은 전국의 지방 서점과 상회들을 끼고 본지를 분매하려고 했었다. 그렇다면 서점을 중심으로 효과적으로 출판 유통망을 구축했던 『청춘』의 분매소[27]를 한번 분석해보자.

〈표 3〉에서 서점을 거점으로 한 『청춘』의 지방 분매소를 살펴보면, 의주에 대정서관, 삼성서원, 군산에 야소교부흥서관, 평양에 광명서관, 기독

26 "신문(『매일일보』·『동아일보』·『조선일보』 등)은 서포와 상회를 망라했던 것으로 보이고, 잡지들(『청춘』·『창조』·『조선문단』 등)은 주로 서포와 결합하는 형식을 취했다. 물론 『개벽』처럼 대중적 지명도가 있는 잡지들은 마치 신문처럼 서포와 상회를 망라해서 유통되었다." 이처럼 "지·분사(지·분국)가 서포나 상회를 끼고 운영되는 형식은 식민지 시대 잡지유통의 가장 보편적인 형식"이었다(최수일, 앞의 책, 317면).

27 『청춘』 8호(1917.6)의 분매소는 경성에 광학서포, 일석서장, 영풍서관, 광한서림, 박문서관, 대동서관, 광익서관, 광문서시, 오거서창, 신명서림, 덕흥서림, 동창서옥 등 19개소에 이르렀는데 "1917년 당시 경성의 대표적 서적상들이 『청춘』의 분매소로 나선 것이 확인된다"(한기형, 『근대어·근대매체·근대문학－근대 매체와 근대 언어질서의 상관성』, 성균관대 출판부, 2006, 292면). 이처럼 『청춘』의 경성 분매소는 대부분 서점을 끼고 있었는데, 이는 출판문화의 중심지로 경성에 서점에 많기도 하거니와 『청춘』의 발행소인 신문관이 경성부 황금정에 본사를 두고 있었기 때문에 경성 시내에는 따로 지사를 둘 필요가 없었기 때문이다. 따라서 본고에서도 똑같이 발행소가 경성 서대문정 일정목 9번지에 있어서(1925년 2월에 경성 東大門外 龍頭里 一六八로 이사) 경성에 따로 지사를 설립할 필요가 없었던 『조선문단』과의 비교를 위해서 지방 분매소에 더 초점을 맞추어서 논의를 전개하고자 한다.

〈표 3〉『청춘』의 호수별 지방 서점, 지방 신문지국, 지방 의원 분매소 위치와 분매소장[28]

호수	위치	주소	분매소장
4호	의주	평북 의주군 남문 외	大正書館
	군산	군산부영정 야소교부흥서관	金嘉全
	인천	인천빈정 조선신문사 내	權成集
8호	원산	원산 매일신보분국 내	李圭灝
	평양	평양 채관리 149번지	光明書觀
	마산	마산 석정 187번지	泰共書舖
9호	원산	원산 매일신보분국 내	李圭灝
	평양	평양 채관리 149번지	光明書觀
	마산	마산 석정 187번지	泰共書舖
	북청	북청 남문 내 청구서시	金敎英
	천안	경부선 천안시 장수생당의원	黃相穆
10호	원산	원산 매일신보분국 내	李圭灝
	평양	평양 채관리 149번지	光明書觀
	마산	마산 석정 187번지	泰共書舖
	북청	북청 남문 내 청구서시	金敎英
	천안	경부선 천안시 장수생당의원	黃相穆
	영흥	영흥군 홍인면 남산리 매일신보분국 내	趙駿元
14호	평양	평양 채관리 149번지	光明書觀
		평양부 남문통 2정목	基督書院
	마산	마산 석정 187번지	泰共書舖
	북청	북청 남문 내 청구서림	金敎英
	천안	경부선 천안시 장수생당의원	黃相穆
	개성	개성 북본정 44○ 번지 대정서관	朴致玳
	의주	평북 의주군 남문 외 삼성서원	李寅用
15호	평양	평양 채관리 149번지	光明書觀
		평양부 남문통 2정목	基督書院
	마산	마산 석정 187번지	泰共書舖
	북청	북청 남문 내 청구서림	金敎英
	천안	경부선 천안시 장수생당의원	黃相穆
	개성	개성 북본정 44○ 번지 대정서관	朴致玳
	의주	평북 의주군 남문 외 삼성서원	李寅用

서원, 마산에 태공서포, 북청에 청구서시청구서림, 개성에 대정서관 8곳이 있다. 또한 호를 거듭할수록 서점을 낀 분매소도 늘어나고 있음을 확인할 수 있다. 이렇게 『청춘』의 지방 분매소가 증가할 수 있었던 것은 초판 매진을 기록하며 수천부가 판매된 7호 이후부터 꾸준하게 『청춘』의 판매량이 호조를 보였기 때문이다. 이 때문에 각 지방 서점에서 『청춘』을 자신들의 매대에서 팔고 싶은 욕심을 가진 것은 당연한 이치였다.[29]

또한 〈표 3〉에서 주목할 부분은 의주, 평양, 개성의 『청춘』 지방 분매소이다. 의주, 평양, 개성은 1910년 당시 경성과 더불어 서포가 많이 설립되었던 지역이다.[30] 당시 서포가 많이 설립되었던 지역은 위의 세 지역 외에도 안주, 영변, 전주, 해주, 안악읍, 대구가 있었는데, 『청춘』의 지방 분매

28 한기형도 그의 저서 『근대어 · 근대매체 · 근대문학』, 292면에서 서점과 연계된 『청춘』의 지방 분매소를 조사하였으나 본고는 『청춘』의 모든 지방 분매소의 주소를 전수 조사하여 그 중에서 서점과 신문지국, 의원을 겸한 『청춘』의 각 지방 분매소만 수록하였다.

29 한기형에 의하면 "29개소의 전국 분매소를 통해 매호 최소 600부 이상의 수량이 현금 결제될 수 있는 조건을 확보했던 것이 폐간 직전 『청춘』의 상황이었다. 하지만 각 분매소의 판매량은 최소기준 20부를 훨씬 상회했을 것으로 추정된다". 따라서 『청춘』의 평균 최소 판매량은 29개소×20부=580부이지만, 『청춘』이 당시 사회적 영향력이 점점 커지고 있던 상황에서 실제로는 각 분매소마다 20부를 훨씬 상회하는 판매량을 기록했을 것이고, 여기에 『청춘』의 발행소인 신문관을 통해 직접 구매하는 수량까지 합한다면 폐간 직전에도 불구하고 1,000부를 초과하는 판매량을 기록했을 것으로 추정된다(한기형, 앞의 책, 291~293면).

30 "서포의 분포는 이상에서처럼 서울이 중심이 되었지만 기타 지방에서 서포의 지역적인 분포를 살펴보면 **평양(8개소)**, **개성(5개소)**, 안주(3개소), 영변(3개소), 전주(2개소), **의주(2개소)**, 해주(2개소), 안악읍(2개소), 대구(2개소)"이다. 대한매일신보와 황성신문에서 1880년부터 1910년까지 그들의 본지에 광고했던 서포의 개수를 세보면 전국에 100개 이상의 서포가 있었는데, 특히 위의 9개 지역에 서포가 많이 분포했다. 위의 9개 지역에 서포가 많이 분포한 이유는 평양은 전통적으로 서울 다음으로 대도시였고 많은 외국문물들이 유입되었던 곳이며, 의주, 영변, 안주는 "국경과 평양을 잇고" 있어 중국으로부터 "많은 선교사와 개화문물이 다른 지역에 비해 먼저" 전해졌던 곳이며, 개성 역시 "평양과 서울을 잇는 교량지로 일찍부터 상업이 발달했던" 곳이다. 또한, 해주는 우리나라 최초로 "기독교회당이 설립된 곳으로" 개화를 일찍부터 받아들였으며, 전주와 대구는 "방각본이 출현한 곳으로" "전통적으로 출판문화가 발달했던 곳"이었다(김봉희, 「韓國 開化期의 서포에 관한 硏究」, 『한국문헌정보학회지』 27, 한국문헌정보학회, 1994, 118~119면, 강조는 인용자).

소가 있었던 의주, 평양, 개성은 지방 서점을 낀 분매소였다. 즉, 지방 서점들은 판매량에 호조를 보인 『청춘』을 영리를 목적으로도 들여놓았다. 또한 서점 주인들이 주로 개화 선각자이었음을 감안했을 때 대중들의 계몽을 위해 근대지식의 도구화로 발간된 『청춘』을 더욱더 자신들의 서점에서 판매하려고 했다.

이외에도 신문사를 통하여 지·분사를 설립한 인천, 원산, 영흥 지역에 눈에 띈다. 이 역시 지방 서점을 통해 분매할 때처럼 신문사의 지방 분국을 이용하면 단독으로 지·분사를 설립·운영했을 때보다 비용을 절감할 수 있었다. 또 하나 특이한 점은 지방 의원에서 『청춘』의 분매소를 겸한 것이었는데 천안의 '장수생당의원'이 바로 그곳이었다. 즉, 환자들을 진료하는 의원에서 잡지를 같이 팔았던 것인데, 『청춘』이 인기 있는 잡지였던 것을 감안하면 의원에서도 영리의 목적을 분매소를 겸한 것으로 볼 수 있다.

그렇다면 지·분사의 확대를 통해 출판 유통망을 구축했던 점에서 『청춘』과 공통점이 있는 『조선문단』도 과연 『청춘』과 같이 이러한 지·분사 운영 방법을 따랐는지 살펴보도록 하자.

〈표 4〉를 보면 통권 26호 동안 『조선문단』의 지분사의 지역별 분포를 살펴보면 가장 많은 지방 지·분사가 설립된 지역은 개성으로 총 3번이 설립되었다. 방인근의 조선문단 일주년 감상문에 그 다음으로 사리원과 인천이 각각 2번씩 지·분사가 설립되었다. 이북과 이남, 해외로 따져보면 이북에 17곳, 이남에 9곳, 해외에 4곳이 설립되어 해외보다는 국내 지역에, 이남 지역보다는 이북 지역에 2배 정도 많은 지·분사가 설립되었다.[31] 『조선문단』의 지·분사장을 살펴보면 2호 발행 때 설립된 개성지사였던 보신서회의 전홍도, 3호 발행 때 단천지사였던 조선일보지국의 설운

〈표 4〉『조선문단』의 호수별지·분사 위치와 지·분사장[32]

호수	위치	주소	지·분사장
2호	개성	개성 남대문통 중앙회관	全興島(普信書會)
3호	부산	부산 부영주동 585	金顯洙
	사리원(황해)	사리원 서리	金致元
	단천	단천읍 조선일보지국	薛雲龍/全榮春
12호	하얼빈	하얼빈 도외 북5도가 고려의원	趙寅元
	안동현	안동현 3번통 6정목	趙東根
	대구	대구 부덕산 정73	曺東春
	영광	전남 영광읍내	金兌煥
13호	개성	개성 남대문통 고려상회	河奎杭
15호	용천	평북 용천군 읍동면 태흥리	崔宗範
19호	의주	평북 의주군 의주면 서부동 51번지	柳昌珪
	인천	인천 부외리 137번지	李石金
20호	강계	평북 강계성내 본정	崔聖鎬
	경주	경북 경주군 경주면	金昌駿
21호	인천	인천 부내리 一〇九	崔相俊
	신천	신천군 석당시내동一〇三	任福淳
	봉천	봉천역전 홍매정 7번지	金春元
	평양	평양 부하 수구리 96	韓世光
	철원	철원군 마장면 장유리	崔仁俊
22호	중화	평남 중화군 해압면 요포리	朴英益
	외금강	외금강 온정리 이화상회	李春根
	영양	경북 영양군 석보시 동해옥서점 내	權寧植
	사리원	황해도 사리원 서리 봉산루 내	劉景俊
	함흥	함흥 부락민정 제혜의원 내	李海月
	개성	개성부 대화정 51	林雄
	동경	동경시 황천구 일모리정	趙起行
	청진	청진부 서정 12	金曙湖
23호	김해	김해읍내	金永祚
	태천	평북 태천읍내	李學哲
24호	원산	원산 상리 1동 88	康成九

31 이북 지역은 개성, 사리원, 단천, 용천, 의주, 강계, 신천, 평양, 중화, 외금강, 함흥, 청진, 태천, 원산이며 이남 지역은 부산, 대구, 영광, 인천, 경주, 철원, 영양, 김해이고 해외 지역은 하얼빈, 안동현, 봉천, 동경이다.

룡, 전영춘, 13호 발행 때 개성지사였던 고려상회의 하규항, 22호 발행 때 외금강지사였던 이화상회의 이춘근, 영양지사였던 동해옥서점의 권영식이 눈에 띈다. 이들은 모두 지방 서점과 지방 상회, 그리고 신문소가 『조선문단』의 분매소를 겸한 경우로써 인건비, 임대료, 운영비 등을 절약할 수 있었다. 특히 3호 발행 때 설립된 단천지사는 설운룡, 전영춘 두 사람이 동업한데다, 조선일보지국을 이용함으로써 지 · 분사의 독자적 설립 · 운영 부담을 각자 나눠가질 수 있어 쉽게 개소하여 운영할 수 있었다. 위의 지사를 제외한 25군데는 개인이 단독으로 지 · 분사를 차린 경우이다.

그럼 개인이 단독으로 차린 지 · 분사의 유형을 살펴보자. 단독 지 · 분사 중에서는 12호 발행 때 설립된 하얼빈지사 고려의원, 22호 발행 때 설립된 함흥지사 제혜의원이 눈에 띈다. 위 두 지사는 의원에서 『조선문단』 지사를 겸한 경우다. 의원이 잡지의 지 · 분사를 겸한 경우는 의원 원장의 사업 전략이라고 할 수 있다. 『조선문단』은 의원을 겸한 지 · 분사가 2곳으로 『청춘』에 비해 한 군데 더 많았다. 고려의원의 조인원 원장의 경우는 지 · 분사 설립뿐 아니라 『조선문단』 12호에 광고도 발주함으로써 『조선문단』을 본원의 광고 마켓팅으로 충분히 활용하고 있었다. 즉, 약방뿐만 아니라 의원에서도 『조선문단』의 상업적 가치를 높이 평가한 것이라고 볼 수 있다. 특히 『조선문단』의 상업 광고주에 "약방"이나 "의원" 광고가 많다는 것은 의원이 『조선문단』에 광고 효과를 많이 기대한 것뿐만 아니라 직접 지 · 분

32 이봉범의 논문 「1920년대 부르주아문학의 제도적 정착과 『조선문단』」(민족문학사연구 29, 민족문학사학회, 2005, 184면) 내용을 참고하였으나 이봉범의 논문에는 『조선문단』 23호에 실린 김해 지사와 태천 지사에 대한 내용이 누락되어 있어 그 부분을 보충하였고, 또한 본고는 추가로 『조선문단』 전체의 지 · 분사 주소를 전수 조사하여 수록함으로써 지방 서점, 지방 상회, 지방 의원 등과의 관계를 살펴 『조선문단』의 지 · 분사 성격과 유형을 상세히 규명하였다.

사 설립에도 관여했음을 보여준다.[33] 이와 같이 지방 서점과 의원에서 겸한 『조선문단』의 지·분사는 『청춘』의 지·분사의 성격과 유형이 비슷하다.

나머지 『조선문단』의 지·분사는 서점이나 상점이 아닌 개별 사업체들이었다. 특히, 각 지·분사 중 세 곳은 특별히 『조선문단』과 관련된 곳이었다.[34] 즉, 『조선문단』의 필진들과 조선문단사와 관련 있는 나도향(동경), 김동인(평양), 조운(영광) 등과 같은 사람들이 포진하고 있는 지역에 『조선문단』의 지·분사가 설립된 것이다. 한 지역 유지의 인맥이 일반적으로 그 지역 내에서 넓게 형성될 수 있음을 감안할 때, 직·간접적으로 『조선문단』의 지·분사가 설립된 배경에는 이러한 지역 인사들의 영향력이 크다. 위 세 곳의 지·분사는 『조선문단』과 관련된 지역 유명 인사들이나 또, 여러 내용 콘텐츠 면에서 장안의 화제를 불러일으켰던 소문을 통해 충분히 『조선문단』에 대해 들었고 따라서 잡지 분매소를 차리려는 그들에게 『조

33 "식민지 조선에서 의사라는 직업은 새롭게 출현하고 부상한 근대적 전문직의 대표격이었다. 그러나 또 다른 측면이 있었다. 국가가 책임지는 공공의료 실현의 가능성이 애초에 배제된 식민지에서 이들의 절대 다수는 개업의가 되는 길을 걸을 수밖에 없었다. **개업의가 된다는 것은 시장의 경쟁에 그대로 노출된다는 것을 의미한다. 식민지 조선에서 평범한 의사들의 꿈은 성공한 개업의, 곧 자본가가 되는 것이었다.** 의료사회학적 관점에서 볼 때 전문직업성 지향과 개업주의 지향은 대립하는 진료 양식이자 이념형이지만, 식민지 조선의 열악한 상황은 양자의 병립을 큰 모순 없이 봉합했다."(조형근, 「식민지근대에서 좋은 의사로 살기」, 『역사비평』 108, 역사비평사, 2014, 281면 재인용, 강조는 인용자) 즉, 『조선문단』에 개업 광고를 낸 의원들이나 『조선문단』 지·분사를 운영한 의원들이나 모두 성공한 신흥 부르주아를 꿈꾸는 의원장들이 본원의 마케팅을 위해서 『조선문단』을 상업적으로 이용했던 것이다. 광고주인 의원장 입장에서는 환자를 많이 끌어 모을 수 있도록 되도록 대중들이 많이 읽는 광고 효과가 큰 인기 잡지를 선택했다. 이러한 '의원' 광고는 비단 『조선문단』뿐만 아니라 당대 인기 잡지들에게서 공통적으로 볼 수 있었는데 이는 『조선문단』의 상업적 활용가치가 의원들 사이에서 높았다는 것을 알 수 있다.

34 "동경에는 나도향·양주동·염상섭·노자영·김동명 등 주요 필진들이 계속해서 유학하고 있었고 (…중략…) 국내 또한 김동인·전영택이 평양에, 최서해와 함께 조선문단사에 기숙한 바 있는 이은상이 마산에, 최서해의 친구이자 처남인 조운이 영광에 각각 포진하고" 있었다(이봉범, 앞의 글, 184~185면).

선문단』은 충분히 매력적인 상업적 매체로 다가왔던 것이다.

1920년대 당시 조선의 출판 시장은 일제의 엄격한 검열로 인해 대다수의 잡지들이 계몽성보다는 대중성을 띨 수밖에 없었다. 실제로 조선총독부는 문학책에 대해서도 검열을 실시했지만 "정론政論의 언어를 구사하는 책만큼 위협적이라고까지는 판단하지 않았"기 때문에 자연스레 이 상업화의 주류를 담당한 것은 시, 소설 같은 문학 장르였다. 즉, 식민지 하에서 계몽성이 거세될 수밖에 없었던 조선의 잡지들이 대중성만이라도 갖출 수 있는 가장 일반적인 전략이 문예성을 가지는 것이었고 이 문예성을 대중성과 흥행으로 연결시키는 가장 손쉬운 방법은 당대의 주요 작가들의 작품들을 싣는 것이었다.[35]

이 같은 출판 시장의 배경 속에서 서점과 상회 주인들과 의원 원장들은 당대의 주요 작가들의 작품들을 실었던 『조선문단』의 상업적 가치를 판단했다. 서점주, 상회 주인, 원장으로서도 근대 지식을 대중들에게 전파하는 교육가와 계몽가, 의료인이기 이전에 사업가였기 때문에 매달 임대료와 인건비, 유통비 등을 감당해야 하는 입장으로서 문예지 중에서도 당대에 가장 대중적인 문예지와 제휴를 모색하려고 했다.[36]

35 유석환, 「문학 범주 형성의 제도사적 이해를 위한 시론 – 출판사, 서점의 판매도서목록을 중심으로」, 『현대문학의 연구』 57, 한국문학연구학회, 2015, 31면; 김종수, 「일제 식민지 문학서적의 근대적 위상 – 박문서관의 활동을 중심으로」, 『우리어문연구』 41, 우리어문학회, 2011, 457면.

36 일례로 1907년 창업되어 꾸준히 성장하다가 1930년대 중반 이후 조선 최대 출판사 겸 서점이 된 박문서관의 창업주인 노익형은 당시뿐만 아니라 지금도 널리 알려진 주요 작가들의 작품집을 발간하면서 "염상섭의 소설이 기대와 달리 많이 팔리지 않는다"라고 낙담했다(「出版業으로 大成한 諸家의 抱負 – 出版文化의 殿堂, 博文書館의 業績」, 『朝光』 4권 12호, 1938, 314면). 경성의 제일 유명한 출판사, 서점의 경영자의 입장이 이러하다면 지방 서점주의 입장이야 말할 것도 없다.

몇몇 지방 서점들과 상회 입장에서는 창간호와 몇몇 호에서 2~3,000부 이상을 판매하는 저력을 보여준 『조선문단』이 매력적인 사업 매체로 다가왔을 것이다. 그래서 그들은 자신의 책과 상품들을 팔면서 같이 『조선문단』을 껴 팔려고 했던 것이다. 또한 병원도 서점, 상회와 같이 영리를 추구하는 사업체였기 때문에 의원 원장님들 역시 자신의 사업 수완을 펼칠 수단으로 본원을 『조선문단』 지·분사로 겸업하였다. 개별 사업자들 역시 『조선문단』에 대한 입소문과 잡지 관계자들의 영향을 받아 지·분사를 설립하였다.

그러나 그럼에도 불구하고 『조선문단』의 지방 서점을 겸한 분매소 수는 『청춘』에 비해 많이 적다. 그 이유는 무엇일까? 그 이유는 『조선문단』 1주년 기념호인 12호와 13호의 기사에서 알 수 있다. 『조선문단』 1주년 기념호에서 발행자인 방인근은 '『조선문단』 일 주년 감상'을 올린다. 그 중에서 잡지 판매 대금 수납에 어려움을 토로한 부분이 있는데 다음과 같다.

> ᄯᅩ 한가지 원인原因은 잡지대금雜誌代金이 잘 목입牧入 되지 안는 것이외다 이것이 중요重要한 문제問題임니다 신문新聞이 망亡하는 것도 지분국支分局의 부주의不注意로 대금代金을 보내지 안어 망亡하는 일이 만타고 합니다 잡지雜誌도 그러슴니다 지방각책점地方各册店에서 잡지雜誌 팔고 대금代金을 보내지 안슴니다 물론勿論 잘 보내는데도 만켓지마는 몇 달식式 쓸고 잘 아니 보내느데도 만슴니다 본사本社에서는 태산泰山처럼 밋는 지방각서점地方各書店에서 돈이 아니오니 밋지고 곤란困難을 당하야 이러케 몃달 지나면 본사本社는 경제문제經濟問題로 문門을 닷게됨니다.[37]

방인근의 『조선문단』 일주년 감상문에 의하면 지방 서점들이 잡지를 판 대금을 주지 않아 잡지사를 경영하는 데 어려움이 있다고 토로한다. 그래서 결국 『조선문단』은 몇몇 지방 서점과의 거래를 끊는다. 즉, 잡지대금을 끌면서 미납하는 지방 서점에게 잡지 발송을 중지하는 한편 독자로 하여금 직접 본사로 잡지 대금을 보내달라고 요청하면서 직거래를 하려고 했다.[38] 당시 지방 서점과의 거래는 대개 외상 거래여서 『조선문단』이 지방 서점으로부터 대금을 받지 못하면, 바로 납품한 만큼의 도서 제작비를 날리는 위험에 처하고 이는 바로 경영 수익의 악화를 가져온다. 그런데 『조선문단』과 외상 거래한 지방 서점의 십중팔구는 대금을 떼어갔다.[39]

따라서 『조선문단』은 특히 지방 서점과 상회를 통해 지 · 분사를 늘려가려고 했으나 많은 지방 서점들의 잡지 대금 미납으로 인해 어쩔 수 없이 분매소를 취소한다. 『조선문단』의 전체 30여 곳의 지 · 분사 중에서 최종적으로 2군데밖에 지방 서점이 설립되지 않았다는 것이 그것을 증명한다. 『조선문단』은 지방 서점과 상회 의원을 겸한 『청춘』의 지 · 분사의 성격과 유형이 비슷하지만, 잡지 대금을 미납하는 지방 서점과의 관계를 과감히 끊어 전체 지 · 분사 수중에서 지방 서점이 차지하는 비율이 적다는 점이 『청춘』과 구별된다.

『청춘』은 지방 서점과 외상거래를 했던 『조선문단』과는 다르게 지방 분

37 『朝鮮文壇 二』 創刊一週年記念號, 太學士, 1981, 179면.

38 "몇 地方冊店에 雜誌發送을 中止하겟사오니 讀者諸位는 本社로 直接先金注文 하소서."(『朝鮮文壇 二』 第十三號, 太學士, 1981, 26면)

39 방인근은 1938년 6월 『조광』 제4권 6호에 「文學運動의 中軸 「朝鮮文壇」 시절」을 회고하면서 "그때는 地方書店에는 大概가 外上去來인데 十中八九는 代金을 잘떼여자신다"(『朝光』, 64면)라고 밝혔다. 즉 『조선문단』 일주년 시기에는 몇몇 서점만이 대금을 떼어먹었지만 그렇게 하는 지방 서점들이 점점 많아져 나중에는 열에 여덟, 아홉 곳이 되었다.

매소 설치 기준에 책값을 선불 지급하는 조항을 두었다. 이렇게 『청춘』이 지방 서점과 유리하게 계약을 맺을 수 있었던 이유는 『청춘』의 판매량이 호조를 보였기 때문이었다. 즉, 판매량 호조로 인한 지방분매소 설립 요청이 많아지자 『청춘』은 지방 서점들과 책값 선불 계약을 체결했고, 따라서 지방 서점으로부터 대금 미납과 같은 일은 적었다.[40] 하지만 『조선문단』은 판매량이 들쑥날쑥 했으므로, 지방 서점과 외상 거래 계약이라도 맺음으로써 지방 유통망을 확대하려고 힘썼고 이는 분명 상업적인 경영 전략이었다. 하지만 상호간에 믿고 외상 거래했던 결과는 갈수록 많은 지방 서점으로부터 대금을 받지 못해 그들과의 관계를 끊는 지경까지 이르렀으며, 책값 역시 받지 못해 『조선문단』은 재정난 악화로 폐간에 이르는 운명에 처하게 된 것이다.

지금까지 본고는 『조선문단』의 지분사의 성격과 유형을 당시 지방 서점과 상회, 의원과 연계하여 살펴보았고, 개인이 설립한 배경도 살펴봄으로써 『조선문단』의 상업적 경영 전략을 살펴볼 수 있었다.

40 "「青春」 地方支部及分賣所設置略規 一, 二十部以上을 請求하면 分賣所或支部됨을 許함 一, 分賣所或支部에는 定價에서 二割을 減함 但倍號及特別號의 割引은 臨時別定함 一, **分賣所或支部를 設함에는 先金請求면 已어니와 不然하면 京城內에 居住하는 人士中으로 相當한 保證人을요함** 一, 代金은先金이 아니면 每月末에 計送함을 要함" 즉, 『청춘』은 지 · 분사 설립을 허가할 때 책값 선금을 계약 조건으로 내세웠으며 후불일 경우에는 경성에 거주하는 인사가 보증을 서야 했다(『青春』 三冊(影印本) 第十四號, 太學士, 1980, 638면, 강조는 인용자).

4. 상업적 노력으로 생존을 모색한 순문예지

본 연구는 『조선문단』의 상업성을 출판 광고 측면과 출판 유통망 측면에서 통계적, 서지적으로 살펴보고자 하였다. 『조선문단』 창간호부터 종간호까지 통권 26권을 대상으로 2장에서는 광고의 비중과 경향을, 3장에서는 지·분사의 성격과 유형에 대해 고찰함으로써 상업성을 알아보고자 하였다.

광고는 대중성과 인기성의 척도를 가장 가늠할 수 있는 상업적 요소이다. 인쇄술의 발달과 개화 문물의 유입으로 인해 근대 초창기 대표적 언론 매체로 자리 잡을 수 있었던 잡지의 가장 큰 수입원 중 하나는 광고료였다. 이는 민간 문예지였던 『조선문단』에겐 더 민감한 요소였다. 『조선문단』의 상업 광고량은 호마다, 시기마다 들쑥날쑥했다. 이는 당대의 다른 영세한 여러 잡지사들과 마찬가지로 불안정한 현상이었다.

이 글은 『조선문단』을 시기별로 살펴본 결과 상업 광고량이 발간과 휴간에 직접적으로 영향을 끼친다는 것을 발견하였다. 즉, 신간호를 비롯한 몇몇 인기호에서는 상업 광고가 증가하는 반면, 그 외 1,000부 내외로 팔리는 전후 상태에서는 상업 광고가 급감함을 알 수 있었다. 이는 당연히 광고가 잡지 발행에 영향을 미친다는 불변의 진리를 확인해주었다.

또한 『조선문단』 상업 광고 경향을 분석한 결과 '레코드', '양화점', '영화관', '만년필' 등 일반 상품 광고와 '임질', '매독약' 등의 '약' 광고, '개업'이나 '전문 내과', '특정 병 치료' 등을 강조한 '약방', '의원' 광고가 실려 『개벽』, 『신여성』, 『별건곤』, 『삼천리』, 『신가정』과 같은 동시대의 다른 잡지들과 비슷한 광고 경향을 보인다. 그러나 『조선문단』은 봉건적 미신이 근대적 기술로 눈가림한 비과학적인 "최면술" 같은 상업 광고까지 실음으로써 외양적으로는 문학의 순수성과 지성을 상실한 상업적 잡지로서의 모습을 보여준다.

또 이 글은 『조선문단』의 상업성을 연구하기 위해 지·분사의 성격과 유형을 살펴보았다. 개화기에 들어 서적을 유통할 수 있는 서점이 전국적으로 확산, 설립되었고 몇몇 잡지사들은 지방에 지·분사를 따로 설립하기 보다는 각 지역의 서점과 상회를 통하여 본지를 공급하였다. 이는 임대료, 인건비, 유통비 등을 절감할 수 있었기 때문이다. 『조선문단』도 종간 때까지 총 30곳에 지·분사를 설립하였는데, 이 중에서 지방 서점과 상회, 신문지국과 제휴한 지·분사는 개성의 보신서회, 고려상회, 단천의 조선일보지국, 외금강의 이화상회, 영양의 동해옥서점이 있었다. 이들은 『조선문단』을 매력적인 판매 수단으로 보고 자신의 사업체에서 같이 판매하려고 했다.

또한, 『조선문단』 지·분사 중에 하얼빈의 고려의원, 함흥의 제혜의원이 눈에 띈다. 이들은 특이하게도 의원에서 『조선문단』을 판매함으로써 지방 서점과 상회와 같은 영리 목적과 광고 효과를 추구하고 있다. 나머지 『조선문단』의 지·분사들은 개인이나 또는 잡지사와 연계된 지인들에 의해 설립되었는데, 이것은 그들에게 『조선문단』이 사업적 수완을 발휘할 수 있는 매력적인 매체로 느껴졌기 때문이다.

그러나 한편으로는 30여 곳에 설립된 『조선문단』 지·분사 중에서 지방 서점 분매소가 두 군데밖에 불과하다는 사실을 살펴본 결과 『조선문단』이 몇몇 지방 서점으로부터 판매 대금을 받지 못하여 경영난에 처해 그들과의 관계를 끊을 수밖에 없었던 이면을 알 수 있었다.

기업과 사회의 감시 역할을 놓지 않은 서양의 잡지와 계몽과 근대 의식의 전파 역할을 한 조선의 잡지는 얼핏 상업성과는 무관하게 보인다. 하지만 잡지라는 매체적 특성상 달마다, 계간마다 후속호를 발행해야 하는 자본이 들기 때문에 필연적으로 상업성을 추구할 수밖에 없다. 특히, 미국이나 일본에 비해 내수 시장이 열악해 동종업계 간에 더 치열하게 경쟁할 수밖에 없었던 조선의 잡지들로서는 더욱더 시장에 민감하게 반응할 수밖에 없었다.

풍부한 자본력과 많은 독자수를 갖춘 『개벽』과 같은 몇몇 대형 잡지를 제외하고는 당대의 대부분의 잡지들이 『조선문단』과 같이 영세한 잡지였다. 본고는 『조선문단』의 광고의 비중과 경향을 살펴봄으로써, 또한 『조선문단』이 종간 때까지 지분사를 확대, 설립했던 주체와 그 배경에 대해 살펴봄으로써 『조선문단』과 크게 다를 바 없었던 당대의 다른 영세한 민간 잡지들의 상업성을 연구하는 데 있어서 타산지석이 될 수 있음을 의의로 삼는다.

참고문헌

자료

『朝鮮文壇 一』, 太學士, 1981.

『朝鮮文壇 二』, 太學士, 1981.

『朝鮮文壇 三』, 太學士, 1981.

『朝鮮文壇 四』, 太學士, 1981.

『朝光』(1935~1944) 影印本 全110號(1938年 3回分(通卷第27號~第38號) 6卷), 學硏社, 1982.

『青春』 三冊(影印本) 第十四號, 太學士, 1980.

논저

김경미, 「1920년대 전반기 이광수 문학에 나타난 문화담론 연구-『개벽』과 『조선문단』을 중심으로」, 『한국문학언어학회』 51, 어문론총, 2009.

김경연, 「1920년대 『조선문단』과 여성문학 섹션의 탄생」, 『우리文學硏究』 33, 우리문학회, 2011.

김도경, 「자유주제 : 1920년대 전반 비평에 나타난 소설 개념의 재정립-『개벽』과 『조선문단』을 중심으로」, 『한국문예비평연구』 33, 한국현대문예비평학회, 2010.

김봉희, 「韓國 開化期의 서포에 관한 硏究」, 『한국문헌정보학회지』 27, 한국문헌정보학회, 1994.

김종수, 「일제 강점기 경성의 출판문화 동향과 문학서적의 근대적 위상-漢城圖書株式會社의 활동을 중심으로」, 『서울학연구』 35, 서울시립대 서울학연구소, 2009.

_____, 「일제 식민지 문학서적의 근대적 위상-박문서관의 활동을 중심으로」, 『우리어문연구』 41, 우리어문학회, 2011.

양영종·한상필, 『광고의 이해』, 경영연구원, 2017.

양정혜, 『광고의 역사 산업혁명에서 정보화사회까지』, 도서출판 한울, 2009.

유석환, 「문학 범주 형성의 제도사적 이해를 위한 시론-출판사, 서점의 판매도서목록을 중심으로」, 『현대문학의 연구』 57, 한국문학연구학회, 2015.

이경돈, 『문학 이후』, 소명출판, 2012.

_____, 「『조선문단』에 대한 재인식-1920년대 중반 문학의 변화 양상과 관련하여」, 『상허

학보』 7, 상허학회, 2001.
이봉범, 「1920년대 부르주아문학의 제도적 정착과 『조선문단』, 민족문학사연구 29, 민족문학사학회, 2005.
이원동, 「조선문단 합평회와 근대소설의 개념－사실과 재현의 문제」, 『語文學』 151, 한국어문학회, 2021.
조창규, 「『조선문단』의 매체적 상업성 연구－기획 콘텐츠 측면과 출판 유통망 측면을 중심으로」, 『우리文學硏究』 66, 우리문학회, 2020.
조형근, 「식민지근대에서 좋은 의사로 살기」, 『역사비평』 108, 역사비평사, 2014.
차혜영, 「『조선문단』 연구－'조선문학'의 창안과 문학 장 생산의 기제에 대하여」, 『한국문학이론과 비평』 32, 한국문학이론과 비평학회, 2006.
최수일, 『『개벽』 연구』, 소명출판, 2008.
한기형, 「법역(法域)과 문역(文域)－제국 내부의 표현력 차이와 출판시장」, 『민족문학사연구』 44, 민족문학사학회 · 민족문학사연구소, 2010.
______ 외, 『근대어 · 근대매체 · 근대문학－근대 매체와 근대 언어질서의 상관성』, 성균관대 출판부, 2006.
한만수, 「문학이 자본을 만났을 때, 한국 문인들은?－1930년대 문예면 증면과 문필가협회 결성을 중심으로」, 『한국문학연구』 43, 동국대 한국문학연구소, 2012.
허연실, 「근대 잡지 광고 서사의 모티프 연구」, 『인문사회21』 35, 사단법인 아시아문화학술원, 2019.
현택수 · 홍장선, 『광고의 이해와 실제』, 東文選, 2007.

『만국부인』의 실패 요인과 젠더 양상

박성준

1. 『만국부인萬國婦人』의 광의 범주

『만국부인萬國婦人』은 당대 여학생들과 젊은 여성 독자층을 대상으로 김동환이 기획한 여성·교양잡지로, 그 시작부터 독립 잡지라기보다는 『삼천리三千里』의 자매지라는 성격이 짙었다. 『삼천리』에서는 1930년 11월부터 여성지 창간을 예고해왔으나,[1] 실제 『만국부인』이 창간된 시기[2]는 1932년

1 『삼천리』의 『만국부인』에 관한 광고는 1년 넘게 지속된다. 가령 『삼천리』 제10호 후면 광고에는 "「三千里」의 新姉妹雜誌 明春부터 發行"이라 언급하고 있지만, 실제로는 여러 차례 광고를 싣다가 임시로 『삼천리』에 '만국부인'란만을 개설한다.

2 『만국부인』 창간 시기는 1932년 10월로 특정되지만, 실제 『삼천리』에서 '만국부인'란을 만들어 본격적으로 운영한 시기는 1931년 10월부터이다. 비록 『만국부인』은 창간과 동시에 종간을 맞이했지만, 광의의 범위에서는 『삼천리』에 수록된 '만국부인'란과 『만국부인』은 그 성격을 같이 한다고 볼 수 있기 때문에 『만국부인』이 단 1호만 발행되었다고 보기는 힘들다.

10월이었다. 이때까지 『삼천리』는 재정난을 호소하며 자매지 창간을 미뤄왔지만, 여성지로 독립하기 이전부터 『삼천리』는 '만국부인'란 꼭지를 할애해왔다.

가령 제15호 「사고謝告」란에서는 "만국부인萬國婦人은 조선朝鮮의 부인운동婦人運動을 돕자는 의미意味에서 발간發刊하려 하엿사오나 우리의 형편形便이 아직 그의 순산順産을 허락許諾하지 안으며 (…중략…) 그 대신삼천리지상代身三千里誌上에 여성女性에 대對한 기사記事를 만재滿載하여 압흐로 여러 인사人士의 기대期待에 부副코저 하나이다"[3]라며, 여성지에 창간에 대한 포부를 밝히기도 했고, 편집에 참여했던 '부인기자婦人記者' 최정희가 "녀성 여러분과는 「만국부인」란을 통하여 서로 친애하는 사이가 되고 십사외다"[4]라고 소회를 밝히기도 했다. 그러나 이러한 야심에 찬 기획에도 불구하고, 『만국부인』은 창간호가 종간호가 되고 말았다.

이처럼 근대 대중잡지를 표방[5]하며 장수를 누렸던 『삼천리』와 달리 『만국부인』은 단 1호를 내고 종간을 했기 때문에 식민지 잡지사 연구에서도 크게 주목을 받지 못했던 것뿐만 아니라, 현재까지도 『만국부인』에 관한 단일 연구[6]는 부재한 상태이다. 그러나 상대적으로 『삼천리』에 관한 연구

3 「사고」, 『삼천리』 제15호, 삼천리사, 1931.5, 63면; 삼천리사에서는 15호 이전부터 1931년 4월호에 발간 약속 광고를 내보냈으나, 이를 실행하지 못해 『삼천리』에 위와 같은 사고를 수록했다.

4 최정희, 「편집후기」, 『삼천리』 제3권 제10호, 삼천리사, 1931.10, 136면.

5 『삼천리』의 창간사를 살펴보면, "1. 훨신 갑이 싼 잡지를 만들자 / 2. 누구든지 볼 수 있고 또 버릴 기사라고 업는 잡지를 만들자 / 3. 민중에게 이익되는 조흔 잡지를 만들자 / 이 세 가지는 『三千里』 잡지의 편집상 근본 방침이외다"(김동환, 「社告」, 『삼천리』 제1호, 삼천리사, 1929.6, 19면)라고 밝힌다. 이 같이 '값싼 돈으로 누구든지 정보를 향유할 수 있는 좋은 잡지'라는 편집 방향은 당시 대중 독자층에게 큰 호응을 얻게 된다. 그리고 초기 『삼천리』 수록 원고의 성격은 문화중흥과 애국주의와도 맞닿아 있었기 때문에 당시 민중들의 시대적 요구와도 부합되었던 것으로 보인다.

는 다양한 범위에서 확장되고 있다. 편집진이었던 김동환과 관계성 연구뿐만 아니라 기획이나 개별 원고의 의미, 발행 초기 민족주의적 맥락이나, 1940년대 친일의 흔적까지 당대 대중문화잡지로서 기능했던 『삼천리』에 대한 연구는 상당량이 축적된 상황이다. 본고와 관련해서는 『만국부인』과 내용적 접촉면이 있는 논의들[7]이 『삼천리』에 수록된 원고를 중심으로 여성/젠더의 세태론과 연계하여 꾸준히 제출되고 있으며, 이런 경향은 『삼천리』가 데이터베이스 작업이 완료되면서 접근성이 더 높아져, 향후 연구자들에게도 지속될 것이라 예상된다. 하지만 위의 연구 경향들 또한 『만국부인』과 직접적인 연계가 있는 논의는 아니며, 『만국부인』을 구체적으로 특정하고 있지도 않다.

그리고 무엇보다 『만국부인』에 관한 선행 연구에는 오류가 있다. 대표적인 오류는 『만국부인』이 종간된 이후에도 『삼천리』는 '『만국부인萬國婦人』 합집合輯'을 발간하여, "만국부인의 발간 정신을 살리고자 했다"거나 그런 정신이 "『삼천리』지 1932년 11월호에 실린 만국부인 합집 광고"[8]에 나타

6 『만국부인』을 단일 논문으로 특정한 논의는 현재까지 부재한 상황이나, 『만국부인』의 학술적, 문화적 가치에 관해 심도 있게 접근한 논의로는 부길만의 논의(부길만, 「파인 발행의 『삼천리문학』과 『만국부인』 연구」, 『출판 잡지연구』 제9집 제1호, 출판문화학회, 2001, 79~95면)가 있다.

7 이 주제에 대한 대표적인 논의는 다음과 같다. 송명희, 「잡지 『삼천리』의 사회주의 페미니즘 담론 연구」, 『비평문학』 제38집, 한국비평문학회, 2010, 240~266면; 정미숙, 「초기 『삼천리』의 젠더 구성」, 『현대문학이론연구』 제43집, 현대문학이론학회, 2010, 199~221면; 최경희, 「1930년대 『삼천리』에 나타난 '소문'과 '가십'의 의미와 양상 연구」, 『비평문학』 제78호, 한국비평문학회, 2020, 275~299면.

8 부길만, 앞의 글, 91면; 이뿐만 아니라 선행연구자는 『만국부인』 폐간 이후 『삼천리』에 '부인사원'을 모집한다는 공고를 냈다고 하였는데, 이 또한 확인한 결과 "「萬國婦人」 及 「三千里文學」의 刊行 等 大廣張을 準備하고 잇는 바 그에 따라 婦人社員(本社 勤務記者을) 左規에 依하여 招聘"(『삼천리』 제6권 제9호, 1934.9, 223면)하는 내용이었다. 다시 말해 『만국부인』이 아닌 『삼천리문학』 간행을 위해 낸 광고였다.

나 있다는 것이다. "여보십시오, 조선의 어머니어, 조선의 싸님이시어!"[9]로 호소하는 '합집 광고 기사'는 ①『삼천리』가 『만국부인』을 대대적으로 광고→② 한 해 넘게 광고를 진행하다 『만국부인』 창간→③ 자금난으로 『만국부인』 종간→④ 합본으로 『삼천리』에 '만국부인'란 개설과 같은 단계로 진행되는, 일련 과정의 실증 기사로 인용되고 있다. 그러나 이 합집 기사는 『만국부인』 종간 바로 이후인 1932년 11월호에 수록된 것이 아니라, 『만국부인』이 창간되기도 전인 1931년 10월호에 수록된 기사이다. 다시 말해 『삼천리』는 자금난 등으로 인해 『만국부인』 창간이 어려워지자, 창간 이전에 『삼천리』와 합집의 형태로 『만국부인』을 먼저 선보이려고 했다. 그러니 합집 '만국부인'란은 『삼천리』가 1년 동안이나 독자 수요 추이 파악을 위해 실험적으로 기획·운영[10]했던 꼭지로 보는 것이 합당하다.

그리고 이에 덧붙여 『만국부인』의 연구범위는 『만국부인』 창간호(종간호)와 『삼천리』 수록 '만국부인'란을 함께 포함하여 고찰하는 것이 바람직하다. 이렇게 광의의 범위로 『만국부인』을 설정해야만 초기 삼천리사와 김동환의 『만국부인』 기획 의도가 더욱 명징하게 드러날 수 있으며, 그에 따르는 명암 또한 수월하게 고찰할 수 있다. 특히 '만국부인'란에 실린 「『코론타이주의』란 엇던 것인가?」, 「최근最近의 결혼結婚과 법률관계法律關係」, 「현하現下의 중국中國 부인운동婦人運動」과 같은 논고들은 교양과 세태, 여성운동

9 「『萬國婦人』 合輯」, 『삼천리』 제3권 제10호, 삼천리사, 1931.10, 121면.

10 그러나 이 기획도 실제 '만국부인'란으로 운영되는 것은 현재 자료 기준으로, 단 2호에 그친다. "금 월호의 「만국부인」은 부득이한 엇든 사정으로 별개의 란을 설치 못하엿습니다"라고 1931년 12월호에 사고를 내고 있지만, 이후 『만국부인』 창간까지 꼭지에 '만국부인' 제호를 쓰지 않는다. 『만국부인』 폐간 이후에도 「萬國婦人, 싸론」과 같은 기획 원고가 간헐적으로 게재되었을 뿐이다. 다만 여성 독자들의 수요를 인식한 원고는 지속해서 『삼천리』에 수록된다.

의 차원에서 『만국부인』 창간호와 성격을 같이 한다고 볼 수 있다. 그리고 이 논의들에서도 '세계지향성'과 '세계 보편 지식의 추구'라는 그늘에 가려진 '젠더레짐Gender regime'의 시각들이 여전히 잔존하고 있는 것으로 보인다. 본고는 『만국부인』과 『삼천리』 '만국부인'란에 수록된 원고들을 통해, 1930년대 초반 새로이 재소환된 신여성의 표상이 지식인 남성 질서 안에서 시선화되고 굴절될 수밖에 없었던 면면들을 확인한다. 아울러 '만국부인'이라는 기표가 차지하는 규범적 강제력과 잡지 『만국부인』의 실패 요인을 당대 여성계(독자층)의 관점[11]에서 고찰해볼 것이다.

2. '신'여성에서 '만국'의 부인으로

앞서 언급한 바와 같이 『만국부인』은 "조선朝鮮의 부인운동婦人運動"을 지속해야 한다는 명목으로 잡지 창간을 기획했으며, 『삼천리』는 1년 넘게 광고까지 싣고, 합집 '만국부인'란까지 마련하면서 『만국부인』 창간에 애썼다. 여기서 『만국부인』 창간사와 '합집 예고 기사'를 살펴, 삼천리사와 김동환이 기획하려고 했던 '만국부인'의 의미를 더 구체적으로 고찰할 필요가 있다.

11 이후에 기술할 부분이지만, 당대 젠더 관점에 대한 고증은 이광수의 글을 비판한 고영숙의 논의로 드러난다. 그러나 당대에는 '이광수'라는 스타 필자의 논고를 고영숙이 여성·가부장·계급적 관점에서 비판했다는 기록만 있을 뿐, 이에 대한 논쟁의 과정은 찾아볼 수 없다. 그러나 이는 '신여성'이라 명명된 지식인 여성 그룹에서 당대 『만국부인』에 대한 보이콧의 흔적이라고 방증할 수 있다.

스콧트, 랜드 각씨들은 아츰마다 이러나면 서북풍이 잘 부러와 하늘 놉히 다라논 풍차가 소리치며 어서 도라 가기를 고대한다는데 나의 이 반도의 모든 각씨와 색시들은 아츰마다 이러나 무엇이 오기를 기다리시는고?

금金가마인가, 은교지銀轎子인가, 그러치도 안으면 님의 편지 물고 오는 제비떼인가, 기럭이떼련가 모다 아니고 오직

「자유의 새」 오기를 원한다데.[12]

래달부터는 일천만 녀성을 위하여 특별히 「만국부인」란을 설하기로 하엿담니다 원래는 「만국부인」을 득임한 녀성 잡지로 발생하려 하엿스나 밧갓어룬이 보시든 책을 그냥 안샌이 당긔어 보시고 안샌이 보시든 가튼 책을 박갓어룬이 그냥쥐고 보시는 데에 적게는 가정 평화가 더욱잇겟삽고 크게는 인류 문명을 더욱 집약적으로 보내드리는 효과가 잇겟사옵기 당분간은 합집하기로 하엿담니다. (…중략…) 잠간만 바느질을 멈추십시오 잠간만 쌀내 방맹이를 노으십시오 아모리 급하다 하서도 조선이 엇더케 도라가며 겻집에서 소잡는지 닭잡는지 아서야 하지 안켓슴니까 우리 잡지는 그것을 엿조아 드립니다 그러고 최근에 서울 종로에는 무슨 옷감이 류행하고 산아 제한하는 방법은 엇더코 어린애기 잘 자래우는 방범과 크게는 녀성운동의 전반 문제를 여러분 압헤 보여드리겟슴니다.[13]

두 인용문에서도 드러나듯 『삼천리』의 편집진들은 당시 여성을 소위 '규방'이라는 가족 제도 내 폐쇄적인 사적 공간에 종속된 주체로 인지하

12 김동환, 「倉刊辭」, 『만국부인』 제1호, 삼천리사, 1932.10, 1면.
13 「『萬國婦人』 合輯」, 『삼천리』 제3권 제10호, 삼천리사, 1931.10, 121면.

고 있었다. 여성 계몽을 강조하면서 "바느질", "쌀내 방맹이" 등을 열거하는 것도 그렇고, "안싼"과 "박갓 어룬"이라는 구획 또한 그렇다. 합집 광고에서는 남편이 보는 책을 아내가 같이 본다면 "가정 평화가 더욱 잇겟삽고"라고 언술하는 것은 물론이고, 「창간사」에서 "금金가마", "은교자銀轎子"를 바란다는 속물성을 강조하는 대목, "님의 편지"를 기다린다는 대목도 그렇다. 1930년대 초반 성인지 풍토를 상기해볼 때 이와 같은 여성관을 드러낸 언술들이 비단 『만국부인』만의 특징은 아니겠으나, 당대 여성을 위한 잡지를 창간하겠다고 쓴 「창간사」의 내용이라는 것을 고려하면, 여성 주체의 능동성을 배제하고 있다는 인상을 주기 충분하다.

가령 삼천리사는 나혜석을 필자로 해서 1930년대 초반부터 급진적인 성담론을 개진했던 바 있었고 여성 담론의 장을 개방[14]하려고 기획을 거듭했던 것을 미루어보면, 『만국부인』의 「창간사」는 민망한 수준의 수사였다. 다만 영국의 여성과 반도의 여성을 비교하며 '자유'의 테제를 강조한 맥락을 읽을 수는 있는데, 여기서도 식민지 남성이 가지고 있는 제국 여성에 대한 콤플렉스적 징후가 그대로 드러난다. 영국의 여성들이 기다리는 아침은 "풍차가 소리치며 어서 도라 가기를 고대"하는 것처럼 관조하는 시선을 가진 주체의 아침이지만, 식민지의 남성은 그런 관조의 시선조차 쉽게 누리지 못하는 관음적 주체들이었다.[15] 게다가 서구 여성과 비교항

14 이 시기 자매지 『삼천리』에서는 나혜석을 필자로 해서, 「우애결혼·시험결혼」(1930.6), 「이혼고백장」(1934.8), 「이혼고백서」(1934.9), 「신생활에 들면서」(1935.1), 「독신여성의 정조론」(1935.10) 등을 게재했고, "사회주의 페미니즘 관련 글들"을 "정칠성, 최정희, 전유덕, 진상주, 김은희 등의 여성필자와 김추산, 함대훈, 김억, 윤형식, 안화산 등 남성필자"를 동수로 참여시켜 담론의 장을 만든 바 있다. 송명희, 앞의 글, 242~243면 참조.

15 벤야민의 경우 보들레르를 통해 '산책자'의 개념을 전유한다. 근대 도시가 구축되면서 '집단경험'이 전수되는 공간은 상실되고, '우연성'과 '일시성'이 배치되는 도시 공간이 '개별경

이 되는 반도의 여성들은 앞서 언술한 것처럼 속물적이고 수동적인 여성으로까지 기술된다. 즉 당대 여성들이 '자유'를 갈구하고 있다고 전망하고 있지만, 여기서 '자유'란 식민지 지식인 남성들 저 자신들에게도 갈망되고 있었던 자유였다. 정작 그들은 제국의 여성과는 달리 이미 가지고 있지 못한 '자유'였기에, 아무리 계몽을 통해 지식 사회를 건설하더라도 당장은 자유를 누리는 주체가 될 수 없었다.

그러니 「창간사」에서 제국의 여성과 반도의 여성을 비교하면서 김동환은 식민지 지식인 남성의 콤플렉스적 징후를 드러냄과 동시에, 잡지 운영을 통해 서구 지식을 전달하여 자신도 거머쥐지 못한 '자유'를 당대 여성들에게 분배할 수 있다는 착각을 투사한 것이다. 그러므로 '신여성'이 반도의 계몽된 여성이라면 더 나아가 '만국의 여성'[16]이 되어야 한다는 것이 김동환의 주창이었다.

주지하듯 식민지 전 시기에 걸쳐 '신여성'은 근대교육을 수혜받아 공적 영역으로 진출한 엘리트 여성을 통칭하는 광범위한 기표로 활용되어 왔

험'이 산책하는 주체를 만들어냈다는 것이다. 여기서 집단경험은 일종의 '서사적 경험'으로 '이야기 전수'와 '역사적 지혜'를 전승하는 기능을 했지만, 개별경험은 관음의 시선과 에로티시즘, 탐릭과 우울 등을 가지고 왔다(조만영, 「벤야민과 서사예술의 종언」, 『문예미학』 제2권, 문예미학회, 1996, 323~324쪽 참조). 본고는 근대적 관조나 산책자의 시선이 "부르주아 남성 주체의 응시로 젠더화된 용어"(서지영, 「식민지 조선의 모던걸－1920~30년대 경성 거리의 여성 산책자」, 『한국여성학』 제22권 제3호, 한국여성학회, 2006, 203면)라는 것에 동의하면서, 이 시기 남성 지식인들이 여성을 바라보는 기형성에 집중한다.

16 신문이나 잡지 기사문 등에서 '萬國'은 기표는 계몽기 유행처럼 번져나가기 시작한다. 『만국부인』 창간 이전 1920년대부터 '만국소년', '만국아동', '만국간호', '만국병원', '만국노동자', '만국긔독교'와 같이 '세계지향의 주체'들을 특정할 때, '만국'은 접두사처럼 통용되었다. 이 시기 '여성'을 특정하는 기표도 관행적으로 '부인'이었을 가능성이 크다. 해외 정세나 여성운동을 소개하는 다수의 기사문에서도 '여성'을 '부인'으로 번역하는 관행이 있었기 때문이다. 그러나 삼천리사에서는 여성을 주체로 한 잡지를 창간했음에도 이에 대한 신중한 검토가 없었다. 그리고 실제 수록 원고에서도 이와 같은 관점은 그대로 반영되었다.

다. 신여성이라는 아이콘은 조선의 '규방'이라는 폐쇄적인 사적 공간을 부수고 나온 주체였으며, 1930년대에 이르면 소수의 전문직군을 형성하면서 공적 영역에서 활발하게 활동하는 주체로 거듭나게 된다. 즉 사회적 주체가 된 것이다. 일반적으로 신여성을 통칭할 때 '근대교육'이 매개 변수로 작용해왔고, 이렇게 일찍이 "교육 받은 여성들은 '글쓰기'를 통해 공공영역에서 대중과 소통"[17]하면서 사회적 지위를 획득해갔다.

그러나 삼천리사에서 기획한 잡지는 '만국여성'이 아니라 『만국부인』이었다는 점을 간과해서는 안 된다. 『만국부인』은 그 제호부터 '부인婦人', 즉 결혼한 여성을 특정한 것이다. 물론 삼천리사가 『만국부인』의 독자층을 부인들만을 설정했다고 볼 수만은 없으나, 여기서 '부인'은 남성과의 관계를 통해 자기 정체성을 획득했던 재래 여성을 지칭하는 용어라는 인상을 지울 수 없다. 가령 『만국부인』의 창간 예정 광고들을 살펴보아도 그렇다.

〈표 1〉 『삼천리』에 수록된 『만국부인』 창간 예정 광고

『삼천리』 10호 (1930.11) 광고	『삼천리』 12호 (1931.2) 광고	『삼천리』 13호 (1931.3) 광고	『삼천리』 14호 (1931.4)광고

17 이명선, 「식민지 근대의 '신여성' 주체형성에 관한 연구—성별과 성의 관계를 중심으로」, 이화여대 박사논문, 2003, 41면.

인용한 표에서 광고 이미지들 다수는 한복을 입은 쪽 찐 머리를 한 여성으로 표현되고 있다. 이 이미지들은 모두 혼인한 여성들을 표상한다. 다만 제14호 광고에는 제주 해녀의 모습이 제시되어 있고 맨다리를 드러내는 파격을 선보인다. 그러나 이 또한 제12호 광고에서 표상된 육아를 담당하는 여성의 모습과 크게 다르지 않다. 제주 해녀는 "일제 강점기를 전후하여, 제주의 경제를 책임지기 위해 국내외로 출가 물질을 나가기도 하"는[18] 등 제주 가정 경제를 책임지는 주된 생산 주체였고, 공동체적 물질 노동으로 단련된 봉건적 여성상의 전형[19]이었다. 즉 제주 해녀라는 특수한 주체를 경유하긴 했으나 종국에는 가정 내에서 자신의 직분에 충실한 '부인'들을 범주화했을 뿐이다.

그러다 『삼천리』 '만국부인'란 합집호부터는 〈표 2〉에서 제시된 것과 같이, 복장도 서구식으로 바뀌었으며 머리 맵시도 '부인'의 표상과는 멀어진다. 『만국부인』 창간호도 마찬가지다. 재래적 부인의 이미지보다는 신여성에 가까운 이미지를 게재한다.

『만국부인』 창간 이전부터 "『삼천리』는 '선구자'와 '신여성'의 젠더 구성체를 표상"[20]한 바 있다. 새 시대를 여는 주체로 남성은 '선구자'로, 여성은 '신여성'으로 비전화하면서 식민지를 횡단할 지식인 그룹으로 이 양

18 양경숙, 「제주해녀의 직업 형성과 발달에 관한 연구」, 경기대 박사논문, 2020, 23면.
19 이와 관련하여, 『삼천리』는 제1호(1929.6)에서 김두백, 「女人國巡禮, 濟州道海女」라는 기사로 관심을 보인다. "남성에게 가진 虐待를 밧는 해녀들이 자긔가 버러 먹여 살리는 남성을 끔직이도 위하는 풍습이 잇스니 그들 사이에는 『네 남편 불러다가 마당을 쓸려라』하는 것이 가장 큰 욕이라 하니 남자는 아모리나 부려 먹는 풍습이 점차 유행해 가는 現下에서는 여러 가지 의미로 그들을 연구할 필요가 잇슬가 한다"(김두백, 위의 글, 23면)와 같은 구문을 미루어볼 때, 삼천리사의 편집진은 이때부터 해녀에 관한 기표를 기형적으로 전유했을 것으로 보이고, 제주 해녀에 관한 정보를 여과 없이 지속적으로 재생산했을 것으로 판단된다.
20 정미숙, 앞의 글, 203면.

〈표 2〉 '만국부인'란 합집 표지 · 광고 및 『만국부인』 창간호 표지

『삼천리』 3권 11호(1931.11) 표지	『삼천리』 3권 11호(1931.11) 광고	『만국부인』 창간호

성의 주체들을 시사해왔다. 그러나 『만국부인』 전후로 『삼천리』는 "신여성을 둘러싼 자유연애와 연애결혼, 구결혼과 전통적 가족제도, 신생활 계몽과 미풍양속 계승 등 근대와 전통이 혼재한 시대적 분위기를 비중있게 게재"[21]해오면서, 종국에는 신여성을 '스타화'하거나 '가십'거리로 전시하기도 한다. 다시 말해 "신여성이 하나의 집단으로 형성되기 시작한 단계였음에도 불구하고, 이미 신여성은 허영심이 많고 사치스럽다는 남성들의 비난과 교육을 받고도 자신의 직분을 다하고 있지 못한다는 논의들이 넘쳐나고"[22] 있다고, 당대 지식인 남성 그룹들처럼 삼천리사의 편집진 또한 생각하고 있었다. 그리고 '부인'뿐만 아니라 '신여성'마저도 계몽해야 할 대상으로 설정한 것이다. 즉 신여성을 "근대성과 전통성의 경계에 있는"[23] 주체로 인지하는 동시에, 당대 지식인 남성 그룹에게도 계몽적/

21 최경희, 앞의 글, 275~276면.

22 이명선, 앞의 글, 43면.

23 정미숙, 앞의 글, 207면; 정미숙은 이 부분에서 당대 남성 지식인들의속내를 다음과 같이 기술한다. "'전통성(반계몽성)'의 자리에 놓이는 여성군에도 동일하게 적용되나 다른 점은

교육적 혜택을 받아야만 하는 주체로 가시화했다. 그리고 무엇보다 1930년대는 경성의 도시화가 급격하게 이루어진 시기로 '신여성'이라는 아이콘 또한 다양화되고 지칭 범위 또한 세분화되고 있는 형국이었다. 그중에 '신여성'의 대체 기표로 등장한 것 중 하나가 '모던껄'이었다.

> '녯탈'을 벗고 '새탈'을 쓰자는 것이 현대적現代的 성격性格의 한 특징特徵일 수 있는 것이매 모름즉이 '모던 뽀이'와 '모던껄'이란 새로운 유행流行 병사兵士들의 대진군大進軍을 우리는 그야말로 기旗를 높이 들고 만세萬歲 환호歡呼라도 해주워 맛당한 일일 수 있음즉 하되 흔이 우리 兄弟 姉妹 諸氏들 중에는 '모던'이란 무엇인지도 모르고서 덮어놓고 남이 하니까 나도 나도 하고 맹목적진종盲目的進從으로 이매망량魑魅魍魎이 탈을 쓰고 나와서 각금 사람으로 하여금 졸도미수卒倒未遂를 하게 하는 수가 많습니다. (…중략…) 엇던 험구險口는 '모던뽀이' '모던껄'을 조선말노 '햇잡몸' '햇잡년'이라고도 하엿다지만 근래에는 유행流行 홍수洪水의 범람으로 군지君子 숙녀淑女의 발드될 자리조차 없어젓습니다.[24]

인용문은 『만국부인』 종간 이후, 『삼천리』에 게재된 '모던껄'에 관한 기사문이다. 경성의 도시화를 통해 거리공적 영역로 나온 여성 주체는 단순히 '신여성'만이 아니었다. 1930년대에 이르면서 신여성의 아이콘은 붕괴되었고 이전보다 다양화된 양상으로 전개되었으며, 근대교육을 통해 여성 직군에 종사하게 된 여성들은 식민지의 도시를 향유하는 또 다른 주체로 부상했다.

아이러니하게도 실질적인 '가장'의 역할을 기대한다는 점이다. 선구자 남성들이 경제적 문제와 가정문제에서 빗겨나 있는 반면에 여성은 가정경제와 아이를 책임지는 자였으면 하는 열망"(정미숙, 같은 글, 208면)이 투사되고 있었다는 것이다.

24 一記者, 「申不出氏 漫談傍聽記－寬大한 男便」, 『삼천리』 제7권 제8호, 삼천리사, 1935, 227면.

예컨대 『만국부인』이 창간 예고된 1931년부터 기사문을 찾아보더라도 그렇다. '스튜리－트껄',[25] '빠쓰껄',[26] '엥겔스, 껄',[27] '데파트, 껄'[28]과 같은 용례들이 "모던껄"에서 파생되는 새로운 직업/향유 주체로 등장한 것이다. 물론 이들은 외연 상으로는 종래 '신여성'에서 파생된 또 다른 '문화 아이콘'이기도 했지만, 모두 1930년대 형성된 '도시 여성 노동자' 직군이라는 특성을 갖는다. 그들은 더는 '엘리트 여성'이 아니었고, 낮은 인금과 열악한 보수 조건에 처해 있는 취약계급이었다. 그뿐만 아니라 문화적으로도 "모던껄"로 통칭되어, "'모던'이란 무엇인지도 모르고서 덮어놓고 남이 하니까 나도 나도 하"는 그저 유행을 따라가는 "'햇잡년'"이라는 "반역적反逆的 행동" 주체로 수사되곤 했다. 게다가 조선뿐 아니라, "일본의 모던걸 역시 남성 지식인들의 시선 속에서 젠더와 섹슈얼리티의 규범을 위반하는 나쁜 여자의 전형으로 인식"[29]되는 지경에 이르렀다.

즉 당대 지식인 남성 그룹에서는 공적 공간에 나와 직업을 가진 여성들을 시선화된 주체로 인식하고 있으면서도, '규방' 공간에 은거하고 있는 '부인' 주체들에게는 만국세계성의 교양을 함양하기를 원했던 것이다. 즉 이런 기획의 태도는 『만국부인』에서도 반복되는데, 삼천리사의 편집진에게 위협이 되지 않는 계몽이 '만국萬國'이라는 기표 아래 투사되고 있었다고 볼 수 있다. 다시 말해 진실로 세계적 교양을 함양한 주체라기보다는 "신여성의 '허영'

25 「유행어」, 『조선일보』, 1931.1.8.
26 「빠쓰껄採用, 定員七倍超過」, 『조선일보』, 1931.3.15; 「大邱 빠스껄 응모자십여」, 『동아일보』, 1931.4.2.
27 「赤色渦中에서 活躍하는 女性들」, 『조선일보』, 1931.8.6.
28 「職業戰線 『데파트, 껄』의 悲哀 新女性의 行進曲」, 『조선일보』, 1931.10.11; 「職業女性面面相 ① 띄파－트껄의 外奢內苦의 浮華한 生涯」, 『조선일보』, 1932.1.3.
29 서지영, 앞의 글, 214면.

과 '껍데기'를 효과적으로 표현"되는 상징적 주체로서 "동경의 시선 뒤에 (…중략…) 격멸과 조소를 표출하는"[30] 일종의 대체물로서의 '모던걸 현상'을 삼천리사는 '부인婦人'으로 다시 대체하려고 했었다. 그러니 당시 그들에게 요구되는 여성은 제 직분에 충실하면서도 절대 '못된 여성'은 아니되, '신여성'이어야 하는 남성 판타지 속 여성이었다. 이렇게 『만국부인』은 그릇된 창간 의도를 드러냄과 동시에, 당대 신여성의 세태론을 비판하는 견해와도 연동하면서 잡지의 정체성을 형성하고 있었다.

3. 수록된 원고들의 젠더 인식 문제

『만국부인』 창간호와 '만국부인'란에는 앞서 검토한 바와 같이 여성들을 대상화하고 남성 질서 안에 종속시키려고 만든 꼭지만이 있었던 것은 아니다. 충분히 긍정적 반향을 일으켰던 원고들도 다수가 수록된다. 예컨대 「만국직업부인전선萬國職業婦人戰線」에서는 미국, 독일의 여성 노동자들의 삶의 군상들을 소개한다거나, 「각국여학생기질론各國女學生氣質論」에서는 영국, 이탈리아, 소련, 인도의 학교생활의 면면들을 소개하여 조선 식민지 내 교육환경을 비판적으로 비교하는 기획도 있었으며, 더 나아가 「미국米國 컬넘비대

30 김수진, 「1920~30년대 신여성담론과 상징의 구성」, 서울대 박사논문, 2006, 272면; 실제로 『만국부인』에 수록 원고 중에는 신여성에서 파생된 주체인 '모던걸'을 두고, "향락에 도취하고 이기욕에 사로잡히고 시기와 無爲와 비겁과 배신에 충실하려는 이른바 조선인의 모뽀, 모껄 들에게는 모도가 잠고대가튼 수작이다. 그들의 신경은 꼬집어떼어도 통감을 아니 가질만치 그가티 완전히 마비되고 말앗다"(임원근, 「인테리 女性에게」, 『만국부인』 제1호, 삼천리사, 1932.10, 35면; 이후 『만국부인』의 원고는 저자와 제목, 쪽수만 표기한다)라고 언술하기도 한다.

학大學, 미국米國의 남녀공학男女共學은 엇더케 하나」에서는 미국의 남녀공학 체제의 성공 사례를 문화적으로 검토한다.

특히 여성운동의 해외 사례를 소개한 점이 인상적이다. 중국의 (학생)여성인권운동의 사례로 「성性의 해방解放을 부르짓는 중국中國 여학생女學生」에서는 상해上海의 중국인 여학생들의 일화를 소개하면서, 이를 매개로 조선 여성운동의 투쟁을 독려하기도 한다. 가령 다음과 같은 구문들이 그렇다. "상해의 여학생 — 그것은 우리의 이해理解 이상以上의 것이다. 그 만콤 그들의 생활은 구로테스크하면서도 근대적이다. 교실도 주장酒場도 침대도 일절一切 교차되여 그들에게 요리된다. 그러나 그곳에는 행동이 잇다. 무엇을 하든지 상해의 여학생에는 무엇이든지 실제적 행동이 잇다. 그야말노 전통과 극열한 투쟁을 하면서 해방의 길을 걸어나가는 중국 여성의 특장特長"[31]을 가지고 있다는 것이다. 즉 해외의 근대 교육환경을 젠더 문제로 전환하여 인식하면서, 조선의 근대교육이 나아갈 방향을 제시하고 있는 셈이다. 이와 관련해서, '만국부인'란 「현하現下의 중국中國 부인운동婦人運動」에서는 중국에서 일어나고 있는 "전족纏足 절멸운동絶滅運動"과 "반제국주의운동", 장개석 쿠데타 이후 좌익 문화계에서의 투쟁 현황을 소개하기도 하고, 소련과 비교하여 "『… 쏘베트를 사수하라 …』한 스로칸하에서 건설사업에 남자와 소호少毫의 차별 업시 활동"[32]한 해외 여성 활동가들의 면모를 찬양[33]하기도 한다. 이렇게 해외의 사례와 비교하여 조선 내 여성운동과

---

31 오은숙, 「性의 解放을 부르짓는 中國 女學生」, 89면.

32 北風學人, 「現下의 中國 婦人運動」, 『삼천리』 제3권 11호, 삼천리사, 1931.11, 64면.

33 가령 해외 여성과 비교되는 관점으로 『만국부인』 창간호에는 조선 인테리 여성들의 활동기를 소개・찬양한 기사 「海外에 빗나는 朝鮮女俳優艶史」가 있다. 이 글에서는 배우 김일송, 이월화, 京城中國人學校 교사 오혜우 등의 활약을 소개하기도 하는데, 여기서는 여성 활동가에 대한 지나친 스타화 전략이 드러난다.

관련된 제반 문제들을 여성 주체 스스로가 고찰하겠끔, 『만국부인』은 독자들을 견인하고자 했던 것이다.

그리고 교양 차원에서 세계문학 작품도 여성 창작자들 작품을 고루 소개하고 있어, 당시로서는 유의미한 반향을 일으켰다고 평가할 만하다. 「『코론타이주의』란 엇던 것인가?」[34]에서 콜론타이의 자유연애주의에 관한 산문들을 소개한다든가, 「세계여류작가世界女流作家 반생기半生記 오-스트리아편篇」에서는 비키 바움의 소설 『그랜드 호텔』의 창작 경위를 소개하기도 한다. 이렇게 당시의 파격적인 창조를 견인해갔던 『만국부인』의 기획은 세계 각지의 문화와 정보를 제공하고, '세계 지향주의'와 '자유주의'를 강화하려고 했다는 긍정적 요인을 지니고 있었다. 그러나 다수의 원고에서 편향적인 성 관념이 두루 드러나고 있다.

> (가) 전위투사前衛鬪士는 애인을 가지어서는 안 된다고 나는 굿게 주장합니다. 더구나 여성은 절대로 애인이나 가정을 가저서는 안 될 것이라고 생각합니다.
>
> 엇재 그러냐 하면 녀자는 남자와도 달너서 전위前衛에 서서 무슨 활동을 하자면 그 몸이 부모라든지 형제라든지 자녀들에게 다소多少라도 속박束縛밧게 되어서 일이 잘 안됩니다. 가령 무슨 회합이 잇서 출석하자 하여도 머리도 비서야 하고 옷도 가라입어야 하고 몸 매무시도 하는데 시간이 만히 걸니는데 그 우에 또 가정이나 잇고 보면 이 까닭 처 까닭에 몸을 자유로 움지길 수 업게 되어버립니다.[35]

34 이 논고는 '만국부인'란에 수록된 원고이다.
35 우봉운, 「愛人을 拒否」, 6면.

(나) 지금의 조선 녀성은 전위투사의 안해가 되여 그를 도와주기는 커냥 리해라도 해주면 다행이겟습니다. 언문도 모루는 이른바 구식舊式의 부인은 너무도 모루니 리해는 커냥 딱하기 짝이 업고 학교에 다니엿다는 세상에서 흔히 부르는 신녀성은 허영에 눈이 어둡고 안일安逸 향락享樂에 빠저서 금반지 침대 문화주택 피아노 후라스치마 등만 치어다 보고 다름질치니 퇴페의 구렁에 빠지고 잇는 무리들이외다.[36]

(다) 혼인의 정의를 좀 더 자세이 분석하야 해설하면 (…중략…) ④ 혼인은 결합되는 남자의 자유의사의 기인한 것이라야 한다. 그런 고로 현대에는 당자當者 모르게 부모들끼리만 혼인을 성립식힐 수 잇다. 또 당자當者에 의사가 엇던 강박 또는 착오에 인한 것이면 안 된다.[37]

인용문 (가)와(나)는 '전위투사前衛鬪士도 애인愛人을 가질 것이냐' 특집에 실린 원고 중 일부이다. 여기서 논하고 있는 '전위투사'는 정치적・문화적 '선구자'이자 사회/계몽운동가를 지칭하는 언어라고 볼 수 있다. 앞장에서 언급한 바와 같이, 『삼천리』는 창간 초기부터 남성 주체의 경우, '선구자'에 집착했고, 여성 주체의 경우는 전통과 근대의 경계인(과도기적 주체)으로 인식하려는 경향이 강했다. 이렇게 성별에 따라 다르게 비유된 수사들은 남성은 새로운 세계를 개방하는 주체로, 여성은 근대를 횡단하는 과도기적 주체로 명명하면서, 젠더레짐[38]을 촉발시킨다.

36 김경재, 「일에 지장된다면 無妻可」, 6~7면.
37 양윤식, 「最近의 結婚과 法律關係」, 『삼천리』 제3권 11호, 삼천리사, 1931.11, 105면.
38 실비아 월비는 기존 가부장제에서 남성 지배―여성 억압의 착취구조를 설명할 수 없는 사각지대를 제시하면서, 여섯 가지('유급노동, 집안일, 성성, 문화, 폭력, 국가')의 주요 구조를

그런데 인용문에서는 여성은 남성과 달라서 자신을 치장하거나 육아 등 가정을 돌보느라 전위운동을 아예 하지 못한다거나, 전위운동가와 혼인을 한 여성이라도 대다수 배우자를 이해해주지 않으며 향락이나 물질만능주의에 빠져 사치를 일삼는다고 언명한다. 그러니 당대 전위 여성운동가가 등장하는 것은 불가능에 가까우며, 남성운동가 또한 자신의 전위운동을 지원해주지 않는다면 혼인 관계나 연인 관계를 갖지 않는 것이 좋다는 것이다. 이런 논의들은 표면상 '전위운동'으로 격상을 해놓았지만 여성은 가정에 종속되어 있기 때문에 사회활동에 제약이 많다고 생각하는 남성들의 당대 시각을 역설적으로 방증하는 대목이다. 동시에, "가정이나 잇고 보면 이 까닭 처 까닭에 몸을 자유로 움지길 수 업게 되어"버린다는 전제는, 사회운동 차원뿐만 아니라 여성이 사회 진출로 유급 노동자가 되더라도 여전히 가사노동에는 종사해야 한다는 것을 당연시하고 있다. 그에 반해 남성은 여성보다 더 중요한 일을 '가정 바깥'에서 종사하고 있으므로, 여성은 그런 남성을 이해해야만 한다는 것이다. 남성혁명가를 배우자로 두기 위해서는 여성은 '적극적 희생'을 해야 하고, 이와 더불어 "언문도 모루는 이른바 구식舊式의 부인"은 되어서는 안 된다는 것이다. 즉 신

제시한다. 19세기 이후 사적 가부장제의 개념이 공적 가부장제로 이행되면서, '젠더레짐' 현상은 급속도로 기울어진 셈이다(실비아 월비, 유희정 역, 『가부장제 이론』, 이화여대 출판부, 1996, 35~48쪽 참조). 가정 내 레짐과 공적 레짐으로 구조화하여, 특히 공적 레짐에는 "공적 레짐은 문화, 섹슈얼리티, 폭력, 지불노동의 구조나 국가 내에서 여성을 격리 및 종속시키는 것으로, 집단적 전유가 일어난다"(조영주, 「북한 여성의 실천과 젠더레짐의 동학」, 이화여대 박사논문, 2012, 19면)고 볼 수 있다. 1930년대 초는 막 사회 노동자로 진출하기 시작한 시기로 공적 영역에서 젠더레짐이 가속화되고 있는 시기였다. 아울러 이 시기를 전후로 유입된 사회주의 사상은 여성해방운동을 여성의 경제 활동자로 전환하며 여성 주체를 '또 다른' 노동 주체로 부상시켰다. 다시 말해 이 시기부터 여성에게 이중적 성역할의 태도가 강제된 것이다.

여성이되 '허영'이 없어야 한다. 이런 시선은 「창간사」에서 김동환이 피력한 '만국부인'의 여성상과 다르지 않으며, 그보다도 더 직설적이다.

(다)의 경우는 『삼천리』 '만국부인'란에 수록된 기사인데, 변호사의 법률 지식을 소개하고 있는 듯 보이지만, 혼인의 개념을 설명하는 대목에서 인용문에 기술된 대로라면 혼인 성립 자의성의 부분을 남성에게만 할애하고 있다. 근대 미디어에서 앞장서서 여성 정조에 관해 여성은 혼인의 선택권이 없으며 객체로써만 존재한다고 당대 법률가의 발언을 통해 확정한 셈이다. 물론 이 글은 인류 진화 과정에서 혼인 관계가 어떻게 현재로 정착되었는지 매매혼, 단체혼, 일시혼, 증여혼, 공낙혼共諾婚 등으로 연혁적으로 탐구한다. 그러나 글 말미에 와서는 혼인에 대한 현대적 주체를 '남성'이나 '가문'에만 한정하고 있다는 인상을 지울 수가 없다. 이 글은 성격상 과학적으로 혼인과 이혼에 관해 당시 법률 관계만을 기술한 글이 아니기 때문에 충분히 젠더 불평등에 관한 기술은 문제가 되는 부분이라 볼 수 있다.

이와 연계하여, 『만국부인』에 수록된 혼인과 이혼의 관련된 기사로는 「전부인前夫人을 상대相對로 법정法廷에 선 챠푸링」이 있는데, 이 기사에서는 채플린이 이혼을 하고 나서도 양육비를 부담하며 아이들을 걱정하고 있는 건실한 남성으로 묘사되고 있다는 점 또한 문제가 있다. 서구 여성의 삶이 모범[39]이 되는 양상을 보여주며 비전화하는 것이 아니라, 양육을 빌

39 『만국부인』에서는 '부인'의 모범이 되는 사례로는 「文士 金東仁氏 夫人 訪問記」라는 인터뷰 기사를 기획하여, 지식인 남편을 내조하는 여성 '김경애'의 실생활을 부각한다. 주지하듯 김경애는 김동인이 재혼한 아내였고, 첫 번째 부인 김혜인이 두고 간 자식까지 육아해야 했던 비운의 삶을 지속하고 있었다. 그리고 주지하듯 김동인이 첫 번째 아내와 이혼한 이유는 김동인의 향락 때문이었다.

미로 남성을 착취하고 있는 듯한 형태로 묘사한 것이다. 이는 여성과 남성에 대한 묘사가 극명하게 차이를 보이는 것뿐만 아니라 유명인의 삶을 스타화하고 전시함으로써 당대 조선-세계 여성의 삶을 가십거리로 만들고 있었다. 이는 『삼천리』에서 "신여성의 사랑과 결혼은 불온, 비극, 불행, 위험, 죽음, 금기 등으로 스캔들화"[40]했던 것과 별반 다르지 않았다.

이 밖에도 "유-모리스트로서 이 세상에 대단히 유쾌하고 명랑한 존재인 이서구李瑞求 씨가 이상적 현대 미인을 구성하여 발표"[41]하겠다는 「만국부인萬國夫人싸론 ①」에서는 유명 인사들의 신체의 각 부위를 조각조각 떼다가 묘사하는 행위[42]를 '획기적인 웃음거리'로 표현하기도 했으며, '신녀성新女性의 남장시비男裝是非'이나 '약혼시대約婚時代에 애인愛人에게 준(밧은) 선물'과 같은 설문 특집에서는 대다수 필자가 젠더 감성의 결여[43]를 드러낸다. 그리고 이런 문제에 최정점에 선 이광수의 글을 인용하지 않을 수 없다.

1. 건강하도록 위생, 운동, 영양, 생활의 규율에 주의하시기.

2. 조선역사, 조선어, 조선문학, 조선사정, 조선의 장래에 관하야 배우고

40 최경희, 앞의 글, 287면.

41 이서구, 「萬國夫人싸론 ①」, 8면.

42 이 글에서 묘사된 "絶世美人 構成案"은 눈코입, 얼굴뿐만 아니라 손발, 다리, 키, 목소리까지 박인덕, 송계월, 황귀경, 장덕조, 최정희, 현송자, 정철성, 김활란, 강숙렬, 김원주, 박경희 등 당대 엘리트 여성의 신체를 떼어다가 "위대한 한 개의 종합예술품이 완성"해 '호남아'에게 시집을 보내겠다고 선언한다.

43 가령 「신여성의 남장시비」 설문에서 주요한은 "남자옷이 야만적이라고 세계적으로 떠드는 지금에 와서 여자가 남장한다는 것은 찬성 못할 일이외다. 조선 여자로서 의복을 개량한다면 양장으로 하는 것이 좃치요, 여름 갓흔 때는 내의에 완피쓰하나만 걸치면 되는 것이닛가 좀 편합니까"(주요한, 「新女性의 男裝是非-남장은 野蠻的이다」, 23면)라며 당대 여성의 남장 문제를 남성의 시선으로만 구획한다. 그러나 실상은 도시 노동 주체가 된 여성들이 노동 강도나 고용자의 지침에 따라 바지를 입을 수밖에 없었던 것인데, 이런 경위를 전혀 파악하지 못하고 있다.

생각하시기.

3. '첫사랑을 남편에게'라는 주의를 확수確守하시기.

4. 사치를 엄계嚴戒하고 일신一身에나 가정에나 수지收支 예산豫算을 세워 절약제일주의를 가지시되 민족경제에 유의하야 '우리 것' 주의를 지키시기.

6. 내우 수집음을 던지고 천연天然한 인격의 위엄올 지니시기.

7. 개인생활, 가정생활, 사교생활, 단체생활 기타에 개선을 염두에 두어 날로 때로 향상의 노력을 쉬이지 마시기.

8. 신문, 잡지, 서적을 보시기.

9. 처녀여든 배우자 선택에, 안해여든 일하는 남편을 정신적 협조를 주기에 힘쓸 것.

10. 젊은 여성은 가정과 그 몸이 잇는 곳에 평화와 빗츨 주는 것이니 천부天賦의 성직聖職이니 항상 유쾌와 자애와 겸손의 덕을 가지고 분노 질책, 질투, 분쟁의 형상을 보이지 마시기.[44]

(㉠~㉤ 순번은 인용자) 이광수李光秀 씨氏는 그럿케도 둔감적鈍感的 두뇌頭腦의 소유자所有者인가 그의 머리에는 역사歷史의 발전發展 사회적社會的 현상現賞의 동태動態는 조곰도 반영反映되지 안는 모양이다. (…중략…) 케케묵은 시대지時代遲의 수작을 옛날 사람들의 본을 짜다가 묵상록默想錄이니 십계명十誡命이니 하는 형식形式으로 민중民衆의 압페 대담大膽히도 내여 놋치 안는가! (…중략…) ㉠ 조선朝鮮의 여성女性들이 그런 것을 아지 못 하여서 건강健康하드록 위생衛生,

44 이광수, 「新女性의 十戒銘, 젊으신 姊妹께 바라는 十個條」, 2~3면; 제목에서 십계명을 논했지만, 지면 원고에서는 5번이 누락되어 있다. 이는 검열에 의한 삭제도 아니고, 편집상 누락도 아닌 것으로 정확히 확인이 되지 않는다.

영양營養, 생활生活의 규율規律을 직히지 못 하는 줄아는가? (…중략…) ㉡ 그러할 경제經濟나 시간時間이 업는 줄 모르는가? (…중략…) 쌔르조아의 처妻, 처고妻高 등等 싸라리맨 부인婦人 오— 이광수李光秀 씨氏가 생각하는 신여성新女性은 이런 류類의 여성女性이든가 올지 이광수李光秀 씨氏는 쌔르조아가 경영經營하는 신문편집국장新聞編輯局長 즉 그들의 대변자代辯者가 아니냐. (…중략…) ㉢ 남편男便의 예속물隷屬物로 만들려는 것이다. 이것이 봉건의식封建意識의 발로發露가 아니고 무엇이냐 (…중략…) ㉣ 우리 것 주의主義를 쓰라고 신여성군新女性群의 압페서 물산장려物産獎勵 연설演說을 하고 잇다 첨단尖端에서 첨단尖端에로 나아가는 신여성군新女性群을 향向하야 세루 의량衣服을 벗고 무명 옷을 입어라 구두를 벗고 집신이나 고무신을 신어라. 라고 하면 이것이 얼마나 시대지時代遲의 망담妄談이냐! (…중략…) ㉤ 남편男便의 협조協助 이외以外에 여성○목女性○自로서는 할 일이 업다는 말이냐? 그 보담도 역사적歷史的 사회적社會的 현실現實을 자각自覺한 여성女性이라면 봉건적封建的 논리論理에 또는 질본質本의 압페서 비인간적非人間的 야만적野蠻的 생활生活을 하고 잇는 절대絶對 다수多數의 여성女性 대중大衆을 위爲하야 또는 사회社會의 발전發展을 위爲한 실천實踐 의욕意欲을 갓고서 운동○運動○에 나아가야 하함 것이 아닌가![45]

첫 번째 인용은 「창간사」 바로 뒤에 수록되어 있어, 『만국부인』 창간호의 '여는 글' 격으로 보이는 이광수의 「신여성新女性의 십계명十戒銘, 젊으신 자매姉妹께 바라는 십개조十個條」이다. 춘원은 여기서 십계명 지키기를 권고하는 독자층을 제목에다 "신여성"과 "젊으신 자매"라고 정확히 특정해놓

45 고영숙, 「李光秀氏의 妄談」, 『신여성』 제53호, 개벽사, 1932.11, 14~15면.

았다. 그런데 그 내용을 살펴보면 이 글을 읽은 당대 여성층이 반발을 할 수밖에 없는 내용들로만 구성되어 있다. 먼저 십계명, 십개조라는 용어에서 이미 '지켜야 하거나 변화해야 할 것'이라는 의미를 내포하고 있기 때문에, 역설적으로 현재에는 개조되지 못한 제반 문제들을 가시화하는 것처럼 읽힐 수 있는 여지가 깊다. 가령 2번 개조와 8번, 10번 개조를 예를 들자면, 당대 신여성들은 "조선역사, 조선어, 조선문학, 조선사정, 조선의 장래에 관하야 배우고 생각"하지 않고 있는 계몽의 대상들이며, "신문, 잡지, 서적을 보"지 않고 그저 허영으로 그것을 즐기려고 드는 주체들이라는 것이다. 그리고 "겸손의 덕을 가지고 분노 질책, 질투, 분쟁의 형상"을 보이는 주체들이라고도 묘사한 것과 다르지 않다. 그러니 당시 여성계에서는 반발이 일어날 수밖에 없었다.

1932년 11월 『신여성』에 수록된 고영숙의 「이광수 씨李光秀氏의 망담妄談」은 『만국부인』 수록 이광수의 십계명을 전면적이고 즉각적으로 반박한 글로, 이광수의 시대를 역행하는 여성관에 대해 하나하나 꼬집고 있다. 두 번째 인용문의 내용은 각각 ㉠-1개조, ㉢-3개조, ㉡과 ㉣-4개조, ㉤-9개조를 강도 높게 비판한 것으로, 전체적으로 고영숙은 계급주의적인 사유를 겸하고 있다. 우선 그의 주장은 이미 신여성들은 건강과 위생과 같은 근대적 생활 규율에 관해서 충분히 숙지하고 있으니 '개조'라는 언명을 하지 말라는 것이다. 그리고 자유연애주의를 대신 남편를 첫사랑으로 하라는 망언에서는 아직도 여성을 남성의 "예속물隷屬物"로 보는 "봉건의식封建意識"을 더 이상은 용인할 수 없다는 심사를 나타낸다. 이에 더 나아가 정신적으로 남편에게 협조하라는 부분에서도 강한 반발을 내비친다. 비인간적이고 야만적인 처우를 받는 절대다수의 여성들을 개조하고 "봉건적封建的 논리論理"를 타파하는 운동을 해야하는 것이, 이 시대 신여성의 역할이지, 남편에게 협조하는 것이 아니라고 '민중적 실천의식'의 차원에서 천명을 하고 있다.

그리고 여기서 주목할 점은 경제 관념에 관한 부분이다. 이광수가 사치를 줄이고 "절약제일주의"나 우리 것을 이용하자고 말할 때, 고영숙은 현 시대에 이런 개조가 가능하려면 "색르조아의 처妻"나 "싸라리맨 부인婦人, 샐러리맨의 부인" 등에게 논할 것이지 '신여성'이라는 광범위한 용어로 특정해서는 안 된다고 기술한다. 이는 다시 말해 1930년대에 진입하면서 도시직업군에 소속되고 사회영역에서 불평등한 노동 환경과 임금 조건을 받아들이고 있는 당대 '신여성'들을 부르주아 남성에게 예속된 봉건적 주체로 인지하지 말아달라는 것이다. 여기서 '우리의 것'이라는 것도 고영숙이 인지하기로는 "구두를 벗고 집신이나 고무신을 신"으라는 부르주아 지식인 남성의 '물산장려운동'에 지나지 않는다는 것이다. 즉 "조선朝鮮의 일은바 대표적대문호◯代表的大文豪◯요 조선朝鮮의 지도자◯指導者◯로 자처自處하시며 뱃심을 쎱내는 이광수李光秀 씨氏"[46]는 시대의 뒤떨어지고 봉건의식의 사로잡힌 지식인 남성이며, "사회社會 현상現象의 맹자盲者"이자 "색르조아가 경영經營하는 신문편집국장新聞編輯局長"들의 의견을 옮기는 대변자로 "시대지時代遲의 망담妄談"을 늘어놓는 부르주아 집단에 홍보자라는 평가이다.

이와 같은 고영숙의 강도 높은 비판은 당대 여성 사회를 전혀 이해하지 못한 이광수와 스타 필자를 필두로 『만국부인』을 편집한 김동환에 대한 비판으로 이루어질 수밖에 없었다. 특히나 이들을 '부르주아 남성 집단'

46 고영숙, 앞의 글, 14면.

으로 가시화하면서, 당대 여성 사회 풍토와 노동과 생활 환경 속 젠데 레짐의 불균형을 전혀 이해하지 못한 잡지로 『만국부인』을 인지하게 했을 가능성이 크다. 주지하듯 1930년대는 "미디어의 발달로 인한 읽을거리의 증가, 백화점과 영화, 박람회 등 소비문화, 시각 문화의 확산으로 인해 식민지 근대의 상이 갖춰졌던 시대"[47]로 급진과 폭력, 열정이 애국계몽의 기표로 둔갑하기가 일쑤였다. 그리고 '계몽'이라는 잘 고안된 근대 폭력의 시스템이 여성에게 체험될 때, 그것을 마치 근대교육의 '수혜'라는 측면에서만 인지되는 시기이기도 했다. 즉 대다수 여성/신여성들은 근대 문화의 객체로 전락할 수밖에 없었다. 이 시기 『만국부인』의 정체성은 이런 극명한 현상을 보여주고 있었고, 그에 따른 반발로 『만국부인』는 폐간이 되었다.

"재정난으로 더 이상 발간하지 못한 것"[48]이라는 이유로 폐간 이유를 한정하고 있지만, 앞서 살펴본 바와 같이 『만국부인』의 수록 원고를 검토해 본 것을 미루어보아, 단지 재정난만으로 폐간 이유를 단정할 수는 없다. 이미 『삼천리』가 대중문화 잡지로 자리 잡은 가운데, 재정난보다는 『만국부인』의 정체성 문제가 당대적으로는 문제시 되었을 가능성이 크다.[49] 다

47 김양선, 「발견되는 성, 전시되는 성-식민지 근대와 섹슈얼리티의 접속」, 『시학과 언어학』 제21호, 시학과 언어학회, 2011, 51면.

48 부길만, 앞의 글, 90면.

49 『만국부인』의 폐간 이유는 삼천리사에서 특별하게 밝히지 않는다. 가령, "그동안 發行中이든 三千里의 姉妹誌「萬國婦人」은 不得已한 事情으로 當分休刊하고 今秋부터나 續刊하겟슴니다 따라서 萬國婦人의 月定讀者에게는 未安하오나 三千里를 代送하겟사오니 諒解하여주옵소서"(「사고」, 『삼천리』, 제5권 제4호, 1933.4, 87면)과 같은 사고를 참조해보면, 삼천리사의 『만국부인』에 대한 애착이 그대로 드러나는 부분이다. 삼천리사는 독자층의 확대를 기대하고, 『만국부인』을 도약의 밑거름으로 삼으려고 했던 것이다. 그럼에도 삼천리사에서 단 1회로 『만국부인』을 종간시킨 것은, 자금난으로만 해석하기가 어렵다.

시 말하면, 『만국부인』은 세계 각국의 새로운 정보를 교양적 차원에서 소개하면서도 그 소개의 주체자는 남성이 담당하여 '문화기획자'[50]로 군림하고, 여성의 능동성을 제한시켰다. 그러니 이러한 과정에서 식민지 지식인 남성들은 여성을 위한 잡지도 제작하는 젠틀한 '선구자'가 될 수 있었고, 여성은 절대 선구적인 지식인이 되어서는 안 되는, 또 다른 보이지 않는 벽을 『만국부인』을 통해 마주했던 셈이다.

4. 만국의 부인을 넘어서

『만국부인萬國婦人』은 "그래서 이 잡지는 여학생과 가정의 신부인들의 조흔 동무가 되려고 하옵니다. / 압흐로 신진 여성의 투고를 만히 긔대함니다"라며 창간호에서 여성독자들의 참여를 독려했지만, 창간호가 종간호가 되고 말았다. 『만국부인』은 일제 강점기 최장수 대중지였던 『삼천리』에서 독립된 잡지였고, 『삼천리』에서 대대적인 광고를 하고 창간 전 합집 기획까지 감행을 했지만, 당시 『삼천리』로서는 매우 초라한 성적표였던 셈이다.

본 연구는 지금까지 알려진 『만국부인』 창간 경위와 폐간에 관한 오류 등을 정정했고, 『만국부인』의 실패 원인을 삼천리사에서 밝힌 자금난이

50 당대 지식인 남성들은 "근대문화를 냉소로 일관하는 '문화기획자'인 댄디"(박성준, 「댄디즘과 문화적 지평」, 『비평문학』 제71호, 한국비평문학회, 2019, 93면)가 되고 싶었다. 서구 교양을 단순히 받아들이는 객체가 아니라 신분사회가 무너진 근대에도 귀족적 우아함을 부르주아적이지 않는 방식(조희원, 「보들레르 댄디와 예술가」, 『인문논총 제60집, 서울대 인문학연구원, 2008, 151면 참조)으로 전유하고 싶었고, 이는 미적 표출뿐만 아니라 잡지를 간행하는 등 미디어 활동에서 문화를 기획하는 기획자의 역할로 표출된다.

아니라 당대 젠더 양상을 파악하지 못한 맥락에서 찾았다. 『만국부인』 창간호와 『삼천리』 '만국부인'란에는 '세계지향성'과 '세계 보편 지식의 추구'라는 그늘에 가려진 지식인 남성 그룹의 성 인지 문제가 지속적으로 드러났으며, 그에 따른 젠더레짐의 시각들까지 혼재되어 있었다. 『만국부인』 표지와 광고에서 이미지화된 여성 표상의 기형성도 그러했고, 김동환의 「창간사」와 이광수의 「신여성新女性의 십계명十戒銘, 젊으신 자매姊妹께 바라는 십개조十個條」 또한 시대를 역행하는 여성상을 호출하고 있었다. 이에 고영숙은 「이광수李光秀 씨氏의 망담妄談」이란 비판적 논고를 제출하면서 큰 화제를 모으기도 한다.

이처럼 삼천리사가 기획한 『만국부인』은 '만국의 여성'이 아니라 '만국의 부인'이었다는 점을 고려해야만 한다. '여성'과 '부인'의 기표를 삼천리 편집진의 의도대로 전유한 흔적들이 수록된 원고에서도 다수 드러나는 바, 이에 따라 『만국부인』의 실패 요인은 단순히 자금난 때문이라고 판단해서는 안 된다. 『만국부인』은 당대 도시 노동자로 진출한 신여성 그룹에게 외면을 받은 기획이었기 때문에, 창간호가 종간호가 될 수밖에 없었던 것이다.

참고문헌

기본자료

삼천리사, 『萬國婦人』 제1호, 1932.10.

삼천리사, 『삼천리』, 제1호~제6권 제9호, 1929.6.~1934.9.

한국사데이터베이스, http://db.history.go.kr/

논문 및 기타

김수진, 「1920~30년대 신여성담론과 상징의 구성」, 서울대 박사논문, 2006.

김양선, 「발견되는 성, 전시되는 성-식민지 근대와 섹슈얼리티의 접속」, 『시학과 언어학』 제21호, 시학과 언어학회, 2011.

박성준, 「댄디즘과 문화적 지평」, 『비평문학』 제71호, 한국비평문학회, 2019.

부길만, 「파인 발행의 《삼천리문학》과 《만국부인》 연구」, 『출판 잡지연구』 제9집 제1호, 출판문화학회, 2001.

서지영, 「식민지 조선의 모던걸-1920~30년대 경성 거리의 여성 산책자」, 『한국여성학』 제22권 제3호, 한국여성학회, 2006.

송명희, 「잡지 『삼천리』의 사회주의 페미니즘 담론 연구」, 『비평문학』 제38집, 한국비평문학회, 2010.

양경숙, 「제주해녀의 직업 형성과 발달에 관한 연구」, 경기대 박사논문, 2020.

이명선, 「식민지 근대의 '신여성' 주체형성에 관한 연구-성별과 성의 관계를 중심으로」, 이화여대 박사논문, 2003.

정미숙, 「초기 『삼천리』의 젠더 구성」, 『현대문학이론연구』 제43집, 현대문학이론학회, 2010.

조만영, 「벤야민과 서사예술의 종언」, 『문예미학』 제2권, 문예미학회, 1996.

조영주, 「북한 여성의 실천과 젠더레짐의 동학」, 이화여대 박사논문, 2012.

조희원, 「보들레르 댄디와 예술가」, 『인문논총 제60집, 서울대 인문학연구원, 2008.

최경희, 「1930년대 『삼천리』에 나타난 '소문'과 '가십'의 의미와 양상 연구」, 『비평문학』 제78호, 한국비평문학회, 2020.

실비아 월비, 유희정 역, 『가부장제 이론』, 이화여대 출판부, 1996.

『영화조선』 창간호에 나타난 '조선영화' 담론의 "혼성성"

허의진 · 안숭범

1. 1930년대 조선영화계의 이상적 자아

1919년 10월 27일 〈의리적 구토〉가 개봉하고 얼마 뒤에 조선 최초의 영화잡지인 『녹성』이 창간된다. 이후 1928년 『문예영화』, 1931년 『영화시대』, 1932년 『신흥영화』, 1936년 『영화조선』과 『조선영화』, 1939년 『영화보』 등 영화 매체를 전문적으로 다루는 잡지들이 출간된다. 잡지 간에 전문성 수준과 정도의 차이는 있지만, 대부분의 영화잡지는 영화를 부수적인 것으로 다루는 여타 잡지들과 달리 영화를 산업적 파급력을 가진 대중예술로 바라보고 있다. 즉 조선인의 일상에 영화가 끼치는 정치적 · 미학적 · 오락적 영향력을 인지하고 그 가능성을 탐색하고자 한다. 영화잡지는 영화가 문화에 있어서 어떠한 위치에 있으며, 조선영화가 세계영화계와의 관계 속에서 어떻게 위치되어야 하는지에 대한 주장[1]을 강하게 던진다.

1930년대는 조선의 영화인들이 가상의 '조선영화계'를 스스로 탐문하려는 욕망과 경제적 · 미학적 출구를 찾으려는 실천이 착종되던 시기였다. 기술의 발전과 제작방식의 다각화는 물론이고 실제 개봉되는 영화 편수 등에서도 양적인 증가가 두드러진다. 이 시기에 경성촬영소에서만 9편의 영화가 제작된다.[2] 특히 1935년에는 조선 최초의 발성영화인 〈춘향전〉이 개봉되었다. 이외에도 1936년에 자본금 50만 원이 투입된 조선영화주식회사가 설립되었으며, 1937년에는 일본 영화사와의 협업의 산물인 〈나그네〉가 개봉한다. 〈나그네〉는 일본에서도 흥행을 하며 상품으로서 조선영화의 가능성을 내보인다. 〈나그네〉의 성공은 조선영화계의 해외시장 진출과 성공에 대한 성공 사례처럼 인용된다.[3] 이처럼 1930년대의 조선영화계는 제작에 있어서의 역동성이 점증하는 시기였다. 더 중요한 것은 '조선영화'에 대한 관념적 자의식, '조선에서 영화를 한다는 것'에 대한 현실적 자의식이 영화를 둘러싸고 매우 구체적인 수준으로 발화된다는 점이다.

그럼에도 영화 제작에 관한 환경적 · 산업적 제약은 분명했다. 상대적으로 조선영화주식회사와 같이 대자본이 투입된 회사가 설립되긴 하지만 조달할 수 있는 제작비의 규모를 놓고 보면, 서구는 물론 일본에 비해서도 턱없이 모자랐다. 일제의 검열로 인한 표현의 제약은 질적 변화를 막는 상

1 이현경, 「한국 근대 영화잡지 형성 연구」, 고려대 박사논문, 2012, 15면.
2 1934~1938년 사이, 경성촬영소에서는 9편의 영화가 제작된다. 소장은 이필우였고 촬영, 연출, 편집 등 제작 전반에 걸쳐 전문 인력에 의해 운영되었다. 문예봉, 임운학 등 연기자들과 전속 계약을 맺고 영화를 제작했던 것으로 확인된다. 이순진, 「1930년대 영화기업의 등장과 조선의 영화 스타」, 『한국극예술연구』 (30), 한국극예술학회, 2009, 134~135면.
3 이화진, 「스턴버그(Josef von Sternberg)의 경성 방문(1936)과 조선영화계」, 『대중서사연구』 22(1), 대중서사학회, 2016, 23면.

수였다.[4] 조선영화는 식민지 상황 아래에서 기획·제작 공정 전반의 규제를 감당해야 했으며, 자율적·능동적으로 세계영화계와의 상상적 관계를 구축할 수 없었다. 영화인들의 '조선영화'에 대한 수동적 자화상도 일정 부분 당연한 것이었다.[5]

이러한 제약 속에서 1930년대 조선의 영화인들은 세계영화계로부터 인정을 받기 위해 두 가지 자구책을 강구한다. 먼저는 변화된 제도를 적극 활용함으로써 활로를 확보하려는 시도를 보인다. 당시 총독부가 새로 제정한 '활동사진영화취체규칙'1934은 조선 관객을 확보할 수 있는 기회로 해석되었다. 예컨대 국내 조선영화 소비시장 확대에 대한 기대가 증가하였으며, 이를 바탕으로 영화를 둘러싼 기업화 논의가 촉발된다. 두 번째는 상상적으로 구성된 '세계영화계'에 틈입하기 위한 조건으로서 예술성의 확보다. 발성영화 시대의 도래는 제작비용을 감당하기 위해 영화 수출을 고려할 수밖에 없는 상황으로 이어졌다. 조선의 영화인들은 '세계영화계'라는 상상적 타자의 인정이 필요했으며, 안정적인 소비 구조 구축을 논외로 하더라도'조선적인 것'에 대한 탐색이 요청되었다. 영화의 기업화 방식에 대한 논의, 예술성 제고를 위한 세대교체론, 향토색 구현론[6] 등은 그 같은 당대 담론장 내 지류에 해당한다.

본고의 연구대상인 『영화조선』 창간호(이하 '『영화조선』')는 위에서 약술한 두 가지 자구책에 대한 담론이 가장 선명하게 펼쳐진 잡지 중 하나이

4 이규환, 「영화강좌 한 개의 영화로 되어 나오기까지」, 『영화조선』, 영화조선사, 1936, 37면.
5 한국영상자료원 영화사연구소, 『일본어 잡지로 본 조선영화』 1, 한국영상자료원, 2010, 358면.
6 이용관·이지윤, 「영화신체제 전환기 조선영화의 이정표－〈반도의 봄〉에 드러나는 조선-일본-서구의 관계를 중심으로」, 『영상예술연구』 18, 영상예술학회, 2011, 203면.

다.[7] 이를 연구하기 위해서는, 먼저 잡지의 간행과 함께 영화 제작사가 함께 건립되었다는 점에 유념해야 한다. 『영화조선』 창간에 관여한 영화인들은 조선영화 발전을 위해 효율적인 영화 제작 환경 조성과 안정적인 영화 배급 방안을 고민한다. 당시 영화잡지는 관객과 영화, 영화산업과 비평을 잇는 가교의 임무를 감당한 것으로 보인다.[8] 특히 『영화조선』은 세계영화계와의 관계 안에서 조선영화계의 위치를 냉정하게 점검하고자 노력한다. 하지만 피식민자, 후발주자라는 열등감을 딛고 새로운 자기 정체성을 찾아가려는 일부 필자들의 자의식은 미묘한 "혼성성hybridity"[9]을 노출시킨다. 세계영화계라는 상상적 타자를 향한 인정 투쟁 과정에서 조선영화계를 대상화시키는 경우도 빈번하게 발견된다. 요컨대 당대의 조선영

7 『영화조선』은 1936년(소화11년) 8월 20일에 인쇄되었으며 1936년(소화11년) 9월 1일에 발행되었다. 발행사는 영화조선사, 발행인 및 편집인은 신량(辛樑)이고 주필은 박루월(朴樓越)이다. 남아있는 자료로 볼 때, 2호까지 출간된 후 폐간된 것으로 보인다. 이현경은 창간호가 폐간호라고 말하고 있지만(앞의 글, 5면; 이현경, 「한국 근대 영화잡지 『문예영화』 연구」, 『한국전통문화연구』 21, 한국전통문화연구학회, 2018, 172면) 『아단문고 미공개 자료 총서 2013』에도 2호까지 확인된다. 한편 창간호가 수준있는 비평담론들을 중심으로 대부분의 지면이 채워진 반면에, 2호는 비키니를 입은 서양 여배우들 화보를 비롯하여 영화소설과 시나리오를 비롯한 다양한 문예작품 소개가 늘어난 것을 확인할 수 있다. 이는 "수지가 맞지 않는" 경제적인 이유와 "통속적인 읽을거리에서 재미를 찾는 독자들을 포괄"하고자 했던 노력에 따른 것으로 보인다(「석반을 갖이하든 날밤」, 『영화조선』 2호, 1936, 94면; 이화진, 「영화를 읽는 시대의 도래, 영화시대(1931~1949) 한국 근대 영화잡지와 토착적 영화 문화」, 『한국극예술연구』 63, 한국극예술학회, 2019, 22~23면). 그런 까닭에 본고는 본격성과 깊이를 담보한 창간호만을 분석 대상으로 삼았다.

8 이현경, 앞의 글, 22면.

9 호미 바바가 도입한 "문화적 혼성성"은 피식민자들이 지배국가의 이데올로기에 완전히 동화되지 않고 정형에서 미끄러져 끊임없이 분열되는 것을 의미한다. 이때의 분열은 지배문화에 대한 저항과 순응 모두에서 드러난다. 다시 말하면 피식민지에서 지배문화와 피지배문화는 동화되지 않고, 여러 모양으로 충돌하면서 동시에 겹쳐진다. 이 과정 속에서 "경계선적 상황" 혹은 '전이의 장'이 출현한다. 이렇게 출현한 "제3의 공간"에서 서로 다른 문화들은 전이되고 새로운 문화로 나타난다. 결국 '혼성성'이란 문화 간 동질화의 불가능성을 지칭하는 동시에 불균질한 권력관계로 성립되어 끊임없이 분열되고 불안을 야기시키는 속성을 의미한다(호미 바바, 나병철 역, 『문화의 위치』, 소명출판, 2018, 37~38면).

화인들이 논의한 '조선적인 것'의 면면을 보면, 조선영화계가 불균질한 히스테리의 작동 공간으로 상상될 수 있다.

최초의 영화잡지로 분류되는『녹성』과 일제 강점기에 창간되어 1950년대까지 발행된『영화시대』, 상대적으로 대자본이 들어간『조선영화』 등은 그간 다양한 관점으로 연구되어 왔다. 그에 비해『영화조선』은 학술적 조명을 충분히 받지 못했다. 일제 강점기의 영화잡지들을 종합적으로 연구한 이현경의 논문을 제외한다면 사실상 독자적인 연구가 거의 없는 것으로 확인된다.[10] 잡지가 오래 지속되지 않았다는 점은 틀림없는 사실이지만, 영화 제작에 관한 구체적인 제안들을 담아낸『영화조선』의 가치를 고려할 때 지금과 같은 소외는 예외적이라고 할 수 있다. 이에 본고는『영화조선』 창간호를 대상으로 당대 영화인들이 조선영화계를 어떻게 진단하고 있으며, 이에 대해 어떤 해결책을 제시하고 있는지를 살펴보고자 한다. 제2절에서는 잡지의 전반적인 구성과 '조선영화'에 대한 담론에 스며있는 자의식을 살펴볼 것이다. 제3절에서는 제2절을 바탕으로 조선영화계의 욕망을 읽어가며 혼성성의 내막이 어떻게 구조화되어 있는지를 읽어내고자 한다.

10 최초의 영화잡지인 녹성에 관한 논문으로는 서은경, 「예술(영화)잡지『녹성』 연구」,『현대소설연구』 56, 한국현대소설학회, 2014. 최정온의 「할리우드 영화의 조선적 전유로서의 영화소설－잡지『녹성』을 중심으로」,『비교문학 』 73, 비교문학회, 2017이 있다.『문예영화』에 관한 논문으로는 이현경, 앞의 글이 있으며,『영화시대』에 관한 논문으로는 이화진의 「영화를 읽는 시대의 도래, 영화시대(1939~1949)－한국 근대 영화잡지와 토착적 영화문화」,『한국극예술연구』 63, 한국극예술학회, 2019 등이 있다. 김종원은 한국 최초의 영화잡지인 녹성에서부터 한국 근현대의 영화잡지인 영상시대까지를 개괄적으로 다루고 있다. 김종원, 「영화잡지의 역사 1919~1978－연속사진 시대의 녹성에서 영상시대까지」,『공연과리뷰』 20(4), 2014. 한편 이현경의 논문인 「한국 근대 영화잡지 형성 연구」는 일제 강점기의 조선영화잡지에 대한 전반적인 연구를 다루고 있다.

2. 『영화조선』의 구성과 '조선영화'에 대한 자의식

『영화조선』은 기존 영화잡지들과 달리 조선영화계의 다양한 입장과 식견이 구체적으로 제시된 본격 영화잡지에 해당한다. 1929년부터 1941년까지 1930년대를 관통하고 있는 대표적인 대중잡지인 『삼천리』와 비교해보면, 『삼천리』는 사회 · 정치 · 경제 · 문화 등 주제와 내용면에서 매우 폭넓은 관심사를 포용하고 있다. 주목할 것은, 영화 관련 글의 경우 상대적으로 매우 평이한 소개문 수준에 머문다는 것이다.[11] 반면 『영화조선』은 사회전반에 대한 관심보다는 오직 영화를 대상으로 하며 심층적인 본격 비평문들을 싣고 있다. 『영화조선』은 크게 본문과 부록으로 나뉘며 본문의 경우 감독론, 배우론 등의 비평문과 영화인들의 근황을 전하는 기사 및 가십으로 구성되어있다. 부록의 경우 단신들과 더불어 영화계를 향한 독자들의 짧은 단평 그리고 영화 시나리오와 문예작품 등을 수록하고 있다. 본문에만 주목하면 감독론, 작품론, 수필, 영화강좌 시리즈 등 전문성을 갖춘 글들이 뼈대를 이루고 있다. 매체로서 영화의 특징에 집중하면서 체계적이고 전문적인 글들을 수록했다는 점에서 『영화조선』은 여타 대중잡지와 구별되며, 영화잡지들 사이에서의 개성도 뚜렷한 편이다.

주지하다시피 1930년대 이전의 영화잡지는 영화에 대한 전문적인 글이 충분치 않거나, 시선의 입체성을 확보하지 못한 경우가 대부분이었다. 일본어 영화잡지는 지식이 얕았고 편집 수준도 조악한 편이었다. 조선어 잡지의 경우에도 사정이 다르지 않아서 전문 비평문은 영화잡지보다 신문이

11 김남석, 「1930년대 후반 『삼천리』에 나타난 영화 담론 연구」, 『우리어문연구』 43, 우리어문학회, 2012, 361면.

나 종합잡지에서 더 많이 찾아볼 수 있었다.[12] 또한 기존 영화잡지들은 사실상 문예지의 성격을 갖고 있어서 영화 매체에 대한 집중성이 부족했다. 그럼에도 영화잡지로서 성격이 부여되었던 기준점은 잡지에 수록된 영화소설, 영화 시나리오 등 영화와 관련된 문예작품의 양적 비중이 높기 때문이었다.[13] 반면 『영화조선』은 영화 관련 문예물이 「씨나리오 신가정ABC조(제1회)」 등에 한정되며 시, 소설 등의 문예물이 부록 뒤쪽에 배치되어 있다. 대신 본문은 본격 비평에 무게를 두고 섬세하게 기획되었다. 이는 『영화조선』이 지향하는 바가 유희나 오락을 목적으로 한 영화소개에 그치지 않는다는 것을 방증한다. 영화가 잠재력이 있는 대중산업이면서 한편으론 진지한 예술이라는 인식이 기입되어 있는 것이다.

『영화조선』 속 게재 글을 종합했을 때, 담론의 층위는 크게 3가지로 구분될 수 있다. 첫 번째로 조선영화계 전반에 대한 문제의식과 그에 대한 원인분석이며 두 번째는 원인분석에 대한 해답의 하나로 '기업화'에 대한 논의, 마지막 세 번째는 영화를 미학적 관점에서 톺아보려는 시도이다.

먼저 『영화조선』의 발행인이자 편집인인 신량은 창간사에서 조선영화계가 가진 문제들 속에서 자신의 창립 이유와 사명을 밝힌다. 신량은 『영화조선』의 창립 목적을 세계영화와의 맥락 안에서 제시한다. 그는 서구 중심의 현대문명에서 문화의 의미를 논하는 중 한 사회의 발전척도로서 영화가 차지하는 위치에 대해 서술한다. 영화를 둘러싼 문화를 두고 조선의 현재 상황을 객관적으로 제시하는 동시에, 조선영화계가 직면한 문제들을

12 이화진, 「영화를 읽는 시대의 도래, 영화시대(1939~1949) – 한국 근대 영화잡지와 토착적 영화 문화」, 30면.

13 이현경, 「한국 근대 영화잡지 『문예영화』 연구」, 158면.

가감없이 서술한다. 그는 외국 영화를 "맹목적으로 환영하는" 것에 대해 경계하며 "우리의 것"을 연구해야 한다고 주장한다. 다시 말해 조선영화를 둘러싼 사회의 시선 안에서 영화의 위치와 역할 재정립의 필요성을 역설한다. 그리고 이에 대한 현실적인 실천이 곧 『영화조선』의 정기발행과 영화 제작을 위한 영화조선사 설립이었다.[14] 이처럼 신량의 창간사에는 영화의 지위, 성격에 대한 분명한 시각이 나타난다. 여기서 흥미로운 것은, 영화의 위치와 조선영화계에 대한 비판 그리고 대안으로서의 실천의 근거가 서구 영화에 대한 동경과 불안에서 비롯된다는 점이다. 이와 같은 신량의 사유는 『영화조선』에 게재된 기사들 전반의 정서를 요약하는 것은 물론, 당대 조선영화인들의 의식세계[15]에 대한 모종의 거울이 된다.

영화인들이 조선영화계를 두고 공유하는 문제 의식은 신량, 박루월, 김한金漢, 본명 金寅圭, 김연실金蓮實, 복혜숙卜惠淑 등 14명의 영화인들이 참석해 성사된 '영화인 좌담회'에서도 드러난다. 좌담회는 "현재의 조선영화계"에 대한 진단과 "미래의 조선영화계"에 대한 제언으로 이어진다. 영화인들은 공통적으로 조선의 영화계가 "혼탁"한 상황이라는 것에 동의한다. 이들은 "문단과 영화계의 관계", "씨나리오 제작문제", 발성영화와 무성영화의 선택, 기업가와 영화인의 태도 등을 축으로 영화계를 비판하고 대안을 제시한다. 영화계 혼탁 문제의 원인으로 일제가 시행한 영화통제정책을 지적하기도 하지만, 그보다 자본의 결핍이 근본적인 원인임을 지적한다. 이와 함께 자본 부족을 극복하기 위해서 영화인끼리 "합동"하여야 하지만, 눈

14 신량, 「창립에 잇어서」, 『영화조선』, 21면.
15 백문임, 「임화(林和)의 조선영화론－영화사의 좌표와 "예술성과 기업성"의 변증법을 중심으로」, 『대동문화연구』 75, 성균관대 대동문화연구, 2011, 316면.

앞의 이익에 치우쳐 영화사의 난립과 파산의 악순환이 반복되어 온 사실도 지적한다. 자본의 부족과 단기적인 이익 추구의 악순환이 조선의 영화 제작환경을 불안정하게 만들었다고 보았다. 실제로 자본의 결핍은 1930년대 중반까지 영화사의 난립, 방치, 파산의 연쇄에 핵심적인 이유였다. 안정적인 영화 제작사의 부재는 조선영화 제작에 관한 중장기적 비전을 무효화시키는 심각한 문제였다.[16] 이외에 상설관의 운영, 시설의 낙후와 부족 그리고 청결하지 못한 상영관 환경, 그리고 영화인의 불우한 생계[17] 등도 조선영화계의 난제였다.[18] 이러한 상황을 두고 박루월도 잡지에 실린 다른 글에서 다음과 같이 한탄한다.

> 그런대 현하 우리 조선에 있어서 우리 촬영소가 있는가? 우리의 손으로 건설한 촬영소가 한 개라도 있는가? 생각하며 참으로 한심한 일이다. 전선을 통하여서 우리의 손으로 우리의 영화를 만들어낼 만한 촬영소라고는 한 개도 갖이지 몯하엿다.
>
> 만일 있다고 하면 그것은 일시적으로 무슨 영화 제작소이니 무슨 키네마 무슨 푸로덕손이니 하여서 겨우 한 개의 영화를 만들어낸 다음에는 고만 유야무야로 마치 우후에 무지개와 같이 그의 자최조차 얻어볼 수가 업게 되고

16 이용관 외, 앞의 글, 204면.

17 당대 영화인 차상은에 대해 "기우러저가는 한 한영연화사는 맛침내 문을 닫게 되엿으며 목적을 달치 못한 차군은 과연 섭섭히 도라스게 되엿다. 그 후 다시 영화를 촬영한다는 소문은 잇스나 사실화하기는 어려울 듯 하다"라고 서술하는 등 생계로 곤란을 겪는 영화인들의 소식이 실려 있다. 여러 영화인들이 다른 직업이나 겸직을 하고 있는 상황도 다룬다(「조선영화인의 그림자」, 『영화조선』, 68~71면).

18 한편 조선영화계가 직면한 문제로 영화계와 기술자들을 이해하지 못하는 대중의 수준(복혜숙), "너무 흥행에만 치중"하고 있다는 영화계 자체에 대한 반성과 비판 등도 제기(강홍식)된다(「좌담회」, 『영화조선』, 49면).

마는 것이 우리 조선영화계의 현상이라고 말하겟다.[19]

박루월은 "우리의 손으로 건설한 촬영소가 한 개"가 없는 조선의 현실을 강하게 비판한다. 잘 알려진대로 1934년 상설촬영소로 출범한 경성촬영소조차 일본의 자본으로 설립된 것이다. 조선인이 세운 조선 촬영소가 전혀 부재했다고 볼 순 없지만 대부분 "일시적으로" "겨우 한 개의 영화"만을 제작하고 파산하는 임의 단체에 가까웠다.[20] 영화 제작 환경의 열악성 혹은 중장기적 전망 부재의 현실은, 앞서 서술했듯이 단기적인 이윤만을 바라고 영화 제작 후 파산하는 제작자들로부터 비롯된 문제였다. 이를 박루월은 "이윤만을 목적하는 그네들의 종속물에 불과한 자유 없는 인간들"이라며 강하게 비판한다.

또한 영화계의 경제적 혼탁은 자율적인 영화미학의 확립과 추구에 치명적인 해를 입힌 것으로 보인다. 한탕주의에 물든 제작사의 난립과 파산의 반복은 조선영화계에 경제적인 어지러움을 초래했고, 이러한 상황이 영화에 대한 진지한 투자를 꺼리게 한 것이다. 1930년대 활발하게 영화소설을 집필했던 박루월[21]은 투자의 부족이 작품의 질 저하로 이어졌으며, 경제적 악순환은 영화의 예술성 훼손으로 나타난다고 보았다. 창의적이고 미학적인 영화 연출 시도가 난관에 부딪히면서 영화는 수익을 노리고

---

19 박루월, 「영화촬영소 건설을 제창함－특히 조선기업가들에게」, 『영화조선』, 119면.

20 김남석, 「1930년대 '경성촬영소'의 역사적 변모 과정과 영화 제작 활동 연구」, 『인문과학연구』 33, 2011, 424면.

21 영화소설의 출현은 1930년대로, 1926년 『매일신보』에 연재된 김일영 작의 「삼림의 섭언」이다. 1930년대는 박루월이 가장 활발하게 집필활동을 하던 시기이다. 딱지본 대중소설과 영화소설로 총 22편을 발표했으며 이외에도 시, 아동극, 대중문화론 등에서 왕성한 활동을 펼쳤다(김영애, 「박루월 소설 연구」, 『한국문학이론과 비평』 17(4), 2013, 182~183면).

만든 오락물[22]이라는 인식이 확산된다.

이와 관련하여 박루월은 작금의 열악한 영화 환경이 기성세대 영화인의 모자란 지식과 인격에도 책임이 있음을 강하게 발언한다.[23] 영화 매체에 대한 이해 부족과 비체계적인 영화 제작의 관습을 수용해 온 기존 조선 영화인들이 조선영화에 대한 기업가와 대중의 불신을 야기했다고 본 것이다. 기성 영화인의 제작 관행에 대한 조혜백趙惠伯의 비판은 조금 더 구체적이다. 그는 영화 제작 과정 중 한 명의 제작자 혹은 감독이 너무 많은 영향력을 행사하는 현실을 지적한다. 특히 나운규羅雲奎 등으로 대표되는 기성세대의 태도를 신랄하게 지적한다. 조혜백은 "영화에 출연식혀 준다는 조건과 만흔 이익이 잇다는 구실로 기분에 취한 자들을 이용"했다며 기성 영화인들을 비판하고, 단기 이익만을 노리는 불안정한 영화 제작 세태를 비판한다.[24] 나아가 제대로 된 대본도 갖추지 못한 채, 한 사람이 각본, 감독, 주연 등 모든 과정을 뭉뚱그려 맡는 비체계적인 영화 제작 풍토를 강하게 비판하며, 그 관습으로부터 단절될 때 조선영화가 도약할 수 있음을 말한다.

이러한 비체계적인 관습의 혁파를 위해 박루월이 제시한 대안은 영화기업화론이다. 즉 체계적이며 분업화된 촬영소의 건립, 곧 '기업화'에서 그 탈출로를 찾는다. 이때 박루월이 주장하는 영화기업화론의 핵심은 "우리의 손으로" 촬영소를 건설하는 것에 있다. 다시 말하면 조선의 자본이 들어간 촬영소 건립을 강조한다. 폭넓게 조망해 보면, 영화기업화론은 1930

22 영화인들이 기대했던 영화 기업화의 효과 중 하나는 회사에 고용된 시나리오 전속작가였다. 시나리오만을 전문적으로 작성하는 작가가 고용되고 영화가 안정적으로 제작된다면, 영화를 예술로 인정하는 시각이 늘어날 것이라고 생각했다(「영화인 좌담회」, 『영화조선』, 52면).

23 이하 인용문은 다음 지면 참고. 박루월, 「영화촬영소 건설을 제창함—특히 조선기업가들에게」, 『영화조선』, 119면.

24 조혜백, 「조선영화 기업화 문제」, 『영화조선』, 64면.

년대의 조선영화인들이 보편적으로 공유하던 문제의식 중 하나다. 조혜백 역시 영화기업화론을 주장하는 바,[25] 바람직한 기업화의 방식으로 '분업'을 강조하며 "중역", "지배인", "계획부", "가본부" 체제로 영화사를 운영해야 한다고 본다. 각각의 부서는 각자 맡은 임무에만 매진하며, 영화는 세분화된 과업이 종합되어 제작되어야 함을 주장한다. 이어 "소규모" 영화사라도 분업화 된 체계를 따를 것을 촉구한다. 만약 소규모의 제작사들의 기업화가 실현된다면, "대영화 사회" 출현의 초석이 될 것이라고 내다본다. 그는 기업화를 통해 자본가와 대중의 신뢰를 회복해 안정적인 투자구조를 구축할 수 있다고 판단한다. 조선영화계의 혼탁한 사정을 전환하는 계기도 그렇게 마련될 수 있다고 주장한다.

영화사의 기업화는 오락으로 치부되는 영화의 정화과정이자, 영화의 예술성 확보를 위한 전제 조건이기도 했다. 1930년대 조선영화계가 상상한 영화의 산업적 · 미학적 모델은 서구를 향하고 있었다.[26] 바꿔 말하면 영화인들은 영화가 안정적인 시스템을 가진 산업 환경 내에 안착할 때, 대중성과 예술성을 동시에 성취하는 영화들이 생산될 수 있을 것이라 보았다. 그리고 영화의 성공이야말로 조선문화사가 서구의 수준으로 발전할 수 있는 가능성을 증명하는 길이라 믿었다.[27] 발성영화가 등장하고, 영화의 기술적 발전과 필요 자본의 증가는 계속되었다. 그러나 조선영화계의 현실은

25 위의 글, 66면.

26 하승우, 「1920년대 후반~1930년대 초반 조선영화 비평사 재검토」, 『비교한국학』 22(2), 국제비교한국학회, 2014, 43~44면.

27 이러한 연관성에서 박루월은 기성 영화인들에 대한 문제를 해결하기 위한 출구를 "우리의 손으로" 촬영소를 건립하는 것에서 찾는다. 촬영소 건설은 단순한 영화 제작 기반조성의 의미를 넘어서, 조선의 문화와 역사적 발전에 기여할 수 있는 길이라고 여겼기 때문이다(박루월, 「영화촬영소건설을 제창함-(특히 조선기업가들에게)」, 『영화조선』, 117면).

여전히 나운규의 〈아리랑〉으로 대표되는 무성영화의 전형적인 스토리와 스타일을 벗어나지 못하고 있었다. 천편일률적인 신파적 내용과 과장된 연기에 의존하는 특징은 영화보다는 일회적이고 통속적인 공연에 더 가까웠다.[28] 따라서 젊은 조선영화인들은 근본적인 영화 제작의 혁신이 없다면 서구의 영화 스타일을 허술하게 모방하는 수준에서 벗어나지 못할 것이라고 보았다. 이러한 시선은 이익李翼[29]의 글에 구체적으로 나타난다.

> 여기에 그 큰 원인의 하나는 영화작가들의 사회적 무비판성과 외국 영화가 가진 내용의 모방이 비현실적인 『테-마』로 유도한 것이다. 여기에서 조선영화의 비극이 있다. 여기에서 허수애비적 조선영화가 존재한다.
>
> 오늘날 조선영화가 아미리가적인 점이 농후한 것의 절대원인은 지금까지 조선에서 상영된 외국영화의 양적관계여하를 보아 정확히 그 우위에 잇섯다는 아메리카 영화의 모방을 피치 못햇든 것에 잇지 않을가?[30]

이익은 조선영화가 무비판적으로 할리우드의 활극 형식을 모방하면서 대안을 찾지 못하고 있음을 지적한다. 이익은 충분한 자금 없이 제작된 영

28 문재철, 「1930년대 중반 조선영화 미학의 변화에 대한 연구」, 『영상예술연구』 10, 2007, 142면.

29 본명은 이순재(李順載)로 영화계에서는 이익을 필명으로 사용했다. 이후 1940년대에 연극과 악극에서 활동하면서 김화랑(金火浪)이라는 예명을 사용하기도 한다. 1938년 방한준 감독의 〈한강〉과 〈성황당〉의 각색을 맡기도 하였다. 이외에도 〈국기 앞에서 나는 죽으리〉의 감독을 하기도 했었으며, 김유영 감독의 〈수선화〉, 〈라미라 가극단〉에서 극작 및 연출 등 일제 강점기 시절 영화와 연극을 오가며 다양한 활동들을 펼쳤다(김유미, 「김화랑의 여성국극 작품 연구-〈백년초〉를 중심으로」, 『한민족문화연구』 28, 한민족문화학회, 2009, 284~286면).

30 이익, 「영화시감-조선영화의 현실에 관해서」, 『영화조선』, 25~26면.

화로 큰 수익을 바라는 환경과 할리우드 영화에 대한 기계적 모방의 관습이 조선영화계에 "비극"임을 주장한다. 물론 그는 기술의 낙후와 값비싼 발성영화 제작비용, 언어의 제약 등이 조선영화 수출을 가로막고 있다는 사실도 인지하고 있었다. 조선영화의 제작비 회수는 오로지 조선 관객이 지불하는 입장료에 의존할 수밖에 없었다. 이는 동시대에 흥행한 할리우드 스타일에 대한 집착으로 이어진다.[31] 그러나 이익이 볼 때 문제적 사안은 훨씬 복잡하다. 할리우드 영화의 허술한 모방 풍토와 함께, 적은 숫자의 프린트에 의지한 순회공연, 그리고 나운규가 직접 무대에 등장하는 관습 등은 영화를 공연 형식 내 보조적 수단[32]으로 전락시키고 있었던 것이다.

부족한 자본과 예술성 추구의 어려움 속에서 조선의 영화인들은 현실과 이상 사이의 절충점을 찾았던 것으로 보인다. '조선적인 것' 혹은 "독자성" 추구 담론은 바로 그 지점에서 다시 논구될 필요가 있다.

먼저 이익은 조선영화의 "독자성(조선적인)"을 회복하기 위해서는 "영화의 리즘" 혹은 "전체의 통일된 분위기"를 중심으로 영화를 제작하여야 한다고 본다. 즉 관객들이 영화를 현실적으로 느끼면서 몰입하게끔 "묘사수법"을 강조한 영화를 제작해야 한다고 주장한다. 여기서 이익은 "현실에 대한 오인과 너무나 근시적인 조선의 평면인식"적인 영화 풍경을 배격한다. 그러면서 그는 〈반도의 무희〉를 비판의 대상으로 놓는다. 조선적인 것의 부재를 강하게 비판하면서 "민족의 표현"이 "결핍"되고, "조선 정경과 같은 그림 엽서적 가치"만 남았다고 주장한다.

31 김승구, 「1920년대 할리우드 영화에 대한 식민지 관객의 반응」, 『정신문화연구』 33(4), 한국학중앙연구원, 2010, 127면.
32 이순진, 앞의 글, 119면.

조명감독으로서 활동한 김성춘金聖春[33]은 이익보다 좀 더 구체적으로 대안을 제시한다. 그는 조선영화에 대한 문제의식과 극복 방향에 대한 제언을 서술하는데, 여기서 그는 "향토영화"에 대하여 설명한다. 향토영화란 "농촌을 배경으로 삼은 향토미가 풍부한 영화"를 의미한다. 김성춘은 조선의 영화가 조선인의 생활을 소외시켜서는 안 된다고 주장한다. 그는 조선의 영화가 "우리들의 현생활 상태"를 강조하여 제작해야 한다는 것이다. 그는 이익과 마찬가지로 "타락적 소산물"로 전락한 조선영화의 원인을 조선영화 제작의 관습에서 찾는다. 조선영화가 외국영화를 단순히 모방하고 있기에 "향토미가 풍부한" 조선영화가 제작되지 않음을 비판한다. 그러므로 조선의 영화를 제작하는데 있어서 "무엇보다 우리들의 현생활 상태를 그대로 영화에 이식"할 것을 말한다.[34]

조혜백도 향토영화에 대해서 구체적으로 언급한다. 그는 기업화의 모델을 제시하던 중 "각본부"의 과업을 "씨나리오 선택을 엄밀히 하는" 것이라고 서술한다. 시대의 흐름에 따라 시나리오 선택을 해야 할 당위성을 이야기하며, "향토적 색채가 농후한 씨나리오 생산을 다량으로 힘써야 할 것"을 서술한다.[35] 김중희金仲喜도 「영화시평 아리랑 제3편을 보고」에서 〈춘향

33 김성춘은 조선영화에서 조명 디자인에 관한 담론이 왕성할 무렵에 일본과 조선에서 조명감독으로 활동했던 영화인이다. 그는 1935년 〈살수차〉의 조명감독으로 참여하고 이후에도 여러 작품에 조명감독으로 활동하면서 조선영화계에 조명 활용의 새로운 바람을 불러 일으켰다(김남석, 「〈반도의 봄〉의 미장센 분석－조명의 역할과 기능을 중심으로」, 『현대영화연구』 31, 현대영화연구소, 2018, 111면).

34 김성춘은 이러한 논의의 연장선에서 김성춘은 "시대물 대중문학의 영화화"는 "시기상조"임을 주장한다. 전통적인 배경이나 화술, 배우의 연기 무엇보다 "현대 영화 제작에 비하여 경제적 조건" 등을 고려할 때 시기적으로 너무 이르다는 것이다(김성춘, 「조선영화 제작의 주요문제」, 『영화조선』, 56~59면).

35 조혜백, 「조선영화 기업화 문제」, 『영화조선』, 65면.

전〉, 〈강건너마을〉, 〈춘풍〉, 〈역습〉 등의 작품들이 조선영화의 성장을 자극하긴 하지만 내용면에서는 전혀 발전이 없다며 비판을 가한다. 김중희는 조선영화가 추구해야 할 예술성을 언급하면서 구체적인 실천 방법을 제시한다. 먼저는 비현실적 요소의 배제와 기존 활극적 요소의 거부를 주장한다. 더 나아가 조선 농촌의 현실을 그대로 보여주는 사실주의와 낭만주의의 결합이 조선적인 영화, 혹은 "좋은 영화"라고 언급한다.[36] 정하보鄭河普도 다른 기자들과 더불어 조선의 영화가 사실주의로부터 빗나가 있는 현실을 지적한다. 그는 배우, 연기, 의상, 분장, 배경 등이 사실적이지 않음에 대하여 문제를 제기한다.[37]

이처럼 '조선적인 것'을 영화에 반영해야 한다는 주장이 높아짐에 따라 활극적 요소, 과장적 상황극을 중심으로 하는 할리우드 영화 스타일에 대한 비판이 커진다. 그리고 이에 대한 반론 내지 대안으로서의 조선 현실을 재현 대상으로 놓고 사실성과 낭만성의 조화를 추구하는 영화미학의 담론이 활발해진다. 과거 나운규 등을 위시한 무성영화가 '감각-운동'적 효과에 의존했던 반면, 『영화조선』의 영화인들은 영화의 미적 기준을 조선의 맥락이 반영된 이미지와 그 활용법에서 찾는다. 그들이 고민했던 조선의 '향토미'란 등장인물들의 내면을 조선적인 상황, 서정적 풍경에 빗대어 표현하는 포토제닉한 방법이 주를 이룬다.[38] 이러한 주장들은 논의

36 김중희는 〈역습〉을 할리우드를 모방한 오락물에 지나지 않는다고 평가한다. 〈춘향전〉은 현실과 거리가 멀고 영업에 목적이 있음을 지적한다. 〈홍길동전〉에서는 판타지와 같은 세계를, 〈강건너마을〉은 농촌 현실과 동떨어진 현실을 그리고 있다고 서술한다. 〈춘풍〉의 경우 비문예적영화라고 평가하고, 〈아리랑 제3편〉은 대사, 음악, 내용 등 총체적으로 비판하며 "얻은 것, 배운 것이라고는 하나도 없다"라고 신랄하게 비판한다(김중희, 「아리랑 제3편을 보고」, 『영화조선』, 75~79면).

37 정하보, 「화가로서 본 조선영화계」, 『영화조선』, 87면.

의 깊이를 따지기 전에, 자금 부족의 상황에서도 조선영화의 출구를 찾던 젊은 영화인들의 내면을 환기시킨다.

여기서 언급한 '젊은 영화인들의 내면'은 좀 더 들여다볼 여지가 있다. 이를테면 『영화조선』의 영화인들은 정치사회적 피식민자라는 의식을 기본적으로 공유하고 있다. 그러한 현실적인 한계에 더해 영화산업 후발주자로서 세계영화계에 대한 선망과 좌절 등을 동시에 품고 있다. 이는 '조선적인 것'을 둘러싼 담론 안에 '양가성ambivalence'의 불안이 깃들어 있다는 것을 짐작케 한다. 이러한 불안은 결국 상품으로서 소비되어야 할 '조선적인 것' 안에 내재된 '혼성성hybridity'의 징후와도 연결된다.[39] 이에 대해서는 다음 절에서 더 논의하고자 한다.

3. 불완전한 대타적 욕망과 혼성성

주지하듯이 영화기업화론은 『영화조선』만이 갖는 독특함은 아니다. 조선적인 것에 관한 담론은 『영화조선』이 발행될 무렵 조선의 영화인들이 공통적으로 제시하고자 했던 해결책 중 하나였다. 「조선영화론」과 「조선영화발달소사」에서 임화는 "기업화의 길"을 조선영화의 예술성을 획득하는 방법으로 서술하고 있으며[40] 이외에도 조선영화령을 전유하고 기업화

38 문재철, 앞의 글, 137~140면.

39 여기서의 '양가성'이란 불균질한 욕망이 빚어낸 '조선적인 것'의 이상 안에 세계적 표준으로서 서구영화 이미지, 일본인에 대한 대타적 자기 인식, 명확한 한계에 놓인 조선영화와 조선인에 대한 이해 등이 길항한다는 사실을 의미한다. 이는 욕망의 '혼성성'을 시사한다. 젊은 조선인들의 내면엔 '모방/거절'이 동시에 작동하고 '초극/종속'의 논리가 역설적으로 혼재한다(호미 바바, 앞의 책, 167면).

를 통하여 어떻게 예술성을 성취할 것인지에 관한 논의가 이뤄지기도 하였다.[41] 이처럼 식민시기 조선영화인들은 영화가 서구의 결실이며, 특히 산업화 시스템을 토대로 발전했다는 사실을 분명하게 알고 있었다.

『영화조선』은 그러한 논지를 연장하되, 영화예술의 기술적 발전과 자본의 상관관계에 대한 논의[42]를 좀 더 전면적으로 다룬다. 그런데 앞 장에서 다룬 그들의 결론, 곧 '영화의 기업화'에 대한 모색과 '조선적인 것'의 추구는 역설적인 문제를 안고 있다. '조선적인 것'이라는 대안적 출구가 기업화를 위해 전제되어야 할 자본력의 부족에서 비롯된 면도 있기 때문이다.

그런 까닭에 영화의 기업화 방식에 대한 논의는 『영화조선』에서도 구체성을 띤 방안으로 제출되지 않는다. 기업화의 문제를 당위적 선언처럼 던져두고, '조선적인 것'이라는 구호를 내세워 내면의 히스테리를 봉합하려는 혐의가 있는 것이다. 기업화를 위한 방안 중에는, 전문성을 가진 영화인들이 분업화된 시스템을 구축해야 한다는 논리[43]도 있지만 이 역시 피상적이라고 할 수 있다. 이들 논의에서 의미를 찾자면, '조선적인 것'을 향한 젊은 영화인들의 변화된 욕망이 간접적으로나마 확인된다는 사실이다.

먼저 '조선영화'에 대한 젊은 영화인들의 담론은 그 배면에 서구를 중심으로 한 세계영화계의 인정에 대한 욕망을 내재하고 있다. 기술과 자본, 숙련된 영화인의 부족 문제를 최대한 감추면서 세계영화계의 인정을 받기 위해 '조선영화' 담론이 개발된 것이다. 이는 '조선영화'가 추구해야 할

40 임화, 「조선영화발달소사」, 『삼천리』, 1941, 205면.

41 백문임, 「조선영화의 존재론－임화의 「조선영화론」(1941)을 중심으로」, 『상허학보』 33, 상허학회, 2011, 179면.

42 백문임, 앞의 글, 317면.

43 위의 글, 319면.

심미적 덕목이 "타자의 장소/지위와 연관되어 분절된"[44] 불균질한 욕망의 산물일 수 있음을 환기시킨다. 그래서 다분히 의도를 감춘 퇴행적인 주장이 제기되기도 한다. 당대 영화인들 중 일부는 발성영화 시대로의 전환이 '조선적인 것'을 드러내는 조건인 것처럼 주장하기도 한다.

그러나 발성영화로의 전환은 가속화되기에 이른다. 주지하듯, 그 무렵 세계영화계는 각 나라의 독특한 '민족어'에 대한 이해 부족의 문제에 봉착한다. 민족어를 사용한 영화는 해당 언어를 공유하는 언중에게 메시지 전달이 용이하다는 측면이 있는가 하면, 다른 한편으로 영화의 수출입 과정에서 이전에 없던 고민을 양산한다. 다시 말해 민족어가 해석되는 배경으로서 "민족문화"를 다루는 문제가 중요하게 부각된 것이다.[45] 이러한 맥락에서 조선의 풍경으로 즉물화되는 '조선적인 것'의 이미지는 민족어의 사용과 더불어 '낯선 개성'을 판매하는 가능성으로 해석되기 시작한다.[46] 이로부터 나운규 등으로 대표되는 기성세대의 활극 중심 제작 관습, 공연 중심 상영 문화와는 구별되는 새로운 전환의 계기가 탐색된다.[47] 결과적으로 조선만의 향토성과 서정성을 찾는 담론은 발성영화의 출현과 더불어 더욱 확산되었다고 볼 수 있다. 『영화조선』은 그러한 시대적 전환기에 중층적인 해석을 가능케 하는 '조선적인 것'에 대한 담론을 보여준다는 점에서 시사적이라고 할 수 있다.

이때 눈여겨 봐야 할 점은 조선영화에 대한 혼성성[48]이 일본이라는 식

44 김현식, 「바바의 해체주의적 파농 읽기에 대한 비판적 논고」, 『중앙사론』 46, 중앙대 중앙사학연구소, 2017, 425면.

45 최장, 「조선영회기업론」, 『조선영화』 1집, 1936, 34면.

46 이화진, 「식민지 영화의 내셔널리티와 '향토색' – 1930년대 후반 조선영화 담론 연구」, 『상허학보』 13, 상허학회, 2004, 370면.

47 문재철, 앞의 글, 134면.

민지 상황보다는 독일로 대표되는 유럽과 미국 할리우드와의 관계에서 형성된다는 것이다. 특히 '조선적인 것'의 성격화 과정은 일본과의 비교가 아니라, 서구의 응시로부터 진행된다. 향토성이 할리우드를 비판하는 형식적 대안으로 제시된다는 점도 특기할 만하다.[49] 한편으론 할리우드에 반하는 차별성 확보를 논하면서도, 최종지향점이 할리우드 중심의 세계 영화계라는 점은 주목을 요한다. 당대 젊은 영화인들 내면에 스스로를 소외시키는 혼성성의 균열이 감지되기 때문이다.

『영화조선』에 등장하는 '조선영화'에 대한 혼성성의 욕망이, 외관상 긍정적인 결과로 나타난 사례가 〈춘향전〉이라고 할 수 있다. 조선 최초의 발성영화로 알려진 〈춘향전〉의 성공과 이후 〈나그네〉의 흥행은 세계영화계를 향한 인정투쟁의 장에서 자신감을 얻는 변곡점이 된 것으로 보인다. 그들 영화를 이유로 젊은 영화인들은 '조선영화'가 이색적인 판매상품으로 세계 무대에서 소비될 수 있다는 상상을 하게 된다.[50] 흥미로운 것은, '조선적인 것'을 소재화했다고 볼 수 있는 일본영화 〈반도의 무희〉가 흥행에 실패하면서 조선의 정경만을 보여주는 것으로는 성공할 수 없다는

48 호미 바바가 도입한 "문화적 혼성성"은 피식민자들이 지배국가의 이데올로기에 완전히 동화되지 않고 정형에서 미끄러져 끊임없이 분열되는 것을 의미한다. 이때의 분열은 지배문화에 대한 저항과 순응 모두에서 드러난다. 다시 말하면 피식민지에서 지배문화와 피지배문화는 동화되지 않고, 여러 모양으로 충돌하면서 동시에 겹쳐진다. 이 과정 속에서 "경계선적 상황"이 출현한다. 이렇게 출현한 "제3의 공간"에서 서로 다른 문화들은 전이되고 새로운 문화로 나타난다. 결국 '혼성성'이란 문화 간 동질화의 불가능성을 지칭하는 동시에 불균질한 권력관계로 성립되어 끊임없이 분열되고 불안정을 일으키는 속성을 의미한다(호미 바바, 나병철 역, 『문화의 위치』, 소명출판, 2018, 37~38면).

49 홍효민은 조선의 영화가 할리우드의 형식을 따라가는 것을 비판하며 소련의 영화 제작을 근거로 삼기도 한다(홍효민, 「근대문명과 영화예술-(한개의 단상을 중심으로)」, 『영화조선』, 24면).

50 임다함, 「1930년대 후반의 조선영화가 그린 「조선다움」의 의미-영화 『나그네』(1937)를 둘러싼 논쟁을 중심으로」, 『일본언어문화』(44), 한국일본언어문화학회, 2018, 258면.

사례도 공존한다는 사실이다. 그로부터 '조선인의 시각과 의식'으로 조선의 정경을 담아야 한다는 논리가 구체화된다. 여기서 유념할 것은, 세계영화계로의 편입을 향한 열망, 일본 영화에 대한 질투와 극복의 의지, 대타적 위치에서 존재감을 인정받으려는 욕구 등이 『영화조선』 속 다양한 비평문에 이미 편재한다는 사실이다.

부연하면 『영화조선』에 두드러지는 '조선적인 것'에 관한 담론은 조선영화계의 자본과 산업적 기초를 쥐고 있던 일본에 대한 '질투/거부'를 미묘하게 깔고 있다.[51] 또한 세계영화 '주류', 곧 기술적·미학적 전범에 해당하는 서구 영화에 대한 '모방/단절'의 모순적 욕망을 암시한다. 다른 관점에서 보면, 『영화조선』 필자 상당수는 '조선인'이자 '조선의 영화인'으로서 이중의 피식민 상태에 놓여 있었다. 그들은 서구와 일본의 영화산업과 그 내부에서 생산된 동질화가 불가능해 보이는 '차이'에 의해 타자화되는 존재였다. 즉 일본에 의해 주도되는 영화산업에 비춰볼 때 조선의 영화인들은 '외부인'이면서 동시에 '내부인'인 모순적인 상황에 놓여 있었다.[52] 특히 일본 유학파 조선영화인들은 '서구 영화–일본 영화–조선영화' 간의 상상적 위계 아래 성립된 담론과 권력에 대하여 '대타적' 강박을 가질 수밖에 없었다. 그래서 일본 유학파 영화인들을 중심으로 일어난 '조선적인 것'에 대한 담론은 기성세대를 비판하는 무기이자 대안의 성격이면서,[53] 한편으론 극복할 수 없는 벽 앞에서 발명된 정신적 도피의 흔적이기도 하다.

51 함충범, 「식민지 조선영화와 일본인의 관계 양상 연구」, 고려대 박사논문, 2019, 55면.
52 김지영, 「조선적인 것의 변주, 그 속에 감춰진 식민지 지식의 내면–장주혁의 일본어 소설을 중심으로」, 『한국현대문학연구』 39, 한국현대문학회, 2013, 78면.
53 문재철, 앞의 글, 142면.

결국 젊은 영화인 내면에 자리한 불균질한 욕망은 영화 제작에 있어서 경제적 문제를 해결해야 한다는 현실 조건과 섞이면서 문제적인 '조선영화' 담론장을 탄생시키기에 이른다. 여기서 '문제적'이라고 표현한 것은 두 가지 이유에서다.

첫째, 조선인 관객을 충분히 확보하기 위한 전략에서 왜곡이 일어나게 된다. 발성영화를 찬성하든 반대하든, 『영화조선』의 필자들의 결론은 대부분 '조선적인 것'의 추구였다. 김유영金幽影[54]의 경우 발성영화의 제작을 옹호하며, "『올-토키』라야 되겟다는 선입견만 가지고 『토키』니 『무성』이니" 할 것이 아니라 오히려 "외래의 것을 수입해 가지고 우리의 것으로 소화"하는 것이 중요하다고 말한다. 서광제徐光霽의 경우 발성영화를 반대한다. 그러나 그 근거는 경제보다는 조선적인 것으로 대표되는 예술성에 토대를 둔다. 말하자면 미국이 발성영화를 제작하지만 유럽에서는 "아즉도 무성판이 많이 제작"됨을 근거로 들며 무성영화의 예술성이 결코 떨어지는 것이 아님을 옹호한다.[55] 흥미로운 것은 '조선적인 것'의 귀결이 향토영화라는 점이다. 그가 향토영화의 제작을 주장한 이유는, 인구의 대다수를 차지하고 있는 농민을 관객으로 끌어 모으고자 했기 때문이다. 이는 예술성과 실리를 모두 획득하기 위한 방법이었다. 다음 김성춘의 주장은 향토영화 제작의 이유를 보다 선명하게 드러내고 있다.

54 김유영은 영화감독이자 비평가로서 활동하였다. 그는 1928년 〈유랑〉을 통해서 감독으로 데뷔하였다. 영화에 입문함과 함께 카프(조선프롤레타리아예술동맹, KAPF)에서 활동하였던 김유영은, 카프 1차 검거(1931) 시기까지 조선 계급영화운동의 중심에 있었다(이효인, 「카프의 김유영과 프로키노 사사겐주(佐元十) 비교연구-프롤레타리아 영화운동론을 중심으로」, 『영화연구』(57), 한국영화학회, 2013, 325면).

55 「영화인 좌담회」, 『영화조선』, 52~53면.

우리 구미에 맞는 향토영화를 제작하는 것이 조선영화 발전 상에 있어서 제일 주요한 문제라고 생각하는 바이다. (…중략…)

그리고 일즉히 외국영화에서도 보왓지만 외국영화도 그 초기에 있어서는 향토영화, 또는 건설영화에 주력하엿음을 뚜렷이 엿볼 수가 잇지 안는가? 우리가 향토영화를 제작함에 주로 착안하는 그 점은 농민과 접간하야써 영화에 대한 보급화 또는 농민생활을 이상화하려는 이것이라고 보겟다.

김성춘은 향토영화를 크게 두 가지의 이유에서 옹호한다. 우선은 "우리 구미에 맞는" 영화의 필요성이며, 그 다음으로는 "영화에 대한 보급화 또는 농민생활을 이상화"하기 위한 목적에서이다. 1930년대에 조선에서 농민의 비율은 전체 인구의 80%를 차지하고 있었다. 물론 김성춘은 농촌을 배경으로 한 향토영화 제작이 조선 민중 대부분을 구성하는 농촌과 농민의 삶을 부각시켜야 한다는 단순 목적에 기인하지 않는다고 말한다. 영화 보급이라는 표현을 썼지만, 흥행의 측면에서 그들을 관객으로 유입시킬 수 있느냐가 현실적으로 매우 중요하다는 판단을 드러낸다.[56] 따라서 '조선적인 것'의 정수로서 향토영화 담론은 순수한 민족애의 발로라고 규정하기 어렵다.

둘째, 안정적인 수출 경로를 확보해 제작비 증가를 감당할 목적에서 찾은 출구가 '조선영화'라는 점도 문제적이다. 여기서의 '조선영화' 속 향토색은 상품으로 팔릴 만한 "타자성의 형식"[57]이 된다. 실제로 발성영화 전

56 任ダハム, 「1930年代後半の朝鮮映画が描いた「朝鮮らしさ」の意味－映画『ナグネ(旅路)』(1937)をめぐる論争を中心に」, 『일본언어문화』 44, 한국일본어문화학회, 2018, 236면.
57 호미 바바, 앞의 책, 162면.

환 이후 일부 영화 속 조선 풍경은 '바깥'의 응시에 의해 굴절된 이국적이고 원시적인 공간으로 변질되어 가게 된다.[58] 다시 말하면 조선영화에서의 '조선적인 것'은 판매를 위한 낯선 공간으로 탈성화 내지 "상대적 탈영토화"의 운명을 맞는다.[59] 그렇게 보면 『영화조선』 속 '조선영화'에 대한 지향은, 의식적으로 의도하진 않았지만 일본인의 식민자적 시선과 우월자의 욕망에 부응하는 방식[60]의 영화 만들기와 관련된다. 가장 유력한 수출창구가 일본이었기 때문이다.

『영화조선』에 나타난 '조선적인 것'의 추구가 불완전한 대타족 욕망의 산물이라는 사실은 다른 관점으로도 확인 가능하다. 『영화조선』에 나타난 '조선영화'에 대한 예술적·미학적 차원에서의 욕망을 살펴보면, 이데올로기적·정치적 맥락과 연결되는 것을 자주 목격할 수 있다. 특히 홍효민洪曉民의 다음 글은 미국과 소련 사이, 더 정확히는 미국영화와 소련영화 사이에서 영화 제작 방향에 관한 절충적 대안을 찾으려는 시각을 분명히 드러낸다.

> 그러므로 영화는 오늘날 시대적 문제인 것은 물론이요 봉건사회가 자본주의사회를 낳게 하고 자본주의 사회가 로동자 농민게급을 낳게함과 같이 근대적 물질문명이 아메리카적 영화로 낳게하였고 소비에-트적 영화로 낳게 한

58 任ダハム, 앞의 글, 262면.

59 고현철, 「탈식민주의 문화전략과 패러디의 상관성 연구」, 『한국문학 논총』 36, 한국문학회, 2004, 8면.

60 이러한 영화 제작 욕망은 동시기 유니버셜 스튜디오가 '이집트 미이라'를 소재화할 때의 욕망과 결과적으로 같은 방향을 향해 나아간다(안승범, 「유니버설 클래식 호러 〈미이라〉 시리즈에 대한 탈식민주의적 일고찰-초창기 미이라 캐릭터의 활용 양상」, 『영화연구』(76), 한국영화학회, 2018, 79면).

오늘의 이른 것이다.

(…중략…) 그러나 오직 한 개에 남은 문제는 아메리카에의 한 문명 그대로 근대문명의 연장인 근대문명의 종합적 표현이오 호사하고 경쾌한 다시 말하자면 명랑성을 띄는 아메리카라는 찬사를 올리어 아메리카 영화 제작에 잡은 바 태도이겟는가? 혹은 맑스 철학에 의하야 움즉이는 가장 력학적, 통제적, 계획적의 소비에-트 영화재작의 또는 감상을 갖이야하겟는가? 하는 데에 있는 것이다.

그렇다고 신흥소연은 신흥이라고 하여서 모-든 것이 반듯이 좋다고하는 맹목적 태도와 아메리카는 낡은 것이라고하야 그대로 이것도 맹목적으로 대척한다고 하면 이것은 군맹점상이상의 잘못한 편견일 것이다.[61]

홍효민은 미국과 소련영화의 특징을 나름대로 정확하게 진단하고 있었다. 그에게 '조선적인 것'의 추구는 양자의 가능성을 제3의 방식으로 부분 수용하는 것으로 통했다. 순수하게 보면, 미국과 소련영화에 대한 창조적인 상호텍스트적 참조는 '조선적인 것'의 형식적 완성도를 높이려는 목적이었을 수 있다. 조선영화의 경제적 · 산업적 · 미학적 현실에 대한 대타적 재인식 과정에서 자구책을 발견한 것이다. 그러나 세계영화계로의 편입과 '조선적인 것'의 추구가 이율배반적이란 점은 그에게서 간과되고 있다. 미국과 소련영화의 장점을 균형적으로 수용하자는 주장은 낙후된 영화산업 환경에 갇힌 가난한 피식민자의 열등감을 비약적으로 은폐하는 주장인지도 모른다.

『영화조선』의 창간호가 발행되고 하루 뒤인 1936년 9월 2일, 할리우드

61 홍효민, 앞의 글, 24면.

영화감독인 조셉 폰 스턴버그Josef von Sternberg가 조선에 방문한다. 이때 조선영화주식회사 창립 회원들은 스턴버그를 만날 수 있는 기회를 얻는다. 그러나 그들이 할리우드의 제작 시스템을 배우긴 쉽지 않았을 것이다. 당시로선 획기적인 50만 원의 자본금으로 탄생한 조선영화주식회사조차 동향과 동문 등에 기반해 전근대적 운영을 하고 있을 때였다.[62] 그럼에도 스턴버그를 만난 후 일부 영화인들은 조선적인 색채를 앞세운다면, 자본, 기술의 부족을 넘어 세계영화계의 인정을 받을 수 있을 것이라는 자기애적 상상에 빠져든다.[63] 이처럼 당대 영화인들은 '조선인이 보는 영화'와 '조선을 보여주는 영화' 사이에서 방황하며 비관론과 낙관론을 오간다. 그 연장선에서 돌이켜보면, 『영화조선』은 이중의 피식민자[64]였던 당시 조선영화인들의 대타적 욕망을 적나라하게 보여준 텍스트였다고 할 수 있을 것이다.

4. 『영화조선』, 혼성성의 담론장

이 글은 내용적 가치에도 불구하고 그간 독자적으로 조명받지 못한 『영화조선』 창간호를 연구한 데 의의가 있다. 『영화조선』에 실린 모든 글을 연구대상 삼아 1930년대 조선영화계의 형편을 살피면서 당대 영화인들의

62 위정혜, 「식민지 엘리트의 '상상적 근대'」, 『한국극예술연구』 49, 한국극예술학회, 2015, 24면.

63 이화진, 「스턴버그(Josep von Sternberg)의 경성 방문(1936)과 조선영화계」, 45~46면.

64 일본 혹은 일본영화 산업으로부터는 직접적·수동적 식민상태였다면, 미국 혹은 할리우드로부터는 문화적·자발적 식민상태에 가까웠다고 할 수 있다.

'조선적인 것'을 둘러싼 담론을 심층적으로 이해하고자 했다. 그들은 영화가 서구로부터 출발했고, 기술적인 산물이며 영화의 제작과 완성이 자본에 크게 좌우된다는 사실을 분명하게 인식하고 있었다. 『영화조선』의 필자들은 이를 해결하기 위한 구체적이고 실천적인 방안으로 두 가지를 제시한다. 하나는 영화의 기업화였으며, 다른 하나는 '조선적인 것'을 담은 향토영화의 제작이었다.

그러나 『영화조선』의 필자들이 서로 다른 관점에서 다룬 '조선적인 것'의 내용엔 1930년대 젊은 영화인의 불완전한 대타적 욕망이 잠재되어 있었다. 그러나 『영화조선』의 필자들이 서로 다른 관점에서 다룬 '조선적인 것'의 내용엔 1930년대 젊은 영화인의 불완전한 대타적 욕망이 잠재되어 있었다. '타자의 형식'으로서 조선영화에 대한 추구는 세계영화계로의 편입을 향한 열망과 자본의 한계를 넘어서기 위해 내수 시장을 확보하고 일본 등으로 수출의 활로를 찾으려는 욕구 등이 착종된 결과물이었다. 종합하면, 당대의 조선영화인들은 세계영화계 내에 위치되는 상상을 숨기지 않았지만, 열악한 제작 환경에 억눌린 피식민자의 정체성 사이에서 문제적 '혼성성'의 영역을 드러내고 있었다. 그들이 서구로부터의 인정과 그에 대한 저항이라는 이율배반적 욕망을 자각하지 못한 채 '조선적인 것'의 예술적 가치를 논하는 과정은 시사하는 바가 크다 할 것이다.

참고문헌

기본자료

『영화조선』 창간호, 영화조선사, 1936.

단행본 및 논문

고현철, 「탈식민주의 문화전략과 패러디의 상관성 연구」, 『한국문학 논총』 36, 한국문학회, 2004.

김남석, 「〈반도의 봄〉의 미장센 분석-조명의 역할과 기능을 중심으로」, 『현대영화연구』 31, 현대영화연구소, 2018.

_____, 「1930년대 '경성촬영소'의 역사적 변모 과정과 영화 제작 활동 연구」, 『인문과학연구』 33, 2011.

김남석, 「1930년대 후반 『삼천리』에 나타난 영화 담론 연구」, 『우리어문연구』 43, 우리어문학회, 2012.

김승구, 「1920년대 할리우드 영화에 대한 식민지 관객의 반응」, 『정신문화연구』 33(4), 한국학중앙연구원, 2010.

김영애, 「박루월 소설 연구」, 『한국문학이론과 비평』 17(4), 2013.

김유미, 「김화랑의 여성국극 작품 연구-〈백년초〉를 중심으로」, 『한민족문화연구』 28, 한민족문화학회, 2009.

김종원, 「영화잡지의 역사 1919~1978-연속사진 시대의 녹성에서 영상시대까지」, 『공연과리뷰』 20(4), 2014.

김지영, 「조선적인 것의 변주, 그 속에 감춰진 식민지 지식의 내면-장주혁의 일본어 소설을 중심으로」, 『한국현대문학연구』 39, 한국현대문학회, 2013.

김현식, 「바바의 해체주의적 파농 읽기에 대한 비판적 논고」, 『중앙사론』46, 중앙대 중앙사학연구소, 2017.

문재철, 「1930년대 중반 조선영화 미학의 변화에 대한 연구」, 『영상예술연구』 10, 2007.

백문임, 「임화(林和)의 조선영화론-영화사의 좌표와 "예술성과 기업성"의 변증법을 중심으로」, 『대동문화연구』 75, 성균관대 대동문화연구, 2011.

_____, 「조선영화의 존재론-임화의 「조선영화론」(1941)을 중심으로」, 『상허학보』 33,

상허학회, 2011.
서은경, 「예술(영화)잡지 『녹성』 연구」, 『현대소설연구』 56, 한국현대소설학회, 2014.
안숭범, 「유니버설 클래식 호러 〈미이라〉 시리즈에 대한 탈식민주의적 일고찰-초창기 미이라 캐릭터의 활용 양상」, 『영화연구』(76), 한국영화학회, 2018.
위정혜, 「식민지 엘리트의 '상상적 근대'」, 『한국극예술연구』 49, 한국극예술학회, 2015.
이순진, 「1930년대 영화기업의 등장과 조선의 영화 스타」, 『한국극예술연구』 (30), 한국극예술학회, 2009.
이용관·이지윤, 「영화신체제 전환기 조선영화의 이정표-〈반도의 봄〉에 드러나는 조선-일본-서구의 관계를 중심으로」, 『영상예술연구』 18, 영상예술학회, 2011.
이현경, 『한국 근대 영화잡지 형성 연구』, 고려대 박사논문, 2012.
______, 「한국 근대 영화잡지 『문예영화』 연구」, 『한국전통문화연구』 21, 한국전통문화대 한국전통문화연구소, 2018.
이화진, 「식민지 영화의 내셔널리티와 '향토색'-1930년대 후반 조선영화 담론 연구」, 『상허학보』 13, 상허학회. 2004.
______, 「스턴버그(Josef von Sternberg)의 경성 방문(1936)과 조선영화계」, 『대중서사연구』 22(1), 대중서사학회, 2016.
______, 「영화를 읽는 시대의 도래, 영화시대(1939~1949) -한국 근대 영화잡지와 토착적 영화 문화」, 『한국극예술연구』 63, 한국극예술학회, 2019.
이효인, 「카프의 김유영과 프로키노 사사겐주(佐元十) 비교연구 -프롤레타리아 영화운동론을 중심으로」, 『영화연구』(57), 한국영화학회, 2013.
임다함, 「1930년대 후반의 조선영화가 그린 「조선다움」의 의미 - 영화 『나그네』(1937)를 둘러싼 논쟁을 중심으로」, 『일본언어문화』(44), 한국일본언어문화학회, 2018.
임 화, 「조선영화발달소사」, 『삼천리』, 1941.
최 장, 「조선영회기업론」, 『조선영화』 1집, 1936.
최정온, 「할리우드 영화의 조선적 전유로서의 영화소설-잡지 『녹성』을 중심으로」, 『비교문학』 73, 비교문학회, 2017.
하승우, 「1920년대 후반~1930년대 초반 조선영화 비평사 재검토」, 『비교한국학』 22(2), 국제비교한국학회, 2014.
한국영상자료원 영화사연구소, 『일본어 잡지로 본 조선영화』 1, 한국영상자료원.

함충범, 『식민지 조선영화와 일본인의 관계 양상 연구』, 고려대 박사논문, 2019.
호미 바바, 나병철 역, 『문화의 위치』, 소명출판, 2018.

任ダハム, 「1930年代後半の朝鮮映画が描いた「朝鮮らしさ」の意味 －映画『ナグネ(旅路)』(1937)をめぐる論争を中心に」, 『일본언어문화』 44, 한국일본어문화학회, 2018.

『삼사문학』의 아방가르드 구현 양상 연구

박주택

1. 『삼사문학三四文學』의 미적 방향과 아방가르드

아방가르드 예술은 고한용의 「짜짜이즘」『개벽』, 1924.9을 통해 다다이즘이 소개되고 일본의 초현실주의 시인인 다카하시 신키치高僑新吉와의 개인적 교우에 의해 그 서막이 열렸다고 할 수 있다. 고한용이 다카하시 신키치와의 친분은 「서울 왓든 짜짜이스트의 이약이」『개벽』,1924.10와 같은 글에서도 드러나는 것으로 이는 아방가르드가 일본 문단과의 연관성을 제시하는 것이었다. 일본의 다다이즘의 수용은 서구의 영향에 힘입은 바가 크고 1920년 전후 '지知'의 문학과 프롤레타리아 문학의 내용, 형식 논쟁을 거치면서 예술의 자율성을 강조하는 '신감각파'가 등장한 것은 낭만주의와 사실주의 그리고 자연주의 문학을 극복하는 새로운 사조를 예고하는 것이었다. 근대 주체로서의 일본은 제국주의적인 일본인의 표상에 대해 서구 이식에 대한 반성적 기제를 민족적 특성인 '국수國粹, nationality'와 '유럽 문화'와의 융합을 내세우며 문명과 과학에 대해 감수성을 드러내는 것이었다.[1] 우리 근대문학은 일본의 근대문학과의 교섭을 통해 전개되었고 『태서문예신보』와 이하윤을 비롯한 김진섭, 손우성 등 '해외문학파'의 서구문학 도입에 의해 그 발전 과정이 형성되었다고 볼 수 있다.

아방가르드가 우리 문학에 끼친 영향은 방법적 형식뿐만 아니라 관념을 바꿔놓는 획기적인 것이었다. 이미 러시아의 포말리즘적인 낯선 형식de-familiarization과 소쉬르의 기표와 기의에 관한 기호학적 이론이 일본문학에서 그 실험적 가치를 평가받았고, 서구문학 역시 프로이트에 기초한 인간 심리 영역을 탐구한 것[2]은 우리 근대문학의 수용 측면에서 중요한 영향력을 발휘했다고 할 수 있다. 그러나, 서구문학이 이성과 과학을 배격하는 문명사적 토대 위에 세워지고, 일본이 근대 일본 정신 내지는 근대 주체를 찾아가는 과정에서 발생한 것이라면, 우리의 아방가르드는 문명에 따른 정신사를 생략한 채 방법만을 모방한 한계를 드러내는 것이었다. 그럼에도 불구하고, 이상李箱과 『삼사문학三四文學』이 보여준 것은 동시대 문학의 적대적 태도를 뛰어넘으며, 주체와 대상 사이에서 '새로운 보기'에 의해 '새로운 사유'를 꾀하는 것이었다.

서구에 있어 아방가르드는 비단 문학에 그치는 것이 아니라 예술 전반에 걸친 전위적인 운동의 성격을 띠는 것이었다. 그 어원적 의미가 제기하듯 전위前衛는 '앞으로 나아가는 것'으로 과거주의와 결별하는 미래주의였다. 다시 말해, 과거의 미학에 투쟁적 성격을 지니면서 대중성과 비대중성

1 亀井秀雄, 김춘미 역, 『明治文學史』, 고려대 출판부, 2006, 143~148면.
2 Andre Breton, 황현산 역, 『초현실주의 선언』, 미메시스, 2012, 65면.

사이에서 새로운 예술을 선도하는 실험적 성격의 예술로서 문학에 있어서는, 문자적 관습을 넘어 인간의 사유를 과격하게 보여주는 '모호성과 혼란스러운 복합체를 형성할 수밖에 없'었다.[3] 아방가르드가 '추상예술' 내지는 '급진적인 수사학'을 보여주고 있다는 사실은 이성과 문명에 대한 통렬한 반성이 제1차 세계대전의 상흔으로 남아있고, 신의 죽음을 목격한 이후 허무와 소외에 놓여 있었기 때문이다. 아방가르드가 종래의 예술적 인식에 이의를 제기하며 인식 지평을 확대하고자 하는 것은 무정부적인 실험을 도모하는 것이었다. 이런 점에서 아방가르드는 성상 파괴주의적이다. 이는 이상李箱이 「오감도」를 『조선중앙일보』1934.7.24~8.8에 발표하면서 대중들에게 비난을 받고 연재가 중단된 사실에서도 확인되듯이 시에 대한 관습적 우상을 공격하는 것이었다. 아방가르드는 그 반과거적 성격과 예술적 관습과의 투쟁적 성격으로 인해 정치적 성격으로 변모할 가능성을 지닌다. 앙드레 브르통이 공산당에 가입하여 『혁명에 봉사하는 초현실주의』1930 잡지를 창간한다든지 「초현실주의 정치적 입장」1935과 트로츠키와 공동으로 「독립 혁명 예술」1938 저작하거나, 그의 말년이라고 할 수 있는 1960년 블랑쇼와 함께 알제리 전쟁에 반대하고 불복종을 호소한 「121인의 선언」을 작성한 것[4]은 이를 잘 예증하는 것이라 하겠다. 임화, 김화산, 니콜라이 김(박팔양), 유완희, 오장환 등이 초기에 다다이즘인 시를 쓰다 유물론적 정치성을 띤 것도 이와 무관하지 않다.

1934년 9월에 창간된 『삼사문학』은 6호까지 발간되었으나 일본에서 발간된 6호는 그 전모가 전해지지 않고 있다. 『삼사문학』은 연희전문 출

3 Renato Poggioli, 박상진 역, 『아방가르드 예술론』, 문예출판사, 1999, 18~23면.
4 위의 책, 283~285면.

신이었던 신백수, 이시우 등이 주축을 이루며, 다다이즘과 초현실주의적 성격의 문학을 띠며 실험성을 담지하고 있으나, 이들이 아방가르드 문학을 본격적으로 수용하고 있다고 보기는 어렵다. 아울러 『삼사문학』이 지닌 종합지적 성격을 외면하고 '동인지' 혹은 '동인'으로 일컫는 것에 대해서는 재고가 필요하다. 그간 초현실주의 시론과 시에 대한 면밀한 검토 없이 단지 『삼사문학』이 이상을 추종하고 당시 새로운 시를 쓰고자 했다는 점에서 초현실주의 시라고 부를 수 있는가에 대해서는 심도 있는 논의가 필요하다 하겠다.

이 글은 이와 같은 전제를 바탕으로 『삼사문학』에 나타난 미적인 방향과 아방가르드가 지향하는 예술관이 어떻게 구현되고 있는지를 살펴보고자 하는 데 그 목적이 있다. 이를 위해 먼저 다다이즘과 초현실주의 선언을 살펴보고 그 선언에 나타난 예술관이 『삼사문학』에 어떤 양상으로 반영되었는지를 수용적 측면에서 논의할 것이다.

2. 아방가르드 선언문에 나타난 예술관

1) 다다이즘의 혁명성과 초현실주의의 자유 정신

1916년 7월 14일 스위스 취리히에서 처음으로 다다이즘의 밤이 열린다. 이 밤에서 트리스탄 짜라는 「안티피린 씨의 선언」을 낭독한다. 이 선언에서 다다는 "자유롭지 않기 때문에 자유를 외치고, 원칙도 필연성도 없는 준엄한 필연성이며, 그렇기 때문에 인류에게 침을 뱉는다"[5]고 말하며 예술을 하나의 유희로 취급하며 엘리트와 부르주아를 공격한다. 1918

년 3월 취리히에서 읽히고 1918년 『다다』지에 실린 「1918년 다다 선언」에서는 '최고의 단순성 — 새로움 — 이라 할 수 있는 충격을 예술에 부여함으로써 사람은 유희에 대해 진실할 수 있고, 다다는 관념을 축출하는 어휘로 아무것도 의미하지 않는 예술'[6]이라고 선언한다. 여기에서는 정신분석학이 부르주아 계급을 조직화하고 변증법 또한 기계로서 진부한 의견을 이끌고 있다면서 객관성과 조화를 이루는 과학과 도덕을 부정한다.

> 모두들 외쳐라, 우리가 완성해야 할 파괴적이며 부정적인 대사업이 있다고! 깨끗이 소제하고 청소하여라! 광기, 공격적이며 완벽한 광기의 상태, 또한 여러 세기를 찢고 부수는 산적들의 손아귀에 매달린 이 세계의 광적 상태가 있은 다음에야, 개인의 결백이 입증되는 것이다. 목적도 계획도 없이, 또한 기구조차 없는 제어할 수 없는 광기 — 해체이다.[7]

다다는 '편리한 타협과 예절의 순결한 성性, 방법의 인식, 논리, 모든 가치관과 사회적 등식, 고고학, 예언자의 패기, 미래의 폐기' 등을 주장하며 '고통의 울부짖음, 상반되고 모순된 전체, 기괴함과 자가당착의 뒤얽힘'을 선언한다.[8] 이는 우연성과 비합리성에 근거를 둔 독해의 허무함과 무

5 Andre Breton · Tristan Tzara, 송재영 역, 『다다, 쉬르레아리슴 宣言』, 문학과지성사, 1987, 11면.

6 이후 다다 선언은 1919년 4월 8일 「편견 없는 선언」, 1920년, 2월 5일 「반철학자 aa씨의 선언」, 1920년 2월 19일 「트리스탄 차라」, 1920년 5월 22일 「반철학자 aa씨가 우리들에게 이 선언을 보낸다」, 1920년 12월 12일 「연약한 사랑과 씁쓸한 사랑에 대한 다다 선언」, 1920년 12월 19일 「어찌하여 나는 매력적이고 호의적이며 우아하게 되었는가」 등으로 이어진다(위의 책, 13~54면).

7 위의 책, 23면.

8 위의 책, 23~24면.

체계적인 일체의 회의를 동반하며 반인간주의적이고 반정신적인 역설 곧 역사를 추동해왔던 정신, 제도, 국가, 장르, 문자 등에 대한 일체의 단절과 부정을 통해 혁명적인 예술을 지향한다. 추상시, 음향시 그리고 퍼포먼스를 동반한 시낭송 등과 함께 "기사를 오려 푸대 속에 넣고 흔들다 다시 꺼내 순서대로 베껴라"며 "무한히 독창적이며 매혹적인 감수성을 지닌, 그러면서 무지한 대중에게 이해되지 않는 시인이 되라고"[9] 부추긴다.

다다가 "문학 유파가 아니다"[10]라고 선언하는 것은 다다가 결속을 통해 예술적 과제를 해결하고자 하는 것이 아니라, 각자의 자유와 다양성 속에서 활동하겠다는 것을 의미한다. "예술이란 연속적인 차이의 행렬이며 가변적인 힘을 순간적으로 나타내는 힘, 그것이 곧 작품이며 원인 모를 압력으로 생산되는 용량"[11]이기 때문이다. 이러한 다다이즘이 그 전위적 영향성을 초현실주의에 의해 흡수된 것은 1922년 무렵[12]이다.

초현실주의의 창시자라 할 수 있는 앙드레 브르통은 1916년 레지스의 『정신의학 상론』을 읽고 프로이트의 무의식에 관심을 갖는다. 이후 아폴리네르와 아라공을 알게 되고 1918년 아폴리네르의 유작 희극 『시간의 색깔』의 첫 공연에서 엘리아르를 만난다. 그리고 1919년 그의 나이 23세

9 위의 책, 45면.
10 위의 책, 50면.
11 위의 책, 76면.
12 이와 같은 근거로 앙드레 브르통이 초현실주의 제 2차 선언에서 다음과 같이 밝히고 있는 것에서 확인된다. "1922초 운동으로서의 '다다'가 청산될 무렵 우리들과 공동으로 활동하기에는 실제적인 면에서 더 이상 우리들의 의견을 같이할 필요성이 없다고 판단한 자라는 분명 우리들이 이 사실로 미루어 그에게 품고 있었던 극단적인 편견의 희생자가 될 수 있었던 것"이다(Andre Breton · Tristan Tzara, 앞의 책, 205~207면). 여기에서 브르통은 자라가 "인간을 탐구해야 한다. 그 이상은 아무것도 없다"라고 쓴 글을 회상시켜 주어야 한다며 자라에 대한 문학적 불만을 드러낸다.

때 필립 수포와 함께 초현실주의 최초의 작품인 『자기장磁氣場』을 펴낸 뒤, 1924년 그의 나이 28세 때 자신들의 미학적 원칙을 정의하고 이론적 저작을 계획으로, 앙드레 브르통의 「제1차 초현실주의 선언」이 그해 10월 『녹는 물고기』 뒤에 수록되어 발간된다. 이어 12월 초현실주의 기관지인 『초현실주의 혁명』의 창간호가 발간된다.[13]

하지만, 다다이즘 선언문이 짧은 글의 형태를 지니면서 연속적으로 문제를 제기하며 대중들의 관심을 사로잡으려는 혁명적 의지에서 비롯했다면, 이 선언문은 하나의 시론서의 성격을 띠는 것이었다. 이는 1929년에 발표된 「제2차 초현실주의 선언」과 1942년 「초현실주의 제3선언 여부에 붙이는 전언」도 마찬가지다. 다다가 팸플릿 정도의 분량으로 과거 예술에 대해 반기를 들고 미적 전복을 꾀하고자 했다면, 초현실주의 선언은 보다 완전한 이론적 결정체를 지니고 있었다. 입체파의 간딘스키, 달리, 마리네티 등의 동시주의同時主義, simultaneism적인 다면성과 속도 등과 같은 역동적인 감각을 주로 채택하고, 시간과 공간 속에서의 독특한 역동성을 받아들여, 1917년 볼세비키 혁명과 같은 정치적 전위운동을 한 미래파의 혁명적 전위성을 이어받은 다다이즘에 대해, 초현실주의자들은 이를 보다 광범위하게 대중들에 각인시키고자 했다.

즉 다다이즘이 전통적인 예술 향유층인 엘리트와 부르조아 계급들에 대해 조롱과 비판을 통해 혁명적인 예술을 꿈꾸며 기반을 확산시키고자 한 것에 비해, 초현실주의는 의식의 흐름이나 내적 독백과 같은 보다 확대된 시공간을 통해 종래의 기호記號와 결별을 꾀하고자 했던 급진적인 문학운

13 Andre Breton, 앞의 책, 281~282면.

동이었다. 「제1차 초현실주의 선언」이 '가장 위대한 정신의 자유'를 강조한 것은 지식과 진리, 진보에 대한 탐험이자, 이성에 대비되는 신비성과 환상, 꿈과 광기 그리고 불가사의에 대한 옹호였다. 초현실주의가 "마음의 자연 현상으로서 참된 움직임을 표현하는 것이고, 이성에 의해 어떠한 감독도 받지 않고 윤리적인 관심을 완전히 떠나서 행해지는 사고의 구술"[14]인 까닭이다.

브르통이 말하고 있는 마음의 자연 현상이란 의식을 떠난 무의식적 기록이다. 그는 "주제를 생각하지 말고 빨리 쓰고 마음이 시키는 대로 계속해서 쓰며, 속삭임의 그칠 줄 모르는 특성을 신뢰하라"[15]며 초현실적 마술의 특성을 말한다. 가짜 소설을 쓰는 방법에 대해서는 "어울리지 않는 거동을 하는 작중 인물이 나타나도록 하며 이 작중 인물은 작자가 관계할 아무런 필요성도 없다"[16]고 말한다. 이는 진짜 소설이 지니고 있는 정상성의 제형식과 제내용에 대한 반미학적 서술을 의미하는 것으로 "어떠한 계획도 갖지 않"은 사유의 해방만이 순수 정신에 이를 수 있다고 말하며 바로 이 점 때문에 "프로이트에 대해 감사해야 한다"[17]고 말하고 있다.

제1차 선언이 예술운동에 대한 새로운 정신의 혁명적 전위를 내세우고 있는 것에 반해 제2차 선언은 마르크스적인 계급성을 내세우며, 그간의 초현실주의운동에 대한 반성과 방향을 모색한다. 예컨대, 이 선언에서 브르통이 "예술의 구실 아래 혹은 반예술의 구실 아래 단순히 파괴만을 동기화하는 것이 아니라, 현재의 생활 속에 뿌리를 내려야 한다"고 했을 때

14 Andre Breton · Tristan Tzara, 앞의 책, 133면.
15 위의 책, 137면.
16 위의 책, 138~139면.
17 위의 책, 118면.

그것은 선언이 갖는 절대적인 교리와 정면으로 배치될 수 있는 까닭이다. 이는 초현실주의자들의 내분과 과오가 지적되어 소문을 퍼뜨리는 것에 대한 일종의 변론적 성격이 크다.[18] 이 선언에서 브르통은 "초현실주의를 파멸시킬 것이라고 주장하는 사람들의 유치한 반론에 굳이 답변할 필요성을 느끼지 않는다"면서 그들의 주장은 타성이며 제적除籍하고자 하는 욕망의 표현이라고 비난하며 헤겔의 다음과 같은 말을 인용한다.

"참다운 확신이란 무엇보다도 사회생활에서 생긴다."[19] 브르통은 헤겔적인 의미의 성실성을 '실제적 생활에 의한 주체적 생활의 침투로서의 역할'이라고 이해하고 사회생활의 외적 조건을 철저하게 변혁시킬 것을 주장하는 마르크스와 의욕의 낙관론적인 단정을 끌어낸 하르트만, 그리고 초자아sur-moi를 주장하는 프로이트가 서로 다른 길을 걷고 있지만, 초현실주의와의 관련성을 갖고 있을 것이라고 확신한다.[20] 확실히 제2차 선언은 제1차 선언에 비해 헤겔적이고 마르크스적이다. 그러나 이는 브르통도 지적하고 있듯이 의식과 무의식 그리고 부르주아와 프롤레타리아와 같은 이원론적 도식을 분식시키기 위함이다. 이것은 "초현실주의가 현실과 비현실, 이성과 몰이성, 숙고와 충동, 지식과 치명적인 무지, 유용성과 무용성 등 이러한 제개념이 사적유물론의 변증법과 유사한 경향"[21]을 나타내고 있다고 주장하는 데에서도 나타난다.

18 1926년부터 초현실주의 그룹은 내분을 겪게 된다. 아르트가 반감을 품고 브르통과 결별하고, 필립 수포는 저널리즘 활동으로 타락했다는 이유를 들어 브르통에 의해 축출된다. 또한, 데스노스와도 갈등 관계를 형성하고 1930년 브르통을 공격하는 비방문집인 『어떤 시체』가 발간된다. 여기에는 이탈하였거나 축출된 초현실주의자들, 데이노스, 레리스, 프레베르, 비트락, 모리즈 등이 비방문을 함께 실었다(Andre Breton, 앞의 책, 282~283면).

19 Andre Breton · Tristan Tzara, 앞의 책, 172면.

20 위의 책, 173면.

21 위의 책, 173~174면.

브르통이 사적유물론의 원칙에 동의하고 이데올로기의 문제에 천착하는 것은 초현실주의가 봉착한 실재와 현실의 문제를 해결하고자 함이었다. 이 과정에서 초현실주의자들의 의견이 나누어지고 소송과 성명聲明이 오간 것은 브르통의 공산당에 대한 우호적 태도와 초현실주의의 정치적 입장을 드러내는 것이었다. 이는 "노동자 계급의 열망을 표현하고 있는 문학과 예술이 현재에 있다고 생각하지 않는다"[22]는 견해에서도 나타난다. 조르주 바타이유가 초현실주의 그룹에서 이탈했던 데스 노스, 레리스, 랭부르, 마송, 그리고 비트락 등을 결속하고 있다고 비난하며 이들에 대해서도 "엄격한 규율을 싫어했던 사람들이 새로운 엄격한 규율에 얽매이고 있다"[23]고 비난하고 있는 것은 제2차 선언이 제1차 선언과 달리 변절과 축출, 항명과 소송 등 갈등 관계 속에서 방부防腐조치를 취하고자 하는 것이며, "한계를 극복하고 절망적으로나마 여전히 뻗어나가야만 되는"[24]절박함을 담고 있다.

2) 일본의 아방가르드 수용과 우리 근대문학

아방가르드가 일본에 활발하게 소개된 것은 『시詩와시론詩論』1928~1931에 의해서이다. 종래의 자유시의 타성을 비판하고 미래파, 다다이즘, 초현실주의 등 새로운 전위 예술을 도입한 이 잡지의 중심인물은 하루야마 유키오春山行夫이고, 안자이 후유에安西冬衛, 이이지마 타다시飯島正, 우에다 도시오上田敏雄, 키타카와 후유히코北川冬彦 등 10여 명이었다.[25] 창간호1928.9에

22 위의 책, 189면.
23 위의 책, 217면.
24 위의 책, 222면.
25 김윤식, 『이상연구』, 문학사상사, 1987, 273면.

실린 목록을 살펴보면 「미래파의 자유어自由語에 논함」神原泰, 「쥬르 로망에 관한 각서」飯島正, 「Test Surrealiste」루이 아라공, 上田敏雄 역, 「현대의 해외시단」外山卯三郎, 「프랑스에 있어서의 시의 현상」北川冬彦 등 해외 아방가르드 문학을 소개하는 글과 키타카와 후유히코, 우에다 도시오, 하루야마 유키오 등의 시가 실려 있다.[26]

일본의 근대문학은 중세적 질서가 강한 에도시대를 지나 근대국가의 변혁기인 메이지유신明治維新, 1868을 기점으로 서구화가 진행됨에 따라 기타무라 도고쿠北村透谷을 중심으로 낭만주의를 수용하고, 일본에 근대적 의미의 문학을 도입한 츠보우치 쇼요坪內逍遙에 의해 사실주의가, 시마자키 도손島岐藤村과 다야마 가타이田山花袋에 의해 자연주의가 도입되었다. 그런가 하면, 나카노 시게하루中野重治 등으로 하는 『문예전선』이 프로레타리아 문학을 주도하는 한편 탐미파, 백화파白樺派, 가와바타 야스나리川端康成 등의 신감각파, 『시詩와시론詩論』, 『사계四季』, 『역정歷程』 등을 중심으로 신흥예술파의 모더니즘과 아방가르드 문학 등이 주류를 이루고 있었다. 이것은 일본 근대문학이 서구의 문학을 받아들이는 데에 있어 우리 근대문학과 마찬가지로 유럽의 문예사조가 한꺼번에 유입되는 과정을 도정하는 것이었다.

일본문학은 단절과 지속, 저항과 창조라는 계보학을 이어 오며 장르와 형식뿐만 아니라 국어와 관련한 문장 개조론, 번역과 출판의 생산과 조건들의 문제, 지知의 내면화와 주체론에 이르기까지 광범위하게 전개되었다. 이 과정에서 일본은 '자기 본위의 능력을 외부로부터 외발적外發的으로 억지로 떠밀려 아무런 판단 기준도 없이 진행되어 온 근대화 과정을 비판'[27]

26 위의 책, 276~277면.
27 三好幸雄, 정선태 역, 『일본문학의 근대와 반근대』, 소명출판, 2002, 117면.

하며 "서양이라는 가면을 의장意匠 혹은 장식으로 아로새겼던 근대가 서구와 동질성을 획득하기 위해 근대를 모색하고 확립하는데 소홀히 하여 결국 주체로부터 배반당하여 '가장假裝한 근대'가 찢기고 말았다"[28]는 반성에 이르게 된다. 아방가르드의 문학은 가와바타 야스나리川端康成, 요코미츠 리이치橫光利一 등이 이끌던 신감각파의 잡지인 『분게지다이』1924를 발간하며 '가치판단의 반역을 내세우며 새로운 시대에 새로운 인식론을 수립'할 것을 주장한다. 1930년 신흥예술구락부新興藝術俱樂部는 일본 내에 오랫동안 문단을 형성하고 있던 마르크스주의에 반발하여 프루스트, 조이스, 말라르메와 같은 유럽 20세기 문학의 새로운 예술이론이나 작품을 잇달아 소개하고, 아베 도모지阿部知二의 「주지주의 문학론」1930과 이토 세이伊藤整의 「신심리주의 문학」1932등의 문학론을 『분가쿠』, 『시詩와시론詩論』 등에 소개하고 있다.[29]

우리 근대문학의 일본과의 관련성은 1924년에 이미 다다이즘이 고한용高漢容에 의해 해설이 시도되었고, 김창술이나 임화 등에 의해서 모작이 이루어졌다.[30] 이상李箱이 출현하기 전 이미 화단畫壇에서 입체파나 야수파의 기법이 수용되었고, 일본을 유학한 해외문학파 가운데는 표현주의에 대한 본격적인 논의를 펼치기도 하였다.[31] 이는 임화가 「폴테쓰派의 宣言」

28 위의 책, 192~206면 참조.

29 家永三郎, 연구공간 '수유+너머' 일본근대사상팀 역, 『근대일본 사상사』, 소명출판, 2006, 300~308면.

30 김용직, 『한국현대시사』, 한국문연, 1996, 372면.

31 이상과 일본문학과의 상관성은 그의 안상(案頭, 책상)에는 노상 『시(詩)와시론(詩論)』, 『文學』 등 일본 문단에서 신심리주의 문학 수용의 창구 역할을 한 잡지들이 꽂혀 있었다고 하는 증언과 橫光利一과 같은 심리주의 소설가를 이상이 언급하거나, 「날개」를 비판할 때 김문집이 쓴 다음과 같은 말도 참고할 필요가 있다. "이 정도의 작품은 지금으로부터 7, 8년 전에 신심리주의 문학이 구성한 동경 문단의 신인작단에 있어서는 여름의 맥과모자

이라는 글에서 서구 전위 예술의 일파인 보티시즘Vorticism을 소개하면서 미래파의 특징을 무선택, 역동성, 경과성經過性(단편의 묘사가 아니라 시간적인 진행-필자주)으로 들며 이 운동이 '광적이며 기기奇技하며 극히 추상적이고 국경과 민족을 초월하는 세계인적世界人的 과학에 의한 현재 이후의 미래주의Futureism'라고 정의한다. 그리고 이 "미래파의 예술에 대한 해석이나 논의가 종종 일본에도 있었으나 복잡과 몽롱에 극에 있다"[32]라고 말하며 노구치 요네지로野口米二郎의 「구주문단인상기歐洲文壇印象記」를 언급하고 있는데 무엇보다 우리의 아방가르드 문학은 앞서 언급한 것처럼 일본의 아방가르드 잡지인 『시詩와시론詩論』과 불가분의 관계였다는 것은 부인할 수 없다.

일본에서 주지주의 용어를 도입한 최재서 역시 「현대 주지주의 문학 이론의 건설」이라는 글에서 흄, 리차즈, 엘리오트, 리이드를 언급하며 "새로운 정신을 지시할 만한 표현상의 변화로 무의식적 태도"[33]를 언급하고 있다. 또한 「비평과 과학」에서 리이드를 '정신분석학의 발명을 응용하여, 문학창작의 과정을 분석하고 설명하는 동시에 가치판단에 과학적 규준을 주는 비평가'로 소개하며 리이드의 『정신분석과 비평』에 나타난 정신분석과 문학과의 관련성에 대해 언급한다. 이 과정에서 그는 프로이트를 언급하며 "무의식이란 자기 자신은 의식이 되지 않으면서도 정신 가운데에 보통 관념과 동일한 효과를 나타낸다"[34]며 융의 말을 소개하고 있는데[35]

같이 흔했다."(위의 책, 426~439면 참조)

32 김윤식 편, 『한국현대 모더니즘 비평선집』, 서울대 출판부, 1995, 1~9면(『매일신보』, 1926.4.4~11).

33 위의 책, 12~14면(『조선일보』, 1934.8.5~12).

34 위의 책, 24~27면.

35 융의 말을 옮기면 다음과 같다. "지능인의 무의식적 감정은 특히 환상적이어서 의식의 합리적 지능과는 흔히 기괴한 대조를 보인다. 의식적 사고의 합목적성과 통제성에 대하여 이 감정은 야만인의 감정과 같이 충동적이고 무통제하며 음참(陰慘)하고 비합리적이고 원시

이는 초현실주의와의 관련을 의미하는 것이었다. 이렇게 본다면 1920년대 중반에서 1930년대에 이르기까지 일본의 아방가르드 문학을 우리 근대문학에 수용하고 있음을 알 수 있다.

3. 『삼사문학』과 초현실주의와의 관련성

1) 『삼사문학』의 유파적 인식과 「절연絶緣하는 논리論理」

1930년대의 문예잡지[36]는 1930년 3월 5일 자로 창간된 『시문학』으로부터 출발한다. 박용철, 김영랑, 정지용, 이하윤, 신석정 등이 참여한 『시문학』은 카프에 대항하며 "한 민족의 언어가 어느 정도에 이르면 구어口語로서의 존재에 만족하지 않고 문학의 형태를 요구한다. 그리고 그 문학의 성립은 그 민족의 언어를 완성시키는 것이다"「편집후기」에서와 같이 순수한 정신에 바탕을 둔 언어와 민족어의 발견에 뿌리를 두고 있다. 해외문학파로 구성된 『문예월간』1931.11은 종합문예지로서 김진섭, 이하윤, 이헌구, 함대훈 등이 참여하는데 다음과 같은 이하윤의 창간사는 1930년대의 문학적 자각을 드러낸다. "이제 모든 문예운동은 세계를 무대로 하여 진전해 나간다. 일 개인 유파의 문학은 그것이 일 국민문학이 되기도 하는 동시에 또한 세계문학의 권내로 포괄되어야만 하는 것이다"라며 세계문학으로의 방향성을 분명히 한다. 이는 1927년 창간된 『해외문학』의 창간사에서 "무릇 신문학의 건설은 외국문학의 수입으로 그 기록을 비롯한다. 우리가

적이고 무정부적"이다.

36 최덕교 편, 『한국잡지백년』, 현암사, 2005, 330~379면 참조.

외국문학을 연구하는 것은 결코 외국문학 그것만이 목적이 아니요, 첫째 우리문학의 건설, 둘째로 세계문학의 호상互相 범위를 넓히는 데 있다"라고 하는 데에서도 알 수 있듯이 30년대 근대문학은 다양한 사조의 혼류 속에서 외국문학과의 관련성이 그 어느 때보다도 활발했음을 알 수 있다.

1930년대 문예잡지와 활동 사항을 살펴보면 다음과 같다. 먼저 『해외문학』 창간호에는 「표현주의 문학론」김진섭과 미래파의 연극인 마리넷치의 「월광」을 소개하고 있는데 이는 아방가르드 예술에 대한 소개와 번역이 일본이라는 여과 장치 없이 직접 원전原典을 모본으로 삼고 있다는 점에서 의의가 크다. 『문학건설』1932.12은 통권 1호에 그치고 있으나 한설야, 이기영, 이북명, 임화, 김기진, 권환, 안막, 권환, 이찬 등의 프로문학인이 그 중심을 이루고 있고 『문우文友』1932.12는 연희전문학교 문우지로서 박영준, 설정식, 이시우 등이 참여하고 있는데 후에 『삼사문학』에 참여했던 이시우의 시가 실려 있는 것이 있어 이시우의 문학적 경향과 행보를 살피는 데 중요한 단서가 된다.[37] 『삼사문학』이 발간된 1934년에는 『형상』, 『문학창조』, 『신인문학』 등의 잡지 발간이 있었고, 동경 유학생들이 중심이 된 문예잡지인 『창작』1935.11이 1937년 통권 3호로 종간되었다. 『탐구』1936.5는 종합문예적 잡지로 표지는 정현웅鄭玄雄이 맡았고 신백수의 소설 「무대장치」, 이시우의 평론 「비판의 심리」 등이 실려 있다.

이러한 1930년대 잡지 발간의 분위기 속에서 『삼사문학』은 1934년 9월 1일 창간된 문예지로서 1935년 12월 통권 6호로 종간되었다.[38] 『삼사

37 총각 때에 그가 그리던 아름다운 결혼의 꿈이 / 하나 둘 씩 모조리 깨어졌을 때와 같은 쓰디쓴 쓸쓸함을 / 옆에 누운 그의 처는 밤새도록 울고 있을 것입니다. 봉건(封建)의 깊은 방속에서 / 이도령을 그리며 자라나던 그이 처는 / (…중략…) 과도기의 젊은 부부는 오늘 저녁도 또 제각기 깨어진 꿈을 울며 새는 것입니다(이시우, 「過渡期의 젊은 夫婦」 부분).

문학』은 1920년대의 카프와 민족주의 문학 속에 그리고 30년대의 시문학파의 순수시정과 정지용, 김기림의 모더니즘 경향 속에서 새로운 예술의 가치를 내걸고 출발하였다. 그러나 1호에서 드러나듯이 이들의 출발은 초현실주의에서 출발한 것이 아니었다. 신백수, 이시우, 한천 등이 주축을 이루고 있는 1호는 우리가 알고 있는 것처럼 초현실주의의 지향적 성격과는 거리가 멀다. 1집 어디에도 이들이 그러한 경향을 드러내는 말은 드러나 있지 않다. 이는 여타의 잡지가 창간사나 편집후기에서 그들이 지향하는 문학적 성향이나 목적을 밝히고 있는 것과는 대조를 이룬다. 정현웅의 그림과 조풍연의 필사로 책이 장정된 1호의 경우 시11편, 소설3편, 희곡(1편), 수필1편 등을 실고 책 맨 앞에 필자 명단을 가나다 순으로 밝힌 뒤 '「3·4」의 선언宣言'이라는 제목으로 다음과 같이 제시되어 있다.

> 모듸은 새로운 나래翼이다.
>
> —새로운 예술藝術로서 힘찬 추구追求이다.
>
> 모듸은 개개個個의 예술적창조행위藝術的創造行爲의 방볍통일方法統一을 말치않는다.
>
> —모듸의 동력動力은 끌는 의지意志와 석임의 사랑과 상호비판적분야相互批判的分野에서 결성結成될 것이매.

> 이 한쪽의 묶음은 모듸의 낮이다.
>
> 이 묶음은 질적량적경제적質的量的經濟的……의 모든 적的의 조건條件 환경環

38 『삼사문학』에 대한 논의는 간호배 편, 『원본 三四文學』(이회문화사, 2004)을 기본 자료로 삼았다.

境에서 최대치最大値를 연 이회年二回에 둔 불정기간행不定期刊行이다.

성원聲援과 편달鞭撻을 앞세우고 이 쪽아리를 낯선 거리에 내세운다.

「3 4」는 1934의 「3 4」이며 하나 둘 셋 넷……「3 4」이다.

— 백수, 「「3 · 4」의 선언(宣言)」

이 선언의 주요한 내용은 세 가지로 요약될 수 있다. 새로운 예술을 추구하겠다는 것, 개개인의 예술적 창조 행위의 방법통일을 말하지 않겠다는 것, 그리고 연 2회의 부정기 간행물인 무크지의 형태를 취하겠다는 것이다. 이 선언 이후 5집까지에는 그 어떤 문학적 성향이나 이념 등을 밝혀놓고 있지 않다. 논자에 따라서는 위에서 언급하고 있는 '새로운 예술藝術'이 곧 초현실주의를 위한 선언으로 등식화하여 이들의 출발이 곧 초현실주의를 목적으로 하는 동인同人을 이루고 있다고 말하는데 이는 다음의 경우에 의해 부정된다. 우선 '새로운 예술藝術'이라는 말 자체가 지극히 추상적이다. 잡지를 내고 작품을 발표하는 행위는 모두 '새로운'이라는 기본적인 전제를 바탕으로 하고 있다. 뿐만 아니라, 예술의 목적 자체가 과거의 예술과는 다른 새로움을 추구하는 반미학의 성격을 띠고 있다. 다시 말해 역사적 구성으로서 예술은 그 지위 내에서 미적 인식을 새롭게 하고자 하는 욕망에서 비롯하며 그 표현물들은 동시대적 미학적 범주를 넘어서고자 하는 부정성을 기반으로 한다.

여기서 부정되는 것은 낡은 것이 아니라 주류 미학이 지닌 제도로서의 예술이다. 창작의 주체는 당연히 새로운 예술의 창조 주체를 띨 수밖에 없다. 이 글이 '선언'의 형식을 띠고 있다는 것을 생각할 때 이는 대중에 대한 약속을 전제한다. 그것은 자신들이 추구하고자 하는 예술적 형식, 스타일, 원칙, 내용 등을 강령의 형태로 가시화한다는 뜻을 의미한다. 그러나 『삼사문학』의 출발을 알리고 예술적 목적이나 문학적 목적을 알리는 「선언宣言」에 이들의 미적 인식을 범주화하는 강령들이 배제된 채 '새로운'이라는 말로 추상화하고 있을 뿐 구체적으로 '새로움'이 어떤 것인지에 대해서는 함구하고 있다. 『삼사문학』이 초현실주의 문학과의 관련을 갖고 있다면 그렇게 판단할 근거를 「선언宣言」에서는 발견되어야 마땅하다. 이는 미래파의 선언이나 다다이즘 선언 그리고 초현실주의 선언을 상기할 때 더욱 그러하다.

2절에서 살핀 바와 같이 초현실주의 선언은 운동으로서의 예술을 총체적으로 보여주며 그 목적성과 가능성을 확장시켜 개방한다. 3차에 걸친 초현실주의 선언이 책의 한 권 분량에 미칠 방대한 저술로 개인과 집단으로서의 예술적 운동을 에꼴화하고 사회적 맥락 속에서 그 다양한 미적 실험을 선언하고 이를 구성하였다면 『삼사문학』의 「선언宣言」은 열 줄 정도의 초라한 분량을 하고 있다. 『삼사문학』의 「선언宣言」이 의미하는 '새로운'이 예술적 의미로서의 것이지 그것이 곧바로 곧 초현실주의 문학을 지향하겠다는 의미로 읽어서는 안 된다는 뜻이다. 이들을 '동인'으로 부르고 있는 것도 마찬가지다. 이들이 '동인'이라는 이름을 붙이고 있는 것은 2집에서이다. 여기에는 김원호, 신백수, 유연옥, 이시우, 이효길, 정현웅, 조풍연, 한천 등 8명을 동인 명단을 적시하고 동인 이외에도 장서언, 최영해, 홍이섭 등의 글을 싣고 있는 일종의 '책임 편집 동인'의 형태를 하고 있다.

'동인'은 말 그대로 같은 뜻을 모인 사람으로 풀이된다. 그러나 『삼사문학』은 우리가 알고 있는 것처럼 초현실주의 문학을 지향하고 있는 작품으로 이루어지지도 않았고, 이시우, 신백수, 한천의 작품에서도 초현실주의 작품이라고 부를 수 있는 있는지에 대해서도 이론異論이 확인된다. 브르통이 선언하고 내세우고 있는 예술적 원리의 지위를 갖고 있는가에 확신을 할 수 없다는 것이다. '동인'이나 '동인지'가 동일한 문학적 운동성을 지닌 것은 아니지만 적어도 지향성의 측면에서는 동인 간의 유사한 인식이 발견되어야 한다는 뜻이다. 이는 '선언'에서 "모됨은 개개個個의 예술적창조행위藝術的創造行爲의 방법통일方法統一을 말치않"고 "상호비판적분야相互批判的分野에서 결성結成"된 "섞임"을 강조한 바 '개개의 방법통일'이라는 방향성을 부정하고 있다는 것은 이미 그들 자신이 동인이라는 뚜렷한 인식이 없었다는 것을 뜻한다. "상호비판적분야"라는 말에서 상기되듯 장르, 경향, 스타일, 내용 등의 '섞임'은 동인이라는 보편적 의미의 정의와는 배치되기 때문이다.

『삼사문학』이 처음부터 초현실주의를 지향하거나 동인이라는 체제를 갖춘 것은 아니다. 동인이라는 말이 처음 등장한 것은 2집 이외에 3집에 각계 문인들에게 「1. 동인지同人誌에 대對하여, 2. 『삼사문학三四文學』에 대對하여」라는 설문지 란에서 처음으로 그들 자신을 '동인' 또는 '동인지'라고 부르고 있다. 이에 김진섭, 함대훈, 김동인, 유치진, 김광섭, 이태준, 이헌구, 이하윤 등이 『삼사문학』을 격려하는 메시지와 함께 '동인지' 혹은 '동인'이라고 대응하여 부르고 있고, 3집 「편집후기」에서 "삼사문학三四文學은 이집二輯에 이르러 동인지同人誌가 되었지만", "결決코 우의友誼와 유파流派를 강요强要하지 않는다"에서처럼 '동인지'라고 규정하고 있고 4집 후기에서도 『삼사문학』을 '동인지'라고 지칭하며 "남모른 노력努力을 하지만 여러 가지 불행不幸

한 조건條件들이 못살게 군다"라고 밝히고 있다.

그러나 이와는 별개로 『삼사문학』이 초현실주의를 표방하는 문예지라고 했을 때 필자 간에나 잡지의 구성면에서 동인지가 지니고 있을 통일성이나 동인 의식이 결여되어 있다[39]는 것은 눈여겨볼 만하다. 만약 『삼사문학』이 처음부터 초현실주의를 표방하며 예술적 동일성에 기반한 행위를 원천으로 삼았다면 문제가 될 것은 없다. 지향하는 예술이 갖는 배타적 태도나 동인들이 갖추고 있는 미학적 공통성이 일관되지 못한 채 각기 다른 경향들을 보이고 있다는 점은 집단적 연대 의식이 결여되어 있음을 의미한다. 이는 프로문학을 표방한 『문학건설』1932.12이나 순수시정을 담아낸 『시문학』1930.3을 염두에 둘 때 더욱 분명해진다. 이처럼 문학의 친연성이 떨어질 때는 『삼사문학』이 '동인'이나 '동인지'로 부르는 것과는 별개로 집단적 운동이나 유파로 부를 수 있는가에 대해서는 여전히 의문이 남기 때문이다.

더군다나 다다이즘이나 초현실주의와 같은 아방가르드 예술이 수많은 선언을 통해서 스스로를 정의하려는 경향을 가지고 있는 까닭을 상기한다면 유파적인 동인 그룹은 같은 성격을 띠게 되는[40] 것은 분명하다. 우리가 '신경향파', '시문학파', '생명파'라고 부를 수 있는 것은 특성들의 외적 표명이 기능했을 때 가능하다. 잡지나 문예지들이 선언과 편집후기 그리고 운동의 창설을 공표하고 교리를 만들어 내고 대중에게 새로운 경향이나 작품을 선보이는 것은 바로 선언과 발표의 목적이 분명하기 때문이다.[41] 이 점에서 『삼사문학』은 부정기 종합문예지로서 『삼사문학』지誌라

39 조연현, 『한국현대문학사』, 성문각, 1980, 510~511면.
40 Renato Poggioli, 앞의 책, 44~45면.

고 부르는 것이 마땅하다.

이보다 문제시되는 것은 『삼사문학』과 초현실주의와의 관련성이다. 『삼사문학』에서 초현실주의라는 용어가 처음으로 등장하는 것은 1935년 3월에 발간된 3집에 이시우의 「절연絶緣하는 논리論理」에서이다. 이 글에서 이시우는 "한 개個의 사물事物에 대對하여 한 개個의 문자文字가 선출選出되"는 것을 「레아리즘」이라고 부른다는 프로베르Frauber를 소개하며 "한 개의 문자가 갖는 수많은 연상聯想은 다른 문자의 연상聯想으로 말미암아 제한制限"되는 "문자 '이메이지'의 산술算術"을 "허무虛無의 세계世界의 가설假設"이라고 부르고 있다. 아울러 "자연自然 그 자신自身의 절대絶對의 세계世界, 완전完全의 세계의 가설假說이야말로, 완전完全의 자연自然, 절대絶對의 자연自然 이 '슈ㄹ레아리즘'의 본체설本體說"이라며 처음으로 초현실주의에 대해 언급하고 있다. 6페이지로 이루어진 이 짤막한 글은 본격적인 평문이나 이론이라기보다는 이시우 자신의 사유를 파편적으로 나열하고 있는데 그치고 있다. '프로레타리아'시를 '사상의 현실성'으로, 초현실주의 시를 '문학의 현실성'으로 구분한 뒤 '사상의 현실성'이 초현실주의를 부정하고 자유시를 거절한다고 주장하는 것에서도 발견되듯이, 개념에 대한 명확한 이해가 불분명하고 근거 또한 희박하다.

'사상의 현실성'이 무엇인지 그것이 어떻게 '문학의 현실성'과 다른 지에 대해서는 일체의 맥락을 동반하지 않은 채 "변화變化하지 않은 시인詩人을 진보進步하지 않는 시인詩人과 마찬가지로 우리들은 인정認定할 수 없다"는 입장을 취한다. 만약 새로운 것이 무엇인지 미적 과정이나 형식 혹은

---

41 위의 책, 47면.

개념이 제시되어 있지 않은 채 단지 동시대 문학을 배타적으로 부정하는 것이라면 이는 자신들의 입장과 입지를 위한 공격에 불과하다. 글이 논리라는 필연적 차원을 거느리게 마련일 때 인용글에서 "자연自然 그 자신自身의 절대絶對의 세계世界, 완전完全의 세계의 가설假說이야말로, 완전完全의 자연自然, 절대絶對의 자연自然 이 '슈레아리즘'의 본체설本體說"이라는 주장에 대해서는 선뜻 이해가 가지 않는다. 만약 짧은 이 문장이 초현실주의를 이해하는 것의 전부라면 이시우 자신, 나아가 『삼사문학』이 지니고 있을 초현실주의에 대한 문학적 신념은 빈약할 수밖에 없다.

전제들, 상황들, 문학적 견해나 입장은 주의ism를 내세울 때 필연적으로 동반하는 출발의 이론들이다. 그럼에도 불구하고 "'오오케스트라'라가 끝이나도 아직까지 '라팔'을 불고잇는 자者'에서와 같이 '얼마나 많은 금일今日의 소설가小說家나 비평가批評家가, 이 발전發展에 뒤떠러진 것인가'라며 탄식하는 발언은 이시우가 이들을 공격할 때 발언했던 '공부工夫의 부족不足함에 있다'라는 발언은 이시우 개인에게도 해당하는 것이라 하겠다. 이글에서 이시우가 주로 공격하는 것은 '고정固定된 '레아리테''이다. "고정固定된 '레아리테'는 '이마아쥬'의 절단切斷이며 죽엄"이기 때문이다. 그러면서 그는 "절연絶緣하는 어휘語彙. 절연絶緣하는 '센텐스' 절연絶緣하는 '이메이지'의 승乘인 복수적複數的 '이메이지'"를 내세운다. 만약 이 글이 초현실주의에 대한 입장을 드러내는 것이라면 '절연絶緣, de'paysement'이라는 용어 때문일 것이다. 이 용어는 이글에서 제시하고 있는 "절대絶對의 자연自然", 연상聯想의 결합結合, 문학文學의 현실성現實性, 질서秩序의 파괴破壞, 순수純粹한 '의미意味'의 새로운 출발出發"과 같은 추상적인 어휘와 함께 초현실주의가 무엇인지를 설명하고자 한 것으로 풀이된다. 굳이 이 글을 초현실주의와의 관련성을 갖는 것으로 파악하고자 한다면 이는 브르통이 1924년 「제1차 초현실주의 선언」에서 밝히고 있는 다음과 같은 문장과 관련이 있다.

> 쉬르레아리즘 : 초현실주의 남성명사. 마음의 순수한 자연 현상으로서, 이것으로 인하여 사람이 입으로 말하든 붓으로 쓰든 또는 다른 어떤 방법에 의해서든 간에 **사고의 참된 움직임을** 표현하는 것, **이것은 또 이성에 의해 어떤 감독도 받지 않고 심미적인, 또는 윤리적인 관심을 완전히 떠나서 행하는 사고의 구술.**[42] (강조는 원저자)

그러나 이것은 사후적인 재구성된 것이지 이 글이 이시우의 견해와 연관을 짓고 있다는 근거는 어디에도 발견되지 않는다. 윗글에서 말하고 있는 초현실주의는 정신의 해방이며 사고의 허약성과 거짓, 현실과 상상, 가능한 것과 불가능한 것의 모순을 감지하는 참된 움직임을 추구하는 예술이라 할 수 있다. 자동기술, 무의식, 몽환적인 환상, 무정부적인 것은 초현실주의의 세목들이라면 이시우의 글은 일관성은 차치하더라도 개념을 포괄적으로 추상하고 있는 구문 진술에 의해 독해가 심각하게 방해를 받는다.

2) 「SURREALISME」의 미적 방향

이시우의 또 다른 초현실주의와의 관련성은 1936년에 발간된 제5집 「SURREALISME」라는 글이다. 이 글은 「절연絶緣하는 논리論理」보다 훨씬 난삽하고 문장의 연결을 물론 필자가 무엇을 말하는지 논지가 불분명하

42 Andre Breton · Tristan Tzara, 앞의 책, 133면.

다. 논자에 따라서는 이글이 마치 초현실주의 이론을 개진하고 있는 글이라고 평가하고 있으나 5페이지에 달하는 이 글 어디에도 초현실주의를 드러내는 논리나 이론, 입장과 목표 등의 정보가 드러나지 않는다. 다만『삼사문학』이 동인이라는 자기 규정과 함께 김기림의 전체주의全體主義시론을 공격하는 가운데 언급하는 "要컨대 슈르레아리즘을通過하지못한 金氏가"에서와 같이 초현실주의라는 용어만이 등장할 뿐이다. 이글은 문단에서 주목을 받는 김기림을 비롯하여, 이상, 정지용, 임화 등에 대한 공격을 위해 썼다는 인상이 다분하다. 우선 이 글은 이론적인 것을 바탕으로 논리를 배치하고 있는 것이 아니라 필자의 주관에 따른 희박한 근거를 바탕으로 공격 일변도의 태도를 취하고 있다.

「절연絶緣하는 논리論理」에서 공격의 대상이었던 정지용에 대해서는 "쇠약衰弱한 역설逆說, 교만, 성공한 작품이 2, 3편에 불과, 여백餘白의 난해難解" 등과 같이 극도로 모욕적인 수사를 나열한다. 서술 주체는 단정과 명제에 반드시 따르게 마련인 근거에 대해서는 신경을 쓰지 않는다. 다음과 같은 문장을 예로 들지 않더라도 전체의 글이 모두 유사한 진술로 이루어졌다.

> Amateur, Amateur들에게는 낭만주의浪漫主義라는 말과 낭만주의적浪漫主義的이라는 말을 구별區別하지 못하는 모양 같다. 정지용 씨鄭芝溶氏는 각금 아름다운 서정시抒情詩를 잘 쓰신다. 임화林和 등等은 각금 정지용鄭芝溶 씨氏보다도 잘 못 쓴다. 또 김기림金起林 씨氏의 전체주의全體主義는 상식적常識的으로 내라도 생각할 수 있으니까 Amateurish이며 차此 종種의 절충설折衷說은 여하如何한 경우境遇를 물론勿論하고 합리성合理性이라고 하는 환상幻想에 사로잡힌 정지停止이며 죽엄이다.

모두 네 문장으로 이루어진 이 글은 화제話題가 감정적인 판단에 의해 분산된다. 각 문장들은 논리적 연결 없이 나열되고 있으며 단정적인 진술은 근거가 제시되지 않아 독해가 중지된다. 이 글이 시인을 겨냥해 쓴 글이라면 최소한 시적 인식이나 그에 따른 분석적 태도가 요구되는 것은 당연한 일이다. 그러나, 인용문에서도 확인되듯 '낭만주의浪漫主義', '서정시抒情詩', '전체주의全體主義'라는 용어가 시인에 대한 공격에 동원되고 있을 뿐 개념에 대한 논리적 자명성이 생략되어 있다. '왜 임화林和가 정지용鄭芝溶보다 시를 잘못 쓰는지, 그리고 김기림金起林의 전체주의全體主義와 절충성折衷性과 합리성合理性의 관계가 무엇이기에 정지停止이며 죽엄인지'는 설명이 생략되어 있다. 결국, 일관되게 논리가 전개되지 못한 채 매 단락이 분절되어 있다는 것은 '주변인의 소박한 푸념' 내지는 '충동을 동반한 근거 없는 자신감'에 기인하고 있다는 인상을 받게 된다. 다음과 같은 문장은 이글의 제목처럼 초현실주의적인 기법으로 쓴 글이 아닐까 하는 판단이 될 정도다.

> 문중文中에, 여기에 내가 이상李箱이를 들었지만…… 이하以下, 즉卽 이상李箱이는 Amateur가 아니다까지의 운운云云은, 납부게 해석解析하면, 이상李箱이에게 대對한 비열卑劣한 변명辨明 같에서 불유쾌不愉快하나, 실상實相은 조금도 이상李箱이에게 대對한 비열卑劣한 변명辨明이 아니라는 점點을 이상李箱이에게 대對하여와는 또 달니, 나의 순백성純白性에 대對하야 다시 한번 변명辨明하고 싶다. 즉 이상李箱이는 Amateur가 아니다. 여기서 내가 말하고자 하는 것은, 따라서 이하以下는 Amateur라던가, Amateurish라던가, 혹或은 아류亞流… 이라던가의 설명적說明的인 약간若干의 고찰考察이다.

무슨 말을 하고 있는가? 우선 띄어쓰기가 없다. 두 번째는 시인지 산문인지 구별이 되지 않는다. 나쁘게 말하면 『삼사문학』에 실린 그 어떤 이시우의 시보다 이 글은 초현실주의적이다. 다음과 같은 초현실주의에 대한 이해는 이시우가 과연 초현실주의에 대한 이론을 습득하고 시를 쓰고 있는가에 심각한 의문을 제기한다. "외국外國의 누가 정신精神은 운동運動에 불과不過하다고 하얏으므로 운동運動이나 습관習慣 등等도 역시亦是 운동運動일넌지 모른다." 주지하듯 '정신이 운동이다'라고 말한 사람은 브르통이다. 이시우가 이 정도는 알고 있을 가능성이 크다. 그러나 이른바 초현실주의운동을 하고 초현실주의 시를 쓰고 초현실주의 이론을 소개하는 전문적인 이론가라면 남에게 건너 들은 것과 같은 방관적인 어법은 쓰지 않을 것이다. 초현실주의가 근대 유럽을 반성하고 강력한 교리와 강령을 바탕으로 조직적 이론을 끊임없이 강화하면서 그룹화하는 권력을 요청하며 실천적 미학을 목표로 하였다는 것을 상기한다면 이시우의 초현실주의에 대한 회의는 명료해진다. 이런 의미에서 이글은 아류, 결여, 교만, 허영, 착각, 몽롱한 시, 변태성욕자, 우유 썩는 냄새 등과 같은 어사를 글 곳곳에 전포시키고 있어 그 자신 "치졸稚拙한 나의 고시告示를 계속繼續하"는 것인지도 모른다.

초현실주의는 그 정신의 무제한성으로 인해 난해하다는 것은 익히 알려진 사실이다. 그럼에도 불구하고 이시우가 정지용의 시를 말하면서 무슨 의미인지 알아볼 수 없다며 '여백의 난해'를 공격하며 "정 씨鄭氏의 무시無詩함에 그 책임責任을 전가轉嫁시키고 싶다"고 하는 것은 초현실주의가 지닌 미학적 속성을 담지하지 못한 것에서 나온 것이라 밖에 생각할 수 없다. 더욱이 『삼사문학』 그 어디에도 그들이 초현실주의와 관련을 맺고 있다는 글은 찾아보기 힘들다는 점에서 그간 시론 혹은 초현실주의 시론이라고 평하고 있는 이시우의 「절연絶緣하는 논리論理」나 「SURREALISME」 글은 '에세이'류로 보는 것이 마땅하다. 『삼사문학』에 발표된 소설이나 희곡에도 심리주의 소설이나 부조리극과 같은 아방가르드적인 면모를 찾아보기 힘들고 초현실주의 시라고 평가받고 있는 『삼사문학』에 실려 있는 시도 유럽의 초현실주의자들이 내세우고 있는 방법과 많은 차이가 있다. 이 점은 『삼사문학』 1집에서 5집에 실린 시조를 포함한 78편의 시가 대체로 서정적인 시가 주류를 이루고 있고 그나마 초현실주의라고 일컫는 몇 편 되지 않는 시도 초현실주의 시와 대체로 거리가 있는 까닭이다.

4. 『삼사문학』과 아방가르드 구현의 실제

1) 다다이즘의 미적 형식

『삼사문학』과 아방가르드의 관계는 익히 알려진 바와 같다. 그럼에도 불구하고 『삼사문학』이 아방가르드의 이론을 습득하고 이를 체득화 했는가의 여부는 아직 상세히 밝혀진 바가 없다. 다만 우리 근대문학에 프랑스 시를 비롯한 유럽과 영미의 시들이 번역 소개되었고, 일본을 통해 신문학이 유입되거나 유학생들을 통해 그 관련성을 짐작할 뿐이다. 모더니즘 시인으로 분류되고 있는 정지용의 경우 기타하라 하쿠슈北原白秋의 영향[43]과 1925년에 창간된 동인지 『문예시대文藝時代』의 신감각파운동과의 관련성

43 김윤식, 『한국근대문학사상』, 서문당, 1974, 182면.

을 표명한 바가 있고 「카페―으란스」, 「슬픈 인상화印象畵」, 「파충류동물爬蟲類動物」『學潮』 1호, 1926 등이 다다이스트인 하루야마 유키오高橋新吉, 아나키스트인 하기와라 쿄지로萩原恭次郎, 미래파의 히라토 렌키치平戶廉吉 등의 영향[44]이 있었다는 것이 바로 그것이다. 일본 문단에서 아방가르드운동은 1924년만 해도 『MAVO』, 『담담』, 『게. 김김가. 푸루루루.김겜』, 『亞』 등이 발간되었고, 1926년에는 『근대풍경近代風景』, 1928년에는 『시詩와시론詩論』이 발간되어 현대시의 표현기술, 시형詩形의 변혁, 감각적인 조형, 방법과 언어예술의 자각, 시의 공간성 등 모더니즘과 아방가르드운동이 문학의 주류를 이루었다. 당시 일본 문단에서 모더니즘과 아방가르드를 이끌고 있었던 안자이 휴우에安西冬衛, 무라노 시로村野四郎, 이토 시즈오伊動靜雄 등은 일본 문학 내에서 지적, 문화적 변혁과 같은 미적 저항의 한 형태였고. 이들과 함께 문학의 신주류를 이끌었던 키타카와 후유히코北川冬彦의 다음과 같은 발언은 새로운 문학의 방향을 잘 지적해 준다.

> 오늘의 시인詩人은, 더 이상, 결코 영혼靈魂의 기록자記錄者가 아니다. 그는, 첨예尖銳한 두뇌頭腦에 의하여 산재散在한 무수無數한 언어言語를 주밀周密하게 선택選擇하고, 정리整理하여 일개一個의 뛰어난 구성물構成物을 축조築造하는 기사技士이다.[45]

시인이 영혼의 기록자가 아니라는 말은 곧 시가 경험을 시정詩情으로 풀어내는 것이 아니라는 것을 의미한다. 감정의 유동성流動性을 드러내는 것

44 문덕수, 『한국모더니즘 시연구』, 시문학, 1992, 136면.
45 위의 책, 136~138면 참조.

이 아니라 산재한 언어의 파편을 축조하는 기사에 해당하는 것이 시라는 것이다. 이는 제도화되고 정형화된 문학의 가치체계에 대한 도전이자 장르와 형식에 대한 저항이다. '축조築造하는 기사技士'라는 말은 김기림의 시론에서도 발견되는 것으로 우리 근대문학과 일본문학과의 영향적 관계를 상기시켜 준다. 『삼사문학』이 실험적 예술을 내적인 힘 안으로 끌어들여 자신들의 주형鑄型으로 삼으려 했다는 것은 근대문학에 대한 자각에 기초한다.

앞서 살핀 바와 같이 아방가르드인 다다이즘이 공식적으로 그 모습을 드러낸 것은 1916년 7월 14일 스위스 쮜리히에서 처음으로 열린 다다의 밤에서 「안티피린 씨의 선언」[46]이 발표된 이후에서이다. 이 글에서 다다는 배타적이며 자유롭지 않기 때문에 자유를 외치고 원칙도 필연성도 없는 준엄한 필연성으로 그렇기 때문에 인류에 대하여 침을 뱉는다고 선언한다. 『삼사문학』이 다다이즘의 전반적인 운동과 선언을 동반한 주장[47]들

46 안티피린은 해열제를 뜻하지만 여기서는 짓눌린 정신 상태를 진정시키고 고도의 신열(身熱)을 가라앉히는 상징적, 가정적 대상이다(위의 책, 11면).

47 다다는 엘리트와 부르조아를 조롱하며 예술이 그 누구를 위해 존재하는 것이 아니라는 것을 명확히 하고는 광기도, 예지도, 아이러니도 아니라고 말하며 예술의 진지함을 조롱한다. 「1918년 다다 선언」에서 새로움이라는 충격을 예술에 부여함으로써 사람은 유희에 대해 인간적이며 진실할 수 있다고 선언한다. '갓난아기의 예술'과 '원시주의로의 복귀'는 무한하고 무형의 변동체를 구성하고 있는 혼돈을 질서 있게 만드는 원칙과 유토피아를 위선이라고 말한다. 자립의 욕구, 공동체의 불신으로부터 다다가 태어났다며 신과 과학, 지식과 진리, 윤리와 논리를 해체하고 깨끗이 청소하라고 외친다. 선언문치고는 매우 길고 정교하며 아름다운 시적 문체로 가득 차 있는 다다 선언과 『램프 제조 공장』에 실린 20여 편의 짜리의 에세이는 예술에 관한 개성 있는 시각을 잘 보여준다. 다다의 저항은 그간의 질서를 근본적으로 뒤집고 있다는 것에서 또한 보수적인 제도에 대해 지적 혁명을 꾀하고 있다는 것에서 표현주의, 인상주의 야수파, 입체파, 미래파의 운동들을 보다 결집된 허무주의와 무정부주의적 색채를 지닌다. 시에 있어서 언어는 파괴될수록 더 좋아진다며 의사소통이 중지될 때 무한한 자신과 만난다는 것을 예기하기도 한다. 이와 같은 이유로 다다는 경험적인 창조 행위로서의 문학이 아니라 통사적 맥락을 벗어나는 의외성과 괴기성 그리고 우연에 의해

을 습득하고 이해를 했는가에 대해서는 회의적이다. 『삼사문학』에는 다다이즘의 이론이나 초현실주의 이론은 물론 아방가르드의 성격을 드러내는 글이 존재하지 않는 까닭이다. 게다가 흔히 『삼사문학』과 초현실주의의 관계를 기정사실화 하는 글에서도 그 관계에 대한 검증이 명쾌하게 이루어지고 있지 않다. 『삼사문학』과 아방가르드에 대한 연관성이 부족함에도 불구하고 이들을 아방가르드와 관련성에 대해 규정하는 시각을 갖는 것은 무엇일까?

그것은 신백수, 이시우 등의 시나 산문에서 초현실주의에 대한 관심이 높았고, 동경에 가 있던 이상과 유학 중이었던 신백수 등이 만나 상호 문학적 교류를 하였고, 급기야는 이상이 『삼사문학』 5집1936.10에 「I WED A TOY BRIDE」라는 시를 발표하고 있는 것에서 기인한 것이 아닌가 추측할 수 있다. 그러나 『삼사문학』에 발표된 시가 초현실주의 시라고 분류되기에는 낭만성을 드러내는 시가 대부분을 차지하고 있고, 그나마 초현실주의라고 일컬어지는 시조차 초현실주의가 채택한 수단들—자동기술, 꿈의 기록, 몽환의 이야기, 무질서한 결과로 산출된 시와 그림, 역설과 꿈의 영상—등과 같이 세계 자체에 대한 변혁을 위해 고안[48]되었는가에 대해서는 회의적이다. 다만 『삼사문학』 3집 이후에서 다다이즘적인 시와 초현실주의적인 시가 다수 발견되는 바 서정시, 낭만시, 리얼리즘적인 시를 제외하고 다다이즘 경향의 시와 초현실주의 시 경향을 분류하면 다음과 같다.

상상되는 무작위적 구성을 전유하게 된다. 강한 개성과 독창성으로서의 다다는 이와 같은 정력적인 활동으로 초현실주의와 서로 동맹적 관계를 유지할 수 있었다.

48 C. W. E. Bigsby, 박희진 역, 『다다와 초현실주의』, 서울대 출판부, 1980, 56면.

다다이즘	1집	없음
	2집	없음
	3집	이효길 「어느日習日날의 話題」, 정병호 「수염 · 굴관 · 집신」, 「憂鬱」
	4집	이시우 「驪駒歌」
	5집	주영섭 「거리의 풍경」, 「달밤」, 정병호 「여보소」, 이상 「I WED A TOY BRIDE」
초현실주의	1집	이시우 「アールの 悲劇」
	2집	이시우 「第一人稱詩」
	3집	이시우 「房」, 김정도 「보름달」, 신백수 「12月의 腫氣」
	4집	신백수 「Ecce Homo後裔」, 한천 「城」, 최영해 「아모것도없는風景」
	5집	신백수 「잎사기가뫼는心理」

『삼사문학』은 초현실주의의 작품을 위주로 동인 체제를 유지한 것이 아니다. 3집부터 다다이즘과 초현실주의 작품이 눈에 띄기는 하나 수록된 작품 전체 분량에 비하면 적은 숫자라 할 수 있다. 근대문학에 아방가르드의 소개된 것은 현철의 「독일예술운동獨逸藝術運動과 표현주의表現主義」『開闢』, 1921.9를 비롯하여 최학송의 「근대독일문학개요近代獨逸文學槪要」『朝鮮文壇』, 1925.2, 김진섭의 「표현주의문학론表現主義文學論」『海外文學』 창간호, 1927.1 등에 의해서이고, 다다이즘 역시 이와 같은 시기에 김기진의 「본질本質에 관關하야」『每日申報』, 1924.11.23와 양주동의 「구주현대문예사상개관歐洲現代文藝思想槪觀」『동아일보』, 1929.11.16과 같은 글에서 소개가 되고 있다. 대체로 이와 같은 글에서 나타나는 다다이즘의 이해는 다다이즘이 일체의 형식과 기존의 질서를 부정하고 해체하는 허무적 인식에 바탕한다는 것이었다.

그러나 유럽의 아방가르드가 서구 문명의 반성 차원에서 이루어진 예술의 전 분야에 걸친 혁명적 예술인 것에 비해 우리 아방가르드는 띄어쓰기를 무시한 시각적 효과와 잔상, 사유와 관념을 위한 모호한 추상성, 기억과 논리의 포기, 시적 주체의 독단과 구문 질서의 파괴 등과 같이 주관주의에 함몰된 형식적 차원에 그치고 있다. 유럽의 다다이즘이 '선언'과 같은 조직적인 의식儀式을 통해 예술의 영역을 확대하고자 했다면 우리의 다다이즘은 이러한 이해를 생략한 채 기법 중심으로만 기능한 것으로 특징지을 수 있다. 이 점에서 『삼사문학』 5집에 실려 있는 주영섭朱永涉의 시는 다다이즘 시의 전형에 가까운 것이라 할 수 있겠다.

○ 두팔을벌리고 들어오는사나이 (화면畵面을덮는다)(O・L)
○ 다러나는사나이의잔등(멀어지면서)
○ 앞으로달려오는 전차電車
○ 앞으로달려오는 자동차自動車(크랙숀의 교향악交響樂)
○ 앞으로달려드는 뻴딩
○ 궤도중앙軌道中央에너머지는 사나이
○ 스하톺는 자동차自動車・전차電車・오토바이・
○ 몰려드는 군중(O・L)
○ 거리에나온금어金漁항——옥작복작숨쉬는고기떼・입(대시大寫)(O・L)
○ 삼림森林같은이겹치는뻴딩・크레－인(O・L)
○ 원圓을그리는선로線路・돌아가는벨트・신山같이쌩이는물품物品・
○ 사나이가슴우로거러가는다리(O・L)
○ 사나이가환상幻想할수있는모－든 것(교회당종敎會堂鍾소리)목장牧場과푸른 하늘"삼림森林・시냇물・빨내하는여인女人네・빙글빙글돌아가는풍차風車・사원寺院・종각鐘閣・승천乘天하는나체裸體"(싸이렌교향악交響樂)
○ 다시, 철교鐵橋・뻴딩・궤도軌道・거리・군중軍衆・

○ 사나이의가슴을짚고거러가는구두—— 커다란발바닥

○ 둘러싼삘딩중앙中央을뚫고 에레베－타가전속력全速力으로올나간다(O·L)

—朱永涉, 「거리의 풍경—세루로이드옿에쓴詩」 부분

이 시는 근대문학에서 보기 힘든 영화적 기법을 사용하고 있다. 시행들이 문명과 관련되어 문명을 부정적으로 그리고 있다는 점에서 김기림의 『기상도氣象圖』1936 속 「시민행렬市民行列」의 「병든 풍경」과 비슷하다. 『기상도氣象圖』가 국제 열차, 세계지도, 비행기, 외국지명과 같은 세계의 풍속을 조감하며 시대적 환경에 대해 지성적 인식을 드러내고 있듯이, 이 시 또한 '전차와 자동차, 삘딩과 산山같이쌯이는물품物品, 승천乘天하는나체裸體와 에레베－타가 전속력全速力으로올나가'는 모습들이 영화 컷처럼 나타났다 사라진다. 오버랩을 통해 현실에서 밀려나는 도시 산책자의 시선을 입체적으로 보여주고 있다. 「거리의 풍경」과 함께 실려 있는 「달밤」에서 보이고 있는 다음과 같은 시 역시 다다이즘의 시에 속한다고 할 수 있다.

● 정장차停場車

달빛이 궤도軌道를쫒어간다궤도軌道는 곡선曲線을그리고 창倉고앞으로다러난다

창倉고 건너편에서 고양이가 궤도軌道를밟고온다

그림자 도 없는 달밤에 기차汽車가떠난다

달도 고양이도 궤도軌道도 아－무것도없어졌다

기관차機關車·우편차郵便車·화물차貨物車·식당차食堂車·침대차寢臺車·등불킨삼등객차三等客車

시그낼이파-란등을키구있는동안

긴-열차列車가지내간다——허리를구피고그믐날삼림森林같은다리ㅅ속으로

들어갔다

—朱永涉, 「달밤」 부분

『삼사문학』은 아방가르드적인 인식이 출발부터 뚜렷하지 않았을뿐더러 이시우가 3집과 5집에서 각각 「절연絶緣하는 논리論理」와 「SURREALISME」에서 초현실주의를 부분적으로 언급했다 하더라도, 본격적인 시론의 성격의 글이 아니고, 『삼사문학』에 실려 있는 시들이 유파에 무관했다는 것은 이 잡지의 방향성을 드러내는 것이다. 이 점은 『삼사문학』의 핵심이자 주 발행인이었던 신백수에게도 드러나는 것으로 「얼빠진」, 「떠도는」, 「어느혀의재간」 등은 서정 짙은 감상感傷의 형태를 띠고 있고, 3집의 「12월의 종기腫氣」에서 비로소 아방가르드의 면모를 보이고 있어 『삼사문학』과 아방가르드의 관계를 단적으로 보여준다. 2집의 장서언과 김해강, 3집의 유치환과 4집의 이찬, 그리고 5집의 황순원의 시는 경향성의 측면에서 『삼사문학』과 배치된다.

이 점은 『삼사문학』의 문학적 경향과 태도를 결정하는 데 매우 중요하다. 서구의 아방가르드가 예술의 운동사적 측면에서 강한 미학적 기준을 채택하고 자신들의 목적 자체인 혁명적인 미학을 무장한 세력이었던 까닭이다. 이에 비해 『삼사문학』은 기준 없이 동인이라는 도그마를 만들면서도 경향이 전혀 다른 시뿐만 아니라, 전통 시가인 '시조'까지 참여시킨 것은 새로운 미학에 대한 목적 자체의 정당성이 희박했다고 볼 수밖에 없다. 이와 함께 『삼사문학』에 구현된 작품들의 작품성이 떨어진다는 것도

간과할 수 없다. 『삼사문학』은 서정 지향적인 근대 주체의 낭만성이 주류를 이루고 있다. 이는 아방가르드를 막연하게 받아들였다는 것을 의미한다. 아방가르드가 예술적 혁신을 통해 사회의 변화를 꾀하려고 했다는 점을 정신사적으로 놓치고 있고, 예술을 통한 삶의 변화에 대한 철저한 자기인식이 부족했다는 것이다. 이 경우는 앞으로 논의될 『삼사문학』과 초현실주의와의 관련성에도 마찬가지로 적용된다.

2) 초현실주의 실천과 윤리

초현실주의가 현실에 대한 회의와 문명과 역사를 부정하는 반작용으로 정신의 실체를 해방과 자유에서 찾고자 했다면, 자신들의 내면에서 환상과의 접촉은 필연적일 수밖에 없다. 신비한 내면으로의 침잠은 가시적인 세계를 기괴하고 일그러진 부조리로 인식하기 때문이다. 이는 이상李箱이 거울을 통해 분열된 환상의 땅에 안착한 것처럼 『삼사문학』 역시 자신들의 초상을 모험에 두고 있었다. 하지만 유럽의 초현실주의가 집단적인 유행과 혁명을 이끌어낸 것에 비한다면 『삼사문학』은 무계획적 실험에 그치고 말았다. 이성, 문명, 과학 등과 같은 서구의 반성적 기제들이 우리의 근대에는 형성되지도 못했을 뿐더러 구문의 해체, 우연적 언어들이 빚어내는 환각을 수반한 고삐 풀린 의미들은 선뜻 받아들이기 어려운 독자의 감수성을 자극하는 것이었다. 김기진이 '말초신경적 관능의 무도'[49]라고 했을 때 그것은 김억이 '사상까지도 파괴하는 벤털리즘'[50]이라고 한 것과 등위를 이루는 것이었다. 이처럼 아방가르드의 『신흥문예新興文藝』에 대한

49 金基鎭, 「'本質'에 關하야」, 『每日申報』, 1924.11.23.
50 金億, 「『다다』? 『다다』!」, 『東亞日報』, 1924.11.24.

거부감이 문단 내에서 주류를 이루고 있었고, 유럽과 달리 전반적인 예술 운동으로 확산되지 못하였던 것이다. 이상李箱이 개인의 예술로서 아방가르드를 실천하고 위력을 과시한 것은 극히 이례적인 것이다. 일본에서 『시詩와시론詩論』을 중심으로 브르통의 「초현실주의 선언」과 그 주장과 강령들이 연이어 소개된 것에 반해 우리의 경우는 "파괴자"나 "세기아世紀兒의 고질"[51] 혹은 "보편성의 결여缺如"[52] 등과 같은 부정적인 시각이 주를 이루었다. 이시우가 『삼사문학』 1집에 「アールの 비극悲劇」을 발표한 뒤 지속적으로 초현실주의 시를 발표하고 있고, 신백수가 1집에서 「얼빠진」과 같은 서정적인 시에서 3집에 이르러 「12월月의 종기腫氣」와 같은 초현실주의 경향의 시를 발표한 것은 그들의 가능성을 드러내는 것이었다.

그러나, 앞서 언급한 것처럼 『삼사문학』은 다양한 경향성의 작품들이 수록됨으로써 분명한 운동이나 유파로 귀결된 것은 아니다. 이와 같은 것에 가장 근본적인 이유는 이들이 초현실주의 이론에 대한 확고한 습득이 없었고, 그 이론들을 『삼사문학』에 소개하고 자리 잡게 하는데 구성원들이 소홀했기 때문이다. 그리고 초현실주의의 정신보다는 형식에 치우치는 우를 범했기 때문으로 풀이된다. 그러나 무엇보다 『삼사문학』의 성취가 높이 평가받지 못하는 이유는 이상李箱이 이룬 미적 성취도를 넘어서지 못한 채 신백수가 동경으로 떠난 뒤 6집으로 끝낸 결집력의 부족을 들 수 있다. 이는 이상에게도 해당된다. 이상 자신이 집단의식에 대한 자각이 없었고, 아방가르드운동이 확산되기도 전에 죽음을 맞이했기 때문이다. 그렇다면 『삼사문학』에서 초현실주의적 경향은 어떤 것이 있을까? 이시우

51 李軒求, 「佛蘭西文壇縱橫觀」, 『文藝月刊』, 1931.11.
52 金起林, 「詩의 技巧, 認識, 現實 등 諸問題」, 『朝鮮日報』, 1931.2.11~2.14.

의 시에서도 초현실주의 경향이 드러나고 있지만, 신백수의 「12月의 腫氣」는 초현실주의가 미학적으로 잘 구현된 시라고 할 수 있다.

> 젓내를퍼트리는귀염둥이태양太陽
>
> 입김엔근시안近視眼이보여준돌잽이의꿈이서린다
>
> hysteria징후徵候를띄운호흡기呼吸器의질투嫉妬
>
> 또할
>
> 나의심장心臟이태양太陽의백열白熱을허용許容하면
>
> 열대熱帶가고향故鄕인수피樹皮의분필액分泌液이rnbber질質의비명悲鳴을낳다
>
> 어제의방정식方程式이적용適用될1934년年12월月14일日의거품으로환원還元한다
>
> 하품
>
> 기지개는태양太陽의존재存在를인식認識치않는다

— 백수, 「12月의 腫氣」 전문

우선 이 시는 초현실주의 시라고 평가할 때 수반되는 띄어쓰기가 무시되어 있고, 의미의 연상들이 통일을 거부한 채 시적 메시지를 거부한다. 한자, 영어, 한글, 숫자 등의 시각적 혼용과 명사형과 단정적 종결 어미 그리고 과감한 띄어진 행간 등은 아방가르드의 속성을 드러내는 것이라 할 수 있다. '젖내를퍼트리는귀염둥이태양太陽'에서와 같이 '태양'이 거느리고 있는 관습적인 사유들을 불식시켜 버린다. 이어지는 구문들은 언어의 이미지들이 연쇄적으로 파편화된다. "어제의방정식方程式이적용適用될1934년年12월月14일日의거품으로환원還元한나"에서처럼 '어제의 방정식' 그것이 '적용될 1934년 12월14일'과 그것이 다시 '거품으로 환원한 나' 사이에는 아무런 인과 관계가 없다. 기묘한 환영을 만들어 내는 이 시가 의미하는 것이 무엇인지를 파악하려 애쓰는 일은 시간과 공간이 뒤섞인 무의식의 언어를 의식의 언어로 바꾸려는 재생의 노력에 불과하다. 실체가 아니라 현실 너머의 실체인 까닭이고, 현실 너머의 실체를 드러냄으로써 현실의 실체를 공격하고 있기 때문이다. 12월의 종기腫氣란 무엇인가? 태양인가 나인가? 아니면 아무것도 없는 풍경인가? 이처럼 알 수 없는 정신의 실체를 밝히고 있는 이 시는 4집에 실려 있는 「Ecco Homo후예後裔」와 5집에 실려 있는 「잎사기가되는심리心理」와 함께 초현실주의 시가 잘 드러난다고 할 수 있다.

그러나 브르통이 내세운 초현실주의의 기법 자체가 자동기술법에 의한 무의식의 기술이라는 것임을 전제한다면 과연 이들 시가 이와 같은 방법에 의거하여 쓴 것이라는 것에는 회의적이다. 시인 자신이 의식을 과감히 버리고 무의식에 의지하여 '순수한 정신'을 표현했느냐는 본인 자신만이 알기 때문이다. 문면상에 나타난 띄어쓰기의 무시나 이미지의 무질서한 연합관계가 초현실주의를 대표할 수는 없다. 이 점에서 형태 파괴나 구문의 파괴를 하지만 의식에 기초하고 있는 다다이즘과는 구별될 수밖에 없다. 정직한 창작방법이 엄격하게 요구되는 초현실주의는 그 어떤 사조보다 강령적이고 교조적이다. 이 때문에 초현실주의자들은 집단적인 유파나 에꼴을 형성하며 그 운동의 투쟁성과 혁명성을 내세우며 축출과 소송을 불사했던 것이다. 이는 이상에게도 적용되는 것이겠지만 『삼사문학』의 경우 「초현실주의 선언」에서 드러나는 정신과 방법에 의해 쓴 것이냐는 것은 전적으로 시인 자신의 윤리에 속한다.

미적 구현을 위해 의식적이고 의도적인 노력과 의지에 구현된 작품이라면 초현실주의 작품이라고 단정 지을 수 없다. 초현실주의가 자유로운 정신의 유희를 내세우는 '심리적 자동성'[53]과 뗄 수 없는 관계에서 비롯한다. 초현실주의는 인간을 억압하고 있는 논리와 형식으로부터 고의로 떨어져 나와 내적 탐구를 추상적으로 보여준다. 이 과정에서 정돈된 의식에 충동하는 운문韻文보다는 무의식의 연속적인 산문散文이 더 적합하다는 것을 알 수 있다. 이상의 「선에 관한 각서」는 의식의 철두철미한 미적 조율에 의해 창조된 다다이즘의 세계이지 「꽃나무」의 세계가 아니다. 「꽃나무」가 고의로 오브제를 떼어놓고 초현실적 세계의 환영을 그려냈듯이 초현실주의는 분명 다다이즘과는 다른 지점에 놓여 있다. 따라서 『삼사문학』에 실려 있는 시가 띄어쓰기가 무시되고 있다고 해서 초현실주의라고는 할 수 없다.

이 점에서 4집에 실려 있는 이효길의 「어느일요일日曜日날의화제」나 정

53 Marcel Raymond, 김화영 역, 『프랑스 현대시사』, 현대문학, 2007, 447면.

병호의 「수염.굴관.집신」, 한천의 「성城」, 5집에 실려 있는 정병호의 「여보소」나 이상의 「I WED TOY BRIDE」는 미적 인식을 자각한 의식에 의해 형상화되어 있고 이미지들 역시 미적 인식을 전제로 쓰였기 때문에 다다이즘 시라고 할 수 있다. 『삼사문학』이 초현실주의에 관심을 가진 것은 분명하다. 그렇다고 해서 『삼사문학』에 수록되어 있는 시가 곧 초현실주의 시가 되는 것은 아니다. 『삼사문학』에 실려 있는 소설이나 희곡에서도 발견되듯이 심리주의 작품이라고 평가할 수 없기 때문이다. 분명한 것은 초현실주의 시인이라고 확증된 이상에게서도 입체파적인 것과 다다이즘적인 것 그리고 초현실주의적인 것이 뒤섞여 있고 『삼사문학』의 경우도 한 시인에게서 초현실주의에 대한 일관된 태도가 보이지 않기 때문이다. 유럽의 초현실주의에서 자동기술과 같은 방법으로 도달한 예술가들이 가장 열광적인 찬사를 받았다는 것은 주목할 일이다. 이런 의미에서, 4집에 실려 있는 이시우의 다음과 같은 시를 초현실주의 시라고 평가하고 있지만 실제로는 미적 인식을 의도한 다다이즘 시라고 평가할 수 있다.

> 행복幸福에대對한우리들의이야기속에서, 불행不幸의전부全部를뺀뎃자, 남는것은결決코행복幸福은안이다. 그여자女子를탠행복幸福의기차汽車는, 십년十年같은산山너머로떠나는날이다. 행복幸福은, 다른이에게도없는것이닛가, 필연코나에게도없는것이겠지. 나는그여자女子의생일生日날을외이고, 솔밭에는바람이부는날이다. 행복幸福과같은. 불행不幸과같은.
>
> 一李時雨, 「驪駒歌」 전문

이 시는 5집에 실려 있는 「작일昨日」과 함께 시적 서사가 간파된다. 털빛이 검은 말의 노래라는 뜻을 지닌 이 시의 제목은 만남과 떠남을 노래하고 있다. "그여자女子를탠행복幸福의열차列車"가 "산山너머로떠나는날" 나는 누구에게도 없는 행복을 떠올리며 "필연코나에게도없는 것"이라는 것을 인식하고 있다. 마치 『삼사문학』 5집에 실려 있는 이상의 시 「I WED TOY BRIDE」에서 "작란감신부新婦"의 사랑과 미움이 『날개』의 금홍이를 연상시키며 서사적인 맥락을 거느리듯이 언어의 충돌이나 연상에 의한 심리는 드러나 있지 않다. 사유를 의식과 무의식으로 나누고 이를 구분 짓는 일은 사실상 불가능하다. 의식과 무의식이 서로 교차하고 시간의 지속과 단절이 계속하기 때문이다. 이 점은 브르통도 인정하는 바였다.[54] 그가 주장한 「초현실주의 선언」과는 입장을 달리하는 것이지만 그러나 어떤 미학적 혹은 도덕적 관련에서 제외되고, 이성이 행사하는 통제가 없는 곳에서, 사고思考가 내리는 "명령"이었던 것은 명확하게 견지했다.[55] 이는 1919년 수포와 브르통이 『자장』을 쓰면서 1969년 그룹의 40여 명이 해체될 때까지 순수한 정신의 자동기술과 프로이트의 정신적 기제인 자발성에 의지하는 연상을 지속해 왔던 것에서도 발견된다.

이런 관점에서, 이시우의 「여구가驪驅歌」는 사고의 논리가 명료하고 지적이고 도덕적인 관점에서 가장 보편적이고 가장 심각한 종류의 의식의 위기를 선동하는 만큼 아무것도 지향하지 않는[56] 초현실주의의 기본 입장과는 거리가 있다. 다다이즘과 초현실주의는 관습적인 것에 불복종하고 전복을 기도하고 있다는 점에서 근대성과 깊은 관련이 있고, 과거에 대한 처

54 위의 책, 420~432면 참조.
55 위의 책, 444~450면 참조.
56 Georges Sebbag, 최정아 역, 『초현실주의』, 동문선, 2005, 20면.

형방식이 예술적 기호記號로서 혹은 강력한 운동으로서, 목표가 분명한 테러리즘과 같은 실천 행위라는 점에서, 정신착란적이고 몽환적이었다. 환각은 유럽 문명이 파괴되기를 바라는 아나키즘적인 광기로서 인간을 억압으로부터 구원하고자 했다. 이를 위해 초현실주의는 책, 잡지,[57] 전시회, 대중 집회, 팸플릿, 특공대작전까지도 결합하는 혼합적 전략을 사용하면서[58] 자신의 주장과 운동들을 정당화했던 것이다. 이 점에서 『삼사문학』은 그 운동성의 측면에서 유럽의 초현실주의와는 거리가 있다.

1930년대가 근대문학 내에서 신경향파의 리얼리즘, 언어 감각을 통한 이미지즘, 주지적인 모더니즘, 시문학파의 순수시정, 해외문학파의 유럽 문학의 폭넓은 수용 그리고 일본문학과의 교섭을 통해 그 어느 때보다도 문학의 황금기를 이루었고, 이 과정에서 담론 투쟁이 활발하게 진행되었던 시기였다. 『삼사문학』은 이러한 격류 속에서 그 문학적 위상을 뚜렷이 하고자 했다. 그러나 근대문학 내에서 아방가르드가 지적 엘리트 내지는 문학 향수층에게 크게 호응받지 못하였고, 성리학적 유교주의 문학 윤리는 아방가르드를 이해하려 하지도 않았다. 이런 가운데 이상李箱이 이룩한 문학적 위상은 높이 평가받아야 마땅하다. 그러나, 그것이 개인의 성취에 끝나고 말았고 『삼사문학』 역시 아방가르드에 대한 이해와 지식이 부족한 상태에서 외관만 받아들여 조직운동으로 발전하지 못한 점은 아쉬움으로 남는다.

57 『리테라튀르』, 『초현실주의혁명』, 『혁명에 봉사하는 초현실주의』, 『미노토르』, 『VVV』, 『네옹』 등이 있다. 위의 책, 36면.

58 위의 책, 37면.

5. '미적 혁신'과 '미완의 운동'으로서 『삼사문학』

아방가르드는 근대의 반성으로부터 출발했다. 이는 비단 문학에 국한되는 것이 아니라 예술의 전반에 걸친 운동의 성격이 짙은 새로운 사조였다. 표현주의, 입체파, 미래파 등이 다다이즘과 접촉하면서 그 목표와 방향이 뚜렷해졌고 이것이 지도자격인 브르통 주도의 초현실주의와 야심을 이룸으로써 아방가르드는 유럽뿐만 아니라 영국, 미국, 러시아, 일본에 이르기까지 세계적인 예술운동으로 확산되었다. 우리의 근대문학도 이와 같은 전위적이고 실험적인 것에 대한 관심이 일찍이 일본을 통해 또는 해외 문학에 대한 번역을 통해 수용되었다. 그러나 앞서 살핀 것처럼 우리 근대문학의 아방가르드 수용은 그 이론적 기반에 수용된 것이라기보다는 형식과 기법적인 면에 기울였다는 측면이 강하다. 예컨대 이상이 이룩한 입체파적이고 다다이즘적인 시나 초현실주의적인 시는 근대문학 영역 내에서 이론화되고 논의된 것이 아니라 이상 개인의 일본문학과의 관련 속에서 성취된 것이었다. 그리고 초기 다다이즘적인 시를 썼던 시인들이 아방가르드와는 전혀 다른 방향으로 문학적 신념을 다졌던 것을 상기하면 정신적 측면을 배제한 채 문학 방법으로서의 기술적 측면에 치중했다는 것은 부족함을 여실히 드러내는 것이었다.

유럽의 아방가르드나 일본의 아방가르드가 문명과 과학과 같은 물질의 깊은 곳에서 저항과 비순응이라는 불복종의 기억을 만들어 냈다면, 우리 근대문학은 국민국가가 형성되지 못한 채 근대성에 대한 자각으로부터 출발한 아방가르드의 정신을 수용하고 이를 안착시키는 데 필요한 생산 조건을 갖추지 못하였다. 『삼사문학』은 이와 같은 배경 속에 탄생하여 스타일의 문제에만 매달리게 되었고 이는 백조파와 프로문학 그리고 모더니즘에게도 해당되는 것이었다. 1930년대는 "백조파"로 분류될 수 있는 낭만적 경향이 퇴조를 보이고 "신경향파"가 정치적 이유로 고전하고 있는 시기에 모더니즘이 그 자리를 메우고 있었다. 정지용, 김광균, 장만영 등의 이미지즘과 신고전주의적 경향을 보이던 주지주의 계열의 김기림의 시와 함께 김영랑, 박용철, 신석정 등을 비롯한 시문학파가 순수 서정과 민족어 대한 자각을 이루던 시기라 할 수 있다.

이와 같은 배경으로 근대문학의 아방가르드운동은 30년대 초에 이르러 그 면모가 전면에 드러나기 시작했다. 유럽에서 「쉬르리얼리즘 제1선언」을 한 것은 1924년이었다. 그리고 이것이 1929년 일본 문단에서 『시詩와 시론詩論』을 중심으로 니시와키 준자부로西脇順三郎, 키타카와 후유히코北川冬彦, 미요시 다쓰지三好冬治, 키타조노 카츠에北園克衛, 하루야마 유키오春山行夫 등에 의해 본격적으로 소개된 후, 우리 근대문학은 이를 수용하면서 그 미적 가능성을 실천하기에 이르렀다. 아방가르드의 큰 줄기라고 일컬을 수 있는 다다이즘이 1916년 취리히에서 짜라, 휠젠베크, 마르셀 장코, 마르셀 뒤샹 등이 제1차 세계대전에 절망하여 『리테라튀르』1922~1924라는 잡지를 창간하며 주로 과거의 예술을 부정하는 혁명적 의식을 꾀하였다면, 초현실주의 문학운동은 일본과 우리 근대문학에 거의 동시적으로 소개되고 이것은 범 문학적 분위기를 형성하는 세계주의적 사유의 산물어문 연구 잡지이었다.

『삼사문학』은 이러한 아방가르드운동을 구현시킨 잡지라고 평가된다. '새로운 예술'을 지향하며 문학 담론을 이끌고자 했던 『삼사문학』은 그 문학적 방향성을 미적으로 제시하고자 하였다. 그러나, 집단적 운동이나 유파로 이어지지는 못했고, 유럽의 아방가르드가 적대적인 시각과 투쟁하며 고투를 벌인 것과 마찬가지로, 동시대 문단과 문학의 저항권 내에 속에 있었다. 아방가르드가 예술의 전 분야에 걸쳐 변혁운동의 성격을 띠었던 것을 상기한다면, 우리의 아방가르드는 집단성이 부족한 것도 사실이었다. 그러나, 『삼사문학』은 미적 감각을 제시하며, 정신의 문제를 새롭게 바라보고자 했으며, 이는 곧 미적 혁신을 통해 현실 속에서 모더니티의 문제를 추동하는 것이었다.

참고문헌

간호배 편, 『원본 『三四文學』』, 이회문화사, 2004.

金起林, 「詩의 技巧, 認識, 現實 등 諸問題」,『,朝鮮日報』,1931.2.11~2.14.

金基鎭, 「'本質'에 關하야」, 『每日申報』, 1924.11.23.

金 億, 「『다다』?『다다』!」, 『東亞日報』, 1924.11.24.

김용직, 『한국현대시사』, 한국문연, 1996.

김윤식, 『한국근대문학사상』, 서문당, 1974.

_____, 『이상연구』, 문학사상사, 1987.

_____ 편, 『한국현대 모더니즘 비평선집』, 서울대 출판부, 1995.

문덕수, 『한국모더니즘 시연구』, 시문학, 1992.

李軒求, 「佛蘭西文壇縱橫觀 , 『文藝月刊』, 1931.11.

조연현, 『한국현대문학사』, 성문각, 1980.

최덕교 편, 『한국잡지백년』, 현암사, 2005.

亀井秀雄, 김춘미 역, 『明治文學史』, 고려대 출판부, 2006.

三好幸雄, 정선태 역, 『일본문학의 근대와 반근대』, 소명출판, 2002.

家永三郎, 연구공간 '수유+너머' 일본근대사상팀 역, 『근대일본 사상사』, 소명출판, 2006.

Andre Breton, 황현산 역, 『초현실주의 선언』, 미메시스, 2012.

C. W. E. Bigsby, 박희진 역, 『다다와 초현실주의』, 서울대 출판부, 1980.

Georges Sebbag, 최정아 역, 『초현실주의』, 동문선, 2005.

Marcel Raymond, 김화영 역, 『프랑스 현대시사』, 현대문학, 2007.

Renato Poggioli, 박상진 역, 『아방가르드 예술론』, 문예출판사, 1999.

Andre Breton · Tristan Tzara, 송재영 역, 『다다, 쉬르레아리슴 宣言』, 문학과지성사, 1987.

이시우 시론을 통한 『삼사문학』의 '오리지날리티' 분석

이시우, 한천, 신백수의 시를 중심으로

김태형

1. 『삼사문학』과 이시우

일찍이 이시우[1]는 "레아리떼"을 설명하며 "묘사의 시작"이 "한개의 돌"에 대한 인식을 정확히 하기 위해서 비롯되었다고 주장했다. 바꾸어 말하면 이시우에게 묘사란 한 개의 돌에 한정될 뿐이었다. 그는 나아가 연쇄되는 의미에 대한 연상을 억제해야만 비로소 "한개의사물에대하야 한개의 문자가 산출"함을 주장했다. 즉 그가 생각하기에 "레아리떼"은 일종의 산출로서의 문자, 허무 세계 혹은 상대적 세계에 기반을 둔 개념이다. 이와 같은 이해 아래 이시우는 "슈레아리떼"이 "레아리떼"과 달리 "산출"하지

1 이시우, 「絶緣하는 論理」, 『三四文學』 3, 三四文學社, 1935, 8면.

않으며, "자연그자신"의 절대, 완전의 세계를 가정하는 것이야말로 그 본체설임을 강변했다.

이와 같은 주장이 실렸던 『삼사문학三四文學』(이하 『삼사문학』)은 1934년 9월 1일 1집으로 시작하여 1937년 1월 6집까지 발간된 것이 기록된[2] 한국문학사 최초의 초현실주의 문예 동인지이다. 신백수가 주도하여 이시우, 조풍연, 정현웅 등이 참여해 만들어진 『삼사문학』은 발간 초기 종합 문예지의 성격을 띠었으나 3집 이후 이시우를 위시하여 신백수, 한천, 정병호, 유연옥, 이상 등의 초현실주의 시를 주로 게재하였다. 동시에 「절연絶緣하는 논리論理」, 「사·에·라」, 「SURREALISME」 등 초현실주의적 작법론을 소개하기도 했다.

그러나 초현실주의는 한국문학 연구사가 크게 주목하지 않았던 분야[3]이다. 기존 서정시의 경향에서 탈피해 새로운 영역을 개척했다는 의의에

2 현재까지 발견된 『삼사문학』은 1~5집 뿐으로, 6집은 발견되지 않았다. 이시우가 『상아탑』에서 "一九三七年 一月달에 第六輯을 내"었다고 언급한 바 있어 그 존재만을 확인할 수 있을 뿐이다. 6집이 발견되지 않는 원인은 그가 위의 글에 덧붙였듯 "그냥 흐지부지, 한券도 팔리지가 않었기때문에 더 繼續할 興도 일지 않었"기 때문일 것이라 생각할 수 있다. 간호배는 『삼사문학』이 추가적으로 발간되지 않은 것을 당시 "초현실주의 문학이 이단시되던" 문단 상황에 큰 영향을 받은 탓으로 보고, 『創作』 제2집(1936)과 『斷層』으로 계승되었을 것이라 주장했다. 이시우, 「'曆'의 내력」, 『상아탑』 7, 1946, 14~15면; 간호배, 『원본 『三四文學』』, 이회문화사, 2004, 28면 참고; "필자는 (…중략…) 김윤식 교수와 김주현 교수에게 혹시 『三四文學』 제6집을 소장하는 여부를 전화로 직접 문의한 결과 "金鍾國 譯, 『이상전집』 3 수필에서 그대로 옮겨 썼으며, 『三四文學』 제6집은 소장하고 있지 않다"는 답변을 받은 바 있으므로." 차영한, 『초현실주의 시와시론』, 한국문연, 2011, 155면.

3 2010년대 들어 발표된 1930년대 한국 초현실주의에 대한 연구는 문학보다 미술에 치우친 것이 사실이다. 이는 정현웅의 초현실주의적 담론에 바탕하며, 일부 연구는 『삼사문학』과의 관련성을 가지고 있다. 강정화, 「정현웅의 예술의식 연구–『삼사문학』 동인 활동과 미술비평문을 중심으로」, 『한국학연구』 57, 인하대 한국학연구소, 2020, 223~250면; 홍지석, 「1930년대의 초현실주의 담론–『삼사문학』과 정현웅」, 『인물미술사학』 10, 인물미술사학회, 2020, 9~32면 등.

도 불구하고 해당 분야에 대한 연구가 희소한 것은 ① 초현실주의 사조 자체가 브르통 사후 그 생명력을 크게 상실했다는 점, ② 한국 모더니즘 연구가 주지주의 계열, 이미지즘 계열에 치중되었다는 점, ③ 초현실주의 계열 연구가 이상의 작품을 집중적으로 조명했다는 점 등이 그 원인[4]으로 지적된다.

특히 『삼사문학』, 그리고 그 구성원에 이르러서는 심지어 이상 시의 아류, 추종자라는 평[5]마저 등장하는 등 평가가 더욱 박했다. 그들 문학은 논리성·현실성 너머 잠재의식의 세계를 희구하였으며, 50년대 초현실주의의 단초가 되었다는 의의를 인정받았기는 했으나 큰 족적을 남기지 못한 "Minor Poet", "이상의 아류"에 그쳤다는 평[6]을 피하지 못했다.

그러나 이 같은 이해는 간호배·차영한[7]의 연구 이전, 즉 『삼사문학』 5

4 "한국 시문학사에서 초현실주의에 관한 시나 시론에 대해서 단편적으로 언급된 것은 많으나, 시문학사적 위치에서 체계적으로 논의된 바는 흔하지 않다." 간호배, 「이시우 시론 고찰」, 『우리문학연구』 11, 우리문학회, 1998, 175~176면.

5 김윤식은 『삼사문학』이 "이상문학의 에피고넨"이라 주장했고, "3·4문학의 수준이 이상문학을 결코 능가하지 못했고, 대형화조차 되지 못했기 때문"을 그 이유로 들었다. 심지어 이상의 문학에는 "이른바 벤야민이 말하는 아우라"가 있었으나 3·4문학자들에 대해서는 "정신운동 대신 자동기술"이 가능했으며, "자동기술이기에 그것에 모랄 의식이나 사회적·윤리적 책임이 따르지 않았"다고 분석했다. 김윤식, 「3·4문학파, 초현실주의—모더니즘의 변종들」, 『李箱研究』, 문학사상사, 1987, 252면 참고.

6 남기혁, 「현대시의 형성기(1931년~1945년)」, 오세영 외, 『한국현대詩사』, 민음사, 2007, 190면. 김윤정은 삼사문학 동인이 한국 문단에서 "최초로 초현실주의 시를 선보인 시인"인 이상에게 공감대를 형성했던 동인일 뿐임을 강조했다(김윤정, 앞의 글, 251면 참고). 박근영, 「『三四文學』 硏究」, 『상명여자사범대학』 18, 상명대, 1986, 57면 참고. 다만 박근영은 해당 연구에서 『삼사문학』에 대해 ① 동인지로서 참신한 면모를 보여주었고 ② 중심 동인들의 작품 경향을 Sur계열로 확정시키고 상당한 수준의 시를 발표했으며 ③ 서정시에서조차 순수 서정에서 새로운(현대적) 정서에로의 지향을 힘썼다고 분석한 바 있다(박근영, 같은 글, 56면 참고).

7 차영한은 이제까지의 『삼사문학』 연구를 크게 세 분류로 나누어 정리했다. ① 모더니즘 수용과 초현실주의 수용 등 문예사조 측면에서 다룬 연구 ② 한국현대문학사 연구 측면에서 개관적으로 다룬 연구 ③ 쉬르 시의 주된 표현양식론 등 표현방법론에 중점을 둔 연구(문광영),

집이 발견되기 전까지의 일반적 해석 풍조일 뿐이다. 예를 들어 강희근[8]은 『삼사문학』의 의의를 종합문예지였던 1~3집에서 "초현실주의 '에꼴'화"의 면모를 보였던 4집에 두었으나, 그 한계 역시 "초현실주의에의 '에꼴'화를 지속적으로 이어나갈 수 없었던 점"이라 지적한 바 있다. 그러나 이 주장은 5집이 발견된 이후 차영한에 의해 반박[9]되었다.

한편 『삼사문학』의 성과 자체보다는 "그들이 집단적으로 시도한 새로운 문학을 향한 노력"[10]에 집중하자는 의견 역시 존재했다.[11] 그러나 간호배는 『삼사문학』의 초현실주의가 "절연의 미학, 데빼이즈망과 데포르마시옹의 시학, 자동기술법" 등을 수용해 한국 현대시의 한 영역을 개척하였으며, 이는 수용의 측면에서만 바라볼 것이 아니라 이로 인해 한국문학이 "인간과 세계의 인식에 대한 새로운 시야"[12]를 도입하였음을 주장했다.

또는 작품 분석에 중점을 둔 연구(간호배)가 그것이다. 차영한, 앞의 책, 20~36면 참고.

8 강희근, 「『三四文學』 연구－시를 중심으로」, 『한국문학연구』, 동국대 한국문학연구소, 1982, 122면.

9 "특히, 속간된 제 5집(1936.10)에서는 이상, 황순원 등이 참여하는 초현실주의적 시들과 이시우의 평론 「SURREALISME」을 발표함으로써 완전히 에콜화 된 것은 현대문학사에서는 대단히 중요한 의의를 부여하고 있다." 차영한, 「초현실주의 수용과 '三四文學'의 시 연구」, 경상대 박사논문, 2008, 6면.

10 천소화, 「韓國 쉬르레알리즘 文學 硏究」, 성심여대 석사논문, 1981, 41면.

11 이런 측면에서 문광영의 연구는 주목할 필요가 있다. 그의 연구가 1985년의 것임에도 불구하고, 그는 이상이 쉬르리얼리즘 시를 썼다는 견해에 대해 이상의 시는 "情神적 外傷으로 인한 分裂性格의 作家的 詩創作을 시도했기 때문에 그러한 경향이 극히 부분적으로 보일 뿐, 그가 쉬르詩를 시도한 작가라고는 볼 수 없다"고 주장했다. 그의 창작형태가 쉬르적 요소를 담고 있을 뿐이며, 또한 당시 일본에서 유행한 다다이즘, 미래파, 쉬르리얼리즘 등의 시풍이 이상의 내면세계의 심리와 결합되어 나타났다는 것이다. 문광영은 쉬르리얼리즘의 이해에 있어 이상에게만 편향된 시선을 주어 "李箱만이 극단적 모던니티(modernity)의 선구자로 보고, 「三·四文學」의 쉬르活動을 과소 평가했다는 사실은 再考되어야 할 것"이라고 정리했다. 문광영, 「韓國 쉬르리얼리즘詩의 表現技法論에 관한 小考」, 『論文集』, 인천교육대학원, 1985, 3~4면 참고.

12 간호배, 앞의 글, 157면.

차영한[13] 역시 앞선 연구자들이 『삼사문학』의 초현실주의 시들을 "과소평가"했으며, 이는 "심층적인 시 작품분석을 극복하지 못"한 것이 원인임을 주장[14]했다.[15]

즉 이전까지 『삼사문학』이 다양한 이유로 '평가절하'되어온 것과 달리, 최근의 연구는 『삼사문학』이 적은 작품 수, 짧은 활동 기간, 뒤늦은 '에꼴'화 등 지속적으로 지적되어 온 여러 결함에도 불구하고 한국 현대시사의 주요한 지점에 놓여 있음을 주장하는 것이다. 『삼사문학』에 대한 최근 연구들은 그들이 "이상의 아류"에 불과하다는 기존 인식을 부정[16]하고, ① 한국 현대시사 최초로 초현실주의 창작방법론을 제시했다는 점, ②「절연하는 논리」에서 제시된 방법론적 단어 '절연'[17]을 바탕으로 이시우, 신백수, 한천, 유연옥 등 『삼사문학』 특유의 초현실주의 시의 창작 성과를 냈

13 차영한, 『초현실주의 시와 시론』, 한국문연, 2011, 37면.

14 더 나아가, 차영한은 지금까지의 연구들이 『삼사문학』의 시를 이상문학의 아류로 평가한 것이 "치명적으로 과소평가"한 것이라 주장했으며 『삼사문학』에 수록된 시 20여 편을 분석해 "마땅히 재평가되어야 정당"하다고 결론지었다. 이는 이상의 시를 비롯한 초현실주의 시가 여러 편 수록된 『삼사문학』 5집이 발견되기 전에는 설득력을 가지기 어려웠을 것이다. 차영한, 앞의 책, 245면 참고.

15 물론 5집이 발견된 뒤에도 이들의 활동에 대해 큰 의미를 두지 않는 연구자 역시 존재한다. 장이지는 「절연하는 논리」가 게재된 3집에서도 정현웅, 조풍연은 사실주의 사상에 기반한 텍스트를 게재했으며, 특히 정현웅은 「사 · 에 · 라」에서 이시우의 '새로운 방법론'에 어긋나는 태도를 강조한 바 있음을 지적했다. 그는 그나마 초현실주의에 가까웠던 『삼사문학』은 신백수가 "서울에 남아 있는 동인들에게는 의논도 없이" 발간한 5집 뿐이므로, 단지 "초현실주의적 흐름"을 시사적 맥락에서 재조명하는 것이 『삼사문학』에 대한 접근 방법일 것이라고 주장하였다. 장이지, 『한국 초현실주의 시의 계보』, 보고사, 2011, 114면 참고.

16 "이시우의 작품이 이상의 시세계와 비교할 때 문체(스타일)이 전혀 다른 것으로 보이며, 이시우의 시가 갖는 특성은 그의 심리적 기법에서 오히려 찾아야 할 것 같다. 왜냐하면 그의 시세계는 매우 난해하여 이해될 수 있는 수준까지 밝혀내지 못한 것 같기 때문이다." 차영한, 앞의 책, 26면.

17 "'絶緣'이라는 말은 초현실주의 미학을 한마디로 집약한 것이다. 전연 관계없는 언어, 사물, 사건 등을 서로 결합하여 새로운 이미지를 만들어내는 것이다." 간호배, 앞의 글, 181면.

다는 점, ③ 이후 『단층斷層』, 『창작創作』 등의 동인지·문예지로 계승된 동인의 성격이 해방 이후 초현실주의 시작의 토대가 되었다는 점 등에 집중하고 있다. 또, 차영한[18]에 이르러서는 이시우, 신백수, 한천, 정병호, 유연옥, 주영섭, 최영해, 황순원 등 『삼사문학』에 수록된 초현실주의 시를 시인별로 분류·분석하는 한편 평론은 「절연하는 논리」, 「평론評論 – 십구세기十九世紀의 예술지상주의藝術至上主義와 이십세기二十世紀의 예술지상주의藝術至上主義」, 「SURREALISME」 각각을 분석해 초현실주의 창작방법론으로서의 의의를 발견했다. 그러나 『삼사문학』 동인의 시 작품이 이시우에게 영향을 받았다는 정황[19]과 이시우 시론이 초현실주의 시론의 토양이 되었다는 분석[20]에도 이시우 시론에 바탕한 『삼사문학』 시 작품 분석이 부족했던 것은 분명하다.

무엇보다 『삼사문학』 5집이 관련 연구에서 주요하게 다뤄지는 원인은 이시우의 「SUREALISME」에 있다. 해당 평론에서 이시우는 수많은 "Ama-ture"를 공격한다. 김기림의 '전체시론' 역시 비전문가로서 가열찬 비판의 대상이었다. 시 창작에 있어 "주지의작용"이라는 김기림의 주장을 "판단력이 비평적으로 훈련되지 못하얏"기 때문이라고 일축하면서, 김기림 시에서 "속도"로 보이는 것은 기실 "세밀도의결여로서보히는착각"이며, 즉 시인의 정서가 단지 "축소시킨소설의인상성에 불과"함을 주장했다. 이는 이시우(를 위시한 삼사문학 동인)의 시각이 김기림의 초현실주의 시에 대한 '포

18 차영한, 앞의 책.

19 "이시우가 확고한 문학관을 가지고 있었던 데 비해 신백수는 동인지 발간에 주력하다가 점차 이시우의 영향을 받았고, 한천, 최영해, 정병호 등도 이들의 영향을 받아 초현실주의 시를 썼다." 간호배, 『초현실주의 시 연구–『三四文學』을 중심으로』, 한국문화사, 2002, 30면.

20 위의 책, 177면; 문광영, 앞의 글, 5면.

멀리즘'적 이해와는 달리 '절연', 즉 정신사적 측면에서 전개되었음을 알게 한다.[21]

이와 같은 이시우의 주장은 앙드레 브르통의 선언[22]에 기초한다. 그는 인간의 의식적 사고 내에 "낯설 뿐인 문장이 순간마다 하나씩" 있다는 것을 진실이라고 주장했다. 동시에 창작에 있어 "속삭임의 무궁무진한 성질에 믿음을" 가질 것과 계속적인 창작과 고민을 요구했다.[23]

본고는 『삼사문학』 활동에 있어 이시우의 시론이 그 토대가 되었다는 선행연구의 결론[24]에 동의하면서도, 「절연하는 논리」, 「SURREALISME」가 주요 논점으로 삼은 "절연"과 "오리지날리티"의 개념이 아직 확연하지 못하다는 사실에 주목한다. 신백수가 『삼사문학』의 창간사 「「3·4」의 宣

21 간호배는 이시우의 「절연하는 논리」와 「SURREALISME」에 대해 "문장이 산만하고 체계적이지 못한 부분이 있지만, 1930년대 당시의 빈곤한 초현실주의의 시론에 주춧돌 역할을 하고 있"다고 분석하였다. 간호배, 「이시우 시론 고찰」, 『우리문학연구』 11, 우리문학회, 1998, 177면; 장이지는 『삼사문학』을 초현실주의 성향의 동인지로 볼 수 있는 근거가 "전적으로 이시우의 활동에 기대고 있"다고 주장하기도 하였다. 장이지, 『한국 초현실주의 시의 계보』, 보고사, 2011, 115면.

22 앙드레 브르통, 황현산 역, 『초현실주의 선언』, 미메시스, 2012, 22면.

23 간호배는 이러한 선언으로 시작된 초현실주의 작법의 결과를 ① 서정시의 전통적인 형식 파괴 ② 인간의 이성과 합리적 사고 부정 ③ 실험을 통한 시의 새로운 영역 개척 ④ 인간의 무의식과 상상력에 의한 정신세계 확대로 정리하였다. 이 밖에도 초현실주의는 "현실에 파괴에서 그치지 않고 우연과 무의미를 통해 더 확장된 현실을 꿈꾼다는 것", "초현실과 정신, 신비한 꿈과의 결합에서 빚어진 불가사의한 아름다움이 경이롭게 하는 '가장 위대한 정신의 자유'" 등으로 이해되어왔다. 간호배, 『『三四文學』의 초현실주의 연구』, 아주대 박사논문, 2000, 1~2면 참고; 김윤정, 「아방가르드 시의 양상」, 『20세기 한국시의 사적조명』, 태학사, 2003, 247면; 차영한, 『초현실주의 시와시론』, 한국문연, 2011, 2면.

24 간호배는 이시우의 「절연하는 논리」와 「SURREALISME」가 초현실주의 문학이 취해야 할 정신적 자세와 시의 진보적 방법론을 제시했다고 분석했다. 이시우가 전문 비평가가 아닌 탓에 두 글은 본격적인 이론으로서의 체계가 부족하고 논리의 허술함이 엿보이긴 하나, 30년대 빈곤한 초현실주의 이론에 중요한 토양이 되었다는 것이다. 무엇보다, 이시우의 평론이 『삼사문학』 동인지의 성격을 다져주는 역할을 한 점에 큰 의의가 있음을 주장했다. 간호배, 같은 글, 184면 참고.

言」에서 그들 모임을 "새로운 藝術로의 힘찬 追求"라 정의한 사실, 그리고 1집에서 5집까지 동인 전체의 문학 기조가 확연히 변화한 정황과 이시우의 문학적 태도를 유기적으로 묶어 이해하고자 하는 것이다.[25]

물론 『삼사문학』 동인이 문학적으로 '비전문적'이라는 비판을 피할 수 없는 집단임은 선행된 연구, 그리고 삼사문학 동인의 회고 등을 통해 주지되는 사실이다. 그러나 이들이 브르통 등의 초현실주의 작법을 있는 그대로 수용한 것이 아니라 조선문단 환경에 적용시켜 자생적으로 작법을 발전시키려 했던 점, 『삼사문학』 5집에 이르러 일본 문인들과의 상호교류의 흔적을 드러낸다는 점 등은 이시우의 시론과 『삼사문학』 동인의 작법론 사이에 유기적 관계가 있음을 추론케 하는 지점이다.

이어서 "절연" 논리를 바탕으로 『삼사문학』 전반에 게재된 초현실주의 시가 갖는 "오리지날리티"를 해석[26]하고자 한다. 그리하여 이들의 시가 가진 성질을 분석[27]하고, 앙드레 브르통 등의 초현실주의 작법, 초현실주의 시에 대한 이해와 어떤 차이점과 결절점을 지니고 있는지 분석하는 것을 목표로 한다.[28]

25 삼사문학 동인의 작품적 변화 정황과 신백수·이시우의 창작 방법론적 접근을 연계하여 이해하고자 함은 그들의 작풍 변화가 브르통의 "무의미한 것들과의 끝장"이라는 제언(앙드레 브르통, 앞의 책, 134면)보다는 "좋은意味의아마츄어릿슈"라는 작시 태도(이시우, 「SURREALISME」, 『삼사문학』 5·7면)에 기초하였다고 보는 것이 작품 분석적 측면에서 더 자연스럽기 때문이다.

26 『삼사문학』 게재 시에 대한 초현실주의 작법적 분석은 이미 차영한의 연구(차영한, 앞의 책)가 존재하므로, 본고에서는 이시우의 "절연" 논의와의 관련성에 집중하고자 한다.

27 『삼사문학』 5집에는 이상의 시 작품이 실려 있으며, 이를 주요한 작품으로 설정해 『삼사문학』을 이해한 연구들(간호배, 차영한, 장이지 등)이 존재하지만 그가 이시우의 시론에 영향을 받은 대상에 포함되지 않는 것으로 보여 본 연구에서는 이상의 『삼사문학』 게재 시에 대한 분석을 진행하지 않기로 한다.

28 브르통이 "막대한 규모와 모든 방향의 논리적 착란에 의하여 상상력의 결정적인 해방을 시도케"했다면, 이시우의 절연(그리고 산문화적 경향)이란 단순히 현실적 맥락의 생략을

2. 절연 – 새로운 나래

『삼사문학』의 시론을 분석하기 전 이해해야 할 것은 1~3집까지의 『삼사문학』이 '초현실주의 동인집'이라기보다는 종합문예지의 성질을 가지고 있다는 사실이다. 이는 당대 문단 상황에서 초현실주의의 데카당스, 데뻬이즈망, 오브제, 자동기술법 등의 작시 기법이 긍정적으로 받아들여지지 않았을 뿐더러[29] 이단으로 받아들여진 까닭으로 보인다. 그러나 그와 같은 한계에도 불구하고 『삼사문학』 창간호에서의 "새로운 나래" 선언은 그들이 가지고 있었던 당대 문단에 대한 도전적 태도를 드러낸다고 이해할 수 있다.

> 모딈은 새로운 나래翼다.
>
> ― 새로운 예술藝術로의 힘찬 추구追求이다.
>
> 모딈은 개개個個의 예술적창조행위藝術的創造行爲의 방법통일方法統一을 말치않는다.
>
> ― 모딈의 동력은 끌는 의지意志와 섞임의 사랑과 상호비평적분야相互批評的

의미했다는 혐의를 피할 수 없다. 정귀영, 『초현실주의 시론』 I, 도서출판 창, 2001, 199면 참고; 장이지, 앞의 책, 147면 참고.

29 차영한은 김기림이 시 「슈-르레알리스트」로 초현실주의에 대해 부정적 시선을 가졌던 것으로 분석했다. 김기림이 '슈르레알리스트'들을 "생활"이 없으며, "가엽슨 절름바리"인 동시에 "남들이 모르는 수상한 노래에 맞추어" 춤을 추는 존재로 이해했다는 것이다. 차영한, 「초현실주의 수용과 '三四文學'의 시 연구」, 경상대 박사논문, 2008, 29면; 김기림은 시인의 "감정과 사고는 항상 생활의 발로"이며, "예술을 생활에서 분류하여 獨異한 대상으로 관찰하려고"하는 것은 "낡은 사고방법의 습관을 범한 것"이라고 이야기한 바 있다. 김기림, 「詩評의 再批評 – 「딜레탄티즘」에 抗하여」, 『김기림 전집』 2, 1988, 358면 참고; 김기림, 「상아탑의 비극 – 「사포」에서 초현실파까지」, 같은 책, 318면 참고; 즉, 김기림에게 '생활'이 없는 '슈르레알리즘'은 부정적인 낡은 사고방법으로 받아들여진 것이다.

分野에서 결성結成될 것이매.

—「「3·4」의 宣言」 부분(강조는 인용자)[30]

신백수는 「삼사문학」이라는 "모듬"이 "개개個個의 예술적창조행위藝術的創造行爲"를 위한 "새로운 나래"임을 선언하는 동시에, 이것이 "방법통일"을 말하는 것이 아님을 확실히 했다. 이는 ①『삼사문학』에 게재되는 작품의 방법통일을 경계하겠다는 의지, 혹은 ② 당대 문단의 초현실주의 배척 풍조에도 불구하고 자신들의 창작방법론을 견고히 하겠다는 의지로 이해할 수 있다. 『삼사문학』이 초현실주의 에콜화가 진행되는 중에도 장응두, 황순원[31] 등의 전통적 서정시, 주지주의 시를 게재한 것은 ①을 증명한다. 또, 5집 「SUR-REALISME」에서의 김기림 비판은 당대 문단이 가졌던 초현실주의에 대한 몰이해와 배척에 저항한 ②의 대표적 사례임을 알 수 있다.

또한 『삼사문학』이 접했을 '슈르리얼리즘'이 프랑스에서 바로 도입된 것이라기보다는, 일본 군국주의 하에서 공산주의적 성질이 거세된[32] 일본 모더니즘의 한 갈래였다는 것도 이들의 '자생화'에 영향을 미쳤다고 볼 수 있다.

30 신백수, 『三四文學』 1, 三四文學社, 1934, 5면.

31 황순원의 시를 초현실주의적 작범으로 이해한 연구도 있다는 점을 주지한다. 차영한, 앞의 책, 212면 참고; 장이지는 『삼사문학』 동인들이 모순되는 예술적 지향을 가지고 있었음에도 동인의 틀을 유지할 수 있었다는 사실을 지적한다. 즉, 동인의 주도자였던 신백수, 이시우, 한천 등 초현실주의자들이 어떻게 사실주의 성향의 정현웅, 조풍연을 포용할 수 있었는가에 대한 의문을 제시한 것이다. 이는 앞서 인용한 「「3·4」의 선언」에서 신백수가 "모듬은 개개의 예술적창조행위의 방법통일을 말치않는다"고 주장하였던 것에서 일말의 이해를 구할 수 있을 것이다. 말하자면 『삼사문학』은 "미학적 공감"을 바탕하였으나 일체의 방법통일을 주장한 동인이 아니었던 것이다. 장이지, 앞의 책, 115면 참고.

32 차영한, 「초현실주의 수용과 삼사문학의 시 연구」, 경상대 박사논문, 2008, 27면.

1) 「절연絶緣하는 논리論理」

「절연하는 논리」는 『삼사문학』 3집에 수록된 이시우의 시론이다. 차영한[33]은 해당 논의가 "단절되는 언어구사력", "강박관념적인 문장"으로 거부반응을 일으켰지만 "다양한 의미가 함축 제시"되고 있다고 분석했다. 차영한이 분석한 대로 해당 논의는 6페이지에 불과하며, 문장 역시 그 형식을 갖추지 못하거나 비슷한 어구가 반복되는 등의 형식적 결여가 크게 눈에 띈다. 하지만 연구자들은 「절연하는 논리」가 "초현실주의의 작시 원론인 르베르디P. Riverdy의 '이미지 사열loidel' écartelément de l'image'을 간접적 제시"[34]하였다거나, "초현실주의 문학이 취해야할 정신적인 자세와 시의 진보적 방법론을 주장"[35]했고, "김기림의 피상적인 브르통의 초현실주의 이론과 방법론의 소개보다도 현실성확보와 설득력이 있"[36]었던 것으로 분석하고 있다.

이시우는 조선 자유시의 전성시대는 그 당시에 이미 퇴폐시대를 회태하고 있었으며, 그 순수성을 상실했을 때 상품 가치를 획득한 시대이기도 했음을 지적한다.

> 시詩의 방법方法과는 달은 사유思惟의 방법方法으로의 결과적산출結果的産出인 「감상感想」이란 의미意味의 내용內容의 발전發展만을 추구하였고, 형식形式은 언제까지던지 고정固定된 「카메라」와 한 가지 발전發展치를 못하였든 까닭이다.
>
> —「절연하는 논리」 부분[37]

33 차영한, 『초현실주의 시와시론』, 한국문연, 2011, 226면.
34 문광영, 앞의 글, 5면.
35 간호배, 앞의 글, 184면.
36 차영한, 「초현실주의 수용과 '三四文學'의 시 연구」, 경상대 박사논문, 2008, 227면.

위 인용된 문장은 "사유의 방법"으로 발달된 시에는 형식의 발전을 기대하기 어렵다는 내용이다. 이시우는 '시의 방법'과 '사유의 방법'을 각기 다른 것으로 인식했으며, 형식에서의 발전 없이는 시가 "고정된 「카메라」와한가지 발전치 못"한 것이라 주장했다. 그는 이러한 지적의 대상으로 민중시, 즉 "「푸로레타리아」시詩"를 들며 이들이 민중시에서 프롤레타리아시로 변화한 것을 "과연 시의진보라고 부를수 있을가"라는 의문을 제기한다. 심지어 "사상의현실성으로 나아가는운동"은 "발생적인 「노래부를수잇는시詩」에까지 퇴화하는운동"이라고 신랄하게 비판하는 등, 시 창작에 있어 사상·내용면으로 기울어지는 행태를 크게 경계하고 있다.

즉 이시우는 목적문학인 프롤레타리아시리얼리즘 문학가 1·2차에 걸친 대량 검거로 인해 자유시에서 다시 "「노래부를수잇는시詩」", 민중시로 '퇴화'하고 있는 시점에서, 형식의 발전 없이 사상만의 발전을 추구한 시들이 과연 '시의 진보'인지를 물었던 것이다. 그는 우에노 사부로의 말을 빌려 이러한 시인들을 "원인을 가지고 발생한 결과가 영구히 그 원인에만 교착해있다고 생각하는 오류 (…중략…) 영구히 과거의 대상만을 쫓아단이는 사진가의 류"로 정의하였다.

그가 이러한 시인들, "변화하지 않는 시인"들을 두고 "우리들"은 인정할 수 없다고 한 것은 『삼사문학』 동인의 대표성을 가지고 서술한 내용일 것이라 이해된다. 그들은 "「ㅃ아손」을 중심으로" 그들 시의 성질과 범위를 한정하며, "묵은 「ㅃ아손」을 고수시키는 약간의 여지"가 남았을 때에도 결국 "역사는 그들을 허용치 않"을 것임을 주장했다. 이러한 이해 아래

37 이시우, 『三四文學』 3, 三四文學社, 1935, 8면.

『삼사문학』 동인은 변화하지 않는 시인들이 창작한 '자유시'와 '율적산문'을 인정하지 않았던 것이다.

> 절연絶緣하는 어휘語彙. 절연絶緣하는「센텐스」절연絶緣하는 단수적單數的「이메이지」의 승乘인 복수적複數的「이메이지」. 절연체絶緣體와 절연체絶緣體와의 질서秩序있는 승乘은 절연絶緣하지 안는 우수優秀한 약수約數를 낳은다. 그리고 절연체絶緣體와 절연체絶緣體와의 거리距離에 정비례正比例하는 Poesie Anecdote의 공간空間(Baudlaire이말한 신神과 갓치 숭고崇高한 무감각無感覺 혹은 moi의 소멸消滅)이리하야 절연絶緣하는 논리論理에서 스사로 소설小說과의 절연絶緣은,「포에지이」의 순수純粹함은 실험實驗되는 것이다.
>
> —「절연하는 논리」 부분[38]

위 인용문은 "절연하는 시작법"에 대한 방법론적 설명이다. 어휘에서 시작해「센텐스」, 단수적「이메이지」, 복수적「이메이지」가 질서 있게 "승"한 것은 곧 "우수한 약수"가 된다는 것이다. 차영한[39]은 위의 글을 인용하면서 브르통이 "초현실주의를 초자연주의라는 말을 원용해도 상관없다는 것을 밝"혔음을 언급했다. 그는 이 초자연주의라는 단어가 "초현실주의자들에게는 오브제에 해당"되는 것이라 설명했다. 앙드레 브르통이 오브제 활용에 있어 "있는 그대로의 외부적 오브제를 제거하고 의식이 내부 세계와 맺는 관계에서만 사물을 고찰하는" 방법을 제언한 것을 고려할 때, "절연하는 시작법"이 어휘, 센텐스, 단수적 이미지, 복수적 이미지로 이끌어

38 이시우, 앞의 책, 10면.
39 차영한, 『초현실주의 시와시론』, 한국문연, 2011, 218~219면.

낸 '우수한 약수'는 오브제의 논리와 상통하는 바 있다. 즉, '절연'이란 무관계한 언어의 만남으로써 새로운 이미지를 형성하는 작법을 의미하는 것으로 보인다. 문광영[40]은 자동기술이나 오브제 등으로 서술된 시가 데뻬이즈망의 수법으로 이루어졌다고 주장한 바 있는데, 이러한 창작법은 "종래의 수사법이며, 시어의 구사, 이미지 표현" 등 모든 시학적 규범을 '파괴'하고 "새로운 표현미학"을 시도했다는 점에서 반미학을 형성한다고 설명하고 있다.

그러나 이시우는 이러한 작법으로 창작된 시가 당대 문단에 저항 없이 받아들여질 수 없을 것이라 여긴 듯하다. 그러므로 그는 절연의 논리로 창작된 시가 "결코, 일반에게 모르는 작품을 가지고 우수한 작품으로 하는" 것이 아님을 주장했을 것이다. 나아가 사회 일반의 시에 대한 몰이해, 무식은 시의 발전을 조해(저해)할 수 없으므로 사회적일반에게 구태여 시를 이해받고자 할 필요는 없다고 덧붙였다. 다만 이 발전에 따르지 못하는 소설가나 평론가의 경우에는 그들의 '공부가 부족'한 탓이며, 당연히 "지적파악, 개념적근거좇아없이" 흥미를 느낄 수는 없다는 점을 지적했다. 모르는 시나 이해할 수 없는 시에 당면할 때마다 "아모반성없이 적의를 품는 것"은 언어도단이라는 것이다.

> 어떠한 새로운 질서秩序로서 현 질서秩序를 파괴破壞하는 것이 「포에지이」라고 하면 단지 파괴破壞한다고 하는 정신적精神的인, 반항反抗의 태도態度로서만 파괴破壞하는, 직접直接의 정신情神에 의依한 질서秩序의 파괴破壞는, 왕왕

40 문광영, 앞의 글, 22면.

往往 반反「포에이지」가된다. 정작의 「포름」 즉卽 시적형태詩的形態의 파괴破壞만은 완전完全한 대신代身, 이번에는 도로혀 파괴破壞하였다고 생각하였든 시詩의 개념槪念에 반환反還하는것이다. 실實상인즉 「포에지이」의 그러한 파괴破壞의 또한 개個의 더한층層 깊이있는 주지主知의 위치位置, 즉卽, 현 방법론적方法論的인 질서秩序를 필요必要치 않게 된 새로운 방법론적方法論的인 질서秩序로의 주지主知에 있다는 것을 몰각沒却하고, 다만 현상적現象的인 것을 과도過度하게 신용信用하야 거기에다 우연적偶然的인 경험적사물經驗的事物을 첨가添加, 접목接木할냐고 하였든 까닭이다.

—「절연하는 논리」 부분[41]

앞선 주장에 더하여, 이시우는 현 질서를 파괴하고 새로운 질서를 탄생시키는 것이 곧 "포에지"라고 주장했다. 하지만 무조건적인 파괴, '파괴로서만 파괴'하는 것은 오히려 포에지에 반하는 행위가 되며, 이는 시의 형태(「포름」)는 파괴했을지언정 시의 개념이 원상복구되는 현상을 막지 못함을 지적하고 있다. 이는 앞서 지적했던 '군중시의 퇴보'에 대한 이해와 상통하는 면을 가지는 주장이다.

이러한 이해 아래 이시우가 주장한 것은 산문시의 출발이었다. 지금까지 시의 필수적 요소로 생각되었던 음율은 단지 운문의 시학일 뿐이며, 이 운율에서 독립하여 만들어진 순수한 산문의 기능, 즉 순수한 '의미'가 불가결한 것임을 인지하여 진정한 의미의 산문시를 창작해야 한다는 것이다. "그래서 산문으로 쓰지 않으면 안 된다. 운문은 이 이상 완전히 될 수

41 이시우, 앞의 책, 11~12면.

없는 까닭이다"라는 이시우의 분석은 운문이 이미 완전하며, 더 이상의 시험 후에는 뒷걸음질만이 남았다는 것을 의미하고 있다.

2) 「SURREALISME」

> 이하以下, 즉卽 이상李箱이는 Amateur가 아니다까지의 운운云云은, 납부게 해석解析하면, 이상李箱이에게 대對한 비열卑劣한 변명辨明같에서 불유쾌不愉快하나, 실상實相은 조곰도 이상李箱이에게 대對한 비열卑劣한 변명辨明이 아니라는 점點을 이상李箱이에게 대對하야와는 또달니, 나의 순백성純白性에 대對하야 다시 한 번 변명辨明하고 싶다. 즉卽 이상李箱이는 Amateur가 아니다. 여기서 내가 말하고자 하는 것은, 따라서 以下는 Amateur라던가, Amateurish라던가, 혹或은 아류亞流…………이라던가의 설명적說明的인 약간若干의 고찰考察이다.
>
> —「SURREALISME」 부분[42]

인용한 바와 같이 「SURREALISME」은 '아마추어', 혹은 '아류'에 대한 고찰로 시작된다. 이 아류, 아마추어에 대한 주장은 ① 정지용보다 서정시의 수준이 낮은 임화 ② 이시우 자신이라도 생각해낼 수 있는 김기림의 전체주의 ③ k씨[43]의 아류에 불과한 김기림과, 기실 그 에피고넨에 불과한 임화 등을 예로 삼았다. ③에 있어서 이시우는 "임화등이운운하는언어의건강성"이 언어의 생리성을 의미하는 데에서 끝난다면, 김기림은 주목할 만한

42 이시우, 『三四文學』 5, 世紀肆, 1936, 12면.

43 차영한은 해당 평론에서 언급된 k씨를 팔당 김기진으로 추정한 바 있다. 차영한, 앞의 책, 231면.

역설가임을 주장했다. 그러나 자신이 문학을 비평함에 있어 "물질적에스프리", 혹은 "음악적에스프리"를 "보통일반적에스프리"와 구별하여 쓴 것을 설명하며 이 점이 자신의 비평과 임화·김기림 등의 원시적 언어"言語의 Barbarism"가 구별되는 점임을 역설했다.

이상 "아마츄어릿슈" 논의에 있어 이시우는 기존 문단에 대한 혹평의 자세를 취했지만, 「삼사문학」 동인인 신백수에 대해서는 "비상식적인 소질"을 가진 "좋은의미의아마츄어릿슈"라 주장하는 모습을 보인다. 이는 자신들이 이전 작가들과는 다른 '어린 세대younger generation'라는 자의식에서 발로한 의견으로 볼 수 있다. 이러한 태도는 후술된 이상 작품 분석에도 나타나는데, 이시우는 이상의 작품을 제대로 분석하지 못하거나("나는 가외가전을 무작정하고 늘인 것이라고만 알았더니 이상이는 무작정? 줄인 것이라고 하므로 무작정하고 줄인 것을 무작정하고 늘인 것으로만 여기었던 것은 나의 착각錯覺이었다"), 5집에 수록된 세 편의 시를 아주 간략하고 추상적으로 평하는 데 그쳤음에도 "스타일이라고 하는 것에 파탄이라거나 용만함이라고 하는 것은없다"고 옹호하는 모습을 보이고 있다. 이와 같은 옹호적 태도는 앞서 인용했던 신백수의 「「3·4」의 선언」에서 주장했듯 당대 문단의 배척 풍조에 맞서고 초현실주의 작시 태도를 견지하기 위함으로 이해된다.

> 혼돈混沌한 사물事物을 이해理解하기 위爲하야서는 몸소 사물事物에 부대치어 피避하지 않는 곳에 시인詩人으로서의 신세리티라던가, 액티쀄티가 비로소 문제問題되는 것이며, 즉저卽抵(구속拘束)이라던가, 균정均整이라던가는 곧 고전정신古典情神의 명쾌성明快性이다. (…중략…) 이같이 정씨鄭氏의 시詩가 고전주의古典主義에도 역시亦是 반反한다는것은, 나는 정씨鄭氏의(아름다운 서정시

抒情詩)는 이해理解할 수 있으나, 정씨鄭氏의(아름답지 않은 서정시抒情詩)는 무슨 의미意味인지 자세仔細히 알어볼 수가 없다. (…중략…) 정씨鄭氏의 예술藝術을 논論할 때, 누가 이 점點을 지적指摘한 자者 없고, 단지 Mannerism의 예술藝術을 아류亞流의 비평가批評家가 아류亞流한 데 불과하얐다.

—「SURREALISME」 부분[44]

한편 「삼사문학」 외부의 문인들에 대해서는 박한 태도를 보인다는 점[45]도 눈에 띈다. 이시우는 이 글에서 정지용에 대해 "다섯 토막의 Paragraph"가 단지 쇠약한 역설에 불과하며, 그의 수사학 역시 "한 토막의 어쩔 수 없는 역설"이라고 주장하고 있다. 그가 이렇게 주장한 이유는 정지용의 시가 "충분히 객관적인 사상의 세계"인 까닭일 것이다. 이러한 시각에서 이시우는 정지용 시를 스노비즘시, 아류의 예술에 불과한 시로 단정 지었다. 또, 정지용을 '이지적'이라고 평하는 비평가가 있을 수 있으나 이는 정서의 결여를 잘못 본 것이라 하였다. 이시우가 생각하기에 시 창작에는 '가혹한 저항'이 필요하며, 이를 위해서 시인에게는 객관적인 시선이 아닌 주관적 시선이 요구된다는 것이다.

다만 이시우가 정지용 시를 전면적으로 부정했던 것은 아니다. 그는 '아름다운 서정시'와 '아름답지 않은 서정시'를 분류해 비판하였고, 정지용의 매너리즘을 지적하는 자 없이 "아류의 비평가"가 아류하고 있는 행태를 지적했다. 그에게 정신은 곧 운동이며, 운동하는 자신은 스스로의 에너

44 이시우, 앞의 책, 14면.

45 "이시우는 「絶緣하는 論理」에서 프롤레타리아 시와 모더니즘 시를 동시에 공격하고, 「SURREALISME」에서 김기림, 정지용 등 모더니스트들을 공격함으로써 『삼사문학』의 문단적 위상을 높이고자 하는 의도가 있었다." 장이지, 앞의 책, 117면.

지로서 운동하지 않는 일체를 분쇄하는 것이기 때문이었다.

그러나 이 글에서 가장 혹독하게 비난받은 것은 김기림이다. 이시우 자신이 "먼저 말한 정씨에 대한 비평의 후반은 기실은 당신에게 대한 비평", "판단력이 아직 비평적으로 훈련되지 못하였"다고 언급한 것은 물론, 추가 페이지의 절반 이상의 분량이 김기림의 시론 비평에 쓰였다. 이시우는 자신의 객관성이란 순전히 철학적인 해석인 반면 김기림의 객관은 주관에 대한 객관, 즉 현실으로서 현상적으로 해석된 것임에 비평의 중점을 두었다. 즉 김기림이 시 창작에 있어 질서를 요구하는 것은 주지의 작용이라 할 수는 있으나 그것은 인류학의 문제에 속하며, 문학에서 그러한 것을 요구하는 이유는 김기림이 "슈르・레아리즘"을 통과하지 못하였기 때문이라는 것이다. 「기상도氣象圖」 분석에 있어서 이시우의 비평은 더욱 가열차다. 그는 「기상도」에 대해 일말의 경사 없이 '유치한 정치성'에 기대어 창작되었다고 평한다. 그리고 작품상에서 일견 속도로 보였던 것은 세밀도의 결여가 일으킨 착각이고, 김기림의 정서가 축소시킨 소설의 인상성에 불과하다는 결과까지 이르는 것이다.

이상 이시우의 「절연하는 논리」와 「SURREALISME」의 내용을 분석해보았다. 「절연하는 논리」가 창작방법론의 제시에 무게를 두었다면, 「SURREALISME」은 초현실주의(혹은 슈르리얼리즘)에 대한 비판적 의견을 논박하고 문단적 위치를 공고히 하는데 중점을 둔 것으로 보인다. 두 시론을 관통하는 키워드를 살펴보자면 크게 ① 절연(데뻬이즈망) ② 가혹한 저항 ③ 객관성으로 나누어 볼 수 있을 것이다. ①은 서로 관계가 없는 절연의 어휘, 절연의 문장, 단수적 이미지와 그 승인 복수적 이미지가 만나 '우수한 약수'를 산출한다는 초현실주의적 창작방법론(≒오브제)이다.[46] 이와 상통하는 '데뻬이즈망'은 쉬르시 작법의 기본 공식이라 부를 수 있다. ②는 기존 질서를 파괴하고 새로운 질서를 세우는 것에 있어 필요한 것이다. 즉, 새 질서를 세우는 과정에서 사물 자체에 존재할 뿐인 '소극적 저항력'만이 작용할 경우, 전달의 불충분이 발생한다고 이해할 수 있다. 그러므로 이시우의 시론에서 (가혹한) 저항이란 곧 이해의 수단으로 작용한다. ③은 ①과 ②를 가능케 하는 것으로써, 이제까지와 '객관'과는 다른 순수한 철학적 객관성을 의미한다. 절연의 창작방법론에서 객관성은 '절연의 어휘'를 가능케 하며, 더 나아가 문장, 이미지가 '절연'할 수 있도록 한다.

3. 이시우 시론을 통한 『삼사문학』 주요 시인 분석

3장에서는 앞서 살펴본 이시우 시론 「절연하는 논리」, 「SURREALISME」에 바탕하여 『삼사문학』에 수록된 시를 분석한다. 이는 해당 동인이 서로의 작품에 얼마나 유기적으로 영향을 미쳤는지, 그리고 어떠한 부분에서 독자성을 가지고 있었는지 이해하기 위한 작업이다. 특히 『삼사문학』 동인은 연희전문학교 학생들이 주축이 되어 결성된 만큼 평균 연령이 낮았고, 문단 활동 경력이 전무하거나 매우 짧은 편이었다. 즉, 그들 스스로의 연구와 창작이 서로에게 영향을 끼쳤을 가능성이 높다는 것이다.

46 "일상적인 생활에서는 사물들이 그 본래의 의미를 가지고 있지 못하다. 그 사물들은 실용적이고 안이하고 안정된 세계에서의 한 도구에 불과한 것이다. 실용성에 의한 사물들이 관습적인 용도에서 이탈되었을 때 그 사물은 비로소 본래의 의미로 돌아간 것이다. 이 때 이 사물은 무수한 가능성을 갖게 되는 것이다. 이 무수한 가능성은 무수한 오브제들의 탄생을 의미한다." 간호배, 「이시우 시론 고찰」, 『우리문학연구』 11, 우리문학회, 1998, 182면.

1. アールは거울안의アール와같이슬프오

2. 끽연喫煙을 위爲한끽연喫煙에서연기煙氣의엄연儼然한존재存在를인식認識할수없는○와같은アール의일생一生이다

3. 자미없던어적게에서밖에ローマンチズム을맨들고있더라(ローマンチズム를위爲한ローマンチズム인○과같이자미없는아,○과같이자미없는○-과-같-이-자-미-없-는……)

4. 서가書架에낀겨져있는서적書籍과같은アール의분노憤怒는アール는방대尨大한욕辱의사상思想인화석化石을거울에빛오일뿐이다

5. 너조자잠작고있으면또한개의アール는대체大體너에게다무엇을속삭일수있단말이냐. アール의 비보

— 「アール의悲劇」 전문[47]

『삼사문학』 동인이 초현실주의를 표방하기 이전부터 초현실주의시 작법을 고수한 이시우는 「アール의 비극」(1집), 「제일인칭시」·「속」(2집), 「방」(3집), 「여구가」(4집), 「작일」(5집) 등 꾸준히 초현실주의 작법에 기초한 작품을 게재하였다. 첫 수록작품인 「アール의 비극」의 "アール", 즉 "R"은 인명의 이니셜[48]로써 시인 자신으로 볼 수 있다. 즉 アール의 비극은 이시우 자신의 비극인 것인데, 일인칭으로의 전개를 피하고 삼인칭을 선택한 것은 시인 나름의 '절연', 자기 자신과 비극 사이와의 비관계성을 설정하기 위함으로 보인다. 그 외에도 시인은 작품 속에서 계속 '절연'을 시도한다. "끽연을위한끽연", "로맨티즘ローマンチズム을위한로맨티즘"은 행위가 갖는 의미를 거세해 행

47 이시우, 『三四文學』 1, 三四文學社, 1934, 8면.
48 장이지, 앞의 책, 119면.

위 그 자체만을 남기고자 하는 의도로 해석되며, "존재를인식할 수 없는 (…중략…) アール의 일생"이나 "○과같이자미없는", 대답 없이는 속삭일 수 없는 "또한개의アール" 등은 작품에 등장하는 주체 그 자신을 객체화[49]하려는 것으로 이해할 수 있다.

이시우는 이후 발표한 작품에서도 "제비초리의변명", "가을이면은가을이기때문에슬픈것", "육체를희박히하는나의형이상학", "피의불순함을슬퍼하고자" 함에도 "작고만작고만하품을하는" 주체를 설정하며『제일인칭시』, 제2권, "방"에 갇힌 "일이"는 매일 늘어가는 "부서진작란감"에도, 어머니가 만류에도 밖으로 나가고자 하나 세월이 지나고 변한 것은 "일이"의 방이 "철이"의 방이 되었다는 사실만을 제시『방』, 제 3권하고 있다.

> 왼쪽으로 왼쪽으로 별들이 기우러지거나 로망티그의 나무나무요
>
> 오-마담. 보쐐리이와 같이 기도서祈禱書의 일절一節은 지폐紙幣와같이 갈갈이 찌저 버리었으나 장미薔薇와같이 붉은 꽃들의 송이 송이
>
> 오날도 아름다운 하날 멀-니
>
> 여교원女教員은 소녀小女와같이 가는목소래로 로오레라이를 부르거나 작일昨日과같이 눈물을 흘니거나……나도 정말은 울고 있었다.
>
> —「昨日」 전문[50]

그러나 이시우의 이러한 시도가 그의 시론을 온전히 녹여냈다고 주장하

49 "대상들이 서로 뒤섞여져 그가 말한 심리적인 주관성을 주지작용을 통하여 간접적이거나 객관적인 진술을 시도하고 있음을 볼 수 있다." 차영한, 앞의 책, 179면.
50 이시우, 『三四文學』 5, 世紀社, 1936, 12면.

기는 어렵다. 인용한 작품은 지적한 이시우의 시가 갖는 한계를 보여주는 한 예시이다. 장이지[51]는 이시우가 초현실주의를 인식하는 방법이 "현실과 초현실의 이원론"에 기반을 두었으나 그 자신의 경험 빈약으로 시의 내용이 "짝사랑이나 실연의 번민 따위"에 그치고 말았으며, 현실이 빈약하였으므로 이를 추상화한다 해도 "빈약함이 극복될 수 없을 것"이라고 지적했다.[52]

이러한 정황은 그가 「SURREALISME」에서 김기림을 맹렬히 비난했음에도 불구하고, 이시우 자신은 김기림의 「슈―르 레알리스트」가 "그에게는 생활이업습니다 / 사람들이 모―다생활을가지는때"[53]라며 지적했던 초현실주의의 난점[54]을 극복하지 못한 것으로 볼 수 있다.

훌륭한 자유주의자自由主義者인 프리마돈나

그이는 갈닢옿에 매친 이슬이라오.

고-에로스가 꿈꾸든 구름다리옿에서

51 장이지, 앞의 책, 128면.

52 이 점은 이시우 창작 방법론의 한계라기보단 시인으로서 이시우의 한계라 할 수 있을 것이다. 브르통은 "시의 주제가 실제적이거나 사변적인 사고의 형식에서 점점 더 벗어나야 할 필요성"이 있다고 주장했으며, 이시우 자신도 『삼사문학』 2집에 게재한 시 「續」에서 "아아 나의 a priori(선험)는소나무처럼작고만작고만成長을하는도다"라 서술해 사변성에서 벗어나야 함을 인식하고 있었던 것으로 보인다. 앙드레 브르통, 앞의 책, 245면; 이시우, 『三四文學』, 5면 참고.

53 김기림, 「슈―르레알리스트」, 『김기림 詩 전집』, 깊은샘, 2014, 504면.

54 필자는 이전 연구에서 「슈―르 레알리스트」에 등장하는 "「피에로」"에 대해 "모든 사람이 가지고 있는 "생활"을 "「피에로」"만큼은 가지고 있지 않으며, 그 결과로 그는 어느 누구의 도움도 받지 않은 채 홀로 최후를 맞는 것"이라고 설명한 바 있다. 김태형, 「김기림 초기시론의 적용양상 연구」, 경희대 석사논문, 2018, 18면 참고.

스톱 돈나의 하늘거리는 두 촉수觸手.

의지意志어린 「센스」가떠러트린 로맹의해수욕장海水浴場인「리벨」은
벌서음분한향수香水를 「레반」골작이에 해방解放시켜주었고
「시로암」의 호수湖水가꿈꾸든 두눈옹에 어리인온세계는
외로히버림받은 이니스프리의 「루비」의 탄식이라오.

그대 호젔한 마음의 부푸른항구港口에뜬 배 하나
어느듯「파드론」은 바다바람이 안어다 준다오.

—그날

아폴로의 붉은정열이 행복한타임을 프레센트할 때
그와나의 「세－즈」는 먼 야자수그늘이 고향이었고

그 「이데아」는 천상天上의미美가 예기하다 지친
푸른 칸파스옹에서 새로운 「경윤」을 이루어나간다하오.

1934.8.1 동경에서

—「프리마돈나에게」 전문[55]

한천의 시는 오히려 이시우 자신의 시 작품보다 더 이시우의 작법이 충

55 한천, 『三四文學』 2, 三四文學社, 1934, 10~11면.

실히 반영된 것으로 보인다. 한천의 작품은 『삼사문학』 2집의 「프리마돈나에게」부터 초현실주의 작법을 활용하고 있다. 「프리마돈나에게」와 1집의 작품 「잃어버린진주」를 비교하면 그 성향의 차이는 일목요연하다. 「잃어버린진주」가 "나의 지친희망이 조으는 유리의 근심속에 / 구슬매친 칠색의 「커-틘」을 감어주려나"와 같이 전통적 서정에 기반한 수사법을 활용했다면, 「프리마돈나에게」에서는 "자유주의자"와 "프리마돈나"가 함께 쓰이고, "행복한타임을 프레센트할때"같이 일반적으로 낯설고 어색한 어휘결합이 눈에 띈다. 「삼사문학」 동인이 서로 다분한 영향을 주고받았음을 고려할 때, 이러한 변화를 이시우가 3집에서 주장하게 되는 '절연', '데빼이즈망'의 전조로 볼 수도 있을 것이다. 같은 방식으로 한천의 다른 시 「단순한봉선화의애화」를 분석할 수 있다.

> 어머니의일만정열속에서신성한동공瞳孔이신선한자유自由를낳았다. (…중략…) 다만홀로히흐리어진동공瞳孔을힌비단치마자락에싸안어들고소리없이미끄러졌다. —거미알을잡순상像인아류씨亞流氏들이하-얀이트를반사反射하는황혼黃昏의거리……조약돌옿에로.
>
> (…중략…) 온천만에거미줄이어찌나끼였든지그만저-오리온의별들이, 내에나멜의구두코끝에서어느한아가씨의임종을슬퍼하겠지……태양太陽이구버보지않는거리란, 별밤아레거미씨氏들의 별밤의……파라인가!
>
> —「단순한鳳仙花의哀話」 부분[56]

56 한천, 『三四文學』 3, 三四文學社, 1935, 32~37면.

장이지[57]는 『삼사문학』에서 이시우 다음으로 중요한 인물이 신백수가 아닌 한천이라고 주장하는데, 이러한 이해는 한천의 시가 의도된 난삽성에도 불구하고 이시우, 신백수의 시에 비해 풍부한 이미저리를 가진 것에 바탕하고 있다. 또한 위 시가 「프리마돈나에게」와 같이 '눈'이 '자유'로 이어진다는 심상을 가졌으며, 이후 발표한 「성」에서도 "신성한동공이신선한우주를낳았다"라는 시구가 있는 등[58] 그 자신의 시적 세계가 확립되어 있음은 주지할 만한 사실이다. 한천의 이같은 '자유' 시어는 앙드레 브르통이 1924년 「초현실주의 선언」에서 "자유라는 낱말 하나가 아직도 나를 열광시키는 모든 것"[59]이라 말한 것과 어느 면 상응하고 있다.

젓내를퍼트리는귀염둥이태양太陽

입김엔근시안近視眼이보여준돌잽이의꿈이서린다

hysteria징후徵候를띄운호흡기呼吸器의질투嫉妬

또할

나의심장心臟이태양太陽의백열白熱을허용許容하면

57 장이지, 앞의 책, 128면.
58 해당 이해는 장이지의 "이시우가 '거울'을 통해 초현실주의 미학에 접근해 간 데 대해 한천은 '동공'을 통해 그것에 근접해 갔다"라는 주장에 근거하였음을 주지함. 장이지, 앞의 책, 129면.
59 앙드레 브르통, 앞의 책, 63면.

열대熱帶가고향故鄕인수피樹皮의분필액芬苾液이rnbber[60]질質의비명悲鳴을
낳다

어제의방정方程式이적용適用된1934년年12월月14일日의거품으로환원한나

하품

기지개는태양太陽의존재存在를인식認識치않는다

—「12월(月)의 종기(腫氣)」 전문[61]

신백수[62] 역시 2집에서 초현실주의적 작법의 조짐을 보였으나, 본격적으로 '절연'의 작법을 반영한 것은 3집에 수록한 「12월月의 종기腫氣」로 보아야 할 것이다. 1집 「얼빠진」에서 "근지러움에 한마듸 / 오-자연"이라는 자연주의적 심상을 노골적으로 내보이던 신백수는 3집 「12월月의 종기腫氣」에 이르러 태양, 근시안, 돌잽이, 히스테리아징후, 호흡기, 질투 등으로 이어지는 '절연된 어휘'의 반복을 활용하고 있다. 또한, 문장마다 연을 구별한 것은 어휘가 '센텐스'로 확장되는 순간을 강조하고자 의도한 장치로 이해된다.

60 rubber의 오기로 추정

61 신백수, 『三四文學』 3, 三四文學社, 1935, 50~51면.

62 신백수가 이시우의 시론에 영향을 받았음은 그의 시 「Ecce Homo後裔」에서 명징하게 나타난다. 신백수는 해당 시에서 자신을 "움속에 싹튼 양배추", 이시우를 "온실에 맺은 파나나"로 비유해 그 앞에 "꾸러앉어" 변절하게 되었음을 고백하는데, 장이지는 이 '변절'이 부정적인 것이 아니라 "새로운 미학의 이단아로서 기존 문단을 배반"하겠다는 의미일 것이라 추측하였다. 장이지, 앞의 책, 141면 참고.

앞서 분석한 시인들 이외에도 『삼사문학』에는 정병호, 조풍연, 최영해, 황순원 등의 초현실주의 시 작품이 게재되어 있다. 이들 역시 1~2집에서 게재했던 작품과 「절연하는 논리」 이후의 작품에 있어 변화한 점이 있으나, 이들의 시에 반영된 이시우 시론의 성질이 전술한 이시우·한천·신백수의 그것에서 벗어나지 않고 오히려 더욱 한미한 것으로 보아 추가적인 분석을 진행하지 않는다. 한편 이상의 작품은 『삼사문학』 5집의 작품 중에서 형식적으로 가장 완성되었다는 평을 받고 있으나, 이상이라는 시인이 이시우 및 「삼사문학」 동인에게 영향을 미쳤을지언정 이시우의 「절연하는 논리」, 「SURREALISME」 등에 영향을 받았다는 정황을 발견하기 어려워 이 또한 분석 대상으로 삼지 않는다.

4. '오리지날리티'로서의 『삼사문학』

앞서 말했듯 『삼사문학』은 창간 당시 선언에서 스스로 "새로운 나래翼"가 될 것임을 분명히 했으며, 그 방법론이 "개개의 예술적창조행위의 방법통일"이 아닐 것임을 천명했다. 이는 브르통이 "유물주의적 태도는 사고의 어떤 향상과 양립 불가능한 것이 아니"[63]라고 주장했던 것과 상통한다. 이시우가 「삼사문학」 동인에게 끼친 영향을 볼 때, 이와 같은 태도는 신백수나 기타 동인에게서 비롯되었다기보다는 실제 시론을 집필한 바 있는 이시우에게서 연원한 것이라 생각하는 것이 타당한 추론이다. 이러

63 앙드레 브르통, 앞의 책, 65면.

한 선언을 바탕으로 「절연하는 논리」에서 「SURREALISME」에 이르는 일련의 시작 방법론의 확립은 동인으로서의 「삼사문학」이 '아류', '이상의 에피고넨'이라고 단순 이해되는 것이 '과소평가'라는 주장에 힘을 싣는다.

분명 「삼사문학」 동인이 이상의 영향을 받았다는 사실은 정황적, 작법적으로 다수 포착되는 바이나 『삼사문학』 내부에서만큼은 다양한 방향성의 '오리지날리티'를 갖고자 노력했다. 특히 「절연하는 논리」 이후 한천, 신백수, 정병호, 조풍연 등의 작품에서 발견되는 저마다의 시적 변화는 이들의 「삼사문학」 활동이 단지 이상 시에 대한 아류적 모방에 그치지 않고 스스로의 문학을 형성하였다는 것을 증명한다.

본고에서는 창작방법론으로서 이시우의 시론을 분석하고, 그 결과 ① 절연(데뻬이즈망) ② 가혹한 저항 ③ 객관성이라는 키워드를 확인했다. 또, 이러한 시론이 『삼사문학』 동인에게 있어 '오리지날리티'를 형성하는 데 어떠한 영향을 미쳤는지 작품을 통해 분석하였다. 이시우는 초현실주의의 이해에 있어 현실과 초현실을 구별하여 현실을 거세한 시어를 사용했다. 이를 위해 그는 언어의 의미를 제거하고 언어 그 자체로 만드는 작업에 골몰하는 한편 대상을 객체화하여 시인 자신과 '절연'하는 방식을 택했다. 그러나 시인의 경험 부족으로 시의 표현 대상이 연애, 애인 등으로 협소했고, 그 결과 이시우 자신의 시론을 온전히 담아내지 못했다.

오히려 이시우의 '절연'을 위시한 초현실주의 작법에 있어 뛰어난 모습을 보인 것은 한천과 신백수였다. 한천은 여러 작품에 걸쳐 '눈(동공)'→'자유'로 이미지를 연쇄시켰으며, 4집에 게재한 「성」에서는 끝내 '눈'에서 시작된 사유가 '신성한 우주'로 확장되는 모습을 보였다. 이는 현실과 초현실의 이원론에서 방황한 이시우의 시와는 다르게 절연된 시어와 절연된 시어를 엮어 '절연된 센텐스'를 구성하는 데에 어느 정도 성과를 거뒀다.

지금까지 한국 현대시사에서 『삼사문학』은 이상의 아류, 혹은 확장되지 못하고 사멸한 동인 활동 등으로 이해되어 왔다. 그러나 문광영, 간호배, 차영한 등의 연구자들은 이들의 활동이 한국 초현실주의 시의 근본적 토양을 조성했다는 점을 재발견하였고, 「절연하는 논리」·「SURREALISME」 등 이시우의 시론이 그 자체의 난삽함과 공격적인 문투에도 불구하고 동인의 창작방법론을 제시하는데 성공했음을 확인했다.

정리하자면, 『삼사문학』의 시론은 하나의 작법적 모범으로 자리잡았다고 보기는 어렵다. 분량부터가 매우 적은 편이며, 내용적으로도 동어반복적이고 난삽하다는 비판을 피할 수 없다. 그러나 그들의 창작방법론은 브르통이 "극도로 혼란스럽다고 판단했던 수많은 시도",[64] "바람직한 돌발성"을 위한 "어떤 시도"의 일부가 될 수 있을 것이며, 이시우를 위시한 동인들의 시 작품은 외부 이론을 받아들여 자생적으로 발전한 "생생한 증거"로 볼 수 있다. 박근영[65]이 지적했듯 수준이 뛰어난 "학자", "이론가", "시인"이 없었을지언정 "실험의식이 부족"한 동인활동으로만 이해하기에는 과소평가라 할 수 있는 지점들이 존재한다는 것이다. 향후 「삼사문학」 동인의 작품에 대해 더욱 체계적인 분석이 있어 본고의 주장을 뒷받침할 수 있으리라 생각한다.

64 앙드레 브르통, 앞의 책, 111면.
65 박근영, 「『三四文學』 硏究」, 『상명여자사범대학』 18, 상명대, 1986, 57면.

참고문헌

기본자료

간호배 편, 『원본 『三四文學』』, 이회, 2004.

단행본

간호배, 『초현실주의 시 연구-『三四文學』을 중심으로』, 한국문화사, 2002.

김기림, 『김기림 전집』 2, 심설당, 1988.

______, 『김기림 시전집』, 깊은샘, 2014.

김용직, 『한국현대시연구』, 일지사, 1976.

김윤식, 『이상연구』, 문학사상사, 1987.

오세영 외, 『한국현대詩사』, 민음사, 2007.

______, 『20세기 한국시 연구』, 새문사, 1989.

장이지, 『한국 초현실주의 시의 계보』, 보고사, 2011.

정귀영, 『초현실주의 시론』 I, 창, 2001.

차영한, 『초현실주의 시와 시론』, 한국문연, 2011.

한국현대시학회, 『20세기 한국시의 사적 조명』, 태학사, 2003.

앙드레 브르통, 황현산 역, 『초현실주의 선언』, 미메시스, 2012.

논문 및 기타

간호배, 「『三四文學』의 초현실주의 연구」, 아주대 박사논문, 2000.

______, 「이시우 시론 고찰」, 『우리문학연구』 11, 우리문학회, 1998.

강희근, 「『三四文學』 연구-시를 중심으로」, 『한국문학연구』, 동국대 한국문학연구소, 1982.

문광영, 「韓國 쉬르리얼리즘詩의 表現技法論에 관한 小考」, 『論文集』, 인천교육대학원, 1985.

박근영, 「『三四文學』 硏究」, 『상명여자사범대학』 18, 상명대, 1986.

차영한, 「초현실주의 수용과 '三四文學'의 시 연구」, 경상대 박사논문, 2008.

천소화, 「韓國 쉬르레알리즘 文學 硏究」, 성심여대 석사논문, 1981.

일제 후반기의 담론 지형과 『문장』

고봉준

1. 들어가며

이 글은 일제 후반기1937~1945의 비평담론에서 『문장』의 전통주의가 갖는 비평적 의미를 살피는 것을 목적으로 한다. 1939년 2월 창간된 『문장』은 복고적 태도와 상고주의, 고전에의 지향 등을 특징으로 '조선적인 것'을 추구했는데, 한편으로 『문장』의 전통주의는 30년대 전체에 걸쳐 반복적으로 등장했던 '조선' 및 '전통' 담론의 연장선에 놓여 있었고, 다른 한편으로는 서구적 근대(성)의 가치가 의심되는 근대의 '위기' 상황에 대한 비평적 대응의 성격을 띠고 있었다. 일제 말기의 담론지형에서 『문장』이 갖는 의미는 이 매체를 주도한 인물들이 '조선적인 것'이라는 표상을 통해서 강조했던 '전통주의'를 어떻게 평가할 것인가라는 문제와 분리되지 않는다. 『문장』의 전통주의는 서구 근대의 가치와는 다른 길을 선택했다는 점에서 주체성의 발로나 "생리적 반反근대주의"[1]라고 평가할 부분도 있지만, 퇴영적인 상고주의의 흔적은 물론 식민지 권력의 동양주의와 동형적인 측면을 지니고 있기도 하기 때문이다.

『문장』의 전통주의를 이해하기 위해 먼저 1930년대 담론의 지형을 잠시 살펴보자. 알다시피 1930년대 중반 이후, 즉 1935년 5월 카프의 해체라는 문학사적 사건 이후부터 일제 말기까지는 전형기轉形期라고 지칭된다. 지도이념의 부재와 모색으로 요약되는 이 시기 비평의 기본적인 성격은 '불안'과 '위기'의 담론에서 발견할 수 있다. 당시 조선의 비평계에서는 카프를 대체할 새로운 이념의 모색이 시급한 과제였고, 이것은 비단 문학의 영역에 국한된 문제만은 아니었다. 중일전쟁 이전까지 조선의 비평계에서 '보편'의 위치를 점하고 있었던 서구적 근대성은 의심과 비판의 대상이 아니라 추구되고 모방되어야 할 동일시의 대상이었다. 임화·김남천으로 대표되는 사회주의와 김기림으로 대표되는 모더니즘은 실상 이 추구의 방향과 성격에서 달랐을 뿐, 서구 근대를 극복의 대상으로 설정하지는 않았다. 중일전쟁 이전까지 조선의 담론지형에서 '서구=보편 vs. 조선(동양)=특수'라는 등식은 의심되지 않았다. 더 정확하게 말하면, 근대에 관한 모든 기획은 이 등식 속에서만 가능했다. 조선의 식민지 근대성을 지탱해주고 있었던 이 등식의 정당성은 '근대의 위기'라는 상황에서 불안정한 상태에 놓이게 되었다. 세스토프, 벤자민 크레뮤, 슈펭글러, 하이데거 등의 철학이 공통적으로 겨냥하고 있는 물음 역시 이 '근대의 위기'였는데, 조선의 역사철학자들에게 그것은 곧 총체성 이념의 상실과 주체의 위

1 김윤식, 『한국근대문학사상비판』, 일지사, 1978, 134면.

기로 경험되었다. 1930년대 후반 조선의 비평은 최재서, 김남천, 이원조 중심의 『인문평론』과 이병기, 이태준, 정지용 중심의 『문장』이 진영론의 형식을 띠면서 대립하고 있었는데, 이 대립이 의미하는 것은 정확하게 이 위기에 대한 모색과 대응의 차이를 지시하는 것이었다.

2. 『문장』 이전의 '전통' 담론

『문장』의 '전통주의'는 크게 두 가지 맥락에서 이해되어야 한다. 첫째, 『문장』의 전통주의가 1930년대 초반부터 시작된 '조선학' 연구, 1930년대 중반부터 저널리즘을 통해서 본격화된 '전통' 담론들의 결과가 집적된 형태였다는 것이고, 둘째, 그럼에도 『문장』의 조선주의는 서구적인 보편적 주체의 공백상태에 직면한 30년대의 위기에 대한 비평적 응전의 하나였다는 것이다. 어떤 면에서 '휴머니즘론'과 더불어 '전통론'은 1930년대 학술 및 비평담론의 중요한 배음背音이었다. 이 시기의 '전통론'은 때로는 '조선적인 것'이라는 담론의 층위로 개진되기도 하고, 또 때로는 "1930년대 이후 시대의 에피스테메가 된 동양론"[2]과 겹쳐지면서 확장·반복되었다. 조선의 비평계가 조선이라는 '전통'에 관심을 쏟기 시작한 것은 1935년 전후였지만, 학술적인 차원에서 '전통'에 대한 논의는 그보다 훨씬 일찍 시작되었다. 가령 백남운, 신남철, 박치우, 김태준의 조선학 연구가 여기에 해당한다. 논자의 입장에 따른 차이가 존재함에도 불구하고, 이들의 '조선

2 정종현, 「식민지 후반기(1937~1945) 한국문학에 나타난 동양론 연구」, 동국대 박사논문, 2005, 6면.

학' 연구는 식민통치의 일환으로 행해진 일제의 조선 연구는 물론 1920년대에 등장했던 시조부흥운동, 국학운동, 민요시운동 등과는 확연하게 달랐다. 1920년대에 전개되었던 이들 운동이 문제 삼은 것은 '시구 근대'가 아니라 카프의 국제주의였고, 국제주의에 대한 민족주의적 반발이라는 점에서 이 운동은 근대성 담론의 연장에 불과했다.

1930년대 초의 '조선학' 연구는 이념의 해체를 문화적인 방향에서 극복하려는 시도와, 그것을 담당할 주체의 등장이라는 맥락에서 이해될 수 있다. 1931년 신간회가 해제된 후 민족주의자들은 조선의 전통과 고전 탐구를 중심으로 문화운동을 전개했고, 이 운동은 이후 학술적인 담론과 결합하면서 파급력을 강화했다. 이러한 문화운동을 학문적으로 뒷받침한 것은 1926년 설립된 경성제국대학이었는데, 이는 당시의 조선학 연구자들 대부분이 경성제국대학 출신이었다는 사실에서도 확인된다. 그렇지만 1930년대 초반의 조선학운동은, 그것이 비록 파시즘체제의 압박이라는 역사적 맥락에서 출발한 것임에도 불구하고, 서구 근대의 영향에서 자유롭지 못했는데, 그것은 '조선학' 연구가 조선문화의 고유성을 찾는 방식이 '과학적'이라는 근대의 인식론을 답습할 수밖에 없었기 때문이었다. 학문적인 운동의 일환으로 시작된 '조선학 연구'는 조선적 고유성의 발견이라는 독자적인 이념을 강조했지만, 그 '조선적 고유성'이란 오직 서구적인 학적 체계에 의해서만 발견될 수 있는 것이었다. 한편 이 시기에는 '조선학' 연구와는 별개로 조선어학회의 「한글 맞춤법 통일안」1933이 발표되었고, 진단학회1934가 설립되어 한국어로 이루어지는 한국역사·한국문화 연구의 필요성이 주창되기도 했다.[3] 특히 『동아일보』와 『조선일보』를 중심으로 진행되었던 민족주의 진영의 문화운동은 총독부 주도의

'조선학'에 맞서 조선적인 것을 발굴·보존하려는 학술적인 움직임이었다는 점에서 주목할 만하다.

한편 비평계의 '전통' 논의는 1935~1938년 사이에 본격화되었다. 조선적 '전통' 논의에 대한 비평계의 개입은 자연스럽게 『동아일보』, 『조선일보』를 통해서 개진되었던 민족주의 진영의 문화운동과 마주치게 되었고, "그 이전에 '조선적'이라고 하면 함부로 거절하고 조선학 연구는 현실도피의 반동적 현상이라고 손쉽게 타기하는 데 비하면 금차의 감이 잇다"[4]는 김태준의 지적처럼, '조선=전통=과거'라는 관념의 도식을 성찰할 수 있는 계기를 제공했다.[5] 그렇지만 1937년 이전까지 '전통론'의 논리적 구도는 '서구=보편 / 조선(동양)=특수'라는 도식에 머물고 있었고, 특히 이러한 도식은 '전통' 논의에 개입했던 비평가들의 글에서도 분명하게 확인된다. 가령 최재서는 '고전부흥'과 '복고주의'를 엄격하게 구분하면서, 원칙적으로 고전이 현대의 문제해결에 도움을 줄 때 고전의 부흥을 이야기할 수 있지만 우리의 경우는 그렇지 못하다고 말하면서 고전부흥에 대해서 회의적인 태도를 보였다.[6] 김기림 역시 조선주의는 조선적 특성을 가지고 세계문학에 참여하려할 때에만 의미가 있다고 주장[7]했는데, 이는 세계주의라는 자신의 입장을 확인한 것에 불과했다. 이 논의 안에서 민족주의 문학은 그 자체로는 시대착오에 불과했다. 이 시기의 '전통' 논

3 『문장』의 이념적 리더였던 이병기는 진단학회의 설립 발기인 가운데 한 사람이었다.
4 김태준, 「조선연구의 의의」, 『조선일보』 1935.1.26.
5 『동아일보』는 1934년 10월부터 12월까지 '내 자랑과 내 보배', '조선심과 조선색'이라는 고정란을 만들어 고유섭, 현상윤, 손진태, 백남운, 김윤경 등을 필자로 동원하여 민족문화의 독자성을 부각시키는 기획을 시도했는데, 이들 필진의 대부분 또한 진단학회의 회원들이었다.
6 최재서, 「고전부흥의 문제」, 『동아일보』, 1935.1.30.
7 김기림, 「장래할 조선문학」, 『조선일보』, 1934.11.14~15.

의는 '서구=근대'라는 등식에 대한 대타의식에서 출발하여 민족적 자아의 발견과 문화적인 정체성의 확립이라는 문제의식으로 나아갔지만, 이들 논의가 견지했던 '조선적인 것=과거적인 것'이라는 인식론은 비평계의 반향을 얻지 못했을 뿐만 아니라 여전히 대타적인 의식으로만 평가될 뿐이었다. 때문에 '조선적인 것'에 대한 마르크스주의 진영의 비판은 이미 예견된 결과의 확인에 불과했다. 이런 맥락에서 신남철, 김남천, 백남운, 임화의 비판이 이어졌다.

> 의심할 것도 업시 이것은 현재조선문학의 위기현상의 표현이다. 우리는 지금 단순한 감상적 회고가 아니라 과학적인 문학사 예술학을 가지고 일절의 복고주의적 유령과 그 환상을 파괴하고 이십년에 갓가운 신문학의 예술적발전과 그 도달의 수준을 밝히고 진실로 명일의 위대한 예술문학 건설에 공헌해야 할 것이다. 이것이 내가 지금 요망하는 문학사적 반성의 가장 큰 이유이다. (…중략…) 감상적 회고로부터 완전히 자유로운 과학적 정신을 가지고 이제 차듸찬 역사적 반성의 문학사적 비평적 사업을 조직하고 위선 현대문학의 문학사적 지위와 현대문학 자기자신의 제성격을 천명하야 명일에의 방향을 발견해야 할 것이다.[8]

임화는 1930년대 중반 비평의 위기를 극복하기 위해서는 역사적이고 논리적인 방법이 필요함을 주장했는데, 인용문에 등장하는 "과학적인 문학사 예술학" 역시 그 연장선에 해당한다. 그는 1930년대 중반 조선 문단

8 임화, 「역사적 반성에의 요망」, 『조선중앙일보』, 1935.7.4~16.

에 불어 닥친 위기를 직접 대면하기보다는 "이십년에 갓가운 신문학의 예술적발전과 그 도달의 수준을 밝"히고, "명일의 위대한 예술문학 건설에 공헌"하기 위해서는 과학적 정신에 근거한 문학사적인 반성이 필요함을 역설하고 있다. 이를 위해서는 오늘의 문학이 "감상적 회고"를 벗어야 하고, "복고주의적 유령"이라는 환상의 파괴가 필요하다고 주장한다. 동시대의 마르크스주의자들 역시 비슷한 시각을 견지했는데, 흥미롭게도 이 글에서 임화는 조선적인 특수성이 보편적인 원리 속에서 규명될 때에만 유의미하다는 입장을 보여준다. 물론, 임화의 글에서 이 보편적 원리란 '과학'과 '역사'이지만, 이 보편적 원리를 지지하고 있는 관념의 도식은 '서구=보편 / 조선(동양)=특수'이다.

'서구=보편 / 조선=특수'라는 도식은 1938년 무렵의 전통론 속에서도 여전히 작동하고 있었다. 서인식은 전통을 "부정을 매개로 하고 형식과 내용을 변혁하면서 끊임없이 그 생명을 생탄하여 나가는 동시에 그 입장을 전환하여 나가는 것"이라고 정의한 다음, '전통'의 가치는 현재성과 주체성에 있다고 주장한다.[9] 그렇지만 "전통의 위력을 위하여 전통을 긍정하는 것은 인간을 동물로 약락하고 전통을 관습으로 낙하시키는 것 이외의 아무 것도 아니다"라는 표현이 암시하듯이, 그는 특수로서의 조선적 전통은 보편 안에서 지양되어야 한다는 보편주의의 입장을 견지하고 있다. 그는 "인간성의 발양을 빈곤케하고 인식의 발전을 저해하는 동양의 특수한 문화정신은 기실은 동양문화의 정화를 발양하기는커녕 동양문화의 문화로서의 정화를 고갈시키는 것이 되지 않을 수 없다. 다시 말하자면

9 서인식, 「전통론」, 『조선일보』, 1938.10.22~30.

그것은 문화의 암이다"[10]처럼 보편성으로 회수되지 않는 특수를 문화의 '암'이라고 규정했다. 비슷한 시기에 박치우 역시 "과거에 대한 자랑보다 미래를 향한 창조적인 결의를, 감정보다도 이지를, 센티멘트보다도 라치오를 먼저 갖추는 것이 고문화의 재음미, 문화유산의 검역에 있어 언제나 먼저 냉정하게 반성"되어야 한다고 주장하고, '골동취미'와 '선양주의적인 상고운동의 복고운동'을 회고주의의 소극적 귀결이라고 비판한다.[11] 이처럼 1930년대 민족주의 진영에서 시작된 '전통' 논의는 과거의 역사와 전통에서 조선적인 것을 발견하고, 그것의 보존·계승을 통해서 민족적 자아의 확립과 문화적 정체성의 확인을 모색하려 했다는 점에서 근대적 민족주의의 원형적인 모습에 가까웠던 20년대의 시조부흥운동 등과는 분명하게 달랐지만, 그 노력은 서구적인(일본적인) 학문적 틀 내부에서 진행된 것에 불과했고, 회고주의라는 마르크스주의 진영의 비판에서도 자유롭지도 못했다.

3. 『문장』의 위치

조선의 담론 지형은 중일전쟁1937을 기점으로 새로운 국면에 접어들었다. 그것은 일제의 사상통제가 한층 강화되었고, 여러 매체들이 폐간되었으며, 파시즘적 체제가 작동하기 시작했다는 등의 현실적인 조건으로 환원되지 않는 담론의 지형변화를 동반하고 있었다. 1939년 『인문평론』과

10 서인식, 「동양문화의 이념과 그 형태」, 『동아일보』, 1940.1.12.
11 박치우, 「고문화 재음미의 현대적 의의」, 『조선일보』, 1937.1.1~4.

『문장』의 창간은 이 변화의 문학적 표현이었다. 앞에서 지적했듯이, 1937년 이전에 조선에서의 담론 지형은 '서구=보편 / 조선(동양)=특수'라는 도식 위에서 작동했고, 보편주의적인 시각(마르크스주의와 모더니즘은 그 양극이다) 하에서 '조선(동양)'은 특수, 즉 보편적인 원리 안에서 규명되거나 지양되어야 할 대상에 불과했었다. 비록 민족적 자아의 구성을 통한 문화적 정체성의 확인처럼 민족적인 가치를 근대의 담론 지형에 안착시키려는 노력이 없었던 것은 아니지만, 그 시도들이 '서구=보편 / 조선(동양)=특수'라는 도식의 바깥에서 진행된 것은 아니었다. 이것은 『문장』이라는 매체의 등장을 1920년대 민족주의 문화운동의 연속으로 이해하거나, 1930년대 초반의 '조선학' 연구와 동일시하는 시각이 자칫 담론 지형의 차이를 무시한 형식적 동일화로 귀결될 수 있음을 의미한다. 담론이란 그것이 발화될 수 있는 인식의 구도와 틀을 전제하기 마련이다. 이 역사적·현실적 조건과 무관하게 모든 담론이 가능하다고 믿는 것이야말로 자유주의자들의 환상에 불과한데, 특히 식민지라는 조건에서 이 담론의 지형이 발휘하는 효과는 분명하게 드러난다. 1930년대 전통론을 견인해 온 논리적 구도인 '서구=보편 / 조선(동양)=특수'는 1937년을 기점으로 변화하기 시작했는데, 이것은 일제 말기에 집중적으로 쏟아진 근대 초극과 극복이라는 문제의식과 맞닿아 있다.

30년대 중반 이후 모방과 추구의 대상이었던 '서구 근대'는 '위기'와 '불안'의 대상이 되었다가 마침내 극복되어야 할 대상으로 자리 잡기 시작했다. 서구 근대가 전제하고 있었던 합리적 주체와 총체적인 이념을 대체할 새로운 전통(이념)을 찾으려는 시도에서 출발한 전형기 비평은 중일전쟁 이후 일본과 조선의 담론 지형에서 '서구 근대'를 극복의 대상으로 사유하기 시작했다. '서구=보편 / 조선(동양)=특수'라는 도식에서 '특수'에 해당하는 전통은 보편을 위해 극복되어야 할 부정적인 것이었지만, 담론 지형이 '동양(일본)=보편 / 조선=특수'라는 도식으로 바뀜에 따라 '전통'은 전혀 다른 의미를 부여받기 시작했다. 일제 말기 담론장의 성격은 바로 이 새로운 도식 안에서 동양(일본)과 조선의 관계를 어떻게 사유하느냐에 따라 나뉘게 된다. 『인문평론』과 『국민문학』이 '서구 근대'라는 대타자의 자리에 '동양(일본)'이라는 새로운 보편을 위치시켰다면, 『문장』은 "동양론 안에서 조선적인 것의 주체적 심미성을 구성"[12]하려는 시도였다. 이러한 지형의 변화는 중일전쟁 이후의 정세변화와 좌익의 전향, 서구 근대의 파탄이라는 담론적 인식이 복합적으로 작용했던 것처럼 보인다. 물론, 그렇다고 해서 『문장』의 '조선적인 것'이 제국 일본의 동양론을 단순한 차원에서 모방한 친일의 논리라고 말하는 것은 아니다. 그렇지만 이 논리적 구도의 변화와 전도 없이 『문장』의 전통주의와 상고주의가 가능했다고 믿는 것 역시 몰역사적인 태도이다. 이 시기 『문장』은 '서구 근대'라는 환상으로부터 일정한 거리를 유지하는 한편, '동양(일본)'이라는 또 하나의 '보편' 안에서 민족의 문화적 정체성을 사유해야 했다. 『문장』은 조선주의와 조선적 전통을 '서구 근대'라는 환상을 대체할 수 있는 '보편'으로 간주하기보다는 '동양(일본)'이라는 보편 안에서 스스로를 '특수'에 위치시키려 했다. 이는 아래에서 보다 자세하게 검토될 것이다. '서구 근대'라는 대타자-환상에 대한 입장의 차이가 『인문평론』과 『문장』의 차이였으나, 많은 논자들이 지적했듯이, 『문장』은 담론의 차원에서가 아니라 심미

12 정종현, 「식민지 후반기(1937~1945) 한국문학에 나타난 동양론 연구」, 동국대 박사논문, 2005, 80면.

적 범주 안에서 조선적인 미를 구성하려 했고, 이것은 일제가 '향토성(지방색)'이라는 이름으로 표상하려 했던 '조선적인 것'과 일치하지도 않았다. 이런 맥락에서 『문장』이 표방했던 '조선적인 것'은 식민 지배자의 시선과 민족적 주체의 시선이 교차·전복되는 지점이었다고 말할 수 있다.

『문장』1939.2~1941.4, 통권 26호은 이병기, 이태준, 정지용이 편집을 맡아 창간되었고, 이들 각각의 세계인식이나 미학적 세계관은 달랐지만, 근대적 삶에 대한 부정적 태도라는 점에서 이들은 일치점을 드러내고 있었다. 문예지로서의 복합성에 주목하여 문장을 세 사람의 세계관으로 환원하는 입장에 대한 비판적 시각[13]이 없는 것은 아니다. 실제로 『문장』의 필진은 특정한 문학적 경향과 상관없이 조선의 문인 전체를 아우르고 있었고, 『문장』의 첫 단행본이 박태원의 『소설가 구보씨의 일일』이었음을 감안한다면, 이러한 비판이 설득력이 없는 것은 아니지만, 그렇다고 이 필진의 다양함이 "그 잡지가, 명시적으로든 묵시적으로든, 당대 문학의 지배적인 조류 중의 하나를 대변하고 있었다"[14]라는 사실 자체의 중요성을 부정할 수 있는 근거가 되지는 못한다. 이러한 잡지의 편집방향은 이태준이 '편집여묵'에서 밝혔듯이, 특정한 경향이 아니라 좋은 작품을 가려 싣겠다는 '엄선주의'의 결과라고 이해해야 한다. 창간호의 편집여묵에 실린 이태준의 발언("편집이란 문장의 취합만이 아님은 이미 여러분의 의식이실 것을 믿는다. 출판물의 최후의 가치를 결정하는 것은 실로, 활자호수에서부터 제본에까지를 통제하는 장정裝幀으로서, 그 일을 양화가 길진섭 우友가 담당해주게 된 것은 「문장」의 자랑이 아

13 차혜영, 「'조선학'과 식민지 근대의 '지(知)'의 제도-『문장』을 중심으로」, 『국어국문학』 140호, 2005.9이 대표적인 사례이다.

14 황종연, 「『문장』파 문학의 정신사적 성격」, 『동악어문논집』 21집, 동악어문학회, 1986, 93면.

닐 수 없다. 나는 좋은 작품에, 길우는 좋은 장정에 각기 전력해 나갈 것이다")은 실제로 이들이 잡지의 표지와 장정에서 활자, 제자에 이르기까지 얼마나 각별하게 신경을 썼고, 그것들을 통해서 미학적인 지향점을 드러내려 했는가를 짐작할 수 있다. 실제로『문장』은 추사의 필적에서 고른 필체를 제자로 사용했고, 길진섭, 김용준이 그린 표지화를 고집했는데, 이것은 그들의 '조선적인 것', '고전', '전통'이 선비라는 교양계급의 그것에 맞닿아 있음을 뚜렷하게 보여준다.

4. 비非표상으로서의 '조선적인 것'

일제의 조선학이나 조선문화 연구가 특정한 '표상'과 '향토색'으로 환원되는 것이었음에 반해,『문장』의 미학적인 지향 안에서 '조선적인 것', 조선적 '전통'의 발견은 표상으로 환원되지 않는 영역에 위치하고 있는 것이었다. 물론, 이것은『문장』파가 이론가가 아니라 창작자였다는 사실에서 비롯되는 것이기도 하지만, 다른 한편으로 일본의 조선학 연구와 거리를 두고 있었다는 것을 의미한다. 그들에게 조선적인 전통은 경험되고 표현되는 것이었을 뿐 재현 가능한 것이 아니었다.

먼저 이병기의 경우를 살펴보자. 이병기에게 있어서 '시조'는 연구와 보존의 대상이 아니라 현재에도 반복되어야 할 것이었다는 점에서 '조선학' 연구와는 발상 자체가 달랐다. 그는 "종래의 노래들을 아무리 훌륭한 걸작이라 하드라도 그건 그 하나에 그칠 뿐이다. 그걸 천인만인이 그대로 모방하여 짓는 데도 아무 소용이 없다"[15]처럼 시조의 창작을 일회적이고 반복불가능한 행위로 평가했고, 현대 시조가 "실감실정實感實情"[16]을 표현하는 방향으로 나아가야 함을 강조했다. 또한 그는 가창을 전제하는 고시조와 달리, 현대시조는 문자로 표기된다는 사실을 지적하면서 시조의 '격조'를 강조했다. "그런데 시조의 격조는 그 작가 자신의 감정으로 흘러나오는 리듬에서 생기며, 동시에 그 작품의 내용의미와 조화되는 그것이라야 한다. 그렇지 않으면 딴 것이 되어버린다." 여기에서 중요한 것은 격조가 감정으로 흘러나오는 리듬에서 생긴다는 대목이다. 이 격조의 세계는 이성적인 언어로 포착될 수 없는, 동시에 자연과 인위의 구별이 존재하지 않는 미적 세계이다. '난蘭'과 '예도藝道'[17]로 특징지어지는 이병기의 예술론은 곧 삶의 태도이기도 했는데, 이는 그가 조선적인 것의 전통주의를 통해서 구성하고 있던 세계가 선비적인 것이었음을 알려준다. 이병기에게 있어서 조선적 전통이란 어떤 구체적 실체나 사상보다는 '예술'에서 경험될 수 있는 것에 가까웠다.

다음으로 이태준의 경우를 살펴보자. 이태준은 1930년대 초에 발표한 한 산문에서 다음과 같이 말했다. "나는 모던을 조아한다. 그러나 모던만을 조아하는 것이 안이라 고전도 그만치 조아한다. 그럼으로 나는 나의 성격에 잇어서나 생활에 잇어서나 각금 부조화를 늣긴다."[18] '모던'과 '고전'의 부조화와 충돌은 동시대 지식인들 대부분이 겪어야 했던 혼란이었겠지만, 일찍이 동서양의 예술을 넓게 알고 있었던 그에게 있어서 그 혼란은 한층 혹독했던 것처럼 보인다. 흔히 구인회의 일원으로 알려진 이태준은

15 이병기, 「조선 고전문학의 정수」, 『신동아』, 1935.9, 4면.
16 이병기, 「시조는 혁신하자」, 『동아일보』, 1932.1.23~2.4(총11회).
17 김윤식, 『한국근대문학사상비판』, 일지사, 1978, 161면.
18 이태준, 「내가 본 나」, 『별건곤』, 1930.5, 61면.

비교적 이른 시기부터 동양적인 예술에 관심을 두고 있었다. 특히 '동양적인 것'에 대한 이태준의 관심을 해명하기 위해서는 『문장』을 통해서 신新문인화운동을 벌였던 김용준과의 관계를 살펴보아야 한다. 실제 미술 분야에서 김용준이 걸었던 길은 문학에서 이태준이 걸었던 길과 매우 흡사했고, 그들은 동경유학 당시부터 매우 친밀한 관계를 유지했다. 김용준은 동경미술학교에서 서양화를 전공했고, 1920년대 초에는 정지용과 함께 『요람』 동인으로 활동을 하기도 했다. 1927년부터 프로미술과의 논쟁을 통해서 세간에 이름을 알리기 시작한 김용준은 당시 새로운 시대가 아방가르드적인 예술을 요구하고, 관학적 아카데미즘에 반하는 구성주의, 표현주의, 다다이즘 등을 무산자계급의 미술이라고 주장했다. 1920년대 후반 조선에서의 동양주의 미술은 두 가지 흐름으로 나뉘어 있었는데, 그 하나는 전통적인 소재와 전통적인 화법을 추종한 복고주의적 흐름이었고, 다른 하나는 현대적인 양식과 소재를 취하되 정신적인 차원에서 동양주의를 지향했던 김용준, 구본웅 등 모더니스트에 의해 주도된 동양주의 미술이었다. 당시 김용준은 "현대는 유물주의의 절정에서 장차 정신주의의 피안으로, 서양주의의 유폐에서 장차 동양주의의 갱생으로"[19] 나아간다는 진술에서 나타나듯이 동양주의를 복고적인 취향이 아닌 현재적 관점에서 이해했다. 또한 그는 동양미술의 특징을 주관성의 표현으로 인식하고, 인상주의 이후의 현대미술을 포괄해서 표현주의라고 인식했다.

최근에 이르러 조선뿐 아니라 거의 동양에서라 할 만큼 넓은 국면의 사람

19 김용준, 「동미전을 개최하면서」, 『동아일보』, 1930.4.12~13.

들이 동양주의의 복고를 성히 물의하는 경향이 보이는데 이러한 경향은 진실로 있음직한 일이오 있어 당연한 일로 생각하기는 하나 그 중에는 간혹 인식 착오의 동양주의 사상을 가지는 분이 있어서 덮어놓고 옛 사람의 필법, 옛 사람의 태도를 그대로 모방함으로써 동양에의 복귀로 생각하는 분이 있다. 서양의 세례를 받고 서양적 교양에서 자라다시피 한 현대의 우리들이 무비판하게 동양에의 복귀를 하는 것도 불가능한 일이어니와 또한 무비판하게 서양적 교양을 방기함도 불가능한 일일 것이다. '개자원'을 배우고 단원을 본뜨고 오원을 본받는 것이 수학으로는 좋을지 모르나 벌써 시대가 다르고 문물이 다른 현대에 앉어 과거의 필법을 그대로 고집한다는 것은 더한층 실수일 것이다. (…중략…) 조선의 공기를, 조선의 성격을 갖춘, 누가 보든지 저건 조선인의 그림이로군 할만큼 조선 사람의 향토미 나는 회화란 결코 알록달록한 유치한 색채의 나열로서 되는 것도 아니요 조선의 어떠한 사건을 취급하여 표현함으로써 되는 것도 아니요 그렇다고 단지 수묵을 풀어 고인을 모模하는 등은 더욱 더 아닐 것이다.[20]

1936년에 발표된 김용준의 비평문의 일절이다. 1930년 동경미술학교를 졸업할 때, 김용준은 백색 한복에 녹색 조끼를 입은 정면상에 「자화상」이라는 제목을 붙여 제출했다. 그리고 1930년 동미전을 개최하면서 발표한 위의 글에서 그는 조선의 향토적 정서를 찾기 위해 동양으로 회귀해야 할 것을 주장한다. 동양주의 미술로의 회귀를 주장하던 김용준은 30년대에 접어들어서 본격적으로 조선 정조를 표현한 그림들을 그렸다. 한때 표

20 김용준, 「회화로 나타나는 향토색의 음미」, 『동아일보』, 1936.5.6.

현주의라는 명칭으로 동서양 미술을 아우르려고 했던 그는 30년대에는 '선'을 근거로 동서양의 미술을 구분하기 시작한다.[21] 김용준의 동양주의 미술의 특징은 '소재'에 집착하지 않는다는 점이다. 그는 동양의 보편적 미감을 추구하면서 그 안에서 조선미술의 특징을 읽어내려 했지만, 그것을 향토적인 소재나 토속적인 미감과 같은 가시적인 것이 아니라 표현법과 정신의 측면에서 해명하려고 노력했다. 이것은 진정한 조선미술의 전통은 정신이 중요한 것이지 소재가 중요한 것이 아니라는 판단을 담고 있다. 문제는 이 '조선의 정신'이 구체적으로 설명되지 않거나 표상 불가능한 진술의 차원에 머문다는 사실이다. 분명한 것은 30년대 중반 미술계에 불어 닥친 동양주의 열풍이 일본에 의해 주도되고 전파된 '동양성'에 의해 근원적으로 조절되었다[22]는 사실이다. 그렇지만 이 시기 일본에 의해 주도된 동양주의, 특히 '조선적인 것'에의 미학적 관심은 몇몇 표상으로 대표된 반면, 김용준의 동양주의 미술은 표상불가능한 정신의 차원에 근거하고 있었다는 사실은 지적되어야 할 듯하다. 김용준은 1940년 무렵 조선미술의 계승을 위하여 수묵화로 전필했고, 그림에 서書를 부활시켰다. 30년대 후반부터 전통적인 남종문인화에 매료되기 시작한 그는 화제를 서체로 적고 낙관의 조형성에 관심을 가지기 시작했는데, 이것은 사화일치를

21 '선'의 중요성을 강조한 김용준의 시각이 중국미술을 형태의 미술로, 일본미술을 색채의 미술로, 조선미술을 선의 미술로 평가한 야나기 무네요시의 주장("나는 조선의 예술, 특히 선(line)의 미는 실로 그들이 사랑에 굶주린 마음의 상징이라고 생각한다. 아름답게 길게 늘어진 조선의 선은 면면히 호소하는 마음 그 자체다. 그들의 한, 그들의 소망, 그들의 서원, 그들의 눈물이 이 선을 타고 흐르는 것처럼 느껴진다. 불상 하나에도 도기 하나에도 이 조선의 선을 빼놓을 수 없다. 눈물로 흘러넘치는 온갖 부르짖음도 이 선에 녹아 있다")을 이어받고 있다는 비판도 있으나, 이 글의 주된 관심이 아니어서 생략함.

22 이에 대해서는 김현숙, 「김용준과 『문장』의 신인문화 운동」, 『미술사연구』 16호, 미술사연구회, 2002, 369면 참고.

통해서 문인정신을 계승하려는 태도를 엿보게 하는 장면이다. 『문장』의 창간과 동시에 김용준은 글을 기고했고, 길진섭과 더불어 남종문인화풍의 표지화, 동양적인 소재를 되살린 권두화와 컷 등을 그렸는데, 당시 『문장』이 지향했던 동양 고전의 정서와 품격에는 김용준의 그림이 한층 더 어울리는 것이었다. 그렇지만 이것은 30년대 중반까지만 해도 향토적 소재로 조선적인 것을 표현하기를 부정했던 변화했음을 의미하는 것이었다.

> (1) 나는 동양 사람들이 동양화보다 서양화에 더 쏠리는 데 다소 불평을 가진다. 우선 내가 내 생활하는 처소에 한 폭의 그림을 걸고 싶더라도 서양화보다는 동양화가 먼저 요구된다. (…중략…) 미술이 무용이나 음악과 함께 국경이 없다 하지만 결국은 다 있는 것이다. (…중략…) 나는 무례할지 모르나 이렇게 독단한다. 서양화보다 동양화를 더 즐길 줄 아는 이가 문화가 좀 더 높은 사람이라고. (…중략…) 그러니까 하는 서양화에서 동양화에로 전필로부터 조선화의 부흥을 위하여 맹렬한 운동이 일어나기를 어리석도록 바라는 자다. (…중략…) 미염米鹽은 사지 못하면서도 매화 한 그루는 이백 냥씩 주고 사던 단원이나, 궁정에서 불려가도 저 싫으면 도망을 가서 국왕으로도 병풍 열두 폭을 여덟 폭밖에 못 받았다는 오원의 일화도 못 들었는가? 동양화의 높은 점은 수공이 아니라 기백에서 되는 점일 것이다.[23]

> (2) '고古' 자는 추사 같은 이도 얼마나 즐기여 쓴 여운 그윽한 글자임에 반해, '골骨'자란 얼마나 화장장에서나 추릴 수 있는 것 같은, 앙상한 죽엄의 글

23 이태준, 「동양화」, 『무서록』, 박문서관, 1941(민족문학사연구소 기초학문연구단, 『'조선적인 것'의 형성과 근대문화담론』, 소명출판, 2007, 236~238면에서 재인용).

자인가! (…중략…) 젊은 사람이 너머 너머 고완에 묻히는 것도 반성해야 할 것이다. 그렇지 않아도 각방면으로 조로하는 동양인에게 있어서는 청년과 고완이란 오히려 경계할 필요부터 있을런지 모른다. (…중략…) 비인 접시요, 비인 병이다. 담긴 것은 떡이나 물이 아니라 정숙과 허무다. 그것은 이미 그릇이라기보다는 천지요 우주다. 남보기에는 한낱 파기편혈에 불과하나 그 주인에게 있어서는 무궁한 산하요 장엄한 가람일 수 있다. 고완의 구극경지도 여기겠지만, 주인 그 자신을 비실용적 인간으로 포로하는 것도 이 경지인줄 알지 않으면 안 된다. 젊은 사람이 「현대」를 상실하는 것은 늙은 사람이 고완경을 영유치 못함만 차라리 같지 못하다. (…중략…) 고전이라거나, 전통이란 것이 오직 보관되는 것만으로 끄친다면 그것은 「주검」이요 「무덤」의 대명사일 것이다. 박물관이란 한낱 「아름다운 묘지」에 불과할 것이다. 우리가 돈과 시간을 드려 자기의 서재를 묘지화시킬 필요는 없는 것이다.[24]

인용문은 '동양적인 것'에 관한 이태준의 관심이 돋보이는 두 편의 글이다. 실제로 '동방정취'를 무척 애호했던 이태준은 1920~30년대에 미술계 인사들과 깊게 교우했을 뿐만 아니라 미술비평을 통해서 동양주의 미술을 주장하기도 했는데, 많은 부분 그의 주장은 김용준의 그것과 일치했다. (1)에서 보듯이 이태준은 '동양화'와 '조선화'를 구분한다. 상식적인 이야기처럼 들리지만, '동양화'와 '서양화'를 대립관계에 놓음으로써, 그는 '동양화' 내에서 '조선화'의 부흥을 기대한다. 이러한 인식론적 구분법은 한편으로는 '서구=보편 / 동양=특수'라는 도식의 되풀이처럼 보이지

24 이태준, 「고완품과 생활」, 『문장』, 1940.10, 208~209면.

만, 거기에는 이미 '동양적인 것'을 가상으로 설정하고 그 범주의 내부에서 '조선'이라는 주체를 사유하고 있는 흔적이 새겨져 있다. "서양화에서 동양화에로 전필"이란 김용준의 경우를 두고 하는 말이겠지만, "서양화보다 동양화를 더 즐길 줄 아는 이가 문화가 좀 더 높은 사람"이라는 저 자신감 넘치는 목소리는 도대체 어떻게 가능했던 것일까? '서구=보편 / 동양=특수'라는 도식이 여전히 힘을 발휘하고 있었다면, 저 발언이 과연 발화될 수 있었을까? 그런데 두 편의 인용문에서 공통적으로 확인되는 것은 '동양적인 것', 또는 '조선적인 것'이 표상될 수 없는 것으로 설명되고 있다는 사실이다. 이태준은 (1)에서 동양화의 우수성을 '수공'이 아니라 '기백'에서 찾는다. 바꿔 말하면 이것은 동양화가 기술이 아니라 정신의 세계라고 보았던 김용준의 시각과 동일할 뿐더러, 난초를 기르는 행위를 정신을 수양하는 것으로 이해했던 이병기의 태도와도 일치한다. (2)에 등장하는 "정숙과 허무", "천지요 우주", "무궁한 산하요 장엄한 가람" 역시 이 비표상적 정신의 세계를 가리킨다. 이태준은 오래된 물건을 '골동품'이라고 부르지 않고 '고완품'이라고 불렀다. 골동품이 죽음을 연상시킨다면, 때문에 오래되고 낡아서 전혀 무용한 것을 의미한다면, '고완품'의 고古는 "여운 그윽한 글자"라는 느낌을 전해주기 때문이다. 이때의 '여운' 역시 표상불가능한 정취의 경험이다.

1937년 이전의 담론지형이 '서구=근대=보편=미래 / 동양=전근대=특수=과거'라는 인식틀을 유지했던 반면, 1937년 이후에 등장한 『문장』파는 '서구(근대)'를 '기술적인 것'으로, '동양(비근대)'를 '자연적인 것'으로 인식하기 시작했다. 한때는 시간의 축에서 과거의 것이라는 이유로 극복의 대상이었던 것들이, 『문장』파의 담론에서는 자연적이라는 이유로 긍정되기 시작한다. 이태준이 1939년 『문장』에 발표한 수필의 한 대목을 살펴보자.

> 지금 이 글을 쓰는 것도 만년필이요 앞으로도 만년필의 신세를 죽을 때까지 질지 모르나 「만년필」이란, 그 이름은 아모리 불러도 정들지 않는다. (…중략…) 이 만년필이 현대 선비들에게서 빼앗은 것이 있다. 그것은 무엇보다 먹이었다. 가장 운치있고, 가장 정성스러운 문방우였다. 종이 우에 먹 같이 향기로운 것이 무엇인가 먹처럼 참되고, 윤택한 빛이 무었인가 종이가 항구히 살 수 있는, 그의 피가 되는 먹이 종이와 우리에게 이 만년필 때문에 사라져가는 것이다.[25]

이 글에서 '만년필'은 '모던(근대)'을, '먹'과 '문방우'는 '조선(전통)'을 각각 상징한다. 이 글에서 이태준은 만년필의 등장이 선비들에게서 '먹'이라는 문방우를 빼앗았다는 것, 고인古人들의 서화書畵를 감상할 때마다 먹에의 향수를 느낀다는 심정을 토로하고 있지만, 더 중요한 것은 '먹'으로 상징되는 과거의 세계가 만년필에 비해 한층 '자연'에 가깝게 묘사되고 있다는 사실이다. 물론, "나는 낙필 이전에서 천진찬란을 몽유할 뿐이다", "앞으로도 만년필의 신세를 죽을 때까지 질지 모르나"처럼 취향이나 의지가 곧 생활은 아니고, 이것들의 괴리는 앞서 지적한 대로이다. 그렇지만 이 글에서 '고완품'에 해당하는 '문방우'의 세계에 접근하는 이태준의 태도는 '정情', '운치', '정성', '향기', '참', '윤택한 빛', '항구', '피' 등처럼

25 이태준, 「문방잡기」, 『문장』 1939.12, 154~156면.

가장 정적이면서도 자연적인 상태이다. 이태준은 근대적인 것들의 실용성과 '고완품'의 비실용성을 대비하면서, 생활의 측면에서는 전자를 사용할 수밖에 없지만, 정취나 취향의 측면에서는 후자를 훨씬 더 높게 평가한다. 그런데 이 비실용적인 가치들은 또한 관념으로 떠올릴 수는 있지만 사전적인 의미로 규정할 수도 없고, 특정한 사물로 지칭할 수도 없는 비표상적인 영역이다. 한때 그는 "아모리 양관에 드나들고 빼터를 먹을지언정 그래서 생리학상 혈청은 다소의 이변이 생길지언정 우리의 오랜 전통의 심경, 우리의 정신적 생활의식, 생활이상은 영원히 바뀌지 않을 것이라 믿어진다"[26]라고 밝힌 적이 있는데, 전통과 생리에 의한 동서東西의 구별이, 여기에서는 '자연'과 '인위'라는 새로운 대립쌍으로 등장하고 있는 것이다. 특히, 이병기와 이태준에게 있어서 이 '자연'의 주체가 '선비'와 '처사' 같이 세속적인 현실과 일정한 거리를 두고 있는 인물로 형상화된다는 것은 흥미롭다.

> 시인은 구극에서 언어문자가 그다지 대수롭지 않다. 시는 언어의 구성이기보다 더 정신적인 것의 열렬한 정황 혹은 왕일旺溢한 상태 혹은 황홀한 사기士氣이므로 시인은 항상 정신적인 것에서 정신적인 것을 조준한다. (…중략…) 시의 기법은 시학 시론 혹은 시법에 의탁하기에는 그들은 의외에 무능한 것을 알리라. 기법은 차라리 연습 열통에서 얻는다. 기법을 파악하되 예구에 올리라. 기억력이란 박약한 것이요, 손끝이란 수공업자에게 필요한 것이다. 구극에서는 기법을 망각하라. 탄회에서 우유하라. 도장道場에 옳은 검사劍士는

26 이태준, 「예술의 동서」, 『조선일보』, 1933.8.31~9.1.

움직이기만 하는 것이 혹은 거저 섰는 것이 절로 기법이 되고 만다. 일일이 기법대로 움직이는 것은 초보다. 생각하기 전에 벌써 한대 얻어 맞는다. 혼신의 역량 앞에서 기법만으로는 초조하다. (…중략…) 무엇보다도 돌연한 변이를 꾀하지 말라. 자연을 속이는 변이는 참신할 수 없다. 기벽스런 변이에 다소 교골한 매력을 갖출수는 있으나, 교양인은 이것을 피한다. 귀면경인이라는 것은 유약한 자의 슬픈 패사에 지나지 않는다. 시인은 완전히 자연스러운 자세에서 다시 비약할 뿐이다. 우수한 전통이야말로 비약의 발디딘 곳이 아닐 수 없다.[27]

이병기에게 조선적인 전통이 '시조'와 '난초'였다면, 정지용에게 그것은 '한시漢詩'였다. 영문학을 전공한 모더니스트였고, 30년대 초반 '시문학'과 '구인회' 동인으로 참여하기도 했던 정지용은 30년대 후반에 접어들어 한시와 이미지즘의 결합을 통해서 산수시의 경지를 열어나갔다. 그는 1939~1941년 사이에 『문장』에 「장수산」, 「백록담」, 「인동초」 등의 작품을 발표했는데, 이것은 그의 시세계가 30년대 중반의 신앙시를 벗어나 동양적인 정취와 정신의 세계로 접어들었음을 보여주는 것이라고 말할 수 있다. 실제로 그의 두 번째 시집 『백록담』은 이 시기 『문장』에 발표된 작품들이 중심이 되고 있는데, 그의 산수시들이 이미지즘의 흔적을 띠고 있다고 할지라도 전통과 고전에 대한 태도가 크게 바뀌었음을 보여주는 사례라고 하겠다. 훗날 그는 "시학과 시론에 자주 관심할 것이다. 시의 매개 일반 예술론에서 더욱이 동양화론, 서론에서 시의 방향을 찾는 이는 비

27 정지용, 「시의 옹호」, 『문장』, 1939.6, 121~126면.

뚫은 길에 들지 않는다. 경서, 성전류를 심독心讀하야 시의 원천에 침윤하는 자는 불멸한다"[28]라고 썼는데, 전통, 조선적인 것, 특히 오래된 시간을 창작 정신의 배경으로 긍정하려는 태도가 본격적으로 형성된 것은 『문장』 창간의 전후라고 보인다.

1939년 『문장』에 발표된 인용문은 이 시기 정지용의 미학적인 관점을 분명하게 드러내고 있다. 우선 눈에 띄는 것은 "우수한 전통이야말로 비약의 발 디딘 곳이 아닐 수 없다"처럼 '전통'을 시적인 비약의 유일한 가능성으로 평가하는 대목이다. 그는 근대와 진보의 이름하에 봉건적 과거에 대한 복고나 향수 정도로만 여겨지던 과거라는 시간을 '전통'이라는 이름으로 되살리고 있다. 그리고 이때의 전통이란, 이병기와 이태준의 심미적 주체들이 그러했듯이, 특정한 표상체계로 설명될 수 없는 '정신'의 영역으로 설명된다. 시에 있어서 '정신적인 것'이 '언어의 구성'에 앞선다는 주장이야말로 동양적인 세계를 배경으로 하고 있는 그의 후기시관을 가장 극명하게 보여주는 것이다. 그런데 정지용은 이 '정신적인 것'을 "시인은 완전히 자연스러운 자세에서 다시 비약할 뿐이다"처럼 '자연' 상태라고 설정하고, '언어의 구성'과 '기법'을 자연을 속이는 "돌연한 변이"라고 설정한다. 시에 있어서 '정신'과 '언어'의 대립이 어느 순간 '자연'과 '인위'라는 대립과 겹쳐지게 되는 것이다. '언어-기법-인위'의 가치계열이 대상에 대한 주체의 완전한 장악을 의미한다면, '정신-자연-전통'의 가치계열은 대상과 주체의 일체감을 의미하는 바, 이것은 자연과 인간 사이의 근대적 관계를 벗어난 지점에 도달하게 되는 바, 객관적인·역사

28 정지용, 『문학독본』, 박문출판사, 1948, 209면.

적인 시간이 정지한 무시간성을 배경으로 하고 있는 산수시의 경지가 여기에 해당할 것이다.

5. 환상의 붕괴, 그 이후의 전통주의

『문장』은 심미주의와 전통주의의 결합을 통해서 근대의 선분화된 시간과는 다른 세계를 펼쳐 보이려 했고, 그 세계 안에서 역사적 현실과는 별개로 충일한 삶을 경험하려 했다. 1920년대의 전통주의자들이 전통을 실체화하는 데 집중했던 반면, 이들은 전통의 현재화를 통해 그것을 삶의 현장으로 끌어내려고 노력했다. 담론의 차원에서 이것은 '조선적인 것', '조선적 전통' 등으로 표현되었는데, 그렇다고 이들 담론이 일제의 식민지 지배담론에 정면으로 배치되는 것은 아니었다. 이를 설명하기 위해 본 논의은 앞에서 1937년을 기점으로 변화된 두 개의 담론지형을 비교·분석한 바 있다. 30년대 초반까지의 담론적 배치가 '서구=보편 / 동양=특수'이라는 도식이었다면, 카프의 해체를 즈음하여 이 도식은 본격적으로 의심되기 시작했는데, 그것은 '위기'와 '불안'이라는 방식으로 표출되었다. 중일전쟁 이후, 식민지 근대성을 떠받치고 있던 이 도식은 '일본(동양)=보편 / 조선=특수'로 바뀌기 시작했고, 30년대 중반 이후, 특히 문장의 전통주의는 이 담론적 배치 안에서 심미주의를 통해 조선의 전통에 도달하려 했다. 물론, 이상의 두 도식 모두에는 일종의 환상 등식[29]이 개입되

29 이 환상 등식에 대해서는 고봉준, 「전형기 비평의 논리와 국민문학론」, 『한국현대문학연구』 24집, 한국현대문학회, 2008.4 참고할 것.

어 있다. 전자의 도식에서 '동양'에 '조선'이 포함되기 위해서는 먼저 '조선=일본'이라는 등식이 성립되어야 했는데, 이 등식은 일본은 물론 조선의 지식인들도 원하지 않는 바였다. 이 등식이 성립되는 순간 식민지는 더 이상 식민지가 되지 않기 때문이다. 한편 30년대 후반부터 조선의 지식인들은 후자의 도식, 그러니까 '일본(동양)=보편 / 조선=특수'라는 도식이 실제로 통용될 수 있다는 믿음에 기초해서 비평 활동을 했다. 『문장』의 '조선주의' 역시 이 맥락에 위치한다. 그렇지만 이 도식 역시 실제로는 통용될 수 없는 것이었는데, 그것은 내선일체라는 이데올로기가 '조선적인 것'을 용납할 수 없었기 때문이다. 1938년 『경성일보』 주최로 개최된 좌담 「조선문화의 장래와 현재」1938.11.29~12.7[30]는 식민지 지식인들의 이 환상에 붕괴되는 지점을 보여준다.

이 좌담회에는 장혁주, 정지용, 유진오, 임화, 이태준, 김문집이 조선의 문인으로 참여했다. 이 좌담에 참석한 이태준, 임화, 유진오 등이 주장하

30 좌담, 「조선문화의 장래와 현재」, 『경성일보』, 1938.11.29~12.7. 이 좌담회에는 무라야마 도모요시(村山知義, 소설가),* 하야시 후사오(林房雄, 소설가),** 아키타 우자쿠(秋田雨雀, 문학자), 장혁주(張赫宙, 소설가), 가라시마 다케시(辛島驍, 城大 조교수), 후루카와 가네히데(古川兼秀, 本府 도서과장),*** 정지용(鄭芝溶, 시인), 유진오(兪鎭午, 보성전문 교수), 임화(林和, 평론가), 이태준(李泰俊, 소설가), 김문집(金文輯, 평론가), 데라다 에이(寺內瑛, 본사 학예부장)가 참여했고, 이 좌담은 11월 29일, 30일, 12월 2일, 6일, 7일(총 5회)에 걸쳐 연재되었다.

* 1901~1977, 신협 극단의 〈춘향전〉(장혁주가 각본을 쓴)의 연출자

** 1903~1964, 전향한 프롤레타리아 작가, 〈문학계〉 동인

*** 1936년 10월 16일 과장에 취임하여 1939년 12월까지 3년 넘게 재임. 1901년 9월생으로 25년 3월 동경제국대학 정치과 졸업, 재학 중에 고등문관 시험에 합격하여 1925년 4월 총독부 전매국에 소속, 1928년 3월부터 강원도와 평안남도의 지방과장, 함경북도와 경상북도의 재무부장 역임, 1934년 이후에는 황해도와 평안북도의 경찰부장을 지낸 뒤 도서과장에 임명되었다. 후루카와가 취임한 후에는 전쟁 때문에 검열 업무가 더욱 강화되었으며, 그가 재임 중 직면했던 가장 큰 현안은 용지의 부족이었다. 정진석, 『언론조선총독부』, 커뮤니케이션북스, 2005 참조.

고 있듯이, '일본(동양)=보편 / 조선=특수'라는 도식이 실현되기 위해서는 먼저 문화적인 차이와 언어의 독자성에 대한 인정이 필수적이다. 이태준은 "우리의 독자적인 문화를 표현할 때의 맛은 조선어가 아니면 표현하기 힘든 부분이 있습니다"처럼 '맛'의 문제로 조선적인 것의 특수성을 강조하고, 임화는 "시를 쓸 경우, 그 언어로 가득 찬 감정은 결국 문자입니다. 그것이 번역되면 뜻을 잃습니다"처럼 '감정'이 번역될 수 없음을 주장한다. 약간 논의를 확장하면, 이것은 감정, 정서, '조선적인 것' 등처럼 '번역' 과정을 통해서는 포착되기 어려운 문화적 차이를 '동양'이라는 범주 안에서 허락할 것인가의 문제라고도 볼 수 있는데, 이 좌담에 참석한 일본 측의 어느 누구도 이 질문에 긍정적으로 대답하지 않는다. 이 좌담에서 '조선적인 것'이 '번역' 과정을 거쳐 국어(일본어)로 표기되면 '조선적인 것'이 한낱 '박물관'의 수준으로 전락하고 말 것임을 알아차린 것은 임화 한 사람이었다. 조선적인 특수성은 그것이 일본어로 번역될 수 있거나, 또는 지방색이나 향토색처럼 표상가능한 것에 머물 때에만 인정될 뿐, 그 고유성은 인정되지 않았다.

신체제운동은 이 고유성이 결코 인정될 수 없는 것이었음을 분명하게 보여줬는데, 40년대 이후 '동양'은 곧 '일본'과 동일시되었기 때문이다. 『국민문학』, 『매일신보』 등에 실린 비평들이 그것을 증명한다. 그 글들에서 조선이라는 특수성이 지워진 자리에 들어선 것은 '박물관'적인 존재로서의 향토색일 뿐이었고, 조선의 지식인들이 '동양'에 대해서 말하기 위해서는 '일본'이라는 매개를 거치지 않을 수 없었다. 때문에 37년 이후 조선의 담론 지형을 이끌었던 '동양(일본)=보편 / 조선=특수'라는 도식은 신체제의 등장으로 인해 급속하게 위축되거나, 친일의 논리로 귀결될 수밖에 없었다. 이태준이 동양주의의 외양을 빌어 "동양이 필요해서 초택抄擇한 서양이 아니라 해수만 떠 놓으면 소금이 되는 인도의 사람들이 전매하는 고가의 영국제 소곰을 사먹어야 하는 것 가튼 침략의 「서양」이엇다. 이 무례한 「서양」에게 오래 억압되었던 동양의 □□□□ 삶은 이제 문화 우에서도 지도를 새로 그리는 현실의 아침이 우리 창마다에 비최이는 것이다. 아침이다! 얼마든지 위대한 이상에 정좌할 수 있다"[31]처럼 말했을 때, 이미 이것은 일본이 세계사의 보편으로 등극했음을 추인하는 친일의 논리에 불과한 것이었다. 물론, 이것은 『문장』이 친일의 논리를 주장했다는 것을 말하는 것이 아니다. 중요한 것은 『문장』의 전통주의와 '조선적인 것'에의 추구가 광의의 동양론의 인식틀 안에서 발화되었고, 조선이 특수로 인정되지 못할 때, 그 논리는 붕괴되거나 친일로 귀결될 수밖에 없는 위험을 내포하고 있었다는 사실이다. 40년대 이후 『문장』파의 세 사람이 각자의 사상을 어떤 방향으로 이끌어갔는가를 살피는 것 역시 중요한 연구대상이지만, 그것은 이후의 연구과제로 남겨둔다.

31 이태준, 「정창여명」, 『매일신보』, 1942.1.22; 정종현, 『식민지 후반기(1937~1945) 한국문학에 나타난 동양론 연구』, 동국대 박사논문, 2005, 77면에서 재인용.

참고문헌

고봉준, 「전형기 비평의 논리와 국민문하론」, 『한국현대문하연구』 24집, 한국현대문학회, 2008.

김기림, 「장래할 조선문학」, 『조선일보』, 1934.11.14~15.

김예림, 『1930년대 후반 근대인식의 틀과 미의식』, 소명출판, 2004.

김용준, 「동미전을 개최하면서」, 『동아일보』, 1930.4.12~13.

______, 「회화로 나타나는 향토색의 음미」, 『동아일보』, 1936.5.6.

김윤식, 『한국근대문학사상비판』, 일지사, 1978.

김태준, 「조선연구의 의의」, 『조선일보』, 1935.1.26.

김현숙, 「김용준과 『문장』의 신인문화 운동」, 『미술사연구』 16호, 미술사연구회, 2002.

민족문학사연구소 기초학문연구단, 『'조선적인 것'의 형성과 근대문화담론』, 소명출판, 2007.

박치우, 「고문화 재음미의 현대적 의의」, 『조선일보』, 1937.1.1~4.

서인식, 「전통론」, 『조선일보』, 1938.10. 22~30.

______, 「동양문화의 이념과 그 형태」, 『동아일보』, 1940.1.12.

이병기, 「시조는 혁신하자」, 『동아일보』, 1932.1.23~2.4(총11회).

______, 「조선 고전문학의 정수」, 『신동아』, 1935.9.

이태준, 「고완품과 생활」, 『문장』, 1940.10.

______, 「내가 본 나」, 『별건곤』, 1930.5.

______, 「문방잡기」, 『문장』, 1939.12.

______, 「예술의 동서」, 『조선일보』, 1933.8.31~9.1.

임　화, 「역사적 반성에의 요망」, 『조선중앙일보』, 1935.7.4~16.

정종현, 「식민지 후반기(1937~1945) 한국문학에 나타난 동양론 연구」, 동국대 박사논문, 2005.

정지용, 「시의 옹호」, 『문장』, 1939.6.

______, 『문학독본』, 박문출판사, 1948.

좌담(일문), 「조선문화의 장래와 현재」, 『경성일보』 1938.11.29~12.7.

차승기, 『반근대적 상상력의 임계들』, 푸른역사, 2009.

차혜영, 「'조선학'과 식민지 근대의 '지(知)의 제도-『문장』을 중심으로」, 『국어국문학』 140호, 국어국문학회, 2005.
최재서, 「고전부흥의 문제」, 『동아일보』, 1935.1.30.
황종연, 「한국문학의 근대와 반근대」, 동국대 박사논문, 1991.
______, 「『문장』파 문학의 정신사적 성격」, 『동악어문논집』 21집, 동악어문학회, 1986.

소설의 알바이트화, 장편소설이라는 (미완의) 기투

1940년을 전후한 시기의 김남천과 『인문평론』이라는 아카데미, 그 실천의 임계

장문석

1. 1940년을 전후한 시기, 김남천이 장편소설에 이른 길

2011년은 김남천1911~1951?/1955?의 탄생 100주년이 되는 해이다. 김남천은 실천가이자 전향한 사회주의자였으며 비평가였고 소설가였다. 그리고 그는 그 누구보다도 자신의 삶과 실천, 그리고 창작방법론을 비롯한 비평과 작품의 일치를 꿈꾼 작가이기도 하였다. 이 글은 지난 10년간 무수히 논의된, 1940년을 전후한 시기의 김남천에 다시금 주목한다. 물론 이것은 일차적으로 아직 이 시기 김남천과 그의 문학에 대한 생산적인 결론에 도달하지 못했다는 판단에 기인하지만, 동시에 항상 실천의 문제와 문학 장에서의 작업을 적극적으로 마주 세웠던 김남천과 그에 대한 '연구'가 문화론 이후, 문학 연구와 글쓰기가 나아가야 할 향방의 모색이라는 하중을 견디고 또 어느 정도의 시사를 줄 수 있지 않을까 하는 일말의 기대감 또한 여전히 남아 있기 때문이다.

이 글은 특히, 김남천에 대한 최근 10년간의 연구에서 실종된 것이 그의 소설과 비평을 마주 세우는 작업이었음을 상기하는 지점에서 출발하고자 한다. 물론 최근의 한 연구가 보여주듯, 김남천에게 있어 그의 창작방법론과 소설을 마주 세우지 않고도(혹은, 않을 때) 생산적인 논의에 도달할 수 있다.[1] 이 글 또한 창작방법론과 소설을 마주 세울 때 야기될 수 있는 '동어반복'의 폐해에 대해서는 충분히 경계하고자 한다. 그러나 김남천에게 있어 정치와 문학이 보여준 팽팽한 긴장감의 주요한 원천이, 그 자신의 말대로 "비평과 작품과 작가의 실천의 결합"을 추구하고 욕망했던 그의 태도에서 연원하는 것이었고, 이때 비평/작품과 작가의 실천은 바로 작가의 창작과정을 통해서 매개된다는 점은 여전히 기억해야할 필요가 있다. 누구보다도 김남천 자신이 이러한 긴장을 스스로 철저히 인식하고 욕망하고 있었다는 것을 염두에 둘 때,[2] '차이를 고려하며' 그 긴장에 주목하는 것은 김남천 문학이 지니는 독특성을 전면화하는 것이며 동시에, 이전 시기 김남천 연구가 멈춘 지점과 지금의 김남천 연구 사이에서의 대화 가능성을 묻는 것이기도 하다.[3] 또한 김남천에 대해 당대의 담론을 필

1 손유경, 「프로문학의 정치적 상상력－김남천 문학에 나타난 '칸트적인 것'들」, 『민족문학사연구』 45, 2011.

2 김남천, 「창작과정에 대한 감상」, 『조선일보』, 1935.5.16~22; 정호웅 · 손정수 편, 『김남천 전집』 I, 박이정, 2000, 76~79면(이하 『전집』 I로 약칭) 및 김남천, 「양도류의 도량－내 작품을 해부함」, 『조광』, 1939.7; 『전집』 I, 513~514면 및 김남천, 「작품의 제작과정」, 『조광』, 1939.6; 『전집』 I, 499면.

3 채호석, 「김남천 창작방법론 연구」, 서울대 석사논문, 1987. 김남천에 대한 초기의 접근 또한 창작방법론과 그의 실제 창작 사이의 긴장에 집중하였다. 80년대 말 90년대 초에 이루어진 이들 연구에서, '고발문학론'으로부터 출발하여 '(모랄－)풍속론'을 거쳐 김남천이

요 이상으로 '대입'하는 태도나 지나치게 그 역사적 맥락을 탈구한 해석과 거리를 두기 위한 최소한의 장치이기도 하다.

최근 한 선행 연구는 프로문학의 바탕논리를 이루는 마르크스주의와 그 미학에 대한 원리적 재검토의 바탕 위에서 프로문학의 독해가 필요함을 역설하였다. 그리고 그 일례로서 탄생 100주년을 맞은 김남천의 소설과 비평에 집중하여 정통 마르크스주의의 입장에서는 '잉여'로 보이는 것들 속에서 그의 인식론과 미적원리를 추출하고 재독하여 김남천 문학의 독특성을 부조한 바 있다.[4] 그 지적대로 김남천 문학에는 여전히 독해되어야할 문제적인 지점들이 아직 남아 있다. 또 다른 선행 연구는 비평/창작 방법론이 가지는 정치성과 자기성찰성이 마르크스주의적 문예학과 어떠한 방식으로 절합하면서, 김남천이 '유다적인 것'으로부터 '리얼리즘의 승리'를 향해 나아가는 과정을 흥미롭게 재구성한 바 있다. 그 결과 "소시민적 몸-무의식은 몰아되고, 리얼리즘 텍스트 속에 새로운 주체, 재건된 주체, 세계관, 사상, 모랄이 자리잡게 되는 것", 곧 1940년을 전후한 시기 김남천이 '텍스트'라는 주체성을 발견하고 거기에 자신을 기투하는 데까지 나아갔다는 문제제기를 한 바 있다.[5] 이 글은 선행 연구가 주목한 '리얼리즘의 승리'라는 김남천의 비평적 지향과 기획을 염두에 둔 채, 바로

결국에 도달한 '관찰문학론'은 일종의 '임계'로 이해되었고, 그 이후 시대의 하중을 견디지 못하고 '생활세계'에 투신한 김남천에 대해서는 적극적인 해석이 이루어지지 않았다(이른 시기의 것이자 대표적인 의견으로, 같은 글, 63~70면). 공백으로 남겨졌던 '관찰문학론' 이후의 김남천이 '비로소' 주목된 것은, 2000년 이후 '근대의 초극론'의 발견이라는 전혀 다른 맥락에서였다.

4 방민호, 「「등불」과 일제 말기의 김남천」, 『일제 말기 한국문학의 담론과 텍스트』, 예옥, 2011.

5 김동식, 「텍스트로서의 주체와 '리얼리즘의 승리' – 김남천의 비평에 관한 몇 개의 주석」, 『한국현대문학연구』 34, 한국현대문학회, 2011. 인용문은 237~238면.

그 시기 일련의 장편소설 창작과 그것을 가능케 했던 '주변'을 문제 삼을 것이다. 장편소설 창작의 기획과 그 미완의 결과물들을 누빔점으로 삼아, 1930년대 중반으로부터 이어지는 김남천이 보여주는 사유의 흐름과 창작의 실천이, 1940년대에 이어지고 굴절되는 양상을 살필 수 있으리라 기대된다. 또한 이를 통해 1940년대 김남천과 그 주변『인문평론』의 '평론가'들을 이해하고 해석하는 한 접근로를 만들어보려고 한다. 본격적으로 이를 논의하기 전에, 1940년에 이르기까지 김남천의 몇 가지 면모를 갈무리할 필요가 있다.

우선 단편으로 창작을 시작한 작가 김남천에게 장편소설이란 양식은 조선적 특수성 인식과 관련된다는 점을 지적할 필요가 있다. 이미 안재홍과 '조선'이라는 상징기표를 둘러싸고 일대 논쟁을 벌인 적이 있는 김남천이었지만, 1937년 고발문학론을 한참 마련하던 와중에, 그는 김기진의 소설을 평하면서 그 자신이 "조선朝鮮의 역사歷史에 대해서 전연全然 맹목盲目"임을 인정함과 동시에, 김기진의 소설로부터 조선 말기 역사와 풍속에 대한 '지식'을 얻었음을 밝힌다. 그리고 그해 10월「조선적 장편소설의 일고찰」을 통해서, 아세아적 생산양식의 문제와 조선의 장편소설 양식의 문제를 연관 짓기에 이른다.[6] 세계문학사에서, 시민적 장편소설이란 산업자본주의 발흥과 함께 등장한 것이었고, 장편소설은 시민사회의 특수적인 제 모순을 담기에 가장 적당한 형식으로, 자본주의 사회의 가장 전형적인 표현양식이었다. "조선에서도 로만의 발생은 구라파에서와 함께 일정한

6 김남천,「「青年金玉均」을 讀함」,『문예가』 7, 1937.2, 5면(『민족문학사연구』 31에 발굴되어 소개됨) 및 김남천,「조선적 장편소설의 일고찰」,『동아일보』, 1937.10.19~23;『전집』 I, 276~288면.

합법칙적 성격을 갖고 있"다는 김남천의 언급이 나온 것 역시 이러한 맥락에서였다. 그러나 동시에 '아시아적 후퇴'에 의해 생산관계의 모순이 야기되었고 조선에서는 결과적으로 왜곡된 장편소설이 생산되었고 장편소설의 창작마저도 서구처럼 활발하지 못하였다. ① 전형적인 아세아적 생산양식론에 입각한 조선의 특수성 인식과 ② 장편소설 양식의 문제, 이 두 가지는 김남천에게 긴밀히 연결되어 있었다.

이러한 문제의식이 구체적인 창작방법 모색으로 이어진 것은 1938년 '로만개조론' 논쟁의 와중에서였다. 백철의 종합문학론과 임화의 본격소설론과 거리를 두면서, 김남천은 '풍속 개념의 재인식'과 '가족사와 연대기'에 입각한 창작을 하나의 대안으로 제시한다. 그는 단순한 세태와 구별하여 풍속을 "생산관계의 양식에까지 현현되는 일종의 제도"이자 "그 제도 내에서 배양된 인간의 의식인 제도의 습득감"으로 규정하면서, 풍속을 가족사 안에 가져갈 경우, "우리 작가가 협착하게밖에 살펴보지 못하던 넓은 전형적 정황의 묘사가 가능할 수 있으리라" 판단했다. 또한 연대기라는 방식으로 통해 묘사를 통한 합리성과 과학적 정신까지 보장받을 수 있으리라 기대했다.[7]

한 편으로는 서구를 표준으로 한 역사발전의 모델과 그에 기반한 소설양식의 발전, 그리고 그와 대비되는 조선의 '후퇴'를 인정하면서도, 다른 한 편에서는 풍속과 가족사 연대기를 통해서는 조선의 장편소설이 서구의 고전적 본격소설을 뛰어넘을 수 있다는, 김남천의 (필연적으로 충돌하기 마련인) 두 갈래 사유의 흐름은 결국, 『대하』라는 장편소설 양식의 소설이 그

7 김남천, 「일신상의 진리와 모랄」, 『조선일보』, 1938.4.22; 『전집』 I, 358~359면 및 김남천, 「현대조선소설의 이념」, 『조선일보』, 1938.9.18; 『전집』 I, 405~406면.

내용에서 아세아적 생산양식을 문제 삼도록 하는 자리에 이른다. "시대 정신의 구현된 성격으로 발랄하여 전통의 파괴자, 가족계보의 이단자를 청소년에서 구하되, 서자 학도로 할 것"이라는 김남천의 언급에서 보듯,[8] '서자'나 '절게' 등 조선의 특수성을 드러내는 지표들과 근대계몽기라는 시공간을 마주 세운 김남천에게 아세아적 생산양식의 해명과 장편소설 창작을 통한 조선문단의 현상 타개는, 하나의 목표를 향한 두 가지 길이기도 했다.[9]

『대하』라는 장편소설을 창작하는 김남천의 작업에 도사카 준의 풍속론이 상당한 시사를 주었음은 마땅히 기억해야할 대목이지만,[10] 내가 이 글에서 강조하고자 하는 것은 김남천에게 장편소설이란 양식이 아시아적 생산양식론, 곧 당대의 근대적 학술 장 안에서 논의되던 아카데미즘에 연원한 '지식'의 제도적 유통 및 수용과 관련되어 인지되었다는 사실이다. 그런 점에서, 일찍이 「청년 김옥균」을 읽으면서 조선에 대한 '지식'을 얻었다는 김남천의 언급은 하나의 징후로 의미화할 수 있다. 그에게 장편소설 창작이란 당대 활발히 논쟁이 일었던 아시아적 생산양식과 관련되었고, 인정식의 논문을 읽어가며 절게와 막서리에 대한 아카데미즘에서 발원한 '지식'을 습득하는 연구과정arbeit과도 연결되었다.[11] 『대하』 창작의 경험과의 단속斷續적인 맥락에서 그는 '발자크'를 '연구'하여 또 다른 단계로의 도약을 마련한다.

---

8 김남천, 「작품의 제작과정」, 『조광』, 1939.6; 『전집』 I, 499면.
9 맥을 잡기 위해 다소 복잡한 과정을 무리를 무릅쓰고 약술했다. 창작방법론과 장편소설론에 대해서는 이진형, 「1930년대 후반 소설론 연구」, 연세대 박사논문, 2011이 보다 자세한 참조가 되고, 『대하』와 아세아적 생산양식의 문제에 대해서는 별고(別稿)가 필요하다.
10 차승기, 「임화와 김남천, 또는 '세태'와 '풍속'의 거리」, 『현대문학의 연구』 25, 2004, 98면.
11 김남천, 「절게, 막서리, 기타」, 『조선문학』, 1939.3; 『전집』 I, 481~485면. 아세아적 생산양식을 둘러싼 논의에 관해서 기본적으로는 방기중, 『한국근현대사상사』, 역사비평사, 1992 참조.

그리고 이 과정에서, 김남천은 아카데미 출신인 문인 최재서에게 접근해 간다. 사실 이전까지 그의 옆에는 항상 임화가 있었다. 서로에 동의하든 않든, 김남천의 거의 모든 논쟁과 문학적 행보에는 임화가 함께했다. 그러나 1930년대 말, 장편소설이라는 문제틀을 경유하면서, 김남천과 임화의 거리에 비해 김남천과 최재서의 거리가 보다 가까워진다. 단편이 서구의 장편 역할을 수행한 것을 조선문학의 특수성으로 인식하며, 단편이라는 양식을 통해 조선문학의 정체성을 재고하고자 학예사를 통해 일련의 단편집 발간으로 나갔던 임화와 달리,[12] '로만개조론'의 주요한 논자였던 최재서와 김남천은, 인문사를 통해서 전작장편의 기획과 출판으로 나아간다. 인문사 전작장편의 첫 책이 바로, 1939년 1월에 간행된 김남천의 『대하大河』였다. 이 시기 임화가 김태준과의 지적 협력 속에서 조선적인 소설 양식의 탐구와 역사적 체계화로 나아갔다면, 김남천은 최재서와 따로 또 같이 서구의 로만에 이론적으로 접근해갔다. 그리고 그는 서구의 것을 전유함으로 조선 '로만'의 갱신을 기도한다. 게다가 최재서와 김남천에게는, 인문사人文社라는 출판기구와 자본이 있었고, 또한 『인문평론』이라는 미디어가 있었다.

김남천의 장편소설 창작은 이처럼, 그 자신의 창작방법론 상의 이론적 변모와 끊임없는 모색, 그리고 이미 식민지 조선에서 유통된 '지식'의 전파 문제, '서구'에서 발신된 작품과 문예이론에 대한 연구arbeit와 수용의 문제, 아카데미즘과 문단 사이의 관련, 출판자본과 미디어의 문제 등이 복합적으로 합류하는 지점에서 형성된다.

12 임화, 「단편소설의 조선적 특성」, 『인문평론』, 1939.10; 하정일 편, 『임화문학예술전집 5－평론2』, 소명출판, 2009, 138~153면. 임화와 김태준의 지적 협력과 단편소설이라는 문제틀에 대해서는 졸고, 「출판기획자 임화와 학예사라는 문제틀」, 『민족문학사연구』 41, 2009, 386~403면.

2. 비평의 알바이트화와 장편소설이라는 문제틀

창작방법으로서의 발자크, 주인공에서 구성력으로

풍속론, 또 가족사/연대기라는 창작방법론과 그 결과로서 제출된 『대하』가 출간된 이후, 김남천은 2부를 준비하고 있었다. "금후는 「대하」의 길다란 속편이 나의 창작의 중심이 될 것이요 기타의 단편, 신문소설, 중편 등은 역시 일종의 테마나 재료나 기술의 실험장소로 생각하고 일하려 한다. 경향이나 기법이 전연 특이한 것들이 생겨날지도 모르겠으나 이러한 개별적인 실험은 「대하」의 속편에서 종합되리라고 생각하고 있다"라는 그의 자부심 넘치는 언급은 『대하』와 그 '이후'에 대한 그의 애정을 드러낸다.[13] 그러나 2부의 창작과 발표는 쉽게 이루어지지 못하는데, 이는 시대적인 혹은 창작 역량의 한계도 있겠지만 동시에 김남천 자신의 창작방법의 변모가 또 한 번 있었기 때문이다. 그리고 그 변모를 추동하는 원인은 「발자크 연구 노트」라는 '알바이트'였고, 그 결과물로서 관찰문학론이 있었다.[14]

13 김남천, 「양도류의 도량」, 『조광』, 1939.7; 『전집』 I, 514면.

14 김남천이 여러 창작방법론을 제창하다가 결국 도달한 지점이긴 하되, 주체가 결여되고 세계관 자체가 없는 몰각의 리얼리즘으로 평가하는 것이 상당히 오랫동안 관찰문학론을 규정하던 태도였다(채호석, 「김남천 문학 연구」, 『한국근대문학과 계몽의 서사』, 소명출판, 1999, 107~110면). 그러나 최근의 한 연구에서는 관찰문학론이 주관과 객관, 세계관과 관찰사이의 상호침투라는 문제의식 하에, '체험적인 것'과 '관찰적인 것'의 유기적 결합으로 새로운 리얼리즘의 가능성을 타진한 것으로 보았다(장성규, 「김남천의 발자크 수용과 '관찰문학론'의 문학사적 의미」, 『비교문학』 45, 2008, 75~92면). 김동식은 1930년대 중반시기부터 김남천의 창작방법론에 나타나는 엥겔스의 '리얼리즘의 승리'의 흔적을 추적하며, 관찰문학론의 "몰아성이란 사회의 총체성을 재현하는 리얼리즘에 이르는 예비적 전략"으로 "소시민 지식인의 몸-무의식을 리얼리즘으로 환치하는" 태도로 규정하면서, 김남천은 발자크적인 리얼리즘의 승리에 의지하여, 일제 말기라는 시대의 하중을 견디었다고 논증한 바 있다(김동식, 「텍스트로서의 주체와 '리얼리즘의 승리'-김남천의 비평에 관한 몇 개의 주석」, 239~242면).

관찰문학론의 골간을 이루는 텍스트라 할 수 있는 「관찰문학소론」1940.4과 「체험적인 것과 관찰적인 것」1940.5은 각각 '발자크 연구노트 3'과 '발자크 연구노트 4'라는 부제를 거느리고 있다. 이 두 편의 글은 몇 개월 정도 이전에 똑같이 『인문평론』에 실렸던 「「고리오옹」과 부성애, 기타－발자크 연구노트 1」1939.10, 그리고 「성격과 편집광의 문제(「으제느·그랑데」에 대한 일고찰)－발자크 연구노트 2」1939.12와 연작 관계를 이루고 있다. 여기서 미리 발표된 두 글은 창작방법론으로서의 성격보다는, 발자크와 그의 여러 소설들에 대한 연구arbeit로서의 성격이 두드러진다.

「발자크 연구 노트」의 성격을 누구보다도 먼저, 그리고 적확하게 통찰한 이는 바로 인문사의 주간, 최재서였다. 1940년 한 해의 비평계를 회고하면서, 그는 그해의 핵심적인 동향을 "비평의 「알바이트」화"로 규정한다. 최재서는 바로 김남천의 「발자크 연구 노트」에서 그러한 성격의 변화를 읽어낸다. 물론 "어떤 평론評論을 물론勿論하고 그 배경背景엔 자료資料의 모집募集·조사調査라든가 그 자료資料의 비교검토比較檢討라든가하는 연구작업研究作業이 들어있"을 수밖에 없고, 그것은 1930년대 중반까지 김남천의 비평도 마찬가지일 것이었다. 그러나 그때까지 조선의 평론이란 '시급성'을 추구하다보니 "알바이트의 부족不足"을 겪을 수밖에 없었고, 이론에서의 빈곤과 허약함이 노정될 뿐이라는 것이 최재서의 진단이었다.

조선 유일의 아카데미 출신이었던 최재서 비평의 근본태도에는 조선의 비평을 보편의 맥락과 지향에서 사유하고 실천하고자하는 욕망이 존재하고 있었다. 서구문학을 근거로 두고 이로부터 조선문학을 '유비'하여 사유하던 그의 보편지향적 태도로부터,[15] 서구의 정전에 대한 '알바이트'를 통해 조선문학의 창작과 비평의 실마리를 연역하고자하는 시도가 산출된다. 역시 『인문평론』에 연재하던 그 자신의 「현대소설연구」 연작이 그것이었고, 또한 발자크를 집중적으로 읽는 김남천의 시도가 그것이었다. "평론가評論家가 한대－마를가지고 연속적連續的으로 그 연구硏究의 성과成果를 발표發表하"는 이러한 비평의 알바이트화 경향을, 그가 쌍수를 들고 환영하는 것은 당연한 일이었다. 게다가 그러한 비평가의 연구arbeit는 이론적이고 아카데믹한 것이기는 하되 "아카데이샨의 순학술적연구純學術的硏究와 달라서 시사성時事性과 문단적효용성文壇的效用性에 대對하야 특별特別한 관심關心과 용의用意를 가진 글"이기도 했다. 그는 김남천의 「발자크 연구 노트」가 가지는 의의를 다음과 같이 정리한다.

> 다만 발작크의 해석解釋이나 혹或은 태서학자泰西學者들의 학설學說의 소개紹介가 아니라 그들 해석解釋과 소개紹介를 일일一一히 자기자신自己自身의 창작상제문제創作上諸問題와 연결連結하여 씨연래氏年來의 장편소설개조론長篇小說改造論의 일련一連으로서 발표發表하고 있다는 점이다. 그것은 차라리 발작크의 연구硏究보다는 씨자신氏自身을 추진推進하고 설명說明하기위하여 발작크를 빌려왔다는 감感이 있다. 알바이트적평론的評論의 흥미興味와 실익實益은 이런점點에 있는 것이다.[16]

최재서는 김남천의 '알바이트'가 그의 창작방법과 연결되어 있음을 강

15 김동식, 「최재서 문학비평 연구」, 서울대 석사논문, 1993, 71~81면; 김동식, 「1930년대 비평과 주체의 수사학－임화 · 최재서 · 김기림의 비평을 중심으로」, 『한국현대문학연구』 24, 2008, 187~192면.

16 최재서, 「『알바이트』化의 傾向」, 『조광』, 1940.12, 116면. 전후 문단의 인용문은 114~16면 곳곳에서 가져왔다.

조하고 있다. 알바이트라는 작업 자체가 김남천에게 있어 가지는 의미에 대해서는 뒤에서 고찰하기로 하고제4절, 우선은 최재서가 통찰한 것처럼, 「발자크 연구 노트」라는 '알바이트'가 김남천의 창작방법론제2절과 창작제3절에 어떤 '추진'을 가져왔는가를 살필 필요가 있다. 알바이트는 우선, 장편소설에 대한 김남천의 장편소설 장르 인식과 긴밀히 닿아 있다.

> ㉠나 자신의 문학적 경험에 의하면 리얼리즘이 현대를 관철하는 길은 언제나 장편소설을 통하여서였다. 기계적인 분업사상分業思想에서 나는 이것을 경험한 것이 아니다. 오히려 이러한 것에 대한 나의 이해의 단초端初는 「장르」의 사적史的 고찰考察에서부터였다. 만일 산문 정신이란 것이 현대에 살아 있을 수 있다면 그것은 묘사의 정신을 말함이고, 그리고 이것은 무엇보다도 장편소설에 있어서 문제될 것이다. 나는 많은 단편소설을 써왔고 앞으로도 그것을 버리지 않을 것이다. 나는 또한 단편소설에 대하여 수없이 많은 리얼리즘을 지껄이었다. ㉡그러나 몇 개의 문예학적 술어述語나 추상적 공식을 버리고, 단편소설과 사회(시대)를 정면으로 대질시킬 때 나의 노력은 언제나 실패하였다. 단편소설(특히 내지內地 문단의 「창작」의 이입품移入品)은 산문정신을 현대에서 살리는 데 적합한 문학형식으로 아니었다. 그러므로 최근의 우리 비평가들이 리얼리즘을 운위云謂하면서 단편창작을 검토할 때, 리얼리즘이란 말이 공허한 채 자의적으로 쓰여졌던가. (…중략…) 리얼리즘은 씨 등에게 있어서는 모든 것을 설명하는 술어인 동시에 아무 것도 설명치 못하는 술어였다. ㉢앞으로 나는 단편소설을 전혀 별개의 실험에 사용할 것이다. 그러므로 내가 소설문학에 관해서 말하는 한, 그것은 리얼리즘과 장편소설을 고려하게 될 것이다.[17]

다소 길게 인용한 위의 글은 그 당시 김남천 자신의 창작적 변모를 예민하게 드러내고 있다. 이 글에서 김남천은 자신의 창작을 두 가지 층위에서 성찰하고 있는데, 우선은 그때까지 자신의 단편을 '내지 문단의 「창작」의 이입품'으로 규정하고 있다. 채호석이 지적했듯, 1930년대 중후반 김남천은 '내지' 문단과 비평가들을 참조하면서 자신의 창작방법론을 세우고 창작을 실천하곤 했다.[18] 단편이라는 양식 속에서 전향한 주체의 내면을 고발하고 그 윤리를 심문하는 고발문학론과 모랄론이 그 결과였다. 그런데 그러한 단편에서 리얼리즘은 '실패'했다는 것이 지금의 진단이다(㉡).

고발문학론에서 출발한 1930년대 자신의 문학적 고투에 대한 반성과 그러한 고투를 가능하게 했던 일본의 비평가들의 작업에 대한 성찰이 겹치는 지점에서, 김남천이 나아간 것이 바로 서구 작가 발자크에 대한 '알바이트'였다. 그의 '사적 고찰', 곧 발자크의 작품과 그에 대한 해석들에 대한 이론적 탐색arbeit을 수행했고(㉠), 그 결과 그는 산문 정신을 체현하고 리얼리즘의 가능성을 타진하기 위하는 데 적합한 양식인 장편소설을 채택하게 된다. 이 시기 김남천은 단편소설과 장편소설의 성격을 질적으로 다른 것으로 사유하려는 의지가 뚜렷한데, 그는 장편소설이라는 기획을 통해 리얼리즘과 산문정신에 닿고자 한다(㉢).

김남천의 '알바이트'는 두 개의 겹으로 이루어지는데, 우선 겉겹으로 '엥겔스'라는 중개자를 통해 "장편소설의 최초의 거대한 건설자"[19] 발자크에

17 김남천, 「관찰문학소론(발자크 연구노트 3)」, 『인문평론』, 1940.4; 『전집』 I, 590~591면(이하 모든 강조는 인용자의 것).

18 1930년대 초중반 김남천은 도쿠나가 수나오(德永直), 아마카스 세키스케(甘粕石介), 도사카 준(戶坂潤), 가메이 가쓰이치로(龜井勝一郎) 등의 평론들을 참고하면서 자신의 창작방법론을 정립하곤 했다. 채호석, 「김남천 문학 연구」, 『한국 근대문학과 계몽의 서사』, 소명출판, 1999, 86·99·105·108면.

도달하여 '리얼리즘의 승리'를 독해하는 층위에서 수행되는 알바이트가 있다. 그리고 그 안 겹으로서, 일본의 연구성과를 참조하며 창작방법의 시각에서 발자크 작품과 창작방법에 구체적으로 접근하는 알바이트가 있었다.[20] 겉겹에 대해서는 이미 몇몇 논고에서 집중한 바 있기에,[21] 이 글에서는 겉겹을 염두에 둔 상태에서 안쪽의 겹에 주목할 것이다. 『인간희극』은 발자크 자신이 기획하기로 140여 편, 총 26권 분량의 소설을 예정했고 실제로 90여 편이 창작된 느슨한 형태의 연작소설이었다.[22] 김남천의 주석을 빌리자면, 발자크는 백 편에 가까운 이 소설들을 통해 "불란서의 특정한 역사적 시대의 내적 행진을 모순의 양태째로 폭로하고"자 하는데, 그 구체적인 방법은, "각층 각 계급의 각양 각색한 수천의 인물들"의 생존투쟁을 통해서였다.[23] 그리고 사회의 각 장場을 대표하는 인물들은, 여러 작품에 다시 출현再出하며 당대 프랑스 사회에 총체적으로 접근해간다.

김남천의 알바이트는 특히 발자크의 창작기법에 집중하는데, 『고리오 영감』의 라스티냐크에 주목하는 것도 그런 맥락에서이다. "청년은 파리 상류 계급의 추행과 위선에 비로소 눈이 떴다. (…중략…) 드디어 라스티

19 김남천, 「성격과 편집광의 문제(발자크 연구 노트 2)」, 『인문평론』, 1939.12; 『전집』 I, 547면.

20 和田とも美, 「김남천의 취재원에 관한 일고찰」, 『관악어문연구』 23, 1998, 225면, 각주 31.

21 김동식, 「텍스트로서의 주체와 '리얼리즘의 승리' – 김남천의 비평에 관한 몇 개의 주석」, 239~242면. 김동식은 이 글에서 1930년대 중반 이래, 엥겔스의 서한에 주석을 다는 김남천을 묘사한다. 장성규의 앞의 글 또한 엥겔스 '리얼리즘의 승리'에 대한 김남천의 '오독'의 의미를 성찰하고 있다.

22 구체적으로 1부 『풍속 연구』에서 당대의 풍속을 드러내고 2부 『철학적 연구』에서 그 원인을 탐색하며 3부 『분석적 연구』에서 현상과 원인을 꿰뚫는 어떤 원리를 규명하는 것이었다 (Pierre Barbéris, 배영달 역, 『리얼리즘의 신화 – 발자크 소설세계』, 백의, 1995, 232~254면 및 김중현, 『발작 – 생애와 작품세계』, 건국대 출판부, 1995 참조).

23 김남천, 「명일에 기대하는 인간 타입 – 소설가의 입장에서」, 『조선일보』, 1940.6.7; 『전집』 I, 615면.

냐크는 이 지옥을 완전히 이해하고 이 가운데서 자기의 위치를 잡음에 이르러, 다시 사회의 최고위에까지 올라가려고 생각한다. 이 청년은 발자크의 딴 작품 「추미皺皮」, 「환멸」 등에 다시 나오는데, 그는 그곳에서 국무대신이 되려고 노력하고 있다."[24] 이 짧은 언급에서 그는 발자크의 소설에 있어서, ① 한 작품의 인물이 다른 작품에 재출현한다는 것, 그리고 ② 재출현에 따라 그 인물을 둘러싼 사회적인 "장場"이 하숙집 사교의 장에서 정치의 장으로 바뀌었다는 것을 갈파하고 있다. 반복과 차이, 곧 한 인물의 성장과 변모라는 연속성(반복)과 사회적 장의 다양성(차이)을 드러내는 방법이 인물의 재출을 통해 동시에 얻어지게 된 것이다.

발자크의 『인간희곡』에는 2,000여 명의 인물이 등장하는데, 그 중 573명의 인물은 하나 이상의 작품에 다시 등장한다. 『고리오 영감』에 등장하는 뉘싱겐 남작은 31편의 소설에, 비앙숑은 29편의 소설에, 그리고 라스티냐크는 25편의 소설에 거듭 등장한다. 이후 인물의 재출再出은 김남천의 장편소설 창작의 한 원리로 기능하게 되는데, 물론 다시 등장했다는 것만으로 의미를 지니는 것은 아니다. 발자크의 연구를 통해, 김남천은 자신이 장편소설에서 강조하는 지점을 이동시키게 된다. 가령, 그는 동시대의 소설들이 적극적인 주인공을 상실했다는 비판에 대해 다음과 같은 반론을 준비한다.

> 소설은 확실히 정신의 표현이다. 그러나 그것은 전혀 소설의 독자적 표현양식에 의한 정신의 표현이었다. 어떤 특정한 사상의 전성기傳聲機 적인 소주

24 김남천, 「「고리오옹」과 부성애 · 기타(발자크 연구 노트 1)」, 『인문평론』, 1939.10; 『전집』 I, 531면.

관의 제시에 의하여 정신의 표현인 것이 아니라 사회 전체의 내적 진행의 모순을 제출하는 데 의하여 당해 사회의 정신의 표현이었다. (…중략…) 일주인공의 사상을 통하여 정신을 방송放送하는 것과 같은 류의 정신의 표현을 기피하는 것은 소설문학의 아니 장편소설을 통하여 리얼리즘을 관철하려는 문학적 태도에 있어 하나의 본질적인 요소이었다. 왜냐하면 시민사회의 본질의 제시는 여하한 시민적인 인물을 적극적 주인공으로 이상화하는 문학 태도에 의하여서도 불가능할 것이기 때문이다. 요要는 한 사람의 인물을 통하여 정신을 방송시키느냐 각 계층의 대표자가 각자의 생존권을 늘리고 신장시키기 위하여 맹렬한 생존 경쟁을 거듭하는 풍속도를 통하여 시대의 정신을 표현하느냐의 차이에 있다.[25]

발자크에게 "작품의 하나 하나 또는 작중 인물의 주인공이라는 것도 무의미"한 것과 마찬가지로,[26] 김남천 또한 중요한 것은 적극적인 주인공의 문제가 아니라고 보았다. 만약 산업자본주의의 앙양기 혹은 시민사회 자체가 진보성을 담지할 수 있는 근대 초기라면 모르겠거니와, 1940년대란 김남천이 보기에 시민사회의 위기이자 말기, 또한 파시즘의 시기였다. 이러한 시대에 파시즘이라는 시대정신을 담보한 적극적인 주인공의 성격을 창조하는 것은 자칫, 진정한 리얼리즘의 방향과 반대를 향할 수도 있다는 김남천의 판단이었다. 파시즘이라는 시대정신을 체현한 적극적인 주인공의 성격을 창조할 수도 없었고, 전향이라는 압력 하에서 자신의 내면을 끊임없이 고발하는 작업에서도 김남천은 어떠한 한계를 볼 수밖에 없었다.

25 김남천, 「소설문학의 현상－절망론에 대한 약간의 검토」, 『조광』, 1940.9; 『전집』 I, 635면.
26 김남천, 「명일에 기대하는 인간 타입－소설가의 입장에서」, 『조선일보』, 1940.6.7; 『전집』 I, 615면.

이때 그는 엥겔스의 발자크론을 통해서 "작자의 몰아성沒我性과 객관성의 보지保持"라는 새로운 가능성의 지대에 도달하게 된다.[27]

이 시기 김남천은 엥겔스의 발자크론에 기대고 있다. 엥겔스는 발자크에게서 그의 왕당파적 세계관에도 불구하고, 각 계층을 대표하는 성격들이 충돌하는 와중에, 귀족계급의 붕괴라는 역사적 필연을 읽어낸 바 있다. 김남천은 발자크의 자리에 자신을 놓고는, 엥겔스의 '리얼리즘의 승리'를 통해, 자신의 세계관을 소설 속 한 인물에 직접 기투하지 않아도 된다는 것을 인지하게 된다. 그러한 맥락에서 그는 적극적인 한 사람, 곧 주인공의 사상과 편력에 집중하고 그에게 자신의 세계관과 내면을 감당하게 하는 것이 아니라, 각 계층을 대표할 수 있는 여러 성격들을 창조하고, 그 성격들이 어떻게 생장·발전하며, 서로 간에 경쟁·충돌하는지를 추적·묘사하고, 그 충돌 자체를 통해서 당대의 시대정신을 드러낼 수 있는 방법을 발견하게 된다. 주인공이 아닌 구성 자체에서 소설의 핵심을 담는 방식은 사실 장편소설의 본질적 특권이었고, 적극적인 주인공이 없다는 것은 부끄러움의 대상이 아니며 파시즘의 시기에는 "오히려 정신을 유지할 수 있는 증거도 될 수 있"었다.[28]

주인공에서 구성력으로의 전회라 할 수 있는 이러한 변모는 김남천의 장편소설 창작을 이해하는 데 중요한 참조항이 된다. 김남천이 발자크의 소설을 단 3편 읽었다는 것이[29] 어쩌면 크게 문제되지도 않을 수 있는 것은, 그의 '알바이트'가 이미 창작 상의 어떠한 변모를 추동하고 있었기 때문이다.

27 김남천, 「관찰문학소론」; 『전집』 I, 597면. 이 오독의 의미에 대해서는 장성규, 앞의 글 참조.
28 김남천, 「소설문학의 현상-절망론에 대한 약간의 검토」, 『조광』, 1940.9; 『전집』 I, 636면.
29 김윤식, 『한국근대문학사상사』, 한길사, 1984, 236~237면.

3. 중층적 장의 충돌로서의 현실, 그 연쇄 가능성

『사랑의 수족관』의 가능성 독해

그렇다면 이러한 시각 아래서 『사랑의 수족관』을 어떻게 읽을 것인가. 이 글에서는 김남천이 발자크로부터 읽어낸 구성력을 가능하게 하는 창작방법론, 곧 구체적으로는 연작소설 형식과 인물 재출 방식에 주목한다. 인물의 재출을 염두에 둔다면, 곧 앞에서 김남천이 발자크에 대해서 말한 것처럼, 주인공이라는 한 인물에 주목하지 않는 독해가 가능하게 된다. 곧, 『사랑의 수족관』에서는 김광호와 이경희의 서서가 중심에 위치하지만, 다른 소설에서는 이들이 중심이 아닐 수도 있고, 아예 등장하지 않을 수도 있다. 실제로 이어서 창작된 『낭비』의 경우 『사랑의 수족관』에서는 단지 등장할 뿐, 큰 위치가 없던 문난주가 전경으로 나선다. 발자크에게서 중요한 것은 '한 인간'이기보다는 그러한 인간들이 모여서 구성하고 있는 '하나의 체계'였고, 발자크 스스로도 '전체에 결합될 부분적인 작품들을 따로따로 판단하지' 말아줄 것을 요구하기도 했다.[30]

지금까지 『사랑의 수족관』의 독법에서 사리지 못한 부분 또한 이 점이었다. 그간에는 작품에서 부각되는 김광호라는 한 '주인공/인물'에 초점을 맞추어 새로운 세대의 주체로서 그의 사상과 식민지적 무의식, 그리고 파시즘에의 경도 여부에 주목하였다.[31] 또한 「길우에서」『문장』, 1939.7의 K 기사와 『사랑의 수족관』의 김광호를 동일한 인물로 간주하기도 하였다.

30 김중현, 앞의 책, 78~80면.

31 김철 교수의 문제 제기 이후에 부각된 이러한 독법은 허병식의 논의에서 어느 정도 갈무리 되었다. 허병식, 「직분의 윤리와 교양의 종결－김남천의 『사랑의 수족관』을 중심으로」, 『현대소설연구』 32, 2006.

그러나 단편 「길우에서」의 초점화자는 전향한 지식인을 연상시키는 '나'로, '나'의 시각에서 새로운 주체 K기사를 바라보는 것이 작품의 주된 서사이며, 이 소설은 신세대를 바라보는 김남천 자신 세대의 위태로운 내면을 담고 있다. 그러나 '몰아성'을 내세우는 관찰문학론의 논리처럼, 장편 『사랑의 수족관』에는 '나'라는 시각의 자리 자체가 아예 소설 안에 존재하지 않는다. 작가의 내면을 투사할 인물이 없는 상태에서 식민지 조선의 현실이 묘파될 따름이다. 그렇다면 『사랑의 수족관』에서 중요한 것은 김광호라는 한 개인의 사상이 아니라, 김광호라는 인물로 대표되는 한 사회적 장이 다른 등장인물이 대표하는 또 다른 사회적 장과 어떻게 만나며, 그를 통해 어떠한 충돌이 일어나는지의 문제이다.[32] 발자크라는 참조항의 도움을 받을 경우, 곧 이 작품에서 미처 전경화되지 못한 인물들까지를 포함하여, 김남천이 그리고자 했던 사회적 장場[33]의 중층성에 주목할 필요가 있다. 실제로 「발자크 연구 노트」에서 김남천이 주목한 발자크의 특징 중 하나가 바로 신분의 다양성이었다. 그가 보기에 "여태껏의 문학에게 거부를 당하였던 무수無數한 각층各層의 인간, 사회의 풍부하고 치밀한 세목細目이 새로이 문학의 영역으로 들어올 수 있었"던 것이 발자크 소설에서 구성력을 획득하는 첩경이었다.[34]

32 "김남천의 장편소설에 구성상 중심이 있다면 그것은 어떨 개별적 행위자가 아니라 사회적 관계, 즉 전형적 성격들의 모순과 갈등 관계 그 자체였다"(이진형, 앞의 글, 130면)는 선행 연구의 진술은 이 시기 김남천 소설론의 핵심을 적확히 지적하고 있다.

33 부르디외적 의미에서의 장(場, champ)이란, 경제적, 문화적, 사회적, 상징적 자본의 분배 체계 내에서 점유된 사회적 위치들 간의 객관적 관계망, 혹은 입장들의 구조화된 공간이다. Pierre Bourdieu, translated by Susan Emanuel, *The Rules of Art*, Stanford University Press, 1992, pp.214~223.

34 김남천, 「관찰문학소론(발자크 연구 노트 3)」, 『인문평론』, 1940.4; 『전집』 I, 595~597면.

그렇다면, 『사랑의 수족관』에 등장하는 적지 않은 부수 인물들까지를 포함하여, 이 소설이 감당하고 있는 사회적 장場을 일별해볼 필요가 있다. 〈그림〉은 이 작품에 등장한 각 인물이 표상하고 있는 사회적인 장이 무엇인지를 위상학적 공간에 배치한 것이다.[35] 그리고 각 장을 대표하는 인물들이 충돌하면서 『사랑의 수족관』의 서사가 구성된다. 이 작품 하나에만 집중할 경우, 중심인물과 보조인물 간 경중이 문제되겠으나, 재출을 통해 그 어떤 인물도 다른 작품에서 전경화될 수 있다면, 그 분량상 경중은 더 이상 중요해지지 않는다.

〈그림〉에서 우측 상단 꼭지점에, 소설 배후에 있으나 분명히 존재하는 식민권력의 응시가 권력과 사회적 위상의 최정점에 놓인다면, 좌측 하단 꼭지점은 당대 사회의 최하층의 자리에 놓인다. 『사랑의 수족관』은 이 두 꼭지점을 잇는 대각선을 중심축으로 하여, 그 주변에 ①(식민권력을 배후에 둔) 자본의 장, ② 사상의 장, ③ 식민지 제도로서 교육의 장, 그리고 이 모든 것으로부터 배제된 ④ 서발턴의 장, 이 네 개의 장을 주요히 배치하고 있다. 그리고 각 장이 만나고 충동하고 경쟁하는 것이 그 서사의 주된 맥락이다.

물론 이 네 개의 장이 등위等位의 관계인 것만은 아니며, 또한 이 네 개의 장으로만 소설이 구성된 것도 아니다. 가령 〈그림〉의 우측 하단부에 앞의 네 장과 일부가 겹치면서 보다 상위의 범주라 할 수 있는 '여성'이라는 장

35 이 작업은 피에르 부르디외의 19세기 말 문학 장 분석에서 그 방법의 가능성을 시사 받았다. 그는 19세기 문학의 장을 구분하면서, 각 예술인들이 문학 장 전체에서 어떤 위상을 가지고 있으며 어떤 관련을 각각 맺고 있는지를 분석하고는 그것을 표로 그려서 제출한다. (P.Bourdieu, op. cit., p.122ff) 그는 프랑스 파리의 문인들을 인정, 경제, 좌우익, 늙음/젊음, 카리스마적 인정—아카데미(제도적 인정)—통속 등의 항목에 의해 문학 장 안의 문인들을 분류한다.

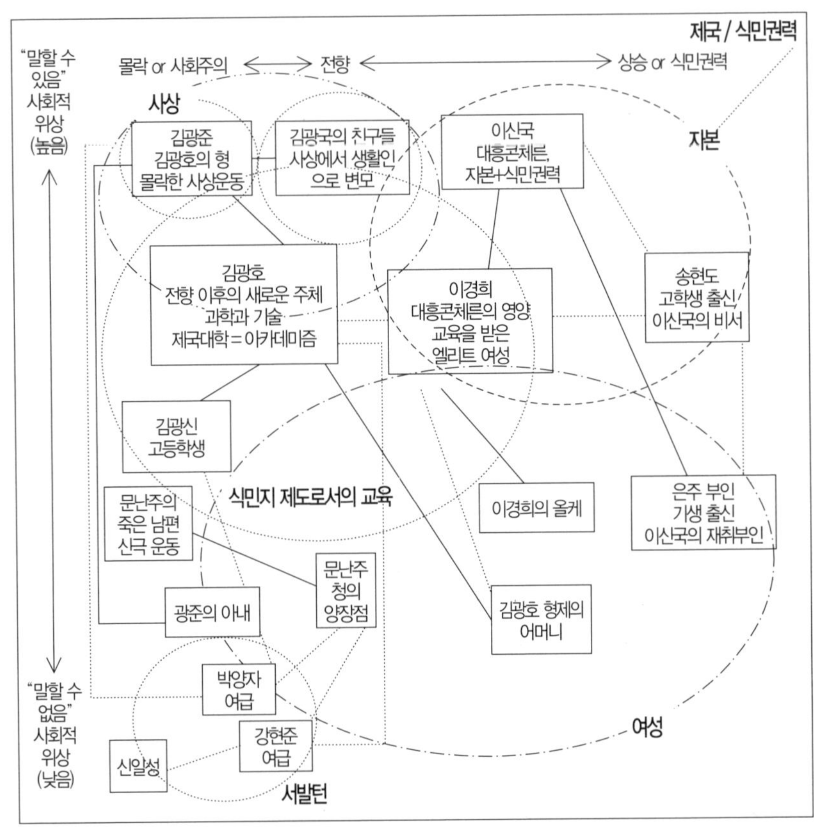

을 설정해볼 수도 있고, ③ 교육의 장은 그 안에서 고등학교/제국대학으로 다시금 하위 장을 구성해볼 수도 있다. ② 사상의 장 역시 사회주의의 장과 전향의 장이라는 하위의 장으로 다시금 구별될 수도 있다. 여기서 한 인물은 적어도 하나 이상의 장에 소속되어 있어 각 장의 성격을 대표한다.

김남천이 단지 장을 대표한 인물들을 등장하는 것에 그쳤다면 그것은 다른 소설들이나 단편들에 크게 다르지 않았을 수도 있다. 그러나 여기서 그가 더 주목한 것은 각 장을 대표한 인물들 사이의 '충돌'과 '경쟁'이었다. 곧 한 인물이 다른 인물과 만난다는 것은, 그 인물이 대표하는 하나 혹은 두 가지 정도의 사회적 장이 다른 장과 충돌하고 경쟁한다는 것을 의미하는데, 〈그림〉에서 각 인물들 사이를 연결하고 있는 선들의 개수가 드러내고 있는 것이 바로 그러한 충돌의 개수이다. 김남천은 장을 대표하는 인물들을 출현시키고, 그 인물들을 충돌시키면서 장들 사이의 역학관계를 탐색한다. 그리고 그 역학관계는 무수히 그릴 수 있는 선의 개수만큼 생산적일 수 있었다.

〈그림〉을 바탕으로 우리는 김남천이 제시한 중층적인 사회적 장場들이 『사랑의 수족관』 안에서 충돌하고 상호 간에 경쟁하는 원리에 추출하고 1939~40년, 당대 조선 사회를 묘파하는 방식을 살펴볼 수 있다. 아래에서 시도하는 것은 그 다양한 충돌의 계기, 곧 선들의 다양한 연결 가능성 중, 극히 일부에 지나지 않으며 보다 많은 충돌이 가능할 것이다. 다만, 여기서는 그 가능성을 몇몇 '예'를 통해 살펴보려 하는 것이다. 우선 ① 여러 장場들의 충돌 속에서, 한 개인이 어떻게 묘사되는지를, 김광호라는 인물에 집중하여 살펴볼 것이다. 그리고 ② 하나의 장 자체가 어떻게 형상화되는지를, '여성'이라는 장을 들어서 살펴볼 것이다. 나아가 ③ 이러한 '장'의 충돌이 연쇄적으로 일어날 가능성에 대해 고찰한다.

1) 중층적인 장들의 충돌로서의 한 개인 – 김광호의 경우

(1) 문화자본과 경제 / 권력자본의 만남과 충돌 : 김광호와 이경희(이신국)

장의 충돌이라는 시각에서는, 김광호와 이경희의 만남을 두 사람의 관계를 '연애'로만 한정할 필요는 없다. 이경희는 일차적으로 '교육–여성'이라는 두 장을 기본으로 하고, 여기에 '여성–사회사업가'라는 장으로 나아가려는 욕망을 가지고 있다. 그러나 그의 의미는 아버지 이신국을 통해서 식민권력과 결탁한 자본과도 불가분의 관계를 맺게 된다. 그가 구상하는 탁아소라는 사회사업 역시, 그 대지와 설계도, 그리고 그 건설비와 운영비 모두 아버지와의 한 끼 저녁식사와 "우리 아부지 세계에서 일등!"라는 단 한 마디의 '애교'로서 얻을 수 있었다. 또한 탁아소를 하기 위해서, '일日－조朝－만灣', 곧 제국의 전역을 쉽게 오갈 수 있는 그의 모습에서는, '교육/사회사업'－'만주 개척을 욕망하며 확장해가는 자본'－'배후로서의 식민 권력' 사이의 공모 관계가 여실히 드러난다.[36]

그런 이경희와 경쟁하는 상대가 김광호이다. 김광호도 경제자본의 측면에서는 이경희를 이길 수 없겠지만, 새로운 시대의 지식인인 그는 능히 이경희의 '상담역'이 될 수 있었는데, 그것은 바로 그가 가지고 있는 제국대학이라는 아카데미즘의 문화자본 덕분이었다. 이경희는 그의 문화자본에 은근히 놀라고 동시에 만족하며, 권력－자본의 최정점 이신국 또한 만족한다. 그가 이경희에게 "그동안 공부 많이 하셨지요?"라고 핀잔을 주고, "『마르탕듀·가르』의 『티－보일가一家』 제이권 『소년원』"을 보내서 탁아소 건립의 반대의사를 우회적으로 전할 수 있던 것도 그의 문화자본이 이경희의 경제자본과 충돌하고 경쟁할 수 있었기 때문이다. 결혼조건으로 "경희씨를 불행하게 만드는 근본적인 원인"인 "경히씨에게부터잇는 막대한

36 김남천, 『사랑의 수족관』, 인문사, 1940, 218면. 오혜진은 1930년대 미디어가 "식민지 조선에서 모든 부자는 '졸부'였고, '해적'일 수밖에 없었"고, "식민지 시기 거의 모든 부는 친일의 혐의에 연루되어 있거나, 가난한 대다수의 민중을 도외시한 채 오히려 그들을 갈취한 결과로 생겨났다는 인식"을 확산하였고, 고로 '자본가'들에게는 "사회사업"이 요구되었던 당대의 상황을 재구하였다. 이에 대해 '자본가'들은 말로는 사회사업을 천명하면서도, 실제 구체적인 실천에 대해서는 절대 함구하고 지연하곤 했다(오혜진, 「1920~1930년대 자기계발의 문화정치학과 스노비즘적 글쓰기」, 성균관대 석사논문, 2009, 120~122면). 그렇다면, 이경희의 탁아소 사업이란, 일반적으로 '식민권력'과 결탁한 '자본'에 기대되(지만 끝없이 연기되)는 사업을, '만주특수'라는 특정한 국면 하에서 실현하려는 것으로 의미화할 수 있을 것이다.

재물"의 처리를 요구하면서, 우회적으로 이경희의 이면에 있는 대흥콘체른, 곧 제국과 결합한 자본에 대해 거리를 둘 수 있었던 것 또한 같은 맥락에서이다.[37] 사실 『사랑의 수족관』 전체 서사를 추동하는 것은 제국대학이라는 문화자본과 콘체른이라는 경제-권력자본 사이의 경쟁과 공모, 그리고 갈등이다.

(2) 기술적 주체와 (사회주의 / 전향) 두 사상의 충돌 : 김광호와 김광준 / 전향한 옛 동지들

그러나 김광호는 문화자본이라는 하나의 층으로 환원되지 않는다. 과학과 기술로 무장한 그는 새로운 시대의 기술적 주체이기도 했는데, 김남천은 '기술적 주체'인 김광호로 하여금, 형 김광준으로 대표되는 몰락한 '사회주의 사상'과의 충돌하게 한다. 여기에는 '전향'한 광준의 옛 동지까지 가세해 세 개의 장場이 한 곳에서 충돌하게 된다. 그 충돌의 결과가 사건으로 발생한 것이 동생 광신의 퇴교 사건이다. 제국대학이라는 문화자본의 최정점에서 시작한 김광호는, 방종할 줄만 알았던 동생의 뜻을 긍정하고, 오히려 국민복을 입고 자신을 '긴상'이라고 부르는 학교 교사와 대립각을 세우며 나아가 학교라는 장에 작동하는 식민지 규율권력을 부정하는 것

37 김남천, 『사랑의 수족관』, 인문사, 1940, 242 · 246 · 542면. 결혼의 조건으로, 재산의 사회환원을 강조하는 것은, 기존의 연구에서처럼 김광호(새로운 기술적 주체)가 이경희 일가(식민권력+자본)에 '흡수'되었다고 결론 내리는데 일종의 저어함을 형성한다. 끝까지 둘 사이에는 각기 가진 자본의 경합이 있기 때문이다. 한편, 가난한 집안에서 태어나 무수한 '시험'을 거쳐 제국대학을 졸업한 김광호는 '건전한/충량한' 입신출세의 전형이라할 수 있는데, 그러한 입신출세적 주체에 대해 식민제국은 그 시야가 '체제 밖'을 상상하도록 허용하지 않았다(오혜진, 앞의 글, 50~51면). 그렇다면, 김광호는 애초에 '체제 안' 입신출세적 주체의 자리에서 출발하되, 이경희라는 존재와의 충돌을 통해서, '교육(사업)'-'식민권력'-'자본', 3자 결합의 당대적 의미와 그 실체에 거리를 두며 성찰함으로, (외부까지는 아니더라도) 체제의 균열을 발견하는 곳에까지 나아간다.

에까지 이르게 된다. 사회주의/전향 두 사상과의 충돌을 통해, 김광호는 '투명한' 제국적 주체로부터 일탈하게 된다.

(3) 문화자본과 자본 없는 '성공욕'의 충돌 : 김광호와 송현도

이경희를 중간에 두고 김광호와 경쟁하는 "야심가" 송현도는 고학생 출신으로 문화자본이란 전혀 없는 존재이다. 그런 그가 아카데미즘이라는 '공식'적이고 제도적인 문화자본을 가진 김광호와 경쟁할 수 있는 것은, "불같은 성공의 야심"을 가지고 '표범 연상하는 녹록치 않은 눈'을 가지고 성공욕에 불타올라 법과 윤리의 경계를 넘나들며 갖가지 전략을 기도하기 때문이다.[38] 이를 통해 김남천은 김광호의 문화자본을 결여하고 있는 한 '고학생' 출신 성공욕의 화신을 통해, 파시즘 시기 '성공'을 위한 또 다른 조건을 탐색한다.

(1), (2), (3)을 통해서 볼 때, 김남천은 김광호라는 한 인물을 놓고, 그를 적어도 세 가지의 다른 사회적 장場과 충돌시키면서, 그를 둘러싼 갖가지 욕망과 그 욕망의 현실적 조건들 간의 생존경쟁을 추적한다. 우리는 여기서 마르크스주의를 재구성하고자하는 최근의 한 입장이 언명한 바, 계급이란 "진정, 경제적임과 동시에 정치적인 삶정치적 개념"이며, 이때 "삶

38 김남천, 『사랑의 수족관』, 인문사, 1940, 128·136면 등 곳곳. 당대 식민지 조선의 미디어들은 '입신출세'의 내러티브를 전면화하는 동시에, '출세/성공'한 이들에게는 말 못할 비밀한 과정이나 정당하지 못한 절차가 은폐되어 있다는 의혹을 제기함으로 대중성을 획득하려고 했다(오혜진, 앞의 글, 141면). 그렇다면 김광호처럼 누구나 납득할만한 제도적 기반과 문화자본이 없는, '수상한' 고학생 출신의 송현도가 보여주는 출세의 기획은, 미디어에서 추측하던 방식의 '정당하지 못한 절차'를, 섹슈얼리티라는 매개를 통해 가장 선정적인 방식으로 노골화한 것이었다.

정치적이란 용어는 경제적인 것, 사회적인 것, 그리고 문화적인 것을 가르는 전통적인 구분들이 점차 모호해지고 있다는 것을 가리킨"다는 언급을 상기할 수 있다.[39] 한 인물 안에서 충돌하고 제휴하는 다양한 장들의 역학을 추적하는 김남천의 지난한 작업은 경제, 권력, 교육, 젠더 등 삶을 규정하는 '계급'들의 중층적인 관련을 통해 파시즘 시기 식민지 조선 사회를 묘파한다. 또한 각 장들이란, 김남천이 당대에 주목했던 조선 사회를 움직이는 구성원리였다. 그는 그러한 장들의 충돌로서 당대 조선의 현실을 바라보기를 요청하고 있다.

2) 하나의 '장'에 개입하는 다양한 조건들과 그로 인한 불균질성
'여성'이라는 '장'의 경우

다음으로, 『사랑의 수족관』 내부에 있는 한 장場의 불균질성과 그 의미를 '여성'이라는 장을 통해 살펴보려고 한다. 비록 함께 '여성'이라는 장으로 묶이지만, 그 안의 인물들은 애초에 여러 충돌을 예비하고 있기 때문이다. 김광호라는 인물을 중심에 두고, '교육–엘리트–자본(/권력)–여성'이라는 장을 대표하는 이경희와 '서발턴–여성'이라는 장을 대표하는 강현순이 대립한다. 이경희는 김광호에게 직접 말을 건네고, 그와 함께 당시 경성의 식민지 근대를 체현한 카페와 음식점을 거리낌없이 돌아다니지만, 강현순은 자신의 마음을 전혀 "말하지" 못한다. 그런 점에서 김남천이 이

39 Antonio Negri · Michael Hardt, 조정환 외역, 『다중』, 세종서적, 2008, 275면. 방민호 교수는 프로문학 연구의 복권을 위해서는, 90년대 이후 몇 가지 방향에서 시도되고 있는 마르크스주의의 재구성이라는 문제틀을 통해 이전에는 '잉여'나 '일탈'로 간주되던 프로문학의 해석적 지점들을 적극적으로 다시 읽어야할 필요성을 역설한 바 있다(방민호, 앞의 글 참조).

경희로 하여금, 강현순을 탁아소의 협업자로 지목하여 둘을 충돌시킨 것에 주목할 필요가 있다. '권력/경제자본'을 가진 이경희의 '배려'에도 불구하고, 이경희의 '노력'은 강현순의 마음에는 닿지 못하고, 강현순은 둘 사이의 거리를 재확인하는 데 그칠 따름이다.[40] 또한 탁아소의 '시혜 대상'으로 직업부인이나 여공에 대한 이경희의 인식은 피상성을 끝내 면치 못하고, 결국 '애정' 문제가 개입되면서 둘 사이의 관계는 해소되어 버린다.

박양자라는 '여급' 또한 당대의 '서발턴－여성'이라는 장이, 다른 장들과 충돌하는 국면을 보여준다. 김광준이라는 몰락한 사회주의 사상이라는 장과 만나자, '위안처'로서 타자화된 상태에서 잠깐이나마 자신의 목소리로 "말할" 수 있었다. 그러나 '여급' 박양자가 '학생' 광신을 만나면서, '서발턴－여성'이라는 장이 '식민지 제도로서의 교육'장과 만나자, 광신은 학교라는 규율권력으로부터 처벌을 받고 배제된다. 박양자가 남편 광준의 마음을 받아주면서 자신의 목소리를 내는 사이, 정작 침묵하고 다시금 타자화될 수밖에 없었던 광준의 아내와, 권력/경제자본의 최정점인 이신국 가문에 시집가지만 미국 유학을 간 남편의 편지를 기다릴 뿐, 시누이들의 놀림의 대상이 되는 경희의 올케는, 각각 구여성과 재벌가의 며느리라는 다른 사회적 장 속에 있지만, 공히 "말하지 못하는" 여성의 모습을 부각한다. 대조적으로, 남편을 사별한 이후 신식 여성으로 자신을 규정하는 청의 양장점 주인 문난주나 이신국의 재취이자 송현도와 불륜 관계 속

40 김남천, 『사랑의 수족관』, 인문사, 1940, 340~341면. 강현순은 다음과 같이 이경희와 자신 사이의 거리를 재확인한다. "이러한 계획과 설계가 단시일안에 아무런 장애도 없이 이루어지는것의 원동력은 어디서오는것일까? (…중략…) 이경히가 아니고는 못할 일이 아닐까? 이경히의 아름다운 이상과 치밀한 두뇌가아니고는 이루지 못할 일이 아닐까? 그러나 그것만은 아니었다. **이경히의 배후에 잇는 것**, 이경히의 설계에 토대를 이루고 잇는 것－**그것은 틀림없이 황금정에 잇는 『크림』빛깔의 육중한 사층건물 저 일천만원 『대흥콘체른』이 아니냐!**"

에서 자신의 욕망을 현실화하려는 은주 부인도 있다. '여성'이라는 하나의 '장'에 있는 인물들도 각 개인이 어떠한 장과 관계를 맺느냐에 따라, 하나의 의미로 환원되지 않고, 중층적으로 의미화된 역동적이고 불균질한, '여성'이라는 장을 구성한다.

3) 층이 충돌하는 하나의 소설과 그 이상의 것

장場들의 충돌과 연쇄의 '시간-공간' 확장 가능성

이외에도 그런 강현순에게조차 마음을 건네지 못하고 결국 범죄를 계획하는 신일성, 자기 아들의 애인이지만, 그보다 "대자본가의 귀중한 따님"이었기에 이경희 앞에서 극도로 몸가짐을 조심할 수밖에 없는 광호의 어머니 등 하나 이상의 중층적 사회적 장을 대변하는 인물들이 등장하고 충돌하면서 『사랑의 수족관』의 현실을 구조화하고 있는데, 연작과 인물의 재출은 이러한 충돌이 '무한히' 연쇄할 수 있도록 돕게 된다. 가령, 문난주라는 인물을 매개로 『사랑의 수족관』과 『낭비』의 세계가 연결될 경우, 이신국과 백인영의 충돌이 가능해진다. 일종의 '민족자본'이라 할 수 있는 백인영에게 이어지는 그치지 않는 위협과, 식민권력의 최측근에서 군軍-산産-정政의 결합체인 '콘체른'을 거느린 이신국의 안정성의 충돌이 전면화되면서, 자본이라는 장, 내부의 중층성을 문제 삼을 수 있게 될 것이다.

『사랑의 수족관』과 그에 이어지는 『낭비』에서 김남천은 우선, 동시대를 형상화하는 데 우선 집중한다. 그러나 그의 연작 기획은 시간을 거슬러 20세기 초반까지 그 '시간-공간'을 확장하려는 욕망을 숨기지 않는다. 물론 발자크라는 '알바이트' 이전에 창작되긴 했지만, 그 자신이 이미 발표한 전작장편 『대하』의 세계와 『사랑의 수족관』의 세계를 연결하려는 시도가 그것이다. 『조광』의 요청에 따라 자신의 등장인물을 정리한 「직업과 연령」이라는 짧은 글에서, 간단한 인물의 프로필만으로 답변을 대신한 이효석과는 달리, 김남천은 자신의 창작 방향에 대한 뚜렷한 방향성을 설명한다. 여기서 그는 앞으로 등장인물을 "재출再出시킬 의도"를 뚜렷이 부각하는데, 『사랑의 수족관』과 『낭비』뿐 아니라, 30여 년을 거슬러 『대하』의 인물까지 그의 기획에 포함한다. 가령 "「대하」의 박성권은 그 때광무 8년에는 40세였지만 쇼와 15년1940에는 74세의 노옹일 것이다"[41]라는 언급이 그것이다.

아세아적 생산양식의 문제에서 비롯되어 알바이트를 거쳐 갈무리된 김남천의 장편소설 기획이 닿은 지점은 결국 이곳이었다. 시간을 축으로는 20세기 초에서 1940년대에 이르는 기간동안, 다양한 사회적 장의 인물들을 등장시키고 그들 사이의 무수한 관계와 충돌을 생성하여, 그 과정에서 아세아적 생산양식을 해명하면서 역사를 추동하고, 동시에 횡적인 축으로서 당대 조선의 식민지 근대성을 중층적인 장으로서 묘파하고자 했다. 알튀세르의 용어를 빌자면, 모순들이 '불균등'하게 서로 충돌하고 대립하면서, 사회라는 총체성을 구성하고 있는 '중층결정surdétermination'에 대한 탐색이라고 할 수 있다. 하나 혹은 두 가지 계기들로 총체성을 환원시킬 수는 없으며, "모순의 존재조건의 모순 자체 내에서의 이러한 반영, 복합적 전체의 통일성을 구성시키는 접합된 지배적인 구조의 각각의 모순 내부에서의 이러한 반영"을 염두에 두게 된다. 현실을, 보다 "구조화된 복합적 통일체"로서 인식할 가능성을 김남천은 타진하고 있었다.[42]

41 김남천, 「직업과 연령」, 『조광』, 1940.11; 『전집』 I, 643면.

42 Louis Althusser, 이종영 역, 「유물론적 변증법에 대하여–기원들의 불균등성에 관하여」,

4. 장편소설의 조건과 아카데미즘의 (불)가능성

아카데미 『인문평론』과 징후로서의 『낭비』

이번에는 이와 같은 김남천의 '알바이트'를 가능하게 했던 글쓰기의 조건을 살필 차례이다. 그 조건의 '토대'는 바로 최재서가 제공하고 있었다. 물론 이것은 일차적으로 김남천의 장편소설을 곧바로 연재할 수 있는 지면과, 연재된 장편소설을 연재 종료와 거의 동시에 단행본으로 출판할 수 있는 '자본'을 그가 제공해주었다는 의미이기도 하지만, 보다 어떤 근원적인 '분위기'나 '태도'를 최재서가 김남천에게 제공하고 있기도 했다는 의미이기도 하다. 곧 호세이대학 예과를 그만 둔 이후, 한 명의 혁명가로서 조직에 몸을 담고, 이후에는 전향한 사회주의자로서 또 작가로서 운신하던 김남천이, 다시금 아카데미즘에 근접하기 시작한 것은 1930년대 말, 경성제대 아카데미즘을 토대로 하여, 문단 재편의 한 축을 담당하고 있던 『인문평론』이라는 미디어를 통해서였다.

로만개조를 주창한 즈음부터, 김남천은 최재서와 상당히 가까워진 행보를 보여주는데, 1차적으로 그 결실은 바로 최재서가 경영하는 인문사에서 기획한 '전작장편'의 첫 책으로 김남천의 『대하』가 상재된 것이었다. 그리고 앞서 살펴보았던 「발자크 연구 노트」 또한 『인문평론』의 지면을 통해 연재된다. 최재서가 지적했듯, '비평의 「알바이트」화' 경향을 뚜렷이

『맑스를 위하여』, 백의, 1996, 232~259면 참조. 특히 238면과 248면. 김남천의 소설이 보여주는 중층결정의 문제에 대해서는 이미 서영인이 같은 시기 그의 단편에 주목하여 주목할 만한 논의를 진행한 바 있다(서영인, 「김남천 문학 연구－리얼리즘의 주체적 재구성 과정을 중심으로」, 경북대 박사논문, 2003, 89~128면). 이 글은 서영인의 논고로부터 계발된 바 크다.

드러내는 「발자크 연구 노트」, 최재서 자신의 「현대소설연구」, 그리고 임화의 「개설 신문학사」는 모두 『인문평론』이라는 "식민지 미디어 아카데미"[43]의 장 안에서 비로소 가능한 것이었다.

『인문평론』은 김남천에게 사실 상 하나의 아카데미였다. 그것은 이 미디어에 아카데미 출신의 문인과 인문학자[44]들의 참여가 두드러진다는 의미에서뿐만 아니라, 김남천이 「발자크 연구 노트」를 발표하는 것 외에도, 「모던 문예사전」의 주요한 공동 저자로 활동하는 등, 그가 몇 가지 '알바이트'를 동시에 진행하던 장이 『인문평론』이었다는 의미에서이다. 「모던 문예사전」에서 김남천이 집필한 항목들은, 그가 이 시기 장편소설이라는 양식의 역사에 대한 또 다른 알바이트의 필요성을 인지했음을 보여준다. 그는 문예학 일반의 시야를 견지하려 고투했고, 서구에서 창작된 소설들을 일별하고, 나아가 "내적 질적 발전에 있어서 시민사회의 이념을 충분

43 '식민지 미디어 아카데미즘'이란 용어는 황호덕이 제안한 용어이다(황호덕, 「1940년 전후 경성제대 출신 조선인 학자들의 국가론」, 『성균관대 동아시아학술원 HK심포지움 자료집 – 동아시아 근대 아카데미즘의 형성과 국가 권력』, 성균관대 동아시아학술원 인문한국사업단, 2010.7.6~7, 34~35면). 그것을 제국대학 설립 이전 관학과 민간학의 구도, 혹은 '學知'의 영역에서만 이해할 필요는 없을 것이다. 이것을 중일전쟁기나 태평양전쟁기 문단과 미디어에서 발현한 아카데미즘을 규정하는 용어로 사용될 때, 보다 생산적으로 사용될 수 있으리라 기대된다. '식민지 미디어 아카데미즘'이란 제국대학이 설립된 이후에 제국대학과 공모, 제휴, 갈등하는 조선인들의 미디어와 그 안에서 펼쳐진 아카데믹한 언술공간으로 이해할 필요가 있다.

44 『인문평론』에 적극 개입하는 '평론가'들 중, 임화, 김남천, 최재서, 이원조 등 '문인'들을 제외한 박치우, 서인식 등을 어떻게 호명할 것인가 또한 문제로 남는다. 김윤식 교수나 손정수 등의 선구적인 논의 이래 흔히, 이들은 '역사철학자'로 규정되어 왔는데, 최근 장지영은 그러한 호명에 대한 문제제기를 하면서, '사회평론가', 혹은 '인문학자'라는 용어를 제안하고 있다(장지영, 「박치우의 사회 · 문화비평 연구」, 성균관대 석사논문, 2010, 16~18 · 62 · 122면 등 곳곳). 나 역시 그의 문제 제기에 동의하며 이 글에서 '인문학자'라는 명칭을 이용한다. 임화, 김남천 등은 '문인-평론가'이며, 박치우, 서인식 등은 '인문학자-평론가'인 셈이다. 이들을 통칭할 때는 따옴표를 표시하여 '평론가'라 할 것이다.

히 발현치 못했을 뿐만 아니라, 발표형식까지 신문지에만 의거한다는, 전혀 구라파에서는 볼 수 없는 기현상을 현출顯出"하는 조선의 장편의 역사와 그 주요한 인물에 대한 접근으로 나아갔다.[45]

> 문학 상의 장르가 형성되기 위하여 필수적인 사회적 전제, 그 구조의 특징과 특징의 유래, 그리고 장르가 발생하여 소멸하기까지 어떠한 상태를 경험하는가? — 이런 것이 천명되지 않아서는 아니 된다. 이러기 위하여는 **모든** 역사적 시대에 있어서, **모든** 문학적 장르가 종속되어 있는 **법칙**을 발견하고, 장르의 역사적 형태론을 창조하고, 역사적 과정의 **일반적** 근원의 존재를, 특수적인 문학재료에 의하여 확정하지 않으면 아니 될 것이다. 이것은 전혀 문예학의 금후의 과제가 될 수 있을 것이다.[46] (강조는 인용자)

「모던문예사전」을 집필하는 김남천의 글쓰기/사유는, 마치 비평Criticism이라는 행위의 속성을 부각하기 위해, 그 어원인 라틴어 criticus로 소급하고 그로부터 '위기'라는 뜻의 crisis를 수 차례 이끌어내던 최재서의 글쓰기/사유와 상당히 닮아있다.[47] 적지 않은 사전 항목에서 김남천 역시 각 개념

45 「모던문예사전」 중 김남천의 집필 항목으로, ㉠ 장편소설이론에 관계된 것으로는 '장르', '전작 장편소설', '전형' 등이 있고 ㉡ 서구 장편소설 인물의 소개로는, '라스티냐크' ㉢ 조선의 장편소설 인물로는 '이형식', '김희준', '임거정'이 있다. 이외 ㉣ 조선의 현대문학 문단의 비평적 쟁점이었던 '모랄', '경향문학', '신경향파문학' 등이 있다(이 외에도 '한성순보'도 김남천이 쓴 것으로 적혀 있으나, 다른 작업들까지 전체적으로 살필 때, 임화가 쓴 것이 오기된 것으로 추측된다). 중간의 인용문은, '전작장편소설' 항목에서 가져왔다.

46 김남천, 「장르」, 「모던 문예사전」, 『인문평론』, 1940.2, 104면.

47 崔載瑞, 「現代批評의 性格」, 『英文學硏究』, 1937.4; 『崔載瑞評論集』, 청운출판사, 1960, 1면 및 최재서, 「비평과 월평」, 『동아일보』, 1938.4; 앞의 책, 130면 및 최재서, 「문학정신의 전환」, 『인문평론』, 1941.4, 8면 등.

들의 어원과 그 의미를 헤아린다. 그리고 위의 인용문에서 볼 수 있듯 '모든', '법칙', '일반' 등의 어사가 두드러지는 바, 그의 글쓰기는 보편성과 근대적인 (문예-)"학Wissenschaft"을 욕망하고 있다.[48] 이런 점에서 『인문평론』에 발표된 김남천의 '알바이트'가 가지는 아카데믹한 특성은, 그의 글쓰기로 하여금 이전의 비평/창작과는 어느 정도 다른 속성을 지니게 한다.

우리는 여기서, 「발자크 연구 노트」와 관찰문학론, 그리고 『사랑의 수족관』을 추동한 리얼리즘의 갱신이라는 김남천의 욕망 외에, 그 아래 숨어 있는 또 하나의 욕망을 확인할 수 있다. 그것은 아카데미의 글쓰기를 경유하여 도달한, 학술성으로 현상한 이성과 보편성을 향한 또 하나의 욕망이었다. 그리고 그러한 욕망을 드러내는 데는 최재서나 박치우, 서인식 등 아카데미 출신의 '평론가'들과의 연락관계가 한 계기로 작용했을 것이다. 그런데 김남천이 그런 보편성에의 욕망을 드러낸 시기와 장소가, 이미 1939년을 넘은 시기, 곧 동아협동체론 안의 『인문평론』이었다는 점에서 문제적이다.

중일전쟁기 2차 고노에 내각의 수립과 쇼와연구회의 집권에 따라, 작은 가능성의 담론 공간이 열리게 되었고,[49] 『인문평론』은 동아협동체론의 자리에 발화하고 있었다. 권두논문이나 아카데미 출신 인문학자들의 논문들을 통해서 『인문평론』은 자신의 자리를 동아협동체론의 안 쪽에 위치한다.[50] 하지만 동시에 『인문평론』은 임화의 「개설 신문학사」를 통해 조

48 근대적 학문이 추구하는 과학적 열정과 보편성에의 추구에 관해서는 Immanuel Wallerstein, 유희석 역, 『지식의 불확실성』, 창비, 2007, 82 · 138면 등 곳곳.

49 차승기, 「추상과 과잉-중일전쟁기 제국/식민지의 사상연쇄와 담론정치학」, 『상허학보』 21, 2007, 260~265면.

50 채호석은 『인문평론』의 「권두언」을 분석하고, 그 결과 김윤식 교수 이래로 정식화된 대립항인 "『인문평론』 vs. 『문장』"에 대한 비판적 접근을 요청한다. 『인문평론』이 조선의 '대표

선적인 특수성의 기록과 보존의 길을 모색하기도 하고, 또한 지방으로서, 일본과 다른 하나의 개체로서의 조선이 가지는 지정학적 의미를 부각하기도 한다. 이점에서 『인문평론』은 '조선적인 것'이라는 지표를 여전히 견지한 채, '평행제휴론'의 입장에 서 있었다. 다른 한편, 당대의 동양담론이 동조동근이나 '피'의 논리에 의지했다면, 『인문평론』의 '평론가'들은 여전히 그 유효성이 지속된다고 판단한, 합리성과 이성의 몫을 지키고자 하였다. 이들 작업을 추동하는 근거에 놓인 것이 바로 이성을 중심으로 한 근대주의적 세계관이었고, 『인문평론』이 주목했던 '지성론'과 '교양론' 역시 그러한 서구적 이성의 고투와 관련된다. 이때 아카데미즘은 그러한 이성이 응축된 것으로 상상되는, 하나의 이념형일 것이다. 해방 후, 임화는 동아협동체론 안에서 '조선어', '예술성', '합리정신'을 지키기 위한 '공동전선'이 있었다는 회고를 남기는데, 그 공동전선의 장 중 하나를 『인문평론』이라고 할 수 있다.[51]

그러나 식민지 조선에서의 '공동전선'은 서구의 경우에서처럼 '반파시즘 인민전선'의 형태로 현상한 것이 아니라, 국민전선의 일부로서만 존재할 수 있었다. 즉 『인문평론』의 '평론가'들 또한 파시즘체제 내에서 제국

자/보편자'로서 발화하고 있다는 그의 지적은 경청할 필요가 있다. 『인문평론』의 권두언이 욕망하는 바는, 조선의 대표자로서 식민권력에 대한 발화였고, 현실적으로는 제국의 발화인 동아협동체론 속에서 (그 자신으로 대표되는) 조선의 위치짓기였다. 보편자로서의 욕망과 그 (불)가능성에 대해서는 채호석, 「1930년대 후반 문학비평의 지형도-『인문평론』의 안과 밖」, 『외국문학연구』 25, 2007, 330~344면.

51 임화, 「조선 민족문학 건설의 기본과제에 관한 일반보고」, 하정일 편, 『임화문학예술전집 5-평론2』, 소명출판, 2009, 422~424면. 당대 동아협동체론의 담론 장 안에서 '조선어', '예술성', '합리정신'을 지키기 위한 '공동전선'으로서의 『인문평론』의 기획과 그 한계에 대해서는 더 많은 고찰이 필요하다. 三原芳秋, 「崔載瑞のorder」, 『사이間SAI』 6, 2008, 320~329면.

의 언어를 통해 발화한 상태에서야, 조선의 특수성, 그리고 이성과 합리성의 입장을 대변할 수 있었다.[52] 그렇기에 『인문평론』은 한 쪽에서 동양론을 빌화하고, 또 다른 쪽에서 서구적 이성과 보편성을 욕망하고 추구하는 균열을 태생적으로 지니고 있었다. 그리고 애초에 일시적으로 열린 공간은, 1941년 말, 쇼와연구회의 실각과 태평양전쟁의 발발로 닫히게 된다.

아카데미의 외부에서 있었던 김남천이 비로소 아카데미즘에 접근하고, 아카데미즘이 그의 글쓰기와 사유에 개입한 시기가, 이처럼 파시즘체제 안에서 한시적으로 열렸던 담론 공간이었다는 점은 사뭇 역설적이다. '피와 흙'의 소설 쓰기가 권장되는 파시즘체제 안에서, 마르크스주의와 서구의 근대적 세계관에 기반하여 역사발전을 신념했던 김남천은, 자신과 같이 근대주의적 입장을 취한 인문학자들과 문인들과 『인문평론』에서 조우하고 그들의 아카데미즘적 자장 쪽으로 한 걸음 다가간다. 그리고 『인문평론』이라는 아카데미 안에서 자신이 '알바이트'를 구상하고, 창작방법의 변모를 기획하고 나아가 장편소설의 창작할 수 있었다. '알바이트'와 『사랑의 수족관』을 통해서, 김남천은 그 자신의 논리와 합리성, 그리고 지성과 교양의 겹치는 지점에서, 그 근대적 사유와 실천의 한 임계를 담게 된다. 그러나 이미 김남천의 주체의 형성/보존의 기도는 평행제휴론의 입장을 취한 동아협동체의 장 안에서야 가능한 것이었다. 이것은 중일전쟁기 식민지 조선에서의 근대 이성의 존재방식을 그대로 체현한다. 그리고 그 기획이 어느 정도 완성된 때, 『인문평론』의 폐간과 함께, 그 기획은 또한 침몰하게 된다.

이러한 맥락 안에서, 우리는 미완의 장편 『낭비』라는 소설에 접근할 수

52 洪宗郁, 『戦時期朝鮮の転向者たち－帝国/植民地の統合と亀裂』, 有志舎, 2011, pp.233~236.

있다. 『사랑의 수족관』이 끝날 즈음, 김남천은 발자크의 펜처럼 조선의 현실을 묘파하겠다는 의지 안에서, 문난주라는 인물을 매개 삼아서, 『사랑의 수족관』의 세계 옆에 『낭비』의 세계를 형성해간다. 『낭비』는 크게 네 개의 장으로 구성되는데, ① 이관형(경성제대 영문학전공), 이관국(관형의 동생, 교토의 교토의 구제舊制 제삼고등학교第三高等學校), 이관덕(관형의 누이, 동경의 음악학교 졸업), 김연(이화여전 가사과) 등의 제도-교육의 장, 그리고 이 장의 상위규범으로서 경성제대 교수진들이 구성하는 아카데미즘의 권력이 정점에 놓인 장, ② 이규식(관형의 父, 무역상, 메이지학원 전문부 졸업), 백인영(동양은행 본점지배인), 윤갑수(영화인) 등의 경제자본의 장, ③ 한영숙(여류소설가)이 대표하는 문단의 장, ④ 문난주, 최옥엽 등 여성의 장 등이 그것이다. 물론 김남천은 이 소설에서도 백인영의 부친을 대한제국말기 통역관 출신인 중인으로 설정하는 등, 조선에서 시민과 자본의 성장이라는 문제의식에 대한 추후의 작업을 예비한다. 그러나 그런 기획에도 불구하고, 『낭비』의 서사는 속도를 가지고 진행되지 못한다.

사실 1년 동안 연재된 『낭비』는 8개월의 연재기간을 가졌던 『사랑의 수족관』보다 그 연재기간은 더 길다. 그러나 긴 연재기간에도 불구하고, 『낭비』는 『사랑의 수족관』이 보여준 중층적 조선 사회의 인식 가능성에 비할 때, 오히려 그다지 넓지 못한 폭에 그 자신의 시야를 한정하고 있을 뿐이다. 『사랑의 수족관』에서 하나의 인물이 여러 장들의 교집합 속에서 성격화되고, 그 인물이 다른 인물들과 만나면서 무수한 복수의 계기가 생성됨을 기억할 때, 『낭비』에서는 그 중심에 놓인 이관형이 문난주와 김연과 사랑을 매개로 충돌하고, 논문의 문제로 경성제대 교수들과 충돌하는 것 이외에는 다른 충돌이 거의 일어나지 않는다.

『낭비』는 전편 『사랑의 수족관』에 비해, 문제 삼는 장의 수도 적고 그 충돌회수나 충돌의 생산성이 그다지 높지 못한 셈이다. 이 점에서 김남천의 시도는 그 기획과 달리 성공을 거두지 못했다. 연재기간은 늘어가지만 서사는 쉽게 진행되지 못하고, 오히려 제목 자체에서 시사하듯, 삶의 소모에 대한 낭비의 이미지만이 소설 전반에 부각될 뿐이었다.

장 충돌이 생산적이지 못한 상황에서, 『낭비』는 층을 강조하던 장편소설의 성격에서 벗어나, 그 이전 김남천의 단편에서처럼 주인공의 내면과 사상 쪽에 다시금 무게를 싣게 된다. 그리고 그 주인공은 아카데미즘의 장을 대표하고 있었다. 아카데미즘을 형상화하는 것은, 물론 일차적으로는 김남천 곁에 있던 최재서의 입장을 떠올리게 되게 마련이었다. 그러나 보다 심층에서는 김남천 자신이 당시에 접근해갔던 『인문평론』이라는 미디어의 존재조건을 탐색하는 것이기도 했다. 또한 「발자크 연구 노트」 이후로 진행되고 있는 그의 소설 쓰기를 지탱하던 '알바이트'의 가능성을 묻고, 장편소설 쓰기의 기반과 토대를 탐색하고 그 위태로운 현실성을 심문하는 자리이기도 했다.

그 결과 김남천이 발견한 것은 어떤 불가능의 자리였고, 또한 파시즘 시기 조선의 아카데미즘이 몰락해가는 풍경이었다. 『낭비』의 이관형이 하고자하는 '알바이트'는 헨리 제임스에 관한 것이었는데, 이관형은 헨리 제임스를 통해서, 문화의 선/후진 문제, 이종문명의 충돌의 문제에 접근하고자 한다.

> 어떤 묵어운 압력이 천정을 이끌고 내려와서, 그의 가슴을 덮을려는 것 같은 착각을 느끼면서 한참동안 이관형이는 방가운데 누운채 헨리·젬스의 환영

과 싸우고 있다.

— 이것과 싸우고 이것을 넘어트리지 않고는 내의 세계는 열리지 않는 것이다—

그는 이런 생각을 가저 본다. 그것은 ㉠반다시 그의 연구논문을 완성하여야 그의 앞에 새로운 학문의 길이 열린다는 실제적인 앙심만을 말하는것은 아니었다. ㉡헨리·젬스를 펼처보기 시작하야 그의 세계에 발을 들여 놓는데 따라, 점점 명확하게 이관형에게 의식되는것은, 자기자신이 혹씨 헨리·젬스와 같은 운명에 완롱되어 있지나 아니하는가, 청정한 그의 구만리같은 장래에서 그를 기다리고있는 운명은 혹여 헨리·젬스가 빠지지않으면 아니되었던 그러한 세계로 그를 안내 할려는 것은 아닐런가——하는 불안이었다.

㉢그는 자기의 주위에서 문화의 냄새를 호흡할수 없는 것 같았고, 전통 역시 그가 서있는 발판에 어떤 흙을 선물하고있는지 알 수 없는 것 같았다.[53] (강조는 인용자)

아카데미즘이 추구하는 합리성이란, 세계 그 어느 곳에 있던지 보편적인 것이야 했고, 그것은 학문방법론 상의 보편성으로 추구된다고 믿어졌다. 이 경우 연구자 자신의 자의식과 연구대상 사이의 분리는 불가결하다. 그 분리된 연구 대상에 대해, 기존과 새로운 결론과 가치평가가 가능하다면, 연구자에게는 새로운 학문적인 길이 열리게 될 것이다(㉠).

그런데 위의 언급에서 보듯 이관형은 오히려 자신과 자신의 연구대상인 헨리 제임스 사이의 동일화하고 있는 자신을 발견하게 된다(㉡). 그것은 바로 헨리 제임스에게 '문화적 식민지'인 아메리카가 문제적으로 인지되

53 김남천, 『낭비』(2), 『인문평론』, 1940.3, 187면.

었듯이, 이관형 그 자신에게 식민지 조선이란 문화와 전통이 부재한 곳이었기 때문이었다(ⓒ). 또한 이것은 당대 『인문평론』 2호가 '교양론'을 특집으로 내세울 때 가졌던 논의의 기본전제이기도 했다.[54] 그렇기에 더더욱 그의 연구는 현실과 단절된 채 아카데미에 머무르는 것이 아니라, 현실에 닿기를 은밀히 욕망한다. 위의 장면은 연재 마지막 회에 나타나는, 이관형과 그의 논문에 대해 이의를 제기하는 심리학과 교수 사이의 논쟁과 겹쳐 읽을 필요가 있다.

"그러나 그것은 순전히 문학적인 이유뿐이오. 이 논문은 그렇지만, 단순한 문학적인 이유로만 해석할수 없는 군데가 많지 않겠소. 문학적인 이유외에 사회적인 이유라고도 말할만한 것이 있지는 않소. 헨리·젬스는 군의 설명에도 있는것같이 미국에 났으나 구라파와 미국새를 방황하면서 그 어느 곳에서나 정신의 고향을 발견치 못하였다고 말하오. **또 그의 후배라고 할만한 쩸스·쪼이스는 아일란드 태생이 아니오? 뿐만아니라 군이 부재의식의 천명의 핵심을 관습과 심정의 갈등, 모순, 분리에서 찾는바엔 여기에 단순히 문학적인 이유만으로 해석될수 없는 다른 동기가 있는 것이 아니오?**"

(…중략…)

"아니올시다. 결코 문학적인 이유외에 다른 동기가 있을리 없습니다. 어떠한 문학이든 환경과 분리된것은 없는줄 압니다. 문학이란 개인적인 창조물이라곤 하지만 역시 문학을 탄생시키는 태반은 환경에 있다고 믿습니다. (…중

54 대표적으로, 내지 문단은 서구의 것을 들여와 그 나름의 교섭과 열매를 거두었으나, 조선은 "그 씨를 키우고 개화식힐 지반이 성숙되어 있지 못했기 때문"에 교섭의 열매를 거두지 못했다는, 또 다른 아카데미즘 출신의 문인 유진오의 진단이 그러하다. 유진오, 「구라파적 교양의 특질과 현대조선문학」, 『인문평론』, 1939.11, 42면.

략…) 그러니까 문제해명의 하나의 목표를 갖어다가 사회적 환경에 연결시켰다고 하여도 그것은 결코 문학의 탈선이 아닌줄 생각합니다. 처음부터 끝까지 문학이오. 문학적인 문제라고 굳게 자신합니다."[55] (강조는 인용자)

논쟁의 외양은 심리학과 교수가 이관형의 논문이 사회과학적 방법을 문학 연구에 도입했다는 것, 곧 학문 연구방법론의 엄밀성에 있었다. 그러나 논쟁이 진행되면 될수록, 사회과학적 방법이 환기하는 '현실' 쪽으로 그 논쟁의 중심은 이동하고 있다. 사회과학 방법론의 문제를 들어 관형을 몰아세우던 일본인 교수가 끝내 도달한 지점은, 미국이나 아일랜드 태생이라는 작가의 내셔널리티였고, 또한 그것은 식민지의 연구자 이관형 자신의 현실에서의 위태롭고 불령한 위치를 끊임없이 환기하는 바였기 때문이다. 즉, 식민지의 아카데미에서 조선인의 아카데미즘이 현실과 그 연락관계를 환기하는 순간, 그것은 제국으로부터 금지당하게 된다.

'내지'에서 영어의 위상은 '열등한 일본어에 대한 우등한 서구어'라는 단순구조를 지니고 있었지만, 식민지에서 영문학의 위상이란 보다 미묘해서 '서구어>일본어>조선어'라는 위계가 형성되었지만 동시에, 서구어 능력이 보통 일본인보다 우월할 경우, 조선인들은 정신적인 측면에서나마 자율성과 상승욕망을 획득할 수 있었다. 그렇기에 교양과 영문학이라는 보편성은 자신의 식민지성을 은폐하는 기제가 되기도 하였다.[56] 애초에 이관형도 이러한 태도로부터 자유로운 존재는 아니었다. 『낭비』의 첫머리에는 이관

55 김남천, 『낭비』(11), 『인문평론』, 1941.2, 205면.

56 윤대석, 「경성제대의 교양주의와 일본어」, 『대동문화연구』 59, 2007, 116~125면 및 정준영, 「경성제국대학과 식민지 헤게모니」, 서울대 박사논문, 2009, 224~226면.

형이 자신의 논문을 '알바이트'라고 부르고 스스로 멋쩍어하는 장면이 나온다.[57] 그런 이관형에게는 한 편으로는 학문의 보편성과 엄밀성에 대한 자부심과 또한 한 명의 보편적 인간으로서 진리 탐구에의 열망이 엿보인다. 그러나 '알바이트'를 수행하던 이관형이 마땅히 은폐하고 망각해야 할 자신의 실존, 식민지성을 드러내는 순간, 그 '알바이트' 자체는 불가능해진다. 제국은 아카데미즘이 현실과 연동하기를 허용하지 않고 있었다.

그렇다면, 『낭비』는 김남천 스스로가 「발자크 연구 노트」로부터 발원한 자신의 '알바이트'과 그 실천이 애초에 지닐 수밖에 없는 (불)가능성을 이미 스스로 감지한 소설로 읽힐 수 있다. 1940년대 김남천에게 있어 장편소설이란 이성과 이론적인 작업에 의해 지탱되고 있었고, 또한 '알바이트'와 함께 존재하는 것이었다. 그렇기 때문에, 이미 근대 이성이 몰락하고, 서구적 교양이 불가능한 상황, 또한 식민지 권력에 의해 아카데미즘이 현실과 관계 맺는 것이 금지되는 상황이라면, 서구적 이성과 지식에 기반한 그의 장편소설 창작 또한 불가능해지는 것이다.[58]

57 "제 자신, 제가 하고 있는 일을 「알바이트」라고 말해 보았으나, 그것은 물론 자기를 격려하기 위한 과장된 술어 였다. 제가 하고 일이 끝난다고 하여도 별반 그것이 그럴듯한 「알바이트」가 못될 것은 생각하고 있다. 그리 길지 않은 논문. / 그러나 이관형에 있어서 그것은 무엇보다도 중요한 논문이었다. 영문학과를 졸업하고 대학원에 남아 있은지 삼 년째된다."(김남천, 『낭비』(1), 『인문평론』, 1940.2, 216~217면)

58 이 글에서 부각해본 김남천에게 있어, 이성과 장편소설이 등가일 수 있다는 가설은, 동시에 바로 그 이성이 그의 장편소설이 지니는 강점이면서 동시에 약점일 수도 있음을 의미한다. 다양한 사회적 장을 배치하고 그 충돌을 기획한 것은, 기획의 생산성이라는 측면에서 볼 때는 강점이겠으나, 충돌을 생성하다가 자칫 인물들이 보여주는 갈등과 정념의 깊이를 놓칠 염려가 있기 때문이다. 또한 현실에서 취재한 리얼리티를 이성적으로 배치하는 과정에서 그 배치 자체가 현실을 왜곡 및 은폐할 여지도 남게 된다. 이것은 나아가 충돌을 통해 조선의 식민지 근대성의 중층결정을 묘파하고자한 그의 기획이 온전히 실현될 수 없게 될 수도 있게 된다. 실제로 『사랑의 수족관』도 이러한 비판에서 자유로울 수 없는 바, 그가 기획한 무수한 갈등 중, 이경희의 내면의 번민, 김광호와 송현도 사이의 삼각관계 이외의

5. 이성의 임계, 근대의 임계, 혹은 장편소설의 임계

『낭비』라는 장편소설을 끝내 완결지을 수 없었던 이유도, 『인문평론』의 폐간만은 아니다. 김남천은 그의 장편소설을 지탱하고 추동하던 아카데미즘이 현실적으로 조선에서 불가능함을 발견하였다. 그렇기에 그는 장편소설 창작을 이어갈 수 없었다. 다만, 스스로 장편소설과 다르다고 천명했던 단편소설들로 『낭비』의 후일담을 쓸 수 있었을 따름이었다. 그러나 단편으로 후일담을 쓰는 경우, 이제 초점은 조선 사회의 중층적 장의 인식이 아니라, 주인공에 집중하여, 그로 하여금 몰락한 아카데미즘 이후의 사상의 가능성 여부에 대한 윤리적 심문으로 옮겨가게 된다. 당대의 역사철학적 조건에서 보자면 이 또한 의미가 있는 것이지만, 이전 그의 '알바이트'가 목적한 바와는 상당한 거리가 있을 수밖에 없었다. 그의 「발자크 연구 노트」는 4회에서 그칠 것이 아니라, 「『알바이트』化의 傾向」에 나타난 최재서의 언급을 통해서 보자면 1940년 12월까지도 속재續載가 기대되고 있었으나, 끝내 이어지지 못하였다. 김남천이 자부심을 가지고 『대하』의 후속으로 쓰던 작품 또한 그 일부만이 뒤늦게 전후 맥락이 끊긴 채, 발표될 수 있었다.[59] 결국 김남천이 기도했던 『인간희극』에 방불하는 조선에

것들은 거의 봉합의 수준으로 갈등이 '처리'되는 데 그친다. 물론 만약 갈등의 수반큼 소설을 창작할 수 있었다면 이 문제가 어느 정도 해결될 수 있겠지만, 김남천에게는 그러한 여력과 기회가 없었고, 바로 다음 소설 『낭비』에서도 장은 만들었으되 제대로된 갈등을 추동하지 못하는 한계를 보여준다. 즉, 이성으로 소설을 쓰겠다는 그의 '기획'은 기획 단계 정도에서 머물게 된다. 시대적인 조건하에서 이성이 멈추자, 그의 장편소설 또한 멈추는 것은 이 때문이기도 하다.

59 식민지 시기에 그 일부가 발표된 『동맥』(『조광』, 1941.5)은 바로 이러한 기획의 산물이다. 시간 상으로는 『대하』의 조금 뒤에 놓이는 이 소설에서, 박성권의 일가는 주변인물로서 등장할 뿐, 홍영구라는 새로운 인물이 작품의 중심에 놓인다. 『대하』에서 기독교라는 장이

서의 장편소설 연작은, 『인문평론』이라는 동아협동체론 안의 식민지 미디어 아카데미가 종언함과 더불어, 그 자리에서 멈추게 되었다.

그리고 장편소설의 가능성이 붕괴된 순간, 서로에 근접하던 최재서와 김남천의 거리는 또다시 멀어진다. 『인문평론』이 폐간된 이후, 최재서는 『인문평론』에는 등장하지 않았던 경성제대의 일본인 교수들까지 소환하여, 그의 문화자본의 전부를 『국민문학國民文學』으로 끌어간다. 그는 여전히 신지방주의라는 맥락 안에서, 조선문학의 존재를 말하고 '논리와 지성'의 고투를 지속하지만,[60] 그 시도는 위태롭고 한시적으로만 가능한 것이었다. 최재서가 주간하는 『국민문학』에 실린 「등불」1942.3은 서간체 소설의 형식을 지니고 있는데, 수신자는 "인문사 주간", 곧 최재서로 설정되어 있다. 여기서 김남천은 분열된 서술자아와 도피적이고 소극적인 문체를 통하여, 최재서와 '나' 사이의 거리감이라는 무의식을 드러낸다.[61] 그 거리감은 1년 전, 김남천이 서인식과 유사한 행보 속에서, "개조된 지성만이 전환기를 극복할 수 있으며, 미래를 상망하여 피안을 구성할 수 있을 것"

두르러진다면, 『동맥』에서는 천도교라는 장이 두드러지는 등, 두 소설 사이에는 초점을 달리한 연작이라는 김남천의 기획이 드러나 있다. 그러나 해방 이후 발표된 『동맥』의 전체를 염두에 둘 때, 해방 이전 발표된 것은 전후 맥락이 상당히 결여된, 한 에피소드에 불과하다고 할 수 있다.

60 김윤식 교수는 뒤늦은 창씨개명에 이르렀던 최재서의 '전향'을 '논리와 지성'에서 '신념과 용기'로 나아가는 과정으로 파악하되, 그 과정이 결코 단순하거나 쉬운 과정이 아니었음을 그의 전향을 몇 개 단계로 분절해서 부각한다(김윤식, 『최재서의 『국민문학』과 사토 기요시 교수』, 역락, 2009, 43~62면). 전향의 과정이 단순치 않다면, 이미 제국의 담론이나 신념의 차원에 어느 정도 발을 담근 상태에서 여전히 부각된 최재서의 '지성의 고투' 또한 의미화할 수 있을 것이다. 실제로, 그러한 '지성의 고투'과 그 임계는 1944년 창씨개명 이전의 『국민문학』과 최재서에게서 확인할 수 있는데, 우리는 "일본문학의 일부임을 인정하면서도 그 속에서 조선문학의 독자적인 문학전통을 인정받고자 하는 필사적인 노력"을 보여준 최재서의 '신지방주의적 국민문학론'을 그 한 예로 상기할 수 있다. 윤대석, 「1940년대 '국민문학' 연구」, 서울대 박사논문, 2006, 57~70면. 특히 64~66면.

61 장성규, 「김남천 소설의 서술기법 연구」, 서울대 석사논문, 2006, 21~25면.

이라고 하면서 서구적 이성을 여전히 견지하고, 서양의 동일성을 동양은 가지지 못했음을 지적하며 동양담론에서 한 걸음 비껴났을 때, 이미 예견된 것이기도 했다.[62]

결국 해방이 왔고, 김남천은 그 누구보다 빠르게 당대의 현실을, 『1945년 8·15』라는 소설로 묘파하기 시작한다. 식민지 시기에는 발화하지 못했던, 민족이라는 장과 노동자라는 장이 전면화된 이 소설에서 그는 다시금 인물 재출이라는 자신의 기법을 가져와서, 『사랑의 수족관』 5년 후의 김광호와 이경희를 등장시킨다. 이전과 상당히 다른 모습이긴 하나 김남천이 이들 두 사람은 재출시킴으로 해방이전의 장과 이후의 장을 충돌시킬 수 있었는데, 그는 끝내 이관형으로 대표되는 아카데미즘이라는 장은 소설에 등장시키지 못하였다.

김남천에게 아카데미즘과 동의어였던 최재서와 그가 만들었던 『인문평론』이라는 장은 근대적 이성과 합리성이 파시즘체제하에서 최후로서 가지는 입장이었다. 또한 그곳에서 최재서는 결연히 "저-나리즘과 아카데미즘의 合作"을 말하면서,[63] 문인들과 인문학자들의 구심점 역할을 하고 있었다. 그러나 그런 최재서가 그 자신의 존재 배경이던 경성제대 아카데미즘이라는 문화자본 전부와 그의 일인日人 스승들까지를 이끌고 '피 속에 흐르는 공자의 말씀'을 찾아간 이후,[64] 김남천의 이성은 그것을 수용할 수 없었다. 김남천이 모방하였던 최재서의 글쓰기는 조선에서 서구적 이성을 그 심원으로부터 탐색하고 성찰하는 글쓰기였지, '피와 흙'의 감성에

62 김남천, 「전환기와 작가」, 『조광』, 1941.1, 684면. 김남천과 서인식의 연락관계에 대해서는 차승기, 『반근대적 상상력의 임계들』, 푸른역사, 2010, 220~229면 참조.
63 崔載瑞, 「『알바이트』 化의 傾向」, 114면.
64 김윤식, 『최재서의 『국민문학』과 사토 기요시 교수』, 27~31면.

호소하는 글쓰기[65]는 아니었기 때문이다. 해방 후, 문인 최재서는 침묵했고, 현실과 단절된 아카데미즘 안에서 영문학과 교수 최재서가 남았을 뿐이었다. 식민지에서 아카데미즘의 한 켜결을 보았던 김남천은 더 이상, 해방 이후에 아카데미즘에 접근하지 않는다.[66]

이 글은 중일전쟁이 문단의 재편 문제의 내면풍경에 접근하고자 하였다. 그리고 그 재편 과정의 한 축으로 작동한 『인문평론』의 아카데미즘의 맥락에서 김남천의 '알바이트'와 창작을 살펴보았다. 물론, 아직 이 글에서 본격적으로 사리지 못한 부분이 있다. 그것은 최근의 몇몇 연구들이 보여주는 것처럼, 『인문평론』이라는 미디어 자체가 그 내부에 가지는 입장 차이와 균열이다. 또한 아카데미즘이나 그들이 추구했던 보편성 자체가 가지는 어떤 허구성의 문제에 대해서도 충분히 고려하지 못했다. 선행연

65 Ernst Bloch, translated by Neville and Stephen Plaice, *Heritage of Our Times*, University of Califonia Press, 1990, pp.97~148. 에른스트 블로흐의 '비동시적인 것들의 동시성'에 관해서는 강동원 선생의 敎示에 계발된 바 크다. 자세한 설명으로는 강동원, 「근대적 역사의식 비판」, 고려대 석사논문, 2007, 59면, 주122.

66 草稿를 살펴준 오혜진 선생과 익명의 심사위원 한 분은, 해방공간 아카데미즘의 재구축 문제, 그리고 변혁노선에 따라 문화선전의 기능을 수행한 좌파들이 (재)구축하고자 했던 지식체계의 구상과 기획을 논하지 않은 상태에서, 이와 같은 큰 그림을 그리는 것은 자못 거칠 따름임을 지적해주셨다. 그 지적에 깊이 감사드린다. 이에 완전히 동의하면서도 굳이 이 문단의 진술을 유지한 이유는, 서구적 이성을 무게중심으로 한 '현실'–'아카데미즘'–'문학'의 구도를 해방 전후 단/속의 맥락 안에서 보다 부각해야할 필요성을 환기하고자 함이다. 간단히 몇 가지 유형을 들자면, 아카데미즘에서 저널리즘으로 나왔던 김태준과 박치우는 해방 이후에 아예 둘 모두로부터 자신을 탈각해 정치적 실천으로 나아갔고, 임화와 김남천은 자신이 접근해갔던 아카데미즘을 떠나서 다시 문인 혹은 문화기획자/실천가로 돌아갔고, 최재서는 저널리즘에서 절연하여 아카데미즘으로 귀환해 한동안 침묵한다. 유진오는 그와 가장 유사하면서도 법학자로서의 삶을 이르게 시작했다는 점에서 또 달랐다. 다른 한편, 저널리즘에서 활동하던 백철은 해방 후 국문학, 특히 현대문학이라는 아카데미 분과의 제도적 구축으로 깊이 발을 내딛는다. 중일전쟁기, 동아협동체론 안에서 형성된 굴절된 공동전선인 『인문평론』 '평론가' 그룹이 태평양전쟁기를 거쳐, 해방 후에 결국 다다른, 그들의 해방전후가 문제적인 이유는 이와 같은 식민지에 있어서 서구적 이성/근대주의적 실천들의 다기(多岐)한 행보 때문이다.

구들은 아카데미즘 자체가 조선의 현실로부터 생겨나는 욕망을 중화하고 은폐, 혹은 기만할 수 있는 여지와 아카데미즘이나 이성의 논리 자체가 가지는, 신체제로 '말려들어 갈' 수 있는 가능성, 그리고 아카데미즘 자체가 내포할 수 있는 식민지적 무의식을 적실히 지적했고 이 글 역시 거기에 충분히 논리적으로 동의함에도 불구하고,[67] 그것을 언급하지 않은 것은 중일전쟁기라는 한정된 시공간에 열린, 가능성과 모색의 움직임을 보다 예각적으로 부각하고자하는 의도에서였다. 또한 서구적 지성이 신체제로 말려들어가기 '직전'에 근대적 이성의 다양한 모색이 있었음을 강조하고 그 다양한 결을 가진 실천들을 입체적으로 묘사하고자 함이었다.

또한『인문평론』을, '식민지 미디어 아카데미'로 다소 단순하게 의미화한 것은, 아카데미즘 출신의 인문학자들이 대거 개입한『인문평론』이란, 아카데미즘 바깥에 있던 조선의 문인들, 특히 애초에 근대주의적 입장을 담지하고 합리성을 강조하던 문인들에게는 파시즘체제하에서 주체를 보전하고 또 형성할 수 있는 '계기'로 인지되었기 때문이다.[68] 이때 아카데미즘은 서구적 이성이 제도화된 형태일 것이다. 이 글에서는 우선, 김남천

67 허병식,「교양의 정치학-신체제와 교양주의」,『민족문학사연구』40, 2009; 윤대석,「경성 제국대학의 식민주의와 조선인 작가-'감벽'의 심성과 문학」,『우리말글』29, 2010.

68 여기서 '계기'라는 말을 강조한 것은, 그것이 명확한 실체를 가진 것이기 보다는 오히려 하나의 선언으로서 효과를 가졌을 가능성이 더 크기 때문이다. 가령, 채호석은『인문평론』의 〈구리지갈〉을 분석하면서, 그 필자들이 '과학정신'을 강조하지만 정작 그 내용이 무엇인지는 확실하지 않다고 분석한 바 있다(채호석,「1930년대 후반 문학비평의 지형도」, 346~350면). 즉, 구체적인 내용 없이 '합리성'과 과학정신이라는 기표와 선언만이 있었다는 것인데, 오히려 그것이 중일전쟁기『인문평론』이 당대에 갖는 의미를 여실히 보여준다.『인문평론』이 당대 문인들, 특히 아카데미즘의 바깥에 있던 문인들에게 중요했던 것은, 그 구체적인 내용보다도 오히려『인문평론』은 '합리성'을 견지한다는 입장과 선언 그 자체 때문이었을 수도 있다. 그것이 비록 내용 없이 '텅빈' 선언일지라도 말이다. 내용이 무엇인지는 각 문인/철학자마다 각기 다르게 자신의 입장을 암중에 형성해갔기에, 그 내용이 불안정하고 서로 간에 충돌하는 것은 일견 당연하다.

을 통해서 저널리즘에서 아카데미즘으로의 접근을 살폈다. 그의 비평이 최재서의 그것과 사뭇 닮아가는 것이라든지, 그가 열중했던 미완의 장편소설들과 '알바이트'들이 그 증좌이다. 이러한 접근은 임화에게서도 찾아볼 수 있다. 임화의 「개설 신문학사」는, 경성제대 조선어문학과 출신의 학인들, 특히 김태준의 문학사 쓰기로부터 상당히 계발되고, 또 그것과의 대결의식 하에서 그들을 넘어서고자 하는 욕망이 추동하여, 연구자들의 학술적 글쓰기 바로 그 방식으로 작성되었다.[69] 이러한 현상은 당대 담론장에서 아카데미즘이 가졌던 '진리-효과'와 밀접하며, 그것이 가능했던 공간이 중일전쟁기의 『인문평론』이었다.

『인문평론』이 매혹적이었던 것은, 임화와 김남천처럼 저널리즘에서 아카데미즘으로 한 발짝 발을 옮긴 '문인'들에게만 해당하는 일은 아니었다. 가령, 박치우는 해방 후에 펴낸 자신의 책의 서문에서까지 여전히 아카데미즘과 저널리즘이라는 "두 개의 호弧는 기회를 다투어 서로가 되도록은 덮쳐야 하며 덮치는 가운데서 서로가 실상은 보다 풍성해지는 것이며 보다 믿음직한 성과가 기약"되리라는 입장을 여전히 견지하는데,[70] 실제로

69 임화의 「개설 신문학사」에 나타난 글쓰기는 그것이 '아카데믹'한 성격을 지닌다는 점에서, 그의 다른 비평적 글쓰기들과는 근본적으로 다른 성격을 지닌다. 「개설 신문학사」가 가지는 '고증'에 대한 관심과 '주석', 그리고 '참고문헌'이 그 성격을 증거한다. 「개설 신문학사」의 글쓰기가 아카데믹한 성격을 가질 수밖에 없던 것은, 이미 경성제대의 교수들과 (그들과 협력/경쟁했던) 아카데미 출신의 조선인 학인들이 조선학이라는 장(場) 자체를, 1910~20년대 안확/최남선 시기와는 근본적으로 다른, 근대적인 학술장으로 재편해버렸기 때문이다. 임화는 「개설 신문학사」에서 아세아적 생산양식의 문제와 문학의 근대성 문제에 대해서, 아카데믹한 글쓰기를 욕망하고 모방하고 전유함으로써, 그 나름의 문학사 쓰기를 추동한다. 그 기획이 「개설 신문학사」의 방대한 체계와 분량의 불균형, 그리고 서술 자체의 내적 균열을 필연적으로 수반하게 된다. 졸고, 「임화의 참고문헌-「개설 신문학사」에 나타난 임화의 '학술적 글쓰기'의 성격 규명을 위한 管見」, 『임화문학연구』 2(임화문학연구회 편), 소명출판, 2011, 285~342면.

70 박치우, 「『사상과 현실』 서(序)」(1946), 윤대석 외편, 『사상과 현실-박치우 전집』, 인하대 출판부, 2010, 18면.

『인문평론』은 박치우, 서인식 등 아카데미즘으로부터 저널리즘으로 한 발짝 옮긴 인문학자들에게도 그 위상이 유효했다.[71] 그리고 서구적 이성을 무게중심으로 삼은 그들은, 각기 저널리즘과 아카데미즘에서 출발한 그들은 『인문평론』이라는 식민지 미디어 아카데미에서 만나, 그 안에서 굴절된 공동전선을 구상하게 된다.

물론 이러한 것이 그 이념과는 다르게 현실적으로는 '판타지'에 불과했을 수도 있다. 특히 그 '판타지'는 아카데미 출신이었으나 아카데미에서 자리를 갖지 못하고 미디어에서 활동할 수밖에 없었던 최재서, 박치우, 서인식보다, 애초부터 아카데미즘 바깥에 있던 임화나 김남천에게 더욱 더 컸을 수도 있는 일이다. 이전에 서 있던 자리가 아카데미즘의 안/밖 중 어디였는가에 따라, 그에게 아카데미즘의 의미와 그 귀결이 달라지는 것은 당연하다. 그러나 그것이 '환상'에 불과할지언정, 그러한 욕망이 중일전쟁이 문단의 재편을 가져온 한 내적인 동력이었고, 이러한 기획 아래서, 김남천은 그 자신 비평과 창작방법에 대한 성찰의 끝자락에서 「발자크 연구 노트」와 장편소설 연작을 산출할 수 있었고, 끊임없이 자신의 글쓰기의 조건을 심문할 수 있었다. 서구적 '합리성'을 무게중심으로 하고 '현실'－'아카데미즘'－'문학'이라는 서로 다른 방향을 욕망하는 세 꼭지점을 가진 삼각형의 구도는, 중일전쟁기의 조선문단 재편을 해석하는 하나의 주요한 열쇠이다.

71 장지영, 앞의 글, 59~83면 참조. 장지영은 박치우가 아카데미즘에서 저널리즘으로 접근해가는 근거를, 아카데미가 불가능해서라는 손쉬운 결론으로 해소하지 않고, 박치우 사유의 내적 근거와 당대 평단과 미디어 장의 내적 욕망, 그리고 아카데미즘이라는 상징권력 사이의 역학관계를 통해 묘사하고 있다. 다만, 다른 저널리즘 미디어와 구별될 수 있는 『인문평론』의 성격자체를 보다 부각해야할 필요성과, 그 장 안에서 박치우의 논리와 실천이 가졌던 가능성의 계기들을 충분히 보듬지 못한 것은, 추후의 과제를 남겨야할 것이다.

* 이 글을 작성하는 데 상당한 시사를 주신 김동식 선생님과 인문사판『사랑의 수족관』 텍스트를 기꺼이 제공해주시며 후학을 배려해주신 윤대석 선생님, 그리고 토론을 마다하지 않고 중요한 아이디어를 후배에게 선뜻 양보해준 장성규 선생님께 감사의 말씀을 올린다.

참고문헌

기본자료

김남천, 『사랑의 수족관』, 인문사, 1940.

_____, 「낭비」, 『인문평론』, 1940.2~1941.2.

_____, 정호웅 · 손정수 편, 『김남천 전집』 I, 박이정, 2000.

崔載瑞, 「『알바이트』化의 傾向」, 『조광』, 1940.12.

_____, 『崔載瑞評論集』, 청운출판사, 1960.

박치우, 윤대석 · 윤미란 편, 『사상과 현실-박치우 전집』, 인하대 출판부, 2010.

논문 및 단행본

강동원, 「근대적 역사의식 비판-아도르노와 벤야민의 이론을 중심으로」, 고려대 석사논문, 2007.

김동식, 「최재서 문학비평 연구」, 서울대 석사논문, 1993.

_____, 「1930년대 비평과 주체의 수사학-임화 · 최재서 · 김기림의 비평을 중심으로」, 『한국현대문학연구』 24, 한국현대문학회, 2008.

_____, 「텍스트로서의 주체와 '리얼리즘의 승리'-김남천의 비평에 관한 몇 개의 주석」, 『한국현대문학연구』 34, 한국현대문학회, 2011

김윤식, 『한국근대문학사상사』, 한길사, 1984.

_____, 『최재서의 『국민문학』과 사토 기요시 교수』, 역락, 2009.

김중현, 『발작-생애와 작품세계』, 건국대 출판부, 1995.

三原芳秋, 「崔載瑞のorder」, 『사이間SAI』 6, 국제한국문학문화학회, 2008.

방기중, 『한국근현대사상사』, 역사비평사, 1992.

방민호, 「「등불」과 일제 말기의 김남천」, 『일제 말기 한국문학의 담론과 텍스트』, 예옥, 2011.

서영인, 「김남천 문학 연구-리얼리즘의 주체적 재구성 과정을 중심으로」, 경북대 박사논문, 2003.

손유경, 「프로문학의 정치적 상상력-김남천 문학에 나타난 '칸트적인 것'들」, 『민족문학사연구』 45, 민족문학사학회, 2011.

오혜진, 「1920~1930년대 자기계발의 문화정치학과 스노비즘적 글쓰기」, 성균관대 석사논문, 2009.
和田とも美, 「김남천의 취재원에 관한 일고찰」, 『관악어문연구』 23, 서울대 국문과, 1998.
윤대석, 「1940년대 '국민문학' 연구」, 서울대 박사논문, 2006.
_____, 「경성제대의 교양주의와 일본어」, 『대동문화연구』 59, 성균관대 대동문화연구원, 2007.
_____, 「경성 제국대학의 식민주의와 조선인 작가-'감벽'의 심성과 문학」, 『우리말글』 29, 우리말글학회, 2010.
이진형, 「1930년대 후반 소설론 연구」, 연세대 박사논문, 2011.
장문석, 「출판기획자 임화와 학예사라는 문제틀」, 『민족문학사연구』 41, 민족문학사학회, 2009.
_____, 「임화의 참고문헌-「개설 신문학사」에 나타난 임화의 '학술적 글쓰기'의 성격 규명을 위한 管見」, 임화문학연구회 편, 『임화문학연구』 2, 소명출판, 2011.
장성규, 「김남천 소설의 서술기법 연구」, 서울대 석사논문, 2006.
_____, 「카프 해소 직후 김남천의 문학적 모색」, 『민족문학사연구』 31, 민족문학사학회, 2006.
_____, 「김남천의 발자크 수용과 '관찰문학론'의 문학사적 의미」, 『비교문학』 45, 한국비교문학회, 2008.
장지영, 「박치우의 사회·문화비평 연구」, 성균관대 석사논문, 2010.
정준영, 「경성제국대학과 식민지 헤게모니」, 서울대 박사논문, 2009.
차승기, 「임화와 김남천, 또는 '세태'와 '풍속'의 거리」, 『현대문학의 연구』 25, 한국문학연구학회, 2004.
_____, 「추상과 과잉-중일전쟁기 제국/식민지의 사상연쇄와 담론정치학」, 『상허학보』 21, 상허학회, 2007.
_____, 『반근대적 상상력의 임계들』, 푸른역사, 2009.
채호석, 「김남천 창작방법론 연구」, 서울대 석사논문, 1987.
_____, 「김남천 문학 연구」, 『한국근대문학과 계몽의 서사』, 소명출판, 1999.
_____, 「1930년대 후반 문학비평의 지형도-『인문평론』의 안과 밖」, 『외국문학연구』 25, 한국외대 외국문학연구소, 2007.
허병식, 「직분의 윤리와 교양의 종결」, 『현대소설연구』 32, 한국현대소설학회, 2006.

허병식, 「교양의 정치학-신체제와 교양주의」, 『민족문학사연구』 40, 민족문학사학회, 2009.
洪宗郁, 『戦時期朝鮮の転向者たち-帝国/植民地の統合と亀裂』, 有志舎, 2011.
황호덕, 「1940년 전후 경성제대 출신 조선인 학자들의 국가론」, 『성균관대 동아시아학술원 HK심포지움 자료집-동아시아 근대 아카데미즘의 형성과 국가 권력』, 성균관대 동아시아학술원 인문한국사업단, 2010.7.6~7.

Althusser, Louis, 이종영 역, 「유물론적 변증법에 대하여(기원들의 불균등성에 관하여)」, 『맑스를 위하여』, 백의, 1996.
Barbéris, Pierre, 배영달 역, 『리얼리즘의 신화-발자크 소설세계』, 백의, 1995.
Bloch, Ernst, translated by Neville and Stephen Plaice, *Heritage of Our Times*, University of Califonia Press, 1990.
Bourdieu, Pierre, translated by Susan Emanuel, *The Rules of Art*, Stanford University Press, 1992.
Negri, Antonio · Hardt, Michael, 조정환 외역, 『다중』, 세종서적, 2008.
Wallerstein, Immanuel, 유희석 역, 『지식의 불확실성』, 창비, 2007.

전시戰時의 문화 이념과 문화인

한국전쟁기 잡지에 실린 논설을 중심으로

장은영

1. 문화국가라는 이상理想

2013년에 제정된 '문화기본법'[1]은 개인의 자율성을 인정하는 동시에 문화 향유가 국가에 의해 관리·보장되는 제도적 영역 안에서 이루어진다는 사실을 명시하는 법안이다. 이 조항이 말하는 문화는 개인의 기본권이자 국가의 이상을 실현하는 매개로서 개인적인 동시에 국가적이라는 이중적 성격을 지닌다. 문화의 이중성은 문화국가라는 개념에서도 나타난다. 대부분의 현대 국가가 문화국가를 표방하듯이 우리나라도 문화국가

1 '문화기본법'은 기본권으로서 문화권을 독립시킴으로써 자율성, 다양성, 창의성과 같은 문화의 가치를 실현하고 문화기본법을 비롯해 현행헌법 조항에 포함된 문화권의 가치를 적극적으로 드러내자는 것을 취지로 삼고 있다. 즉 문화권이 저절로 유지되는 것이 아니라 국가적 차원의 합당한 정책을 통해 실현된다는 관점을 취하고 있다(이동연, 「개헌과 문화권」, 『문화과학』 94, 문화과학사, 2018.6, 126~146면 참조).

를 표방하며 문화의 자율성과 다양성을 인정하는 한편 국가가 문화를 보호하고 보장해야 한다는 문화부양의 의무를 헌법적 원리로 받아들인다.[2] "문화의 자율성보장을 핵심으로 하면서 문화영역에 있어서 건전한 문화육성과 실질적인 문화향유권의 실현에 책임과 의무를 다하는 국가"[3]라는 문화국가의 정의에 따르면 문화란 개인적 차원에서 향유, 실천되는 것이지만 국가는 개인의 문화생활을 위해 경제적, 제도적 지원이나 환경 조성을 통해 개인들이 문화를 자유롭고 평등하게 향유 및 실천할 수 있도록 개입하는 역할을 맡는다. 이 정의에서 나타나듯이 문화국가란 개인의 문화적 자율성을 인정하지만 그렇다고 문화에 대한 국가의 영향과 개입을 중지하지는 않는다. 문화를 국가가 아닌 자유로운 개인들의 집합인 사회에 떠맡기는 행위는 문화의 방기이며 모든 시대에 최고의 문화적 위협이 되었다고 보는 독일의 법학자 후버Ernst Rudolf Huber의 시각에서 나타나듯이 문화국가는 개인의 자율성을 승인하면서도 문화의 독과점을 막고 문화의 자율성을 보호하기 위한 국가적 개입을 정당한 것으로 본다.[4]

그러나 국가의 개입이 가져온 문제점에 대한 우려와 비판도 존재한다. 현대의 종교인 문화국가가 문화와 예술의 자율성을 억압하고 대중을 길들임으로써 프랑스를 문화적 위기에 몰아넣었다고 비판하는 퓌마롤리는 문화국가가 오히려 자유 민주주의의 장애가 될 수도 있다고 지적한다. 문화국가에서는 "'문화관료'라는 새로운 군대가 예술적인 동시에 행정적인 계획의 적임자로서, 즉 국가를 풍요롭게 해야 할 방법을 결정하는 전문가

2 성낙인, 「헌법상 문화국가원리와 문화적 기본권」, 『유럽헌법연구』 제30호, 2019, 8·6면.
3 김수갑, 『문화국가론』, 충남대 출판부, 2012, 81~82면.
4 위의 책, 69면.

로 전면에 등장"했으며, 문화시설과 문화정책의 시행으로 예술 창작이 지원금에 종속되고 진정한 예술가들을 사라지고 말았기 때문이다.[5] 퓌마롤리가 말한 것처럼 문화국가가 문화를 통해 이념과 자율성을 조작하고 통제를 수행한다는 비판론은 근대체제 형성 과정에서 국가와 문화가 함께 등장한 관념이라는 점을 상기시킨다. 근대체제에서 문화는 내셔널리즘을 구현하는 정신적 가치이자 이념으로서 국민 통합 이데올로기의 역할을 담당했고[6] 문학, 음악, 미술 등 문화예술 행위의 산물들은 국민이라는 상상의 공동체를 가시화하는 상징물로 기능했다.

한국의 경우 국가의 정신이자 이념으로 문화가 호명되기 시작된 것은 1940년대 후반이다. 해방과 단독 정부 수립이라는 역사적 상황에서 대두된 국가재건의 연장선에서 문화예술을 재구축하고자 한 문화재건은 국가상에 걸맞은 '국민정신의 재건'을 의미했다.[7] 한국전쟁 이전 시기에 문화재건이라는 국가적 목표에 부응한 문화인들은 문화의 창조, 민족신문화 건설 등을 화두로 삼고 "조선문화를 부흥함에 '조선적인 것'에 대한 구체적인 이해가 필요하다"고 지적하며 조선문화의 부흥과 창조를 주장했다.[8] 그들은 서구와 다른 조선문화의 특징을 밝히는[9] 한편 우리 민족이 요구하는 "민족신문화는 소수특권계급의 주장이 아니고 전민족을 표현할 수 있는 전민족의 이익과 발전을 위하는 문화"[10]여야 한다는 민족주의에 기반

5 마르크 퓌마롤리, 박형섭 역, 『문화국가』, 경성대 출판부, 2004, 21~23면.
6 니시카와 나가오, 윤해동·방기헌 역, 『국민을 그만두는 방법』, 역사비평사, 2009, 38~47·51~72면 참조.
7 이하나, 『국가와 영화-1950~60년대 대한민국의 문화재건과 영화』, 혜안, 2013, 77면.
8 김기석, 「조선문화의 부흥과 창조」, 『개벽』, 1948.5.
9 김정설, 「조선문화의 성격」, 『신천지』, 1950.1.
10 최일한, 「민족문화건설과 한학의 지위」, 『신천지』, 1949.7. 173면.

한 문화재건론을 주장했다.[11]

해방 이후 거론된 민족주의적 문화는 서서히 국가의 정신적 방향이자 국민적 소앙을 일컫는 쪽으로 변모해갔다. 예컨대 1949년 공표된 교육법 제1장 총칙의 제2조에서는 교육의 목적을 달성하기 위한 방침 7가지 항목을 통해 국민문화의 방향성을 구체적으로 제시한 바 있고[12] 신문에는 이에 대한 구체적 해설을 담은 칼럼[13]이 실리기도 했다. 당시 제헌 국회의원이었던 권태희는 문화국가 건설은 교육의 목표로 설정될 만큼 중요하고도 시대적인 일이라고 주장하며 문화의 중요성을 설파했다. 이 칼럼에서 주목할 대목은 "오늘의 현실은 슬픈 탄식을 면免키 어려웁다. 예술가들은 거의 울고 있다. 그들은 헐벗음과 주림을 벗어나지 못하고 있다. 문학 예술 연극 음악 무용 영화 등 각 부문은 불꺼진 회灰처럼 무기력하다. 건실 명랑한 예술인을 만날 수 없고 힘차게 움직여 나가는 문화단체를 보지 못하는 대신 걱정 주름살에 쪼들리는 문화인들만이 허덕이고 있지 않는가. 문화정책 문화시설 문화활동이 강력하게 움직임으로써만 이 시대 이 인심을 장악하게 될 것"이라며 문화정책과 문화시설의 정상화를 위한 국가

11 이하나, 앞의 책, 82~83면 참조.

12 1. 신체의 건전한 발육과 유지에 필요한 지식과 습성을 기르며 아울러 견인불패의 기백을 가지게 한다. 2. 애국애족의 정신을 길러 국가의 자주독립을 유지발전하게 하고 나아가 인류평화건설에 기여하게 한다. 3. 민족의 고유문화를 계승앙양하며 세계문화의 창조발전에 공헌하게 한다. 4. 진리탐구의 정신과 과학적 사고력을 배양하여 창의적 활동과 합리적 생활을 하게 한다. 5. 자유를 사랑하고 책임을 존중하며 신의와 협동과 애경의 정신으로 조화있는 사회생활을 하게 한다. 6. 심미적 정서를 함양하여 숭고한 예술을 감상창작하고 자연의 미를 즐기며 여유의 시간을 유효히 사용하여 화해명랑한 생활을 하게 한다. 7. 근검노작하고 무실역행하며 유능한 생산자요 현명한 소비자가 되여 건실한 경제생활을 하게 한다(「교육법 공포(법률 제86호)」, 행정안전부 국가기록원, 『관보』, 1949.12.31. 관보홈페이지(http://theme.archives.go.kr/next/gazette/listKeywordSearch.do)).

13 권태희, 「문화국가의 건설-남의 것 좋다하고 내 것 천히 여기지 말자」, 『경향신문』, 1950.3.14.

의 역할을 촉구하고 있다는 점이다. 국민의 문화생활을 위해 정치인들이 문화정책과 지원을 마련해야 함을 제기함으로써 문화생활이란 국가의 범주 안에서 수행될 수 있으며 국가의 지도에 따른 국민 교육을 통해 발전할 수 있다는 인식은 그들이 상상한 문화가 국가의 정신이자 국가 그 자체였음을 보여준다.

국가와 문화의 접점은 한국전쟁기에 들어서면서 더욱 긴밀해진다. 문화인들은 문화를 전시 이념으로 삼고 국가재건과 문화재건을 동일시하며 전쟁을 선전하는데 앞장선 장본인들이었다. 그들은 문화를 매개로 국가에 협력하는 한편 정치적 권력을 향한 욕망도 드러냈다. 전시의 문화 이념과 문화 주체의 형성을 고찰하는 이 글에서는 먼저 한국전쟁기에 출간된 잡지에 실린 논설들을 중심으로 문화인들이 규정하고자 한 문화란 무엇인지를 살펴보고, 자신들을 문화의 창조자로 규정한 문화인의 자기인식 과정을 검토해볼 것이다. 논의의 기본 자료로 삼은 것은 한국전쟁기 잡지 『전선문학戰線文學』,[14] 『문화세계文化世界』[15]를 중심으로 한 당시의 잡지와 신문 기사 등에 수록된 논설들이다. 전쟁 발발 이후 잡지들은 작기획 주제를 다룬 지면에서 문학 비평보다는 주로 전쟁과 관련한 논설에 비중을 두고 있었다. 정훈국이 출판 시장을 검열 및 통제하는 전시체제하에서 출간된 전시 잡지들이 문예 동원의 성격을 띨 수밖에 없었던 것은 당연한 사실이

14 『전선문학』은 전쟁 발발 후 조직된 육군종군작가단 기관지로 1952년 4월 창간되어 1953년 12월 7호까지 발행된 잡지이다. 국방부의 지원을 받아 간행된 잡지인 만큼 정훈(政訓)의 목표에 충실한 전시 잡지이다.

15 『문화세계』는 1953년 7월 창간되어 1954년 2월까지 총 6호가 발행되었다. 문학 중심의 문화종합지를 표방한 잡지로 전쟁 직후 출간되어 전후의 혼란기 속에서 '문화'의 재건을 꾀하고자 했다. 문학인만이 아니라 음악, 미술계를 비롯하여 학계의 인사들까지 다양한 분야의 문화예술 종사자들을 두루 망라하는 집필진의 글을 실었다.

지만 논설의 형식을 빌려 쓴 전시 문화인들의 글쓰기가 주체성을 상실한 목소리로 들리지만은 않는다는 점에서 그들의 개별적 목소리에 주목하고자 한다.

2. 전시 이념으로서의 문화

한국전쟁이 발발하자 민족문화 건설 차원에서 전통을 발전적으로 계승하고자 했던 문화재건론은 전시 상황이라는 점에 초점을 두기 시작했다. 단독 정부를 수립한 남한과 북한이 대한민국과 조선민주주의인민공화국이라는 정체성을 아직 확립하지 못한 과도기에 벌어진 한국전쟁은 각 체제의 정체성 확립과 전시 문화정책이 더욱 강조된 결정적 계기였다.[16] 전시체제의 문화는 국가정체성을 표상할 수 있도록 다시 정의되어야 했고 이를 자각한 문화인들은 문화의 어원이나 본질을 언급하며 전쟁을 문화적 대결로 해석하며 전쟁의 의미를 구성했다.

> 문화의 본질은 생산이라고 하였다. 그것은 대체로 어떠한 의미를 갖는가, (…중략…) 인간이 문화적인 동물로서 다른 모든 동물로부터 위치에 서게 된 기본적인 사건이 되는 것이다. 생산을 하느냐 못하느냐가 곧 문화를 소유하느냐 못하느냐의 분기점이 되는 것이다.
>
> (…중략…)

16 이하나, 『국가와 영화—1950~60년대 대한민국의 문화재건과 영화』, 혜안, 2013, 84~85면.

> 나는 앞에서 인류문화의 역사는 자연에 활동을 가하여 그것을 변형함과 동시에 그로부터 이루워진 문화까지도 변형케 하는 일의 역사이며 따라서 그것은 생산의 역사라고 하였다. (…중략…) 무엇보다도 『곤란을 극복한다』는 것이 된다. 그리고 극복한다는 것은 어느 의미에서든 싸움이 문제가 되지 않을 수 없는 것이다. 진실로 인간은 그의 역사의 극히 뿌리미찌–프한 단계에 있어서 벌써 자연에 대립하여 그 위력과 싸우지 않으면 안 되게 되었던 것이며 무엇보다도 먼저 이 싸움을 이겨내는 데만이 문화가 배태하는 동기는 만들어졌던 것으로 마침 War란 말은 싸움을 의미하는 동시에 『극복한다』는 의미까지도 아울러 내포하고 있는 것이다. 인류문화의 역사는 그 시초로부터가 넓은 의미에서는 War의 역사인 것이다.
>
> — 최인욱, 「전쟁문화론–문화관의 시정과 새로운 문화의 형성에 대한 일반적 고찰」, 『신천지』 속간전시판, 1951.1, 78~80면

문화에 대한 그릇된 인식을 바로잡고 문화에 대한 고찰을 새롭게 하는 것이 이 글의 목적임을 분명히 밝힌 필자는 "문화의 본질은 생산"이라고 주장한다. 문화적 동물인 인간은 자연을 극복함으로써 생산 활동을 한다는 논리는 곧 문화가 자연을 극복하고 생산하는 동력임을 말하고 있다. 문화를 생산하기 위한 자연 상태의 극복이라는 점에서 전쟁과 문화의 접점이 마련된다. 자연 상태를 극복하는 것이 문화인의 생리이자 인류의 보편적 발전과정이라고 할 때 야만상태의 적을 극복하는 전쟁 역시 문화의 발전으로 귀결되기 때문이다. 필자의 논리에서 적과 자연은 동일시되고 여기에는 문명과 야만, 인간과 자연을 이원화화는 근대적 시각이 투영되어 있다. 필자는 자연을 정복하는 인간의 능력을 문명과 문화의 힘이라고 규정하는 근대적 가치관을 받아들이면서[17] 나아가 자연을 정복하는 문화의

폭력이 정당하듯 적을 정복하는 전쟁도 정당하다고 주장한다.

최인욱의 주장처럼 문화의 본질을 규정하는 본질주의적 문화론은 문학, 음악, 영화 등 여러 영역에 걸친 문화 활동의 결과물들을 본질에 종속된 현상이나 도구로 인식하게 한다. 전시 잡지에서 강조된 '무기로서의 문학'이 말하고 있듯이 실제로 전쟁 발발 직후 문학은 전쟁의 도구로 수사화되었다. 육군종군기관지 『전선문학』 「창간사」는 "이제 우리들이 가지고 싸우려는 「펜」은 그야말로 수류탄이며 야포며 화염방사기며 원자수소의 신무기가 되어야 할 것"[18]이라고 밝힘으로써 전시 문학이 도구화된 문학임을 표명했다. 임긍재도 문학자들이 사병들과 함께 포연 속에 뛰어들어 전쟁을 직접 경험해야 함을 촉구하며 "문학자들은 진실로 펜 끝은 총탄으로 바꾸어 들 때만이 전쟁문학 혹은 전투문학이 형성해질 것이요 그렇지 않고서는 사이비한 이미 볼 수 있었던 사병문고 등에 수록되었던 작품 이상을 생산하여 나가기에는 용이한 일이 아닐 것이며 또한 항상 급진하는 시간에 뒤떠러저 인간 일생일대의 피의 수록(문학)이 한시에 사랑방 등에서 읽어지는 오락이라는 천시를 면치 못할 것"[19]이라고 주장했다. 필자들은 문학을 무기로 삼아 문학자들이 전쟁에 참여해야 한다고 주장하면서 무기로서의 문학론을 펼쳤는데 이것의 정점을 보여주는 것은 김동리의 글이다. 김동리는 총력전에서 국민의 전부, 민족의 전부가 비판적인 두뇌로 싸워야 하며 "전쟁 이념이란 지극히 중요한 무기인 동시 결정적인 위력을

17 물론 이와 달리 서구와 다른 조선문화의 특성을 강조한 경우도 있다(김정설, 앞의 글 참조). 이러한 논점의 차이는 개인의 인식 차에서 비롯하지만 전시 잡지에서는 조선문화의 특수성보다는 전쟁 승리와 전쟁의 필연성 등에 초점을 둔 논리가 전면화되는 양상을 보인다.

18 최상덕, 「창간사」, 『전선문학』 창간호, 1952.4, 9면.

19 임긍재, 「전시하의 한국문학자의 책무」, 『전선문학』 창간호, 1952.4, 32면.

발휘하는 소이도 되는 것"이므로 "문인의 손에는 총검을 대신하여 붓이 잡"히고 "전쟁 중에는 문인도 국민의 의무로서 동원될 수 있다. 다만 총력전이란 의미에서 그들은 붓으로 싸운다. 이 경우 그의 문필은 한 정신적 무기가 된다는 뜻"[20]이라고 말했다. 이와 같이 무기로서의 문학론은 문학 또한 전시의 요구에 부응하여야 하며 문학인들도 국민으로서 행동을 보여야 함을 표명한 것으로서 사실상 문학의 자율성과 독립성을 폐기한 것과 다름 없었다. 전쟁이라는 특수한 상황에서 전시 이념과 동일시된 문화라는 상위 이념에 문학이 종속되는 것은 자연스러운 과정으로 보인다. 자연과 싸워온 인류의 발전과정이라는 문화의 개념이 문화의 본질로 설정될 때 문학 역시 적과 싸우기 위한 무기로 환원되고 창작의 자유가 희생되는 것을 불가피한 일로 간주하는 것은 논리적 수순이었다. 한편 여기서 나아가 문화인들은 전쟁이 초래한 파괴와 혼란마저도 문화발전을 위한 필연적 과정으로 설명하고자 했다.

> 파괴와 모색과 창조의 정신적 교착, 즉 혼란은 어느 모로 문화의 위기인 듯한 양식을 띄운다. 그러나 우리가 겪은 전쟁이 아무리 본의 아닌 채 불가피하게 전개된 역사적 현실이었을망정 그것을 감수해야만 할 숙명을 지니었던 우리 자신인 이상, 혼란, 위기를 다만 무의미, 무가치한 것으로 치우쳐 버릴 수는 없는 것이다. 비극적이기는 했으나 오히려 이 나라 문화발전을 위해서는 마땅히 있어야 했던 혼란이라고 나는 감히 생각하고 싶다.
>
> 좋든 그르든 간에 동란을 계기로 하여 우리는 인륜적, 지적, 종교적, 예술

20 김동리, 「전쟁과 문학의 근본문제」, 『협동』 35호, 1952. 6(최예열 편, 『1950년대 전후문학 비평자료』 2 월인, 2005, 374~379면).

적 문화영역에 있어서 많은 새로운 가능성과 충동을 찾아보고 느껴왔다. 지난날부터 내려오는 불합리한 방식을 타파하고 거기에 새로운 가치 질서를 부여하려는 의욕, 지금까지 느껴 보지 못한 생존의 분열, 자기 존재의 주체성 등 외관상으로나마 우리는 이러한 도정을 편력해 온 것이다.

— 정창범, 「문화윤리의 성찰-한국동란을 통해 본」, 『현대공론』 1953.10 / 최예열, 『1950년대 전후문학비평자료』 2, 월인, 2005, 434~435면

해방 후 오늘에 이르기까지 변함이 없는 문화적 과제는 공산주의의 극복에 있었다. 이것은 문화인만이 해결 지을 과제는 아니지만 공산주의 이론을 극복하는 데에는 학문적으로나 예술로나 모든 문화 창조의 능력을 기우려야 될 면을 보아서 문화인의 짊어진 하중은 정치인이나 경제인보다 무겁다고 아니 할 수 없다. (…중략…) 지금 우방은 한국의 재건을 위해서 많은 원조를 주고 있지만 이러한 물질면이 부흥이라는 것은 외국의 원조로써 능히 할 수 있다고 하겠지만 우리가 공산주의를 극복하는 정신적 원조라는 것은 아무데서도 빌려올 수 없는 것이다. 오직 각개의 각 국가 스스로 제각기 창조해 내기 전에는 별도리가 없는 것이다. 여기에 문화인의 정신부흥 문화재건의 의무가 가로 놓여 있는데 이 사업이야말로 진실로 중대하고 아니 할 수 없다.

— 오종식, 「신문화 지향의 과제」, 『문화세계』, 1953.11, 29면

정창범은 전쟁이 정신적으로나 물질적으로 기존의 삶의 양식이 파괴되는 문화의 위기지만 동시에 새로운 문화발전의 가능성을 드러내는 기회라고 보고 있다. "마땅히 있어야 했던 혼란"이라는 표현은 전쟁으로 인한 파괴와 혼란을 긍정하고 그것을 문화발전의 필연적 계기로 받아들이는 인식을 보여준다. 필자는 또한 전쟁이 과거의 불합리와 단절하는 "새로운

가능성과 충동을 찾아보"는 기회라고까지 주장한다. 전쟁은 기존의 가치 질서와 정체성을 벗어나 새로운 가치와 정체성을 정립하는 창조의 계기라는 인식은 비단 한 개인의 정체성을 말하는 것이 아니라 함께 전쟁을 수행하고 있는 공동체의 정체성을 향하고 있다. 눈앞에서 벌어지는 전쟁은 적과 아를 분명하게 구분할 수 있는 사건이었으므로 전쟁을 통해 '우리'라는 공동체 전체가 극복해야 하는 적이 누구인가, 무엇인가를 분명히 제시하는 일은 곧 공동체가 파괴해야 할 것, 즉 거부하고 배제해야 할 대상이 무엇인가를 가시화하는 일이었다. 이는 곧 구성원들이 내부적으로 지녀야 할 이념의 목표와 행동의 방향을 창조하는 일과 같았다. 적과의 대립이 가시화되는 전쟁 상황은 어느 때보다도 공동의 당면 과제가 선명히 드러나는 시기였고, 적이라는 대립물을 매개로 구성원들의 동질감을 확보할 수 있었다. 오종식이 주장하듯이 한마디로 문화재건의 과제는 "공산주의를 극복하는 정신"의 창조였다. 문화인의 임무인 문화창조는 문학이나 영화 등을 매개로 공산주의를 극복하는 반공 이념을 창조하는 것이었다. 결과적으로 문화인이라는 주체가 감당해야 하는 전시 문화재건의 과제는 다름 아닌 반공 이념을 창조하고 선도하는 일이었다.

전시 상황에서 문화는 전쟁에 적에 대응할 수 있는 범위로 의미가 축소되는 경향을 보였다. 문화를 국가의 정신으로 간주한 문화인들은 문화를 전시 이념과 동일시하며 전쟁 참여를 통해 문화발전을 촉구하고자 하는 역설적 논리를 펼쳤다. 그들은 전쟁을 파괴와 창조가 동시에 이루어지는 역사적 계기이자 문화발전의 필연적 과정으로 규정하고자 했으며, 전쟁 승리를 통해 북한을 파괴하는 것이야말로 문화의 발전이자 한반도 위에서 북한을 삭제한 새로운 공동체를 창조하는 것이라고 주장했다. 전시의 문화란, 북한을 포함하는 과거의 민족과 결별하고 새로운 남한 단독의 국민국가로 나아가기 위해 필요한 공동체의 정신과 정체성을 마련하는 것이었다. 결과적으로 전쟁은 문화인들로 하여금 한반도의 민족공동체에 기반하여 형성된 기존의 문화적 토대를 한국 중심으로 재구성하는 작업, 다시 말해 북한을 삭제한 남한만의 국민국가를 표상할 수 있는 반공주의적 문화 이념의 생산을 의무로 받아들이게 만든 계기였다.[21]

3. 문화인의 자기 인식과 내적 균열

문화예술계 종사자들을 두루 일컫는 문화인이라는 말은 식민지 시기에도 사용되었지만 해방 이후부터 한국전쟁기에 이르기까지 신문이나 잡지 매체에서 빈번히 등장한 말이었다. 문화인은 지식인 계층에 속하는 경우가 많았지만 문화인의 경제적 무능력과 무기력은 조롱의 대상이 되기도 했다. "올데갈데없는 무직 문화인"들이 벽화처럼 다방에서 시간을 때운다면서 붙여진 "커피병 환자"[22]라는 말처럼 창작활동이 불가능했던 전시 상

21 테드 휴즈, 나병철 역, 『냉전시대 한국의 문학과 영화』, 소명출판, 2013, 177~178면 참조.

22 "解放 以後 六年 그 間 서울은 各 部面에 있어 變遷이 許多하지만 그 중 뒷거리의 風貌가 ○○○○○답답한○○것이다. 한때 빠의 全盛時代가 가더니 妓生이 接待婦가 되고 오늘엔 茶房洪水時代가 到來했다. 그러나 그 茶房마다 대개는 客들이 그득이 앉았으니 혼자면 二百圓 三, 四만 모이면 千圓이 훨씬 넘는데 도대제 이 돈이 어디서들 나는가 허기야 올데 갈 데 없는 無職 文化人이 二百圓만 쥐면 하루 종일 壁畫 모양으로 앉일 수 있으니 거리의 「오아시스」도 될지 모르니*들 손님중에는 해방후 별안간에 文明人이 될 커피病患者들이 殆半이다. 모름지기 이러한 患者들은 한잔 커피를 앞에 놓고 조용히 집에 있는 妻子들과 自己自身을 反省해 보라. 점심보다 커피를 먼저 찾는 친구들은 되도록 自肅하여 他人에게 이 疫病을 傳染시키지 말도록 하자."(體府洞P生, 「커피病患者」, 『경향신문』, 1950.5.18)

황에서 문화인에 대한 사회의 시선은 곱지 않았다. 전쟁이 끝날 무렵에도 ""문화인"이라는 한 개의 칭호는 확실히 "팔·일오" 해방 후 가장 매력있는 명사로서 우리 사회에 군림하여 오늘날에 이르는 동안에 때론 남용되고 또 때로는 이용"되었다는 평가처럼 문화인에 대한 세간의 주목이 컸으나 여기에는 부정적인 인식도 깔려있었고 문화인들의 방탕한 생활 태도나 남다른 행적은 비난의 대상이 되기도 했다. ""문화인"이라는 미명에 도취하여 "문화병 환자"라는 특수한 사회의 일군을 형성하고 정체 모를 허명무실한 생활의 표상처럼도 여겨져 왔"음을 지적하면서 피난 생활 속에서 후방의 생활이 어렵고 '모오랄'이 타락할수록 문화인들의 날카로운 지성이 필요하다는 일침이 가해지기도 했다.[23] 그러나 문화인에 대한 비판적 글들은 당시 신문이나 잡지에 글을 실었던 필자들도 대개 언론인, 학자 등 지식인 계층이나 문학인을 중심으로 한 문화예술 분야의 종사자들이라는 점에서 문화인들 스스로에 의한 비판이라는 자기 각성의 성격을 띠고 있다. 문화인의 자기 각성을 엿보게 하는 글들은 정치적 혼란이나 경제적 궁핍이 지속하는 상황에서 문화인들 역시 삶의 곤란을 겪고 있었음을 짐작하게 하는 한편 주체성을 회복하고 사회에 참여하고자 하는 의지를 지니고 있었음을 드러내 보인다.

앞서 언급했다시피 한국전쟁은 문화인들이 국가의 이념이 된 문화를 매개로 국가재건에 직접적으로 참여하게 된 계기였다. 전쟁 발발 직후 문총은 긴급히 상임위를 열고, 시민들을 진정시키는 방송을 진행했으며 정훈국의 통제 하에 선전 활동을 펼치는 '비상국민선전대'를 조직하는 등 발

23 사설「문화인의 궁지 지성은 타락하는가?」, 『경향신문』, 1953.5.25.

빠르게 대응했다. 그리고 종군 문인단을 조직하여 보다 직접적으로 전쟁에 참여하고자 했다.[24] 문총에서 활동하던 작가들이 전쟁 발발 이후 자발적으로 만든 조직이라 할 수 있는 종군작가단은 총력전 체제에 대한 문화인들의 적극 협조와 참여를 보여주는데 이는 국가주의적 동원이 가장 구체적으로 표현된 형태이자 삶의 방편이기도 했다.[25]

> 전쟁을 이렇게 이념의 충돌로서 이해하고 해석할 때 이번 6·25사변을 중심으로 한 결전 하의 우리나라 문화인에게 부하負荷된 사명과 의무가 용감한 우리 일선장병의 전투력 이상으로 중요한 의미를 가지고 있음을 인식하지 않을 수 없게 되는 것이다. 그것은 문화인이란 무엇보다도 먼저 이념의 창조자라는 것을 잊을 수 없는 것이기 때문이다. (…중략…) 문화인이란 누구의 지시나 간섭 없이, 자기의 사상적인 신념에 누구보다도 충실하다는 것을 입증하는 것이며, 자기의 이념을 위해서만 그들은 존재하고 있었다는 증거가 되는 것이다.(…중략…)
>
> 이러한 이념의 승리를 위하여 이 땅의 모든 문화인들이 그 역량을 강력화하고 그 재능을 더욱 연마하여 이번 사변을 오히려 문화적인 창조정신의 한 도장으로 삼고 총궐기해 주기를 바라는 바이다.
>
> —이선근, 「이념의 승리-결전 문화인에게 격함」, 『문예』, 1950.12 / 최예열, 앞의 책, 338~339면

새로운 문화의 창조가 전쟁과 긴밀히 연결될 수 있었던 이유는 한국전

24 김병익, 『한국문단사』, 문학과지성사, 2001, 268~269면.
25 이순욱, 「한국전쟁기 문단 재편과 피난문단」, 『동남어문논집』 제24집, 동남어문학회, 2007, 184면.

쟁이 "이념의 충돌"로 인식되었기 때문이다. 이념의 문제는 곧 문화의 문제였기에 전쟁의 승리는 곧 이념의 승리이며 문화의 승리로 인식되었다. 문화인들이 자신들을 전장에서 싸우는 장병에 비유하고 펜을 무기에 비유할 수 있었던 것도 이념의 전쟁이 곧 문화의 전쟁을 의미하는 것이었기 때문이다. 이러한 전제를 내세웠던 이유는 국가형성을 위한 전쟁이자 국민의 정체성이 생산되는 전시체제에서 문화인의 입지를 제공하기 때문이다. 전시에 펜을 들고 적과 싸우는 또 하나의 병사로 자신을 호명한 문화인은 주체적, 자발적으로 전쟁에 참여하여 전쟁을 승리로 이끌고 국가재건의 주역이 되고자 했다. 전쟁의 주체로서 문화인들은 문화가 전쟁에 어떠한 직접적 관련을 갖는 것인지, 전쟁과 문화인의 활동이 밀접하다면 과연 어느 정도나 유기적 관계를 맺고 있는지 등에 대해 구체적인 논의를 펼치기도 했다. 이와 관련해 이숭녕은 적의 심리를 파악하는 과학적인 연구가 필요함을 제기하고 전쟁심리학 연구나 군인과 일반 국민의 사기를 돋우는 군가 제작 등을 예로 들면서 문화인이 동원되어야 함을 적시하는 한편 문화인의 사기 양양을 위한 국가적 대책이 필요하다는 점도 지적하며 문화인의 전쟁 참여가 전시 문화정책으로 마련되어야 한다고 주장했다.[26] 전시체제의 문화인들은 군인과 마찬가지로 문학, 음악, 미술 등의 창작 행위를 통해 이념적 대결을 벌이며 국가를 수호하는 신성한 의무를 다하는 국민으로 인정받고자 했다.

그러나 전시 상황에서 문화인들의 지위는 모호하고 불안한 처지에 있었다. 문학, 영화, 미술, 음악 등 각 부문의 종군 예술가들이 모인 「종군예술

26 이숭녕, 「전시문화정책론」, 『전시과학』, 1951.8(최예열, 앞의 책, 348~350면).

가좌담회」에서 사회를 맡은 구상은 참가자들에게 왜 무등병이 되었는지를 물으며 이렇게 말한 바 있다. "이등병에겐 이등병의 권리와 의무가 있으나 만년 ∧표 하나 안 붙은 무등병에게는 오직 헌신만이 우리들의 것입니다. 그럼에도 자칫하면 우리 종군자들은 군의 오마께(덤)이나 식객취급을 받기가 일수입니다. 이런 의미에서 먼저 우리들의 종군동기가 해명제시 되어야 한다고 봅니다."[27] 이 좌담회에서 문화인들은 자신들의 종군이 매우 순수한 것임을 표명하며 열악한 대우와 종군의 고충에 대해서 토로하고 인격적 대우를 요구하기도 한다. 여기서도 드러나듯이 전쟁에 참여하여 국가의 주체가 되고자 하는 문화인들의 이상과 달리 실질적으로 무력이 요구되는 전시 상황에서 그들의 현실적 지위가 안정적인 것은 아니었다. 불안한 지위와 여건임에도 불구하고 문화인들은 자신들을 시대의 대변자요, 계몽자로 표명했다.

> 이러한 일례를 들어서 오늘의 문화인을 생각해 보기로 하자. (…중략…) 현대세계적 정신의 대변자인 문화인, 시대적 정신을 창조하고 수호하고 계몽하고 또 때에 따라 강렬히 저항할 수 있는 의무와 권리가 부여되었을 문화인, 우리에게 주어진 한 인간으로서의 시간적 공간적 위치에서 예외없이 이에서 이탈될 수 없는 일견 혁명적이요 냉혈적인 가열한 현실을 가장 잘 파악하고 이해하고 동참하므로써 스사로 이 현실에 즉의하여 사고하고 행동하는 문화인, 이러한 위치에 놓여진 문화인. 오늘 이 땅의 문화인. 우리가 선민이라는 정치적 용어를 문화인에게도 적용한다면 실로 시대적 정신을 대변할 선민인 문화

27 구상 외 7명, 「종군예술가좌담회」, 『전선문학』 2호, 1952.12, 36면.

인. 이러한 문화인으로서의 우리는 각자의 행동과 사고에 대하여 충분한 또 냉정한 자기비판 자아반성이 있어야 하는 것이다.

—이헌구, 「문화전선은 형성되었는가」, 『전선문학』 2호, 1952.12, 4~5면

이헌구에 따르면 문화인은 정신의 창조자, 계몽자, 혁명가이자 행동하는 실천가이자 시대적 조류를 대변하는 자이다. 그는 문화인이 현대 사회의 정신적 이념을 창조할 뿐만 아니라 실천해야 한다는 점이 강조하고 있다. 변화하는 시대적 조류를 읽어내고 그것을 적극 수용하며 인민을 위한 대변자라는 점에서 문화인은 계몽적 주체이다. 특히 문화인이 시대적 정신을 대변하는 선민이라는 표현은 문화인이라는 자부심과 특권의식을 드러내기도 한다. 하지만 이헌구는 문화인의 자기비판과 자아반성도 요구한다. 이처럼 전시 문화인들은 자기 자신을 규정하면서 양가적 시선을 드러냈다. 자기정체성에 대한 양가적 시선은 국가재건의 주체가 되고자 하는 문화인의 열망 이면에 국가로부터 자신들의 지위를 승인받고자 하는 불안감이 동시에 내포되어 있음을 말해준다.

실제로 정치 권력에 의해 예술의 자유가 침해되는 사건이 발생하면서 문화인의 불안한 처지가 가시화되기도 했다. 1952년 2월 발생한 김광주 필화사건은 예술의 자유에 대한 각성과 함께 정치권력자들 앞에서 무력한 문화인의 위치를 보여주는 사건이었다.[28] 문화인들은 전쟁에 참여하여

28 김광주의 소설 「나는 너를 싫어한다」는 『자유세계』 창간호(1952.1)에 실렸다. 이 소설에는 궁핍한 성악가를 유혹하는 타락한 선전부 장관의 부인이 등장하는데 당시 공보처장 부인이 모델이라는 소문이 떠돌자 공보처장 부인은 김광주에게 소설을 취소할 것을 강권한다. 그러나 김광주가 이를 거절하고 구타가 가해지고, 이후 김광주는 공보처장 부인에 대한 사과문을 쓰게 된다. 공보처는 『자유세계』를 압수하여 「나는 너를 싫어한다」를 파기한 채 출판사로 돌려보내고 각 신문사에 이 사건을 다루지 말 것을 요청한다. 이에 문학인들이

국가를 위한 문화 이념의 창조자 역할을 자처했지만 다른 한편으로는 국가 권력과 예술의 자유가 어떤 역학관계에 놓여 있는지를 고민해야 했다. 현실적으로 문화인들은 자신들의 지위에 대한 불안을 해소하고 국가로부터 인정받는 길은 무엇인지를 고민하는 한편 예술의 자유를 지키기 위해서는 다시금 국가 권력과 경합해야 했다.

> "예술은 하나의 자유의 세계이다." 이 명제는 "동서고금의 사실이 입증해 주고 있고 우리나라의 헌법도 또한 보장하고 있다." 과연 그러하다. 그러나 (…중략…) 예술의 자유는 침범되지 않은 경지에서 순탄히 이루어진 것이라기보다 오히려 부단히 침범되면서 이를 굳게 수호하면서 얻은 결실이라는 것이 올바로 역사를 본 바일 것이다.
>
> —사설, 「문총에 고언(苦言)」, 『동아일보』, 1952.2.27

김광주 필화사건에 대한 문화계의 비판적 입장[29]을 보여주는 이 사설은 김광주가 문화부장으로 있었던 『경향신문』에서 발표한 것이다. 이 글에서도 나타나듯이 문화인들은 전시의 국가에 협력하면서도 정치인들의 권

긴급회동하여 인권과 예술창작의 자유를 옹호할 것을 요망하는 공동 성명서를 발표한다. 전국문화단체총연합회(문총)에서도 긴급 간부회의를 열었으나 다소 모호하고 미온적인 입장을 발표한다. 김광주 필화사건에 대한 자세한 경과와 사실 관계에 대해서는 진선영, 「폭로소설과 백주의 테러 -1952년 『자유세계』 필화사건을 중심으로」(『한국근대문학연구』 20(2), 한국근대문학회, 2019) 참조.

29 『경향신문』은 사건 직후 필화사건의 경과를 세부적으로 다루면서 하위 지면에는 김광주, 중앙방송국 송 방송과장의 인터뷰와 법률가의 견해를 함께 싣기도 했다. 이 사건이 언론 출판의 자유를 침해하는 공권력에 대한 저항으로 변화한 것은 『자유세계』 발매금지 및 압수 처분하고 '김광주 수난사건'을 기사화하지 말라는 압력을 넣은 공보처장의 권력 남용에 그 원인이 있다(위의 글, 150면).

력에 맞서 예술의 자유를 수호해야 했다. 예술의 자유에 대한 억압은 곧 문화인에 대한 억압이며 그들의 지위가 불안정하다는 것을 말해주는 사안이기 때문에 예술의 자유를 옹호하는 일은 문화인의 지위를 확보하고 재건 주체로 인정받기 위한 일이기도 했다. 그러나 국가의 권력이 응집된 총력전 체제에서 정치인들은 권력을 남용했고 예술의 자유와 국가에 대한 문화인의 임무는 충돌할 수밖에 없었다. 예술의 자유와 문화인의 임무는 당시 문화인들에게 무엇이 더 우선시 되어야 하는지에 대한 고민을 제기했음은 분명하다. 그러나 예술의 자유보다 상위 개념인 문화적 임무가 더 우선시 되었던 점은 시대적 한계를 보여준다.

> 만일 지식이 인류의 두뇌가 되는 것이라면 예술은 인류의 영혼이 된다. 만일 지식이 인간의 눈과 귀가 된다면 예술은 인간의 심장이 된다. 이것은 예술이 인류의 가장 기본적인 생명의 표현인 동시에 인간의 가장 본질적인 의식의 각성형식인 까닭이다. 그러므로 만일 우리가 자유를 논의한다면 예술의 자유 이상으로 근본적인 것은 없다. (…중략…)
>
> 예술을 외부의 어떠한 간섭이나 탄압으로부터도 이를 자유롭게 독립시키는 일은 ○○에 관한 ○○이기보다도 인간에 대한 정당한 예의를 똑바로 확립키기 위해서는 모든 문화인은 아직도 현대의 야만인들과 투쟁하지 않으면 아니된다. 그것은 이런 ○○의 확립은 비단 ○○○들에게만 맡겨진 고독한 의무가 아니라 모든 문화인들에게 부여된 보편적인 문화적 사명이기 때문이다.
>
> — 조연현, 「예술의 자유와 문화인의 사명」, 『자유세계』, 1953.6, 113~115면

갈려진 땅 위에서 문화인들 줄기찬 발전을 기대할 수 있으랴만 문화가 지

닌 고귀한 가치는 다만 현실에 찾아진다기보다 오히려 내일의 전진을 위하는 데 있다고 생각된다. (…중략…) 민주주의나 민주정치에만 의거해서 문화적 사회 또는 문화적 개화를 앉아 기다리는데 그칠 일이 아니라 먼저 우리의 뇌리와 생리에 면면히 흐르는 전통적인 문화의식과 문화에의 갈망을 남김없이 발휘 실천화하여 민주주의의 정치적 사회적 보편을 좀 더 빠르게 하는 또는 상호유액하는 기동력이 되도록 헌신을 아끼지 말아야 되는 것이다. (…중략…) 우리는 당면하고 있는 문화적 불우와 고민을 다만 위정자의 책임으로만 돌리기에 급급할 것이 아니라 문화인 또는 문화인이라고 자처하는 단계에서 스스로 돌관 극복하는 실천을 감행해야 될 것을 제언한다. (…중략…) 본인이 본지를 강호에 퍼뜨리려 함은 문화에의 기여를 무상의 목표로 여기려는 당초의 각성과 스스로 문화 생활계의 역군적 실태를 표시하지 않을 수 없다는 강력한 자의식을 느낀 남어지 시의 불리와 지의 미득을 돌보지 아니하고 이 사업에의 투신을 결항하려는 때문인 것이다.

— 김종완, 「문화의 개화를 위한 운명」, 『문화세계』 창간호, 1953, 14~15면

조연현의 글에서 먼저 인정되는 것은 예술의 자유이다. 그는 예술이 인류의 영혼이자 심장이라는 점에서 예술의 자유야말로 자유의 근본을 이루는 것이며 외부의 간섭으로부터 예술의 자유를 독립시켜야 한다고 주장한다. 그러나 동시에 문화인들에게는 현대의 야만과 싸워야 하는 임무가 있다. 야만인들과의 투쟁은 모든 문화인들에게 부여된 보편적 사명이라는 점에서 예술의 자유 옹호라는 문제 못지않게 중요한 일이다. 김광주 필화사건 이후 발표된 이 글에서 조연현은 예술의 자유를 옹호하는 동시에 문화인의 임무를 제기함으로써 국가의 검열체제와의 충돌을 피하고 있다.

이와 유사한 맥락에서 필화사건 당시 언론과 문화계의 시선이 모아진 가운데 발표된 문총의 양비론적 입장[30]은 전시 상황에서 예술의 자유와 예술가의 인권 문제가 정치권력보다 우선시될 수 없음을 보여준 바 있다. 작품의 저속함을 이 사건의 발단으로 파악한 문총의 입장에 대해 문화인들은 공분했으나 결국 문총과 공보처의 타협 속에서 이 사건은 미온적으로 마무리되고 말았다. 문제는 문총의 입장과 태도가 이후 한국문학 장의 기저에 남았고 "한국 문화예술단체가 권력에 복종하는 주형鑄型"[31]으로 자리잡았다는 점이다. 현실을 유례없는 문화의 위기 상황으로 상정한 김종완은 국가가 겪는 위기를 극복하기 위해 문화인이 나서서 실천해야 한다고 주장하면서 자신을 포함한 문화예술인들을 '우리'로 지칭하며 "위정자"와 동등한 지위를 가진 주체로서 문화인이 국가와 사회를 이끌어가야 한다는 점을 강조했다. 희망사를 운영하며 『문화세계』를 비롯한 여러 잡지를 간행한 잡지 발행인 김종완은 문화계의 동향이나 사정에 밝은 출판인이었다고 알려져 있다. 피난 생활이 지속되면서 생활고가 심각해지고 예술 창작 활동이 중단된 상황에서 문화인의 지위는 사실상 독점적 권력을 지닌 이승만을 위시한 정치인들에 비할 바가 아니었지만 그럼에도 불구하고 김종완이 문화인의 지위를 위정자에 빗댄 것은 문화재건을 정치적 활동으로 이해했기 때문인 것으로 보인다. 이는 문화를 정치적 이념으

30 6가지 조항이 담긴 문총의 성명서는 예술의 자유에 대한 헌법적 권리를 제기하고 예술에 대한 현실적 간섭 및 폭행을 비판했지만 작품이 특정 개인에 대한 오해를 낳았다는 점에서 작가의 과오를 인정하고 불건전한 호기심에 영합하는 저속한 작품 출현을 경계한다고 밝혔다(진선영, 앞의 글, 149면 참조).

31 임헌영, 「70주년 창간기획－문학평론가 임헌영의 필화 70년(9) 타락녀 빗대 부패권력 고발한 김광주」, 『경향신문』, 2016.11.30(http://news.khan.co.kr/kh_news/khan_art_view.html?artid=201611302147005&code=210100).

로 파악한 『문화세계』의 잡지 이념과도 연동되어 있다.[32] 전쟁이 끝나가면서 본격화되는 국가재건, 문화재건에 보다 적극적으로 참여하고자 하는 의지의 표명과 현실 참여는 정치권력 앞에서 초라해진 예술의 자유와 불안한 문화인의 지위를 타개하기 위한 유일한 해결책이라 생각했기 때문이다.

전시 문화인들은 국가재건과 그 연장선에 있는 문화재건을 도모하는 주체로서 전시체제에 적극적으로 동조하고 전쟁 참여를 수행했지만 그럼에도 전시체제 하에서 문화인들의 지위는 불안한 상태였다. 국가 권력이 비대해진 전시 상황에서 예술의 자유가 위태로워지고 작품이 정치권력자들에 의한 검열의 대상으로 전락하자 문화인들은 이념적, 정신적 주체로서 문화인이라는 지위를 되물으며, 자기인식의 균열을 경험할 수밖에 없었다.

4. 문화정책과의 경합

예술의 자유에 대한 정치적 억압과 더불어 문화인들로 하여금 주체성의 균열을 경험하게 만들었던 또 하나의 계기는 문화정책이었다. "문화정책cultural policy은 문화의 영역에서 권위 있는 기관(들)이 제도적 근거를 바탕으로 활동의 규범과 규준을 제시하거나 이를 실현하는 행위를 의미"한다.[33] 문화정책은 시대와 환경의 변화에 따라 방향과 범주 자체가 달라져

32 김준현, 「한국전쟁기 잡지 『문화세계』 연구」, 『우리문학연구』 40, 우리문학회, 2013, 446~449면 참조.

33 홍기원, 「문화정책 연구에 대한 학문 분야로서의 정체성 탐구」, 『문화정책논총』 21, 한국문화관광연구원, 2009, 90면.

왔을 뿐만 아니라 그 위상도 변화해왔다. 문화정책을 논의할 때 간과하지 말아야 할 것은 문화정책이 단순히 행정 도구에 불과한 것이 아니라 국가의 이미지나 표상 등을 구성하는 요소이며, 이는 곧 국가 정체성 형성의 한 요소라는 점이다.

해방 이후 문화인들은 빈곤한 문화정책을 지적하며 정부를 향해 문화정책 수립을 요청하기 시작했다. 하지만 1948년 이승만 정부가 수립된 이후 문화에 대한 업무는 문교부나 공보부, 공보처에서 담당했고 사실상 문화정책을 담당하는 전문 부서는 없었으므로 제대로 된 문화정책이 마련될 수 없는 환경이었다. 게다가 해방 이후 한국 사회에서 가장 먼저 해결해야 할 문제는 낮은 소득과 빈곤한 경제 극복이었기 때문에 문화예술에 대한 정부와 국민의 관심은 저조했고 국가가 주도하는 문화예술은 반공의식 고취를 위한 것에 불과했다. 전쟁기에도 잡지와 신문매체에 '문화건설', '문화운동', '문화 창조' 등의 슬로건과 함께 문화정책에 대한 요구가 등장했지만 1950년대 초중반의 문화정책이라고 한다면 '국립극장'과 '국립국악원' 설치1950, '문화보호법' 제정1952과 '학술원', '예술원' 설치1954, '저작권법' 제정1957 등에 지나지 않는다.[34]

단독정부 수립 이후 문화인들은 꾸준히 문화예술분야에 대한 지원과 제도 정비 등을 요구해왔다. 정부의 정책 방향에 대한 비판도 서슴지 않으면서 문화인들은 무엇보다 출판 및 창작 활동을 지원할 수 있는 실질적인 문화정책을 촉구했다. 염상섭은 예술원 설치에 대한 정부의 방침에 대해 비판적 거리를 두면서 문화의 발전을 위해 필요한 것이 무엇인가를 제기한

34 남경호, 『문화예술 지원 정책의 이해』, 커뮤니케이션북스, 2019, 14면.

바 있다. 예술원 설치가 문화인들의 내부적인 갈등을 일으키고 오히려 문화에 해가 될 수도 있다고 지적하면서 문화예술 분야에 대한 국가의 개입을 우려했다. 염상섭은 예술원 설치처럼 특정한 문화인에게만 이익이 제공되는 정책보다는 "정부가 문화와 문화인을 위하여 할 수 있는 일은 우선 열악한 출판물의 자연도태를 조성하는 제약을 가하는 한편에 저작권을 옹호하는 법률의 제정이라 하겠다"고 제안했다.[35] 전쟁 발발 전 문화인들은 문화정책에 있어서 정부의 문제점을 비판하고 스스로 대안을 제시하는 적극성을 보였다.

이헌구도 정부 수립 후 불안정한 사회를 통제하기 위해 문화정책이 필요하다고 제기하면서 문화적 당면 과제를 논했다. 그는 "1. 민족정신을 세계적 정신-의식과의 관련 우에서 새로히 구명 재건될 수 있을까. 2. 조직화되고 일원화된 능동적이요 발달한 문화정책을 추진 완수할 수 있을까"라는 질문을 던지면서 과거의 민족정신이 아닌 새로운 시대에 맞는 민족정신을 요청했다. 이어서 이헌구가 문화정책을 추진하는 데 있어 중요한 요소로 꼽은 것은 "정확한 민의의 파악과 실정의 통찰"이었다. 이러한 요청은 새로 건설하는 국민국가가 주권국가로서 '민의'에 기반해야 함을 강조한다는 점에서 의의를 지닌다. 이헌구는 '민족' 대신 '국민'이란 표현을 사용하고 있으며, 국민의 요구를 반영한 문화정책이 과학적이어야 한다고 지적함으로써 현대적 국가에 대한 열망을 드러내고 있다. 과학적 문화의 예로 이헌구가 제시한 것은 영화였다. 그는 "영화야말로 그 나라 문화 수준을 결정짓는 중요성을 가진" 매체로 보았는데,[36] 이는 해방 이후 남한에서 제기된 영화

35 염상섭, 「정부에 대한 문화인의 건의 예술원 저작권 등」, 『경향신문』, 1949.7.28.
36 이헌구, 「문화정책의 당면과제-민족정신의 앙양과 선전계몽의 시급성」, 『신천지』, 1949.9,

에 대한 일반적인 인식론을 반영하고 있다. 이헌구의 관점과 같이 해방 이후 문화인들이 중요하게 여긴 영화의 역할은 선전과 계몽이었다.[37]

이처럼 단독 정부 수립 이후 문화인들은 정부를 향해 전문적이고 체계화된 문화정책, 현대적인 문화정책의 방향을 제안하기도 했다. 문화인들의 제안은 대한민국의 정체성과 문화의식 정립이라는 문화의 과제를 해소하기 위한 방안들이었고, 이는 단독정부 수립 이후의 문화재건이 국민문화 건설로 이행되어 가고 있었음을 말해준다.[38] 그러나 전쟁의 발발로 문화정책의 방향은 선전 활동과 전쟁 동원에 중점을 둔 전시 대응책으로 전환되었다.

> 기후 일 년 경과한 오늘날 회고 자성하여 보아 너무나 전반 전시태세에서 그 지지한 계획성과 근시안적 시책에 국민으로서 초조와 실망을 느끼지 않을 수 없는 터이다. 그중 가장 심한 것이 전시 하의 문화정책인데 여기에 대한 일반의 몰이해와 문화인 자신의 한없는 분산적이고 미온적인 활동에는 놀라 마지않는 바이다. (…중략…)
>
> 정부로서는 문화정책을 결정하여 요원 활보를 피하고 요원의 재배치를 단행하여야 한다. 이러기 위하여는 마음과 같은 제항목의 수행이 필요한 것이니 당국자의 솔직한 대답 있기를 바란다.
>
> 1. 문화공작의 기관신설(또는 구기관의 전적 개혁)

24~24면.

37 오영숙, 『1950년대, 한국 영화와 문화 담론』, 소명출판, 2007, 40면 참조.

38 이하나, 앞의 책, 83면 참조.

2. 문화정책의 결정

3. 문화공작의 예산 계상

4. 문화요원 생활 보장과 재배치

— 이숭녕, 「전시문화정책론」, 『전시과학』, 1951.8(최예열, 앞의 책, 345~350면)

이숭녕은 문화와 전쟁의 직접적 관련은 선전에 있다고 논하면서 같은 사실의 반복 선전, 적의 약점을 이용한 선전 기회 포착, 생활과 결부된 구체적인 사실의 선전, 선전 주체의 은폐 등을 선전의 원칙으로 내세웠다. 그리고 대적 선전에는 "선전의 연구에 유능한 사회 심리학자나 또는 거기에 이용될 학자나 문인을 등용하여야" 한다고 강조했다. 또한 문화인의 사기진작을 위하여 정부가 "권위있는 문화 기관을 세우고 중지를 모은 문화정책을 세워 전 문화인의 생활을 보장하며 자동적인 재배치와 운명을 꾀할 것이며 이로써 이번 성전에 커다란 실질적인 전력화할 것이 요청"된다고 말했다. 이숭녕의 글에서 문화정책은 문화를 대적 선전과 같은 전쟁의 도구로 정착시키기 위한 체계를 만드는 것이다. 문화공작을 수행하는 문화기관은 문화인을 관리하고 경제적 지원을 통해 그들에게 문화적 선전물을 생산하는 역할을 한다. 국가의 요구를 수행하는 개인에게 경제적 지원을 하는 체계인 문화기관은 국가 형성에 있어 문화란 단순히 국가주의적 이념을 내면화하는 도구가 아니라 국가와 개인의 경제적 거래를 통한 공생 관계로 이어주는 역할을 담당하기도 했던 것이다.

그러나 다른 한편으로는 문화인을 지원한다는 미명하에 문화인들을 어설프게 관리하려는 정책에 대해서 비판이 제기되기도 했다. '문화보호법'에 의거하여 마련된 '문화인등록령'은 문화인에게 수당 또는 연금을 주기 위한 제도였는데, 오히려 국가의 불합리하고 미온적인 문화정책에 대한 신랄한 비판의 계기가 되었다. 한국전쟁이 끝날 무렵 1953년 4월 14일에 공포된 '문화인등록령'은 문화정책이 거의 없는 대한민국 정부가 내놓은 문화정책으로써 국가가 제도를 통해 직접적으로 문화인을 관리하고자 함을 시사했다. '문화인등록령'은 과학자와 예술가를 '문화인'으로 규정하고, 이들 가운데 국가가 정한 조건에 해당하는 자격을 문교부 장관에게 제출하고 승인을 얻으면 문화인증을 발행받는 절차를 거쳐 국가로부터 여비와 수당을 지급받는 명예직에 관한 법안이었다.[39] 이 법안의 취지는 문화인을 보호하고 문화인들을 지원하는 데 있었지만 문화인을 선정하는 방식이나 시행의 타당성에 대해 문화인들이 동의를 한 것은 아니었다. 오히려 당시 사회에서는 문화인등록령은 진짜 문화인과 '사이비 문화인'을 구별해내는 선별기준처럼 받아들여지기도 했다.[40] 문화인들은 정책적으

39 등록에 관한 조항은 다음과 같다. 제2장 등록제3조 법 제19조 제1항에 의하여 회원의 선거권과 피선거권을 가진 자는 좌기사항을 기재한 신청서 2통을 문교부장관에게 제출한다. 1. 본적, 주소, 성명(별명이 있는 때에는 이를 병서) 및 생년월일 2. 종사하는 연구 부분의 종별 3. 출신 학교명 또는 연구경력 4. 저작물이 있는 때에는 그 명전항의 신청서에는 졸업증명서, 연구실적증명서, 신원증명서와 사진 3매를 첨부하여야 한다. 단, 이를 제출하기 곤란한 사유가 있는 자는 저명인사 3인 이상의 보증으로써 이에 대신할 수 있다. 제4조 법 제7조 제1항 제1호 및 제19조 제1항 제1호의 대학과 동등 이상의 학교를 졸업한 자라 함은 좌의 1에 해당하는 자를 말한다. 1. 교육법시행령 제88조에 규정된 자 2. 초급대학 또는 구제 전문학교를 졸업하고 2년간 연구에 종사한 자 제5조 문교부 장관은 등록된 자에 대하여 문화인증을 발행한다.

40 국가가 문화인을 관리하고 통제하는 것은 결국 문화인을 가려내는 일이기도 했다. 다음 기사에서 나타나듯이 당시에는 진짜 문화인을 선별해야 한다는 생각도 퍼져있었다. "문) 「文化人」이다고 떠들고 다니는 者들(自稱)이 많은데 어떤 것을 文化人이라고 합니까 우리나라에 도대체 文化人은 몇 사람이나 있나요(土城洞文化人) 답) 간單히 말하면 科學(一切) 藝術 및 一切의 道德的 情操를 혼合한 人間生活 換言하면 進化된 學術文化의 全相에 대한 進步 및 發展에 뜻을 두고 이의 向上을 企圖하는 同時에 이 속에서 呼吸生活하는 層을 文化人이라고 할 수 있겠읍니다 따라서 우리나라에는 確實히 自稱文化人이 많고 紫煙이 자욱한 茶房에서 커피를 꼭 마셔야 한다는 層에 似而非文化人이 많은 것은 사실입니다 總數요?

로 문화인을 가려내고 지원하는 허술한 정책에 대하여 비판과 견제의 의사를 표명했다.

〈문화보호법〉은 단기 사이팔오년 팔월 칠일 법률 제 이사팔호로서 공포, 실시된 문화옹호에 관한 우리나라의 유일한 법률이다. 이 법은 동법同法 제일조에 명시된 바와 같이, 「학문과 예술의 자유를 보장하고, 과학자와 예술가의 지위를 향상시킴으로써 민족문화의 창조, 발전에 공헌함」을 그 목적으로 하고 있다. (…중략…) 이상이 〈문화보호법〉과 〈문화인등록령〉에 대한 대체의 윤곽이다. 이상의 윤곽을 통해서 바라볼 때, 제일 먼저 느껴지는 것이 과학자와 예술가의 자격문제이다. 〈문화보호법〉에 명시된 조건만으로서 과학자와 예술가의 자격을 규정하기에는 그 조문 자체가 지나치게 빈곤할 뿐 아니라, 설사 그것이 가능한 한 기준을 세울 수 있다 하더라도, 그것은 과학자와 예술가에 대한 형식적인 규정일 뿐이다. (…중략…) 두 번째는 (…중략…) 학술과 예술 사이에 이배의 차이를 두었다는 것은 분명히 예술에 대한 이해의 부족을 의미하는 것이 아닐 수 없다. 셋째는 회원의 임기를 세 종류으로 나눈 것은 좋으나 그 임기의 차이를 삼 년, 육 년, 종신으로 구별한 것은 만족할 만한 것이 못된다. (…중략…) 넷째는 학술원과 예술원의 결의가 아무런 법적 효과를 가지고 있지 못한 점이다. (…중략…) 다섯째는 문화인에 관한 보호의 법적 조치이다. (…중략…) 오직 「대통령령이 정하는 바에 의한 수당 또는 연금을 준다는 것이 유일 무이한 문화인 보호책이다. 더욱이 이것도 학술원, 예술원 회원에 한했을 뿐이요, 일반 과학자와 예술가는 〈문화보호법〉으로써 보

글세 방금 集計中인데 百三十二萬五千三百二十八명으로 되어있으며 앞으로 더욱 많아질 氣勢를 보이고 있읍니다."(「自稱文化人」, 『경향신문』, 1952.8.9)

호되는 것이 아무것도 없으며 보장되는 그 무엇도 없다. 그 명목에 비해서 허무하리만큼 무내용한 법률이다. 여섯째는 등록에 관한 까다로운 수단과 절차다. 〈문화보호법〉에서 규정된 문화인이란 적어도 사회적으로 공인된 학자나 예술가들이 아닐 수 없다. 이러한 사람들이 받아도 아무 소용없는 〈문화인증〉을 얻기 위해서 여러 가지 증명서류를 첨부하여 「나를 심사해 주시오」 하고 등록을 신청하리라고는 상상할 수 없는 일이다. 이것은 문화인의 자존심을 손상시키는 일이다.

— 조연현, 「문화보호법 시비」, 『수도평론』, 1953.7, 91~93면

문화국가에서는 증명서가 많아야 한다. 한 장의 증명서보다 두 장의 증명서의 소유자가 사회적 지위가 높다는 것은 두말할 나위도 못 된다. 허기야 ㄹ씨도 대여섯 장의 증명서를 소지하고는 있다. 더욱 보호하고 증명하게 될 것이다. ㄹ씨는 대학을 졸업하고 삼 년 이상 예술에 종사하였기 때문에 문교장관이 발행하는 〈문화인증〉을 소지할 자격을 ○○하고 있다. 이 〈문화인증〉을 소지하면 ㄹ씨는 자타가 인정하는 공명정대하고 ○○한 〈문화인〉이 될 수 있으리라. 문화민족의 후예 ㄹ씨는 이로써 조상의 의사에 따라 〈문화국가〉의 〈문화인〉이 될 수 있다.

—이봉래, 「文化民族의 後裔-文化人 ㄹ氏의 경우」, 『수도평론』, 1953.7, 80면

첫 번째 글은 조연현이 '문화보호법'의 현실적 문제점을 구체적으로 지적한 글이고, 두 번째 글은 이봉래가 '문화보호법'이라는 제도의 허구성을 풍자적으로 제기한 글이다. 두 인용문 모두 정부의 '문화보호법'과 관련한 일련의 제도에 대하여 비판적 입장을 표명하고 있다. 전자가 현실적

개선안을 촉구하는 입장이라면 후자는 좀 더 강도 높게 제도의 허위성을 폭로하고 있다. 그러나 이들의 비판은 문화와 문화인에 대한 국가의 통제 자체에 있지 않다. 이들의 태도에서 눈여겨보아야 할 점은 첫째는 그들이 '문화보호법'을 비판함으로써 국가를 부정하는 것이 아니라 더 나은 국가를 열망하고 있다는 것이고, 둘째는 "증명서"라는 인위적 수단으로 대신할 수 없는 '문화인'의 위상을 자각하고 있다는 사실이다. 즉 이들은 문화인을 국가에 의해 관리되는 수동적 대상으로 만드는 정책에 대한 문제를 제기하며 문화인이 국가의 정책을 수동적으로 따르는 자가 아니라 정치인과 마찬가지로 정책에 참여하는 위상을 지녀야 한다는 점을 주장하고 있다. 문화인들은 문화정책에 대한 발언을 통해 자신들이 국가재건, 문화재건의 주체이자 국가의 주권자라는 점을 말하고자 했다.

이처럼 재건 임무를 자처했던 문화인은 제도적 장치의 필요성을 주장하면서도 그 한계를 지적하고 또 일방적인 제도의 정착을 비판함으로써 국가가 정치인들에 의해 전유되는 현상에 대항했다. 하지만 정책에 대한 그들의 견제나 비판은 국가를 부인하거나 저항하는 것이 아니라 궁극적으로 국가의 전시 이념에 동참하며 문화인의 지위를 확보하는데 본의가 있었음을 부인할 수는 없다.

> 근대전은 총력전이라 함은 이미 진부한 명제가 되었지만 전선에서는 전투에 이겨야 하고 후방에서는 경제면의 합리적인 기획과 운영이 있어 전쟁과 국민생활에 아무런 지장도 없어야 함은 당위적 상식적 공식일 것이나 이 위에 문화정책의 확립이 절대 필요한 것이다. 그리하여 문화인으로 하여금 충분한 활동을 할 수 있게끔 하여 비록 전쟁 중이라도 문화 목적의 향상은 물론

이려니와 그 업적이 남김없이 전쟁에 이용되어야 하며 대외적으로 국가의 체면을 높일 수 있게 하여야 한다.

그러나 오늘날까지 어떠한 문화정책이 있었으며 얼마나 문화인에게 활동할 기회를 주었으며 얼마만한 업적이 나왔나를 볼 때 한심한 노릇이라 하겠다. (…중략…)

전쟁을 주제로 한 소설 시 수필 등의 작품이 다량으로 출판되고 이것이 지방으로 침투되어 낭독회 독서회 같은 것이 있었더라면 얼마나 국민의 감정을 찌를 수 있었으랴. 이것이 백천의 관제식 공시보다 효과적이었을 것이다. 전쟁하는 사회로서 음악의 이용이 전혀 등한시 되어 왔다. 군가가 어찌하여 이같이도 적을까 하면 참으로 이해할 수가 없는 현상이다. 현대적 쎈쓰를 가진 국민의 심정에 호소하는 군가나 유행가가 유행된다면 크나큰 도움이 될 것이 아닌가 한다. (…중략…) 이러한 것이 전문전문에 따르는 문화인의 손에서 이루어져야 한다. 우리는 후세에, 그리고 국제적으로 무슨 실천적이고 과학적인 글을 남기려 하고 있는 것인가 한번 생각함 즉하다.

— 이숭녕, 「동란조국과 문화의 위치」, 『문화세계』, 1953.7, 16~21면

이숭녕은 총력전 시기에도 문화생활이 요구된다고 주장하고 있다. 그러나 이때의 문화생활은 개개인의 삶을 윤택하게 하는 문화의 향유가 아니다. "국민의 심정에 호소하는 군가나 유행가"가 말해주듯 총력전 하에서 문화란 개인의 감정이 아닌 "국민의 감정"을 형성하는, 즉 집단적 정체성을 생산하는 도구나 매개들이다. 그러므로 문화인은 문학 작품이나 음악, 미술 등의 창작을 통해 국민의 감정이라는 집단적 정체성을 생산하는 주체였다. 달리 말하면 문화인은 전쟁의 경험을 토대로 스스로 '우리'가 '누

구'인가에 선전할 수 있는 전문가였다.

"국민의 감정"이라는 표현을 통해 이승녕은 북한 동포들을 포함하는 민족과 변별되는 국민으로서 '우리'란 과연 누구인가를 질문했다. 그런데 '우리'의 정체성에 대해 문화인들이 중요하게 생각했던 것은 '우리'라고 느낄 수 있는 공통의 감정이었고, 우리의 감정과 정체성이 "전문에 따르는 문화인의 손에서 이루어질 수 있도록 문화정책이 뒷받침되어야 한다는 점이었다.

문화정책을 둘러싼 문화인들의 비판적 입장과 적극적 제안사항 등으로 미루어 볼 때 전쟁기 문화인들이 국가에 종속되거나 국가의 강요에 순응하기만 한 것은 아니었음을 엿볼 수 있다. 그들은 전시 이념을 선전하고 전쟁에 동참하는 등 국가주의에 포섭된 모습을 보이기도 했지만 문화정책에 대한 비판과 개입을 통해 문화적 주체요, 정치적 주체임을 역설하며 국가체제에서 자신들의 지위를 정립하고자 했다. 정치인들의 미숙함과 비전문성을 지적하는 문화정책에 대한 비판과 대안은 문화의 생산자로서 국가 권력과 경합하려는 의지를 보여주는 일례인 셈이다.

5. 타협과 경합 사이에 선 문화인

현대 사회의 문화국가론이 시사하는 바는 기본권으로 인식되는 개인의 문화권이 사실상 국가 안에서 통제되는 동시에 보호되는 길항 관계에 놓여 있다는 점이다. 이 논의에서는 국가재건이라는 시대적 요청 속에서 문화 이념이 국가 안으로 포섭되는 과정을 살펴보기 위하여 한국전쟁기 문화 이념과 문화인 그리고 문화정책과 관련된 전시 매체의 논설들을 살펴보았다.

한국전쟁기는 국가재건과 함께 새로운 문화 이념이 정립된 시기였다. 전쟁이 발발하자 문화인들은 문화를 전시 이념으로 환원하며 전쟁 참여를 통해 문화발전을 촉구하자는 선전을 펼쳤다. 그들은 전쟁을 파괴와 창조가 동시에 이루어지는 역사적 계기로 규정하고, 전쟁의 승리야말로 문화의 발전이자 새로운 국가의 정신을 정립하는 과업이라고 보았다. 예술적 창작활동의 산물을 도구화하면서 전시체제의 요구에 협력하고자 한 문화인들은 군과 문화인의 연계를 강조하는 한편 전쟁 승리와 국가재건 및 문화재건을 위한 문화인들의 단결을 호소했다.

그러나 문화인에 대한 냉소적인 사회적 시선이나 국가 권력의 검열과 통제는 예술의 자유만이 아니라 문화인의 지위를 불안하게 만들었다. 이에 문화인들은 문화재건의 주체이지만 국가로부터 보호받지 못하는 처지를 인지하면서도 사회적 지도자이자 계몽자로서 문화인의 지위를 확보하기 위한 길을 모색했다. 문화인들은 정부의 문화정책을 비판하고 문화정책에 대한 정치인들의 미숙함과 비전문성을 지적하는 등 국가의 제도와 경합하는 문화 전문가로서의 면모를 보이기도 했다.

자유로운 문화예술 활동이 불가능한 전시 상황에서 문화인들은 전시체제의 요구에 협력하는 문화 이념을 설파함으로써 새로운 국가에서 자신들의 지위를 승인받고자 한 타협적 주체였다. 그러나 다른 한편으로는 김종문의 말처럼 “강력한 자의식”을 지닌 주체로서 문화와 국가를 긴밀히 접속시키면서도 예술과 예술인의 자유를 보장받고자 국가와 경합하며 문화국가론의 토대를 형성한 장본인이었다. 달리 말하면 전시 문화인들은 국가의 검열과 통제라는 현실적 한계 안에서 재건의 주체로서 내적 균열을 경험하고 문화를 국가 이념으로 포섭하는 한편 현대적인 문화국가를 상상하며 국가재건을 열망한 역동적 주체였다.

참고문헌

기본자료

육군종군작가단, 『전선문학』 1~7호, 청구출판사, 1952.4~1953.12.

『문화세계』 1~5호, 희망사, 1953.7~1954.1

최예열 편, 『1950년대 전후문학비평자료』 2, 월인, 2005.

논문 및 단행본

김병익, 『한국문단사』, 문학과지성사, 2001.

김수갑, 『문화국가론』, 충남대 출판부, 2012.

김준현, 「한국전쟁기 잡지 『문화세계』 연구」, 『우리문학연구』 40, 우리문학회, 2013.

남경호, 『문화예술 지원 정책의 이해』, 커뮤니케이션북스, 2019.

손혜민, 「잡지 『문화세계』 연구 – 전후 문화주의, 세계주의, 그리고 아메리카니즘」, 『한국근대문학연구』 29, 한국근대문학회, 2014.

성낙인, 「헌법상 문화국가원리와 문화적 기본권」, 『유럽헌법연구』 제30호, 2019, 8.

오영숙, 『1950년대, 한국 영화와 문화 담론』, 소명출판, 2007.

이동연, 「개헌과 문화권」, 『문화과학』 94, 문화과학사, 2018. 6.

이순욱, 「한국전쟁기 문단 재편과 피난문단」, 『동남어문논집』 제24집, 동남어문학회, 2007.

이하나, 『국가와 영화–1950~60년대 대한민국의 문화재건과 영화』, 혜안, 2013.

임헌영, 「70주년 창간기획–문학평론가 임헌영의 필화 70년(9) 타락녀 빗대 부패권력 고발한 김광주」, 『경향신문』, 2016.11.30.

진선영, 「폭로소설과 백주의 테러 –1952년 『자유세계』 필화사건을 중심으로」, 『한국근대문학연구』 20(2), 한국근대문학회, 2019.

한일문화사편집부 편, 『1950년대 한국문예비평자료집』 1, 한일문화사, 1990.

홍기원, 「문화정책 연구에 대한 학문 분야로서의 정체성 탐구」, 『문화정책논총』 21, 한국문화관광연구원, 2009.

니시카와 나가오, 윤해동・방기헌 역, 『국민을 그만두는 방법』, 역사비평사, 2009.

마르크 퓌마롤리, 박형섭 역, 『문화국가』, 경성대 출판부, 2004.

테드 휴즈, 나병철 역, 『냉전시대 한국의 문학과 영화』, 소명출판, 2013.

필자 소개(수록순)

김웅기 金雄基, Kim Woong-gi
경희대학교 대학원 국어국문학과에서 「윤곤강 시 연구」로 박사학위를 받았다. 주요 논저로는 「김수영의 변증법적 공간 연구–"마당"·"밭"·"마리서사" 공간을 중심으로」, 「『시운동』의 견유주의 정신과 1980년대 문학의 정치주체 재론」, 「박이도 기독교시에 나타난 지정학적 공간 연구–초기시 '숲' 공간의 변모양상을 중심으로」 등이 있다.

조창규 趙昌奎, Jo Chang-gyu
경희대학교 국어국문학과를 졸업하고, 동대학원에서 박사학위를 받았다. 현재, 근대 초기에 발간된 잡지들에 대하여 실증적 관심을 가지고 연구 중이다. 논문으로는 「『조선문단』의 상업성 연구」 등이 있으며, 공저로는 『한국 현대시의 공간연구 2』(국학자료원, 2019) 등이 있다.

박성준 朴晟濬, Park Seung-jun
경희대학교 국어국문학과를 졸업하고, 동대학원에서 「일제 강점기 저항시의 낭만주의적 경향 연구」(2018)로 박사학위를 받았다. 주로 식민지 근대시의 낭만주의적 경향과 모더니즘 시 특징 연구에 주력해왔으며, 최근에는 전환기 문화계와 좌담회 담론 연구로 관심을 확장하는 중이다. 2013년 『경향신문』 신춘문예 문학평론에 당선되어 비평 활동을 시작했고, 편저로 『구자운 시 전집』, 『김우종 수필선집』과 공저 『한국현대시의 공간 연구』 1, 2가 있다. 현재 경희대, 군산대, 남서울대, 서울과학기술대, 우석대, 충남대 등에 출강 중이다.

허의진 許依眞, Hur Eui-jin
한신대학교 대학원에서 디지털문화콘텐츠를 전공하였으며, 발터 벤야민과 모더니티에 대한 연구로 석사학위를 받았다. 현재는 경희대학교 국어국문학과 한국문화콘텐츠를 전공하고 있다. 라캉, 알랭 바디우, 슬라보예 지젝 등 정신분석을 바탕으로 한 영화 및 문화 전반에 관한 비평에 관심이 많으며, 최근에는 아시아의 모더니티에 대하여 관심을 갖고 있다.

안숭범 安崇範, Ahn Soong-beum
경희대학교 국어국문학과 교수. 영화평론가. 시인. 경희대학교 국어국문학과를 졸업하고 동대학원에서 박사학위를 받았다. 최근에는 매체와 플랫폼의 변화에 따라 문화콘텐츠의 서사구조와 수용자의 향유방식이 분화되어 가는 과정을 연구하고 있다. 저서로는 영화평론집 『환멸의 밤과 인간의 새벽』(커뮤니케이션북스, 2019), 학술서 『SF, 포스트휴먼, 오토피아』(문학수첩, 2018), 시집 『무한으로 가는 순간들』(시인수첩, 2017) 등이 있다.

박주택 朴柱澤, Park Ju-taek
경희대학교 국어국문학과를 졸업하고, 동대학원 박사 졸업 이후 경희대학교 국어국문학과 현대문학 교수로 재직하고 있다. 주요 논저로 『낙원회복의 꿈과 민족정서의 복원』(시와 시학사, 1999), 『반성과 성찰』(하늘연못, 2004), 『현대시의 사유구조』(민음사, 2012) 등이 있다.

김태형 金泰亨, Kim Tae-hyeong
경희대학교 국어국문학과를 졸업하고, 동대학원에서 박사학위를 받았다. 주요 논저로 「황동규 초기 시 내부 공간 변모에 대한 시선 연구」, 「이시우 시론을 통한 『三四文學』의 '오리지날리티' 분석」 등이 있다. 현재 경희대학교 후마니타스칼리지에 출강하고 있다.

고봉준 高奉準, Ko Bong-jun
부산외국어대학교 국어국문학과 및 동대학원을 졸업했고, 경희대학교 대학원 국어국문학과에서 「한국 모더니즘 문학의 미적 근대성 연구」(2005)로 문학박사 학위를 받았다. 2000년 『서울신문』 신춘문예에 문학평론이 당선되어 비평을 시작했으며, 평론집으로 『반대자의 윤리』(2006), 『다른 목소리들』(2008), 『유령들』(2010), 『비인칭적인 것』(2014), 『문학 이후의 문학』(2020)이 있다. 현재 경희대학교 후마니타스칼리지 교수로 재직하고 있다.

장문석 張紋碩, Jang Moon-seok
경희대학교 국어국문학과 조교수. 제국/식민지와 냉전의 너머를 상상했던 동아시아의 사상과 학술의 역사를 비판적으로 재구성하고, 어문생활사 및 출판문화사 아카이브를 구축하여 '앎-주체'의 역사를 아래로부터 서술하기 위해 공부하고 있다. 주요 논문으로 「수이성(水生)의 청포도-동아시아의 근대와 「고향」의 별자리」(2019), 「주변부의 세계사-최인훈의 『태풍』과 원리로서의 아시아」(2017) 등이 있다.

장은영 張恩暎, Jang Eun-young
경희대학교 국어국문학과를 졸업하고 동대학원에서 「고은의 『만인보』 연구」(2011)로 박사학위를 받았다. 현재 조선대학교 자유전공학부 교수로 재직 중이다. 주요 논문으로 「전쟁문학론의 전개와 폭력의 내면화」, 「전쟁기 휴머니즘 비평의 논리와 한계」, 「한국전쟁기의 젠더 재편과 군인 표상」, 「전시체제 시문학에 투영된 정훈의 논리」 등이 있고, 저서로는 평론집 『슬픔의 연대와 비평의 몫』(푸른사상, 2020)을 펴냈다.

초출일람

김웅기 | 조선의 헤테로토피아로서 '백조시대' 연구

김웅기, 「조선의 헤테로토피아로서 '白潮時代' 연구-『白潮』 동인의 회고록과 상징주의시의 공간을 바탕으로」, 『우리문학연구』 71, 우리문학회, 2021.

조창규 | 『조선문단』의 상업성 연구

조창규, 「『조선문단』의 상업성 연구-잡지 광고 측면과 지·분사 시스템 측면을 중심으로」, 『우리문학연구』 70, 우리문학회, 2021.

박성준 | 『만국부인』의 실패 요인과 젠더 양상

박성준, 「『萬國婦人』의 실패 요인과 젠더 양상」, 『한국문예창작』 20(1), 한국문예창작학회, 2021.

허의진 · 안숭범 | 『영화조선』 창간호에 나타난 '조선영화' 담론의 "혼성성"

허의진·안숭범, 「영화조선 창간호에 나타난 '조선영화' 담론의 혼성성」, 『비교한국학』 28(3), 국제비교한국학회, 2020.

박주택 | 『삼사문학』의 아방가르드 구현 양상 연구

박주택, 「《三四文學》의 아방가르드 구현 양상 연구」, 『어문연구』 106, 어문연구학회, 2020.

김태형 | 이시우 시론을 통한 『삼사문학』의 '오리지날리티' 분석

김태형, 「이시우 시론을 통한 『三四文學』의 '오리지날리티' 분석-이시우, 한천, 신백수의 시를 중심으로」, 『한국문예창작』 19(3), 한국문예창작학회, 2020.

고봉준 | 일제 후반기의 담론 지형과 『문장』

고봉준, 「일제 후반기의 담론 지형과 《문장》『국어국문학』 152, 국어국문학회, 2009.

장문석 | 소설의 알바이트화, 장편소설이라는 (미완의) 기투

장문석, 「소설의 알바이트화, 장편소설이라는 (미완의) 기투-1940년을 전후한 시기의 김남천과 『인문평론』이라는 아카데미, 그 실천의 임계」, 『민족문학사연구』 46, 민족문학사학회, 2011.

장은영 | 전시(戰時)의 문화 이념과 문화인

장은영, 「전시(戰時)의 문화 이념과 문화 주체의 형성」, 『현대문학이론연구』 80, 현대문학이론연구학회, 2020.